두루미 아내

두루미 아내

나를 만든 사랑과

이별의 궤적들

CJ 하우저 지음   서제인 옮김

THE CRANE WIFE
by C. J. HAUSER

우리에게 주어진 가족과
우리가 만들어 가고 있는 여러 가족들과
그 둘 모두 넉넉히 들어가는 집에 관한 생각들에 감사하며

말없이
다시 비틀거리며
집으로,
줄 서 있는 나만의
질문들 속으로.
　　　— 포러스트 갠더, 「그들에게 안 된다고 말해요」

차례

I

II

III

IV

* 각 장의 주의할 내용들에 대해서는 483면을 참고.

I

(……) 가끔씩은 우리의 입조차 우리의 것이 아니다. 들어 보라,

1920년대 초에 여자들은 손목시계 문자판에 라듐을 칠하고

돈을 벌었다. 남자들이 어두운 뒷골목에서 몇 시냐고

물을 필요가 없게 하기 위해서였다. 그들은 라듐은 안전하니

붓 끝을 핥아서 뾰족하게 하라는 지시를 받았다. 이 여자들은 자신들의 손톱과 얼굴에 라듐을 칠했고, 누구의

피부가 가장 밝게 빛나는지 평가했다. 그들은 불 꺼진 곳에서도

맞물린 치아가 남자 친구에게 보이도록 치아에 라듐을 발랐다. 여기서 경이로운 일이 있다면, 그건 이 여자

들이

빛을 삼켰다는 게 아니다. 이 여자들의 피부가
녹아내리고 턱이 떨어져 나가자 라듐 회사에서
그들이 죽은 건 모두 매독 때문이었다고 주장했다는

것이다. 경이로운 일이 있다면, 당신이 죽은 성인(聖
人)들의
몸에서 나온 우중충한 조각들에 관해 내게 말해 주고
있는 동안에도
우리 발밑에서는 이 여자들이 빛나고 있다는 것이다.
　　── 페이지 루이스, 「집어삼키는 펠리컨을 본 순간」

핏줄
스물일곱 가지 사랑 이야기

1. 부츠 신어, 1918년

캡 조이스는 애리조나주에서 〈스퍼 크로스〉라는 관광용 목장을 운영하는 카우보이였다. 실제로 소 떼를 모는 것보다 관광객들 앞에서 카우보이 행세를 하는 게 더 돈벌이가 되기 때문에 하는 목장이었다. 캡에게는 〈패치스〉라는 묘기 부리는 말 한 마리가 있었는데, 이 말은 머리 숙여 절을 하고, 옆으로 구르고, 고개를 끄덕여 산수 문제의 답을 맞힐 수 있었다.

가끔씩 캡은 패치스의 등 위에 올라서서 기타를 연주했다. 그러다가 제1차 세계 대전이 터졌다. 캡은 패치스를 팔고 자기 아내에게 목장을 맡기고는 프랑스로 싸우러 갔고, 그곳에서 겨자 가스에 노출됐지만 살아 돌아왔으며, 그 노고를 인정받아 무거운 훈장들을 잔뜩 받았다. 그가 내 외증조할아버지였다.

캡이 집에 돌아온 지 일주일쯤 됐을 때, 농장 일꾼들이 그를 한쪽으로 데리고 가서는 그의 아내가 그동안 십장과 바람을 피워 오고 있었노라고 말해 줬다. 일꾼들은 그 두 사람이 그만둘 기미가 없어 보여서 말하는 거라고 했다.

캡은 말했다. 「그 새끼 어디 있어?」

캡은 침상으로 갔다. 십장은 옷을 입는 중이었다.

「너 내 마누라하고 자는 사이냐?」 캡이 말했다.

십장은 얼어붙었다. 「네.」 그가 말했다.

캡이 말했다. 「부츠 신어.」

십장은 부츠를 신었다.

캡은 그를 쏴 죽였다. 피가 많이 흐르진 않았다고들 한다.

2. 조합의 소녀, 1984년

내 첫 키스 상대는 공산주의자였다. 이름은 잭이었다. 잭은 뉴욕시에 있는 어느 놀이 학교[1]에 다니던 아기였다. 거기 다니던 아기들의 어머니들은 모두 국제 여성 의류 노동자 조합 조합원이었는데, 우리 어머니만 예외였다. 어머니가 왜 그곳을 이용하게 되었는지는 아직도 알 수 없는 일로 남아 있다.

놀이 학교에서 아기들은 카펫 위를 기어다녔고, 어머니들은 커피를 몇 주전자씩 나눠 마셨고, 아기들은 대체로 발가벗고 있거나 그렇지 않으면 멜빵바지를 입고 있었다. 훌륭한 공산주의자 아기라면 멜빵바지를 입는 법이니까.

---

1 취학 전의 어린아이들이 놀면서 학습하는 곳. 이하 모든 주는 옮긴이 주이다.

그때 내가 입었던 옷 몇 가지를 말해 보겠다. (독일에서 온) 아주 작은 레더호젠,[2] (일본에서 온) 가슴에 빨간 새 한 마리가 수놓인 진짜 실크 기모노, (러시아에서 온) 나무 단추가 달린 토끼털 코트. 당시 내 외조부모님이 여행을 하고 계셨는데, 첫 손주인 내게 언제나 기념품을 보내 주셨던 것이다.

이 첫 키스는 사진으로 남아 있다. 까맣고 기다란 곱슬머리를 한 잭은 멜빵바지를 입고 무릎과 손바닥을 바닥에 댄 채 엎드려 있다. 사실상 대머리에 가까운 나는 잭 쪽으로 몸을 굽힌 채 두 손으로 러그를 짚고 있다. 나는 (파리에서 온) 분홍색 면벨벳 재킷을 입고 있다.

일주일 뒤 조합 여자들은 말했다. 「아기한테 저런 옷을 입힐 거면 여기 오지 말아 주세요.」 그다음 주에 어머니는 내게 토끼털 코트를 입혀 놀이 학교에 데리고 갔다. 조합 여자들이 진심이었을 거라고 생각하지 못한 것이다. 하지만 그들은 진심이었다.

3. 토지 등기소, 1921년

감옥에서 나온 캡은 와이오밍주에서 새 농장을 시작할 마음을 먹고 토지 등기소에 갔다. 그곳의 안내 데스크에는 비서로 일하는 한 여자가 있었다. 여자의 이름은 로비 베이커였다.

「무엇을 도와드릴까요?」 로비가 말했다.

2 무릎까지 오는 가죽 바지.

「당신이랑 결혼할 거요.」캡이 말했다. 「그리고 땅도 좀 필요하고.」

로비가 바로 우리 외증조할머니가 된 사람이었다.

4. 벌에 쏘이다, 1989년

브라이언 캐트럼버스는 유치원의 어떤 남자아이보다도 달리기가 빨랐고, 머리카락은 옥수수수염 같았다. 그날은 밸런타인데이였다. 일주일 전, 창밖을 내다보며 공상에 잠겨 있다가 벌에 쏘인 내가 어쩔 줄 모르고 조용히 울고 있을 때, 선생님께 내가 어딘가 이상하다고 말해 준 아이가 바로 **브라이언 캐트럼버스**였다. 그 애는 선생님을 쿡쿡 찌르고는 말했다. 「쟤 어딘가 좀 이상해요.」

나는 브라이언 캐트럼버스를 위해 아주 특별한 밸런타인데이 카드를 골라 둔 터였다. 그날 나는 내 조그만 상처에 반창고를 붙인 채 그 애가 봉투들을 여는 걸 지켜봤다. 그 애가 내 카드를 어떻게 받아들이는지 보려고 기다렸다. 하지만 브라이언 캐트럼버스에게는 자기만의 방식이 있었다. 그 애는 봉투를 하나하나 뜯어 열더니 흔들어서 무슨 사탕이든 사각형 카펫 위로 굴러 나오게 했다.

그런 다음 그 애는 밸런타인데이 카드를 멀리 던져 버렸다. 마치 완두콩 껍질처럼.

5. 거래, 1932년

캡과 로비는 결혼했다. 그들은 두 아들과 함께 자동차

에서 생활하며 대공황기를 보냈다. 그 두 아들 중 한 명이 우리 외할아버지 에디였다. 캡은 차를 타고 전국을 돌아다니며 선주민들과 거래를 했다. 자신이 만드는 〈황량한 서부 지대〉를 다루는 잡지에 선주민들의 〈교역소〉광고를 실어 주고 그 대신 관광객을 대상으로 만들어진 공예품들 ─ 머리 장식, 활, 구슬 목걸이 ─ 을 받았다. 캡은 나중에 이 공예품들을 팔거나 식량과 교환했다. 가짜 〈인디언〉공예품들이었고 가짜 〈카우보이〉잡지였다.

「이 모든 것에 대해 로비는 어떻게 생각했나요?」나는 묻는다. 「이 이야기에서 로비는 어디 있죠?」

「로비는 내내 네 외증조할아버지 곁에 붙어 있었어.」가족들은 말한다.

캡에게 일자리가 들어왔다. 뉴욕에서 하는 일이었다.

캡은 그 도시가, 그 일이 싫었다. 그래서 술을 마셨다.

(이건 세대 간에 전해 내려오는 우리 가족의 전통이다. 우리는 이런저런 것들이 싫어서 술을 마신다. 이런저런 것들을 사랑해서 술을 마신다. 운이 나빠서도 마시고, 행운이 찾아오면 겁이 나서도 마신다. 그건 핏줄로 이어지는 일종의 슬픔과 관계가 있다. 우리 어머니는 일기장에 다음과 같은 예이츠의 문장이 적힌 종잇조각을 테이프로 붙여 두고 있다. 〈그는 아일랜드인으로서 변치 않는 비극의 감각을 지니고 있었다. 그 감각은 일시적으로 찾아오는 기쁨의 기간들 내내 그를 지탱해 주었다.〉처음 읽었을 때 이 문장은 내 머릿속에서 수맥 탐지 막대처럼 윙윙 울렸다.)

캡은 어느 카우보이 영화에 출연할 뻔했지만 배우 톰 믹스에게 그 역할을 빼앗겼다.

캡은 실망했다. 그래서 술을 마셨다.

「하지만 로비는요.」 내가 말한다. 「로비는 캡이 배우가 되기를 바랐나요?」

「그래도 로비는 계속 붙어 있었어.」 가족들은 말한다.

나는 과거의 잘못들로부터 무언가를 배우고 싶지만, 가끔씩은 알아 둘 만한 가치가 있는 정보는 전부 편집되어 있는 것처럼 느껴진다. 마치 각각의 다음 세대가 짧게나마 사랑에 휘말리고 그다음 세대를 낳게 되는 건 오직 무지 때문이기라도 한 것처럼.

6. 모든 선인장은 다육 식물이지만 모든 다육 식물이 선인장은 아니다, 1994년

부모님이 애리조나주로 휴가를 떠난다. 그분들은 나와 내 여동생 레슬리에게 기념품으로 선인장을 가져다준다. 솜털로 덮인 작은 줄기들이 자갈에 심겨 있다.

채 한 달도 되지 않아 우리 둘의 선인장은 모두 죽어 버린다.

동생의 선인장은 말라서 쭈그러들었다. 수분 부족으로 죽은 것이다.

내 선인장은 통째로 썩어서 쓰러져 버렸다. 나는 물을 너무 많이 줬고 뿌리가 물에 잠기게 만들었다.

부모님은 서로 눈길을 주고받았다. 마치 우리 둘에게는

사랑이란 게 쉽지 않을 거라는 사실을 이미 안다는 듯이. 우리가 서로 다른 방식으로 비틀려 있지만 비틀려 있다는 면에선 똑같다는 사실 또한 안다는 듯이.

7. 이 돌들처럼 틀림없이, 1948년

우리 외조부모님은 극장에서 서로를 만났다.

캡은 배우가 되지 못했지만, 몇 년 뒤 10대가 된 그의 아들이자 우리 외할아버지인 에디는 블랙프라이어스 길드 극장에서 하는 어느 연극에서 〈다리가 불편했으나 기적적으로 나은 소년〉 역할을 맡게 된다. 당시 소품을 담당하던 모린 재리라는 여성이 있었다. 모린은 에디보다 나이가 많았다. 얼마나 많았는지는 우리도 지금까지 모른다. 외할머니가 말해 주지 않았기 때문이다. 물론 에디는 자기 나이를 속였다. 그는 모린에게 자기가 스무 살이라고 했다. 모린은 그에게 꺼지라고 했다. 당시 모린은 그 연극의 주연 배우와 사귀고 있었다. 그는 에디보다 나이가 많았고 아주 성공한 사람이었다.

외할아버지는 항상 끈질기기는 더럽게도 끈질긴 사람이었다.

그는 몇 주에 걸쳐 외할머니에게 작업을 걸었다.

아무 소용도 없었다.

그러다가 다음과 같은 일이 일어났다.

그 연극의 소품 중 하나는 모린이 매일 밤 극장 뒤쪽에 있는 공터에서 모아 오는 한 줌의 자갈이었다. 연극 마지막 장면에서 주연 배우가 연기하는 인물은 자갈을 내밀며 이렇게 말했다. 「이 돌들이 땅으로 떨어지는 것처럼 틀림 없이 그대를 치유하노라.」 그런 다음 그가 손을 뒤집으면 자갈들은 아래로 떨어지고, 이 기적에 의해 외할아버지가 연기하는 인물은 다시 걸을 수 있게 됐다. 하지만 어느 겨울날 밤, 외할머니가 자갈이라고 생각하고 극장 뒤 공터에서 모아 온 것은 외할아버지의 열띤 설명에 의하면 실은 〈얼어붙은 개똥〉이었다.

그렇게 해서 몇 시간 뒤, 나이 많은 주연 배우가 자기 대사를 말하고 손을 뒤집었을 때 아래로 떨어진 건 돌들이 아니었고, 주연 배우는 대신 녹은 지 얼마 안 된 한 줌의 개똥에 뒤덮인 자신을 발견하게 됐다.

「내가 낫다니!」 외할아버지는 그러든 말든 소리를 쳤다. 그러고는 목발 없이 춤을 추면서 무대 여기저기를 돌아다 녔다. 「아, 내가 다 나았구나!」

8. 옥수수시럽, 1997년

내가 다니던 중학교에서 「맥베스」를 무대에 올리게 됐다. 대니는 두 번째 살인자를 연기했다. 이 두 번째 살인자는 진정한 의미에서 내 첫 키스 상대였다. 나는 연출가의 조수였는데, 온통 검은 옷을 입고 클립보드를 든 채 무대 뒤에 슬그머니 숨어 있는 걸 좋아했다. 첫 공연 날 밤이었다. 대니는 뱅쿠오를 죽인 뒤 무대에서 달려 나왔다. 그는 어둠 속에서 나를 발견했고, 우리는 속삭여 대화를 나눴다. 대니는 연기를 잘 해낸 터라 승리감에 차 있었다. 그는 옥수수시럽으로 만든 새빨간 피를 뒤집어쓰고 있었다.

「나 너 안고 싶어, 그런데 —」 그가 말했다.

「안아 줘.」 내가 말했다.

그래서 나는 가짜 피에 뒤덮이게 됐다. 사랑이란 그런 거다.

내 절친은 대니의 절친과 사귀기 시작했고, 밤이면 우리는 전화로 모두 함께 이야기를 나누곤 했다. 우리 네 사람 모두를 전화로 연결하는 과정은 복잡했고, 일단 연결이 되고 나면 우리는 종종 누가 누구인지 헷갈려 했다.

「너 정말 재밌다.」 나는 대니라고 생각되는 사람에게 그렇게 말하곤 했다.

「그거 나 아니었어.」 대니는 그렇게 말하곤 했다.

이런 대화가 끝나고 나면 내 절친과 나는 곧장 서로에게 전화를 걸곤 했다. 너바나 좋아한다고 한 게 누구였지? 요리사가 되고 싶다고 한 건? 우리를 영화관에 태워다 줄 수 있다고 한 건 누구네 엄마였지? 우리는 결코 알아내지 못했다.

9. 피, 1967년

어머니는 피를 팔아 자기에게 꽃을 사다 줬던 젊은 남자 이야기를 내게 지금껏 백번쯤은 했다. 「그 남자는 오토바이가 있었어.」 어머니는 말한다. 「돈은 없었지만 나랑 데이트를 하고 싶어 했고, 그러려고 나가서 자기 피를 몇 파

21
핏줄

인트³나 팔았단다.」

몇 파인트나.

「같이 저녁을 먹는데 그 남자가 멍한 거야.」어머니는 말한다.「음식도 하나도 못 먹고. 금방이라도 기절할 것 같더라고. 그래도 그 남자는 나한테 꽃을 사다 줬어. 백합을. 낭만적이지 않니?」

나는 이 이야기가 마음에 걸린다. 이 이야기가 우리 아버지의 자리를 침범하고 있다는 것이 한 가지 이유다. 또 다른 이유가 있다면, 어머니가 그 꽃들을 사랑의 그릇된 척도로 삼아 휘두르는 방식이다.

마치 자기 세대는 피를 팔아 가며 사랑을 했지만 내 세대는 그저 무대 뒤에서 옥수수시럽이나 뒤집어쓴다는 듯이.

어머니는 내가 열네 살이 된 이후로 해마다 밸런타인데이가 되면 이렇게 묻곤 했다.「걔가 꽃은 사주던?」

「내가 사지 말라고 했어요.」나는 말한다.

「왜 그러는 건데?」어머니는 말한다.「넌 대체 어떤 기준을 세워 놓고 있는 거니?」

「난 그런 식의 관계는 별로라서요.」나는 말한다.「꽃도 필요 없고요.」

사실 나는 이렇게 말하고 싶다. 〈중요한 게 피가 아니고 백합이라는 양 구는 것 좀 그만두지 그래요.〉

---

3 1파인트는 약 473밀리리터에 해당하는 양이다.

10. 스크래블[4] 챔피언, 2000년

처음으로 소년과 잤을 때 나는 피가 날 거라고 생각했다. 처음에는 그렇다고들 했으니까. 하지만 침대 시트 위에는 아무 흔적도 남아 있지 않았다. 그 애가 창문 밖에 내걸 붉은 깃발도, 그 순간이 얼마나 중요한 순간인지 느끼게 해줄 어떤 엄숙한 몸짓도 없었다. 나는 말을 타며 자란 아이였다. 그 순간은 수년 전에, 나 자신도 알지 못한 채 지나간 터였다.

우리는 그 애의 어머니가 오후 내내 외출해 있을 줄 알았다. 하지만 그분은 집에 일찍 돌아왔고, 우리가 한창 그걸 하고 있는 와중에 그 애의 방문을 두드렸다.

「그 안에서 뭐 하고들 있니?」 그 애 어머니가 문밖에서 말했다. 걱정이 돼서가 아니라 그저 함께 시간을 보내는 걸 좋아하는 분이라 그런 거였다.

「스크래블 하는데요.」 소년이 말했다.

「누가 이기고 있니?」 그 애 어머니가 말했다.

「우리 둘 다요.」 그 애가 말했다.

11. 아무 일도 없을 거예요, 1969년

우리 어머니 브렌다, 줄여서 〈부〉는 단체 소개팅을 하게 됐다. 소개팅 상대는 더그 부시라는 이름의 남자였다. 그런데 더그 부시의 몸이 안 좋아졌고, 어머니의 절친한 친구는 부에게 데이트 상대가 없으면 자기도 소개팅에 나가

4 로마자가 적힌 플라스틱 조각들을 맞춰 단어를 만드는 보드게임.

지 않겠다고 했다. 그래서 지금 내게 〈폴 삼촌〉이 된 사람은 자신의 남동생인 톰, 즉 우리 아빠에게 더그 부시 대신 소개팅에 나가 달라고 했다.

「그건 데이트가 아니었어.」 어머니는 말한다. 이건 나로서는 처음 듣는 이야기다.

아빠로서도 처음 듣는 이야기인 모양이다.

「그게 데이트가 아니었다니 무슨 뜻이야?」 아빠는 말한다. 「그게 우리의 첫 데이트였잖아. 당연히 데이트였지.」

아버지는 그날 저녁 식사 자리에서 친구 몇 명과 우연히 마주쳤던 걸 기억한다. 그때 아버지는 한 친구에게 작은 녹색 트라이엄프 이야기를 했다. 바로 그 친구에게서 얼마 전에 싸게 산 자동차였다. 그 차가 계속 고장 난다는 이야기, 고치려고 애쓰고 있다는 이야기를 했다.

아버지는 그 자리에서 어머니가 이 비슷한 말을 했던 걸 기억한다. 「자동차 이야기라니, 너무 전형적인 남자들이네.」

아버지는 자신이 이렇게 대꾸한 것도 기억한다. 「자동차 이야기를 한다고 뭐라고 하다니, 너무 전형적인 여자네.」

「서로 놀리는 분위기였어.」 아버지는 말한다.

어머니는 그날 밤 폴 삼촌이 집까지 태워다 줬다는 것 말고는 거의 아무것도 기억하지 못한다…….

「내가 태워다 줬잖아!」 아버지가 말한다.

「그게 당신이었다고?」 부가 말한다. 어느 쪽이든 누군

24

가가 태워다 줘서 어머니가 집에 왔을 때, 우리 외할머니 모린은 어머니에게 어떻게 됐느냐고 물었다. 어머니는 대답했다. 「아무 일도 없을 거예요. 워싱턴 D. C.에서 학교 다니는 사람이라.」

「당신이 그런 말을 한 걸 보니 그건 데이트가 맞았네.」 아버지가 말한다.

「그날 내가 무슨 옷을 입었는지는 기억나.」

「그건 당연히 그렇겠죠.」 내가 말한다. 「**그런 건** 당연히 기억나는 거잖아요.」

「당신은 기억나?」 어머니는 아버지에게 묻는다.

우리 아버지는 실리를 중시하는 사람이다. 1970년대에 산 티셔츠들을 지금도 열심히 돌려 입는다.

「파란색 원피스였지.」 아버지가 말한다. 「칼라가 달리고 벨트가 이렇게 달린.」 아버지는 허리를 졸라매는 동작 비슷한 걸 흉내 낸다.

「맞아.」 부가 말한다. 「어머니가 만들어 주신 원피스였어.」

어머니는 왜 그 원피스는 고스란히 기억하면서 자기가 그날 밤에 느꼈던 감정은 편집해 버린 걸까? 왜 내가 가장 절실히 알아야 하는 부분은 이 이야기에서 빠져 있을까?

아마도 첫 데이트였을 그날로부터 1년이 지나자 아버지는 졸업을 하고, 어머니는 대학에 가고, 아버지는 자신의 트라이엄프를 무리하게 몰아 가며 어머니를 만나러 몇 번이고 달려가게 된다. 그 차는 결국 고속 도로변에서 문자 그대로 터져 버리게 된다.

12. 가장 남자다운 스포츠, 2001년

나는 친구들, 가족들과 함께 피크닉을 갔다가 더그 부시를 만난다. 그는 그 소개팅에서 원래 우리 어머니의 상대였던 사람이다. 나는 열여섯 살이고, 그 피크닉에 온 사람 가운데 내 친척이 아니라고 절대적으로 확신할 수 있는 유일한 남자와 시시덕거려 보려고 애를 쓰고 있던 참이었다. 바이올린 연주자로 고용된 그 남자는 헛간에서 연주를 했다. 시시덕거림이 별 성과를 내지 못하자 나는 결국 맥주를 여러 잔 마시고 더그 부시와 편자 던지기 놀이를 하게 된다.

「편자 던지기는 말이야.」더그 부시가 내게 말한다. 「가장 남자다운 스포츠란다. 맥주를 내려놓지 않고도 할 수 있기 때문이지.」

이렇게 말하는 더그 부시의 목소리는 로봇처럼 들리는데, 담배 때문에 후두암에 걸린 그가 성대를 일종의 상자로 대체해야 했기 때문이다. 그는 말을 하려면 한 손가락으로 그 상자를 눌러야 했다.

더그 부시가 버튼을 누르고는 내게 말한다. 「내가 네 아버지가 될 수도 있었어.」

13. 정동석[5] 아저씨, 1970년

아버지는 세 시간 동안 운전을 해서 당시 어머니가 다니던 뉴욕주 북부의 여자 대학을 찾아갔다. 아버지는 거리가 멀다거나 날씨가 춥다는 불평 같은 건 하지 않았다. 두 사람은 〈틴 앤드 린트〉라는 바에 갔고, 아버지는 슐리츠 맥주를, 어머니는 진리키[6]를 마셨다. 경마장에 가서 경마도 했는데, 아버지가 돈을 냈고, 어머니는 승률과는 상관없이 얼룩무늬가 있는 회색 말을 가장 마음에 들어 했다. 하지만 그들의 로맨스를, 그리고 나의 존재를 전적으로 좌우한 순간이 있었다면, 그건 정동석이 등장한 순간이었다.

「어디로 가는 거예요?」 어머니가 물었다.

「주차장으로요.」 아버지가 말했다. 「선물이 하나 있어서요.」 그는 차 트렁크에서 그것을 들어 올렸다. 돌덩어리였다. 작은 멜론만 한 크기였다.

「돌이네요. 고마워요.」 어머니가 말했다.

「정동석이에요.」 아버지가 말했다. 「안에 수정들이 들어 있어요.」 그는 트렁크에서 망치 하나를 꺼낸 다음 돌을 어머니에게 건네줬다.

「그 수정들은 무슨 색인데요?」 어머니가 물었다.

「잘은 모르겠네요.」 아버지가 말했다. 「파란색일 수도 있고, 보라색이나 갈색, 아니면 회색일 수도 있어요. 깨뜨려 봐야 알 수 있죠.」

5 안쪽에 광물이 들어차 있고 가운데가 비어 있는 암석.
6 진에 탄산수와 라임즙을 넣어 만든 칵테일.

「깨뜨려 봐요.」어머니가 말했다. 「그 수정들, 진흙 같은 갈색은 아니었으면 좋겠네요.」

(우리 어머니에 대해 당신이 알아 둬야 하는 게 있다면 이런 거다. 이게 진지하게 한 말이라는 것.)

아버지는 망치를 휘둘렀다. 돌덩어리가 쪼개졌다. 어머니가 안을 자세히 살펴봤다.

자수정이었다.

어머니는 아버지에게 키스했고, 그들은 술집으로 향했다.

몇 시간 뒤, 아버지가 어머니를 기숙사까지 바래다주고 있는데 3층에서 깔깔거리는 소리가 들려왔다. 여학생들이 창가에 붙어 서 있었다.

「정동석 아저씨!」그들이 소리쳤다. 「이리 와서 **우리한테도** 돌덩어리 하나 주세요, 정동석 아저씨.」

그 정동석은 지금 부모님 댁 거실에 놓여 있다.

나는 겁이 난다. 그 돌덩어리도. 이 이야기도. 왜냐하면 궁금하기 때문이다. 만약 그 수정들이 다른 색깔이었다면, 나는 이 세상에 태어나는 데 성공할 수나 있었을까?

14. 칼, 2002년

타로 카드 점술가가 우리 집에 와서 동생과 나를 위해 카드를 늘어놓는다. 그는 내 동생에게 칼을 써서 일하는 남자와 결혼하게 될 거라고 한다.

동생은 생각한다. 〈의사구나.〉

28

나는 생각한다. 〈정육점 주인이구나.〉

우리는 잘생긴 요리사들이 있는지 잘 찾아보자고 다짐한다.

「저는요?」 나는 묻는다. 「저는 결국 누구를 만나게 되나요?」

「비행기 한 대가 보이네요.」 점술가는 말한다. 「여기서 먼 곳으로 가는 당신이 보여요.」

「제가 그걸로 뭘 해야 될까요?」 나는 묻는다.

15. 우리가 겪게 될 일, 1950년과 1973년

우리 외할아버지는 열일곱 살 때 결혼했는데, 너무 어려서 혼인 증명서에 그의 어머니가 대신 사인해 줘야 했다. 어머니는 대학을 졸업하기 한 달 전에 아버지와 결혼했다. 일찍 결혼하는 바람에 자신의 성장을 또 다른 인간의 성장과 동시에 진행시켜야 하는 일은 틀림없이 힘들 것이다. 하지만 어쩌면 오히려 쉬운 일이기도 하지 않을까.

우리 가운데 일찌감치 사랑을 발견하지 않는 사람들이 나중에 사랑을 다시 시도할 힘을 모아 둔다는 건 놀라운 일이다. 지나간 세월들은 결혼식 날 신랑 신부의 세단 뒤에 매달린 채 끌려오는 그 많은 양철 깡통들처럼 덜거덕거리며 우리 뒤를 따라오는데 말이다.

16. 뉴포트 담배, 2003년

나는 보수가 너무 적어 거의 없는 것이나 마찬가지인 어느 조그만 식당에서 종업원으로 일하고 있었다. 주방 직원들은 나를 〈러시아인〉이라고 불렀는데, 내 글씨가 너무 엉망이라 그들 눈에는 키릴 문자로 보였기 때문이었다. 주방장은 서른여덟 살이었고 나는 열아홉 살이었지만 그런 건 중요하지 않았다. 그는 멋진 사람이었으니까. 나는 그가 사람이 들어갈 수 있을 만큼 커다란 냉장고 안으로 나를 따라 들어온 다음 내 앞치마를 풀어 벗기고 냉동 새우와 토르텔리니가 든 봉지들에 나를 밀어붙이며 섹스를 하는 판타지를 품고 있었다. 그런 일은 일어나지 않았지만, 어쨌든 나는 시도를 하긴 했다.

〈시도〉라는 건 이런 뜻이다. 만약 내가 다른 남자 종업원들과 주방장과 함께 담배를 피우러 나갈 수만 있다면, 나는 그와 가까워질 것이었다. 그러면 내가 아무 말 하지 않아도 그는 내가 자신을 갈망하고 있다는 걸 **직감할** 터였다. 나는 그렇게 확신하게 되었다.

그래서 어느 날, 나는 담배 한 갑을 가지고 그 자리에 모습을 드러냈다.

「너 담배 피우니?」 주방장이 말했다.

「줄곧 피워 왔는걸요.」 내가 말했다.

나는 태어나서 처음으로 피워 보는 담배에 불을 붙였다. 뉴포트 멘톨 담배였다.

그렇게 담배를 피우게 되고 10년이 지나, 나는 처음 피우기 시작한 것과 똑같은 방식으로 담배를 끊었다. 다시 말해, 남자 때문에.

나는 오랜 담배 친구에게 문자를 보냈다.

〈나 담배 끊으려고. 남자 때문이야. 그럴 줄 알았지만.〉

친구는 답장을 보내왔다.

〈남자 때문에 그만둬야 하는 일은 다른 사람들하고 하는 섹스밖에 없어.〉

17. 「아가씨와 건달들」, 2004년

대학에 간 나는 극단에 들어가고, 어머니는 그것 때문에 걱정을 한다. 크리스마스 휴가를 맞은 우리는 거실 소파에 함께 앉아 있다.

「뮤지컬에 나오는 노래를 너보다 많이 아는 남자랑은 절대 사귀지 마.」 어머니가 말한다.

옆방에 있던 아버지가 이 말을 듣는다. 그러더니 거실을 무대로 삼아 오른쪽에서 찰스턴[7]을 추며 들어온다.

「바로 여기 말이 있다네!」 아버지가 노래 부른다. 「말 이름은 폴 리비어!」[8]

아버지는 찰스턴을 추며 무대 왼쪽으로 빠져나간다.

「난 진지하게 하는 말이야.」 어머니가 말한다.

그러자 어째선지 아버지가 또다시 무대 오른쪽에서 노래를 부르며 등장한다.

「여러분을 알아 가는 중! 여러분의 모든 걸 알아 가는

7 1920년대에 유행한 빠른 춤으로, 무릎을 붙인 채 발을 바깥쪽으로 들어 올리는 게 특징이다.
8 뮤지컬 「아가씨와 건달들」에 나오는 노래 「허풍선을 위한 푸가」의 첫 소절이다.

중이죠!」[9]

18. 해결사, 1999년

어머니의 남동생인 랜들 외삼촌은 기자다. 1990년대 후반, 그는 발칸반도를 여행하고 있었다. 세르비아 전쟁 범죄자들에 대한 기소가 문제적이라 할 만큼 성의 없이 이루어지고 있는 상황을 다루기 위해서였다. 외삼촌은 수많은 강간과 살인을 저지른 것으로 알려진 한 남자를 신분을 속이고 인터뷰하고 싶어 했다. 그 남자는 보스니아의 어느 작은 마을에서 신변 보호를 위해 개인 민병대를 두고 제법 공개적으로 살고 있었다. 그 지역의 모든 해결사들은 외삼촌에게 그건 완전히 말도 안 되고 끔찍하며 실행에 옮기다 죽을 수도 있는 계획이라고 말하면서 요청을 거절했다. 그러던 어느 날 누군가가 말했다.

「혹시 고차 이그리치하고 이야기해 봤어요? 내 생각엔 그 사람이 당신이 찾고 있는 사람인 것 같은데.」

고차 역시 기자다. 그는 세르비아인 여성으로 말버러 레드를 줄담배로 피우고, 터키커피를 하루에 몇 주전자나 마셔 대는 사람인데, 당시에는 갖가지 정치 단체들과 범죄 조직들로부터 살해 협박을 받고 있었다. 전쟁 기간 동안 여러 해에 걸쳐 대담하게도 슬로보단 밀로셰비치[10]에게 공

9 뮤지컬 「왕과 나」에 나오는 노래 「여러분을 알아 가는 중이죠」의 한 소절이다.

10 Slobodan Milošević. 1989년부터 1997년까지 세르비아 대통령을, 1997년부터 2000년에 실각할 때까지 유고슬라비아 대통령을 역임했으며,

공연히 반대하는 목소리를 낸 결과였다.

언젠가 외삼촌에게 고차와 언제 사랑에 빠졌느냐고 물어본 적이 있다.

그들은 그 뒤로 오랜 시간이 지나고 나서야 사귀기 시작했다. 하지만 외삼촌은 고차와 사랑에 빠진 건 아마도 그들이 어느 카페에서 처음으로 만났을 때, 그가 무엇을 하고 싶은지 고차에게 말하고 해결사가 되어 달라고 부탁했을 때일 거라고 했다. 삼촌이 그 완전히 말도 안 되고 끔찍하며 실행에 옮기다 죽을 수도 있는 계획을 설명하고 나자 고차는 잠시 말이 없었다. 그러더니 폐에 있는 모든 걸 내뿜듯 연기를 내뿜고 나서 이렇게 말했다. 「내가 이 일을 안 할 수 있을 거라는 생각은 들지 않네요.」

「아마 그때 알게 됐던 것 같네.」 외삼촌은 말한다.

그것은 우리 가족이 내게 사랑에 관해 가르쳐 준, 핏줄만큼이나 정직하게 느껴지는 첫 번째 진실이었다. 〈난 이걸 안 할 수는 없어〉라는 마음 말이다.

19. 안다는 것, 2004년

스탠리는 훌륭한 배우였고 작품을 낭독하는 걸 좋아했다. 한번은 — 우리 사이가 이미 거의 끝나 가고 있을 때 — 그가 내게 『일리아드』를 읽어 줬다.

그가 낭독을 시작한 지 15분쯤 됐을 때, 갑자기 내게 깨

유고슬라비아 전쟁 중에 수많은 반인도적 범죄와 대량 학살을 저질러 〈발칸의 도살자〉로 불렸던 독재자.

달음이 찾아왔다. 사람들은 사랑에 빠져 있다기보다는 그저 청중이 필요한 것일 때가 가끔씩 있다는 깨달음이. 나는 무대 뒤에서 바느질과 용접을 하고 조명 콘솔을 껐다 켰다 하는 스태프였고, 어쩌면 그래서 그걸 깨닫는 데 한참이 걸렸는지도 모른다. 하지만 일단 깨닫고 나자, 나는 나 자신을 지워 버리기 시작했다. 훌륭한 무대 뒤 스태프처럼. 좋은 여자처럼.

내가 그래야 한다고 생각했던 게 스탠리의 잘못은 아니었다. 여자들이 타고난 직감으로 깨달아 온 옳고 그름에 대한 판단을 오랫동안 숨겨 온 우리 집안의 역사가 문제였다. 그건 로맨스라는 막 뒤에, 혹은 더 나쁘게는 운명이라는 막 뒤에 진실을 숨기는 역사였다.

나는 콘솔의 제어 장치를 천천히 움직여 조명을 낮추는 방식으로 나 자신을 지워 갔다. 약하게, 더 약하게, 그 자리가 점점 희미해지고 어두워지다가 마침내 암전되어 완전히 꺼져 버리도록.

20. 색맹, 2003년

내 동생 레슬리가 내가 지금껏 본 것 가운데 가장 위대한 사랑의 행위를 저지른다.

그 애는 더그라는 남자를 한동안 만나 오다가 그가 색맹이라는 사실을 알게 됐다.

동생은 이성을 잃었다. 그때까지 완벽하게 코디해 온 자신의 옷차림이 모조리 의미를 잃어버렸기 때문이었다.

동생은 자신의 옷차림을 매우 진지하게 여긴다.

「당신이 나를 보는 방식으로 보면, 내가 입은 옷은 하나도 안 어울려요.」레슬리는 더그에게 말했다. 「끔찍해 보인다고요.」

「당신은 아름다워요.」더그는 그 애에게 말했다.

하지만 동생은 자기가 입은 빨간색 옷이 녹색으로 변해 버리는 걸 용납할 수 없었다. 동생은 녹색을 싫어했다.

내가 다음번에 레슬리를 만났을 때 그 애는 녹색 스웨터를 입고 있었다. 남색 스커트와 함께.

「스웨터 멋지네.」나는 말했다.

「정말 끔찍하기 짝이 없는 옷이야.」레슬리는 말했다.

「그럼 그걸 왜 입고 있는 건데?」

「왜냐하면 더그한테는 이게 남색에 빨간색으로 보일 테니까.」레슬리는 말했다. 「그리고 지금 선원들 옷 색깔이 진짜 유행이거든.」

21. 블랙 캣, 2006년

한 무리의 여자들이 〈브릿팝의 밤〉을 즐기러 〈블랙 캣〉이라는 클럽에 가려고 하고 있었다. 더 스미스와 섹스 피스톨스의 음악에 맞춰 춤을 추고, 담배를 피우고, 아이라이너를 아주 진하게 칠하고, 몇 달만 지나면 우리 대부분이 졸업을 해서 소속이 없어질 거라는 사실에, 혹은 남자들에게 관심을 꺼버리기 위해서. 내가 거기 가려고 했던 건 춤을 추고 싶어서였지만, 아마 매기라는 이름의 키 큰 여자 때문이기도 했을 것이다. 매기는 커다란 안경을 쓰고 버튼다운칼라 셔츠를 입고 소매를 〈본론으로 들어가 보자고〉 하는 느낌으로 걷어붙이고 다니는 여자였고, 그런 그의 모습은 나를 갈망으로 가득 채웠다. 극단에서 회의가 있는 날이면 매기는 나와 똑같이 엄청난 양의 메모를 했고, 항상 내가 메모에서 시선을 들고 그를 빤히 쳐다보는 바로 그 순간에 똑같이 시선을 들고 나를 빤히 쳐다보는 것처럼 보였다.

하지만 그때, 우리는 결국 블랙 캣에 가지 못했다. 눈보라 때문이었다.

(결국 우리는 키스하게 된다. 결국 우리는 함께 침대로 가게 된다. 결국 나는 내가 바이섹슈얼이라고 밝히는 데 실패하게 되고, 퀴어라고 밝히는 데 실패하게 되고, 해야 하는 방식으로 진실을 말하고 커밍아웃을 하는 데 실패하게 되고, **매기를 실망시키지 않는 데도** 실패하게 된다. 결국 나는 당신에게 이 모든 것을 이야기하게 될 것이다.)

눈 때문에 우리는 너무나도 실망했다. 그 계획들이 다 취소되다니. 그래서 우리는 모두 그동안 피하려고 애써 왔던 만날 똑같고 지겨운 파티에 갔고, 즐거운 시간을 보내는 척했다.

나는 발코니로 나가 담배를 피우며 눈이 내리는 걸 지켜봤다. 거기 바깥에는 사람들이 조그맣게 모여 있었다. 나는 매기를 발견했다. 매기는 안경을 벗고 있었고 검은색 탱크톱을 입고 있었다. 그는 발코니 저편에서 내게 손을 흔들었다. 나도 손을 흔들었다. 그러다 우리는 회의할 때 그랬듯 서로를 빤히 쳐다봤고, 매기는 자기 셔츠를 조금 들어 올렸다. 매기의 배에는 빨간색 립스틱으로 다음과 같이 쓰여 있었다.

블랙 캣에

있

고

싶다

22. 「아쇼칸의 작별」,[11] 2007년

내 친구 한 명이 농장에서 일하고 있었다. 그는 그 농장에서 옛날식 옷차림을 하고 금속 테 안경을 쓰고 양철공으로, 밴조 연주자로, 1901년쯤에 살던 사람으로 분장하고 있었는데, 그곳은 그런 걸 좋아하는 관광객들이 즐겨 찾는 농장 중 한 곳이었다. 하지만 친구는 실제로 그 옷을 입고 다녔고, 양철로 물건을 만들었고, 밴조를 연주했으니 어디까지가 연기인지는 구별하기 어려웠다.

나는 그를 찾아갔다. 「프랭크를 소개해 줄게.」 내 친구는 말했다.

프랭크는 진짜로 겁나게 꼬불꼬불 내려오는 곱슬머리를 하고 줄담배를 피우며 농장에서 생활하는 즉석요리 전

11 미국의 민속 음악가 제이 언거가 1982년에 작곡한 곡으로, 수년간 미국 아쇼칸 지역의 음악 캠프에서 작별의 왈츠로 사용됐다.

문 요리사였다. 하지만 그 농장에는 프랭크라는 이름의 **당나귀도** 한 마리 있다는 게 문제였다. 그래서 내 친구가 〈프랭크〉를 만나게 해준다며 데려갔을 때, 나는 당나귀를 보게 될 줄 알고 있었기에 아무 준비도 되어 있지 않았는데, 거기에는 진짜로 겁나게 꼬불꼬불 내려오는 곱슬머리를 한 그 남자가 있었다.

그리고 어쩌다 보니.

프랭크는 나를 아래층으로 데려갔고, 그가 내 셔츠를 벗기려는 순간 나는 말했다. 「잠깐만요!」

액자에 담겨 벽난로 선반 위에 놓여 있는 아주 커다란 세피아빛 사진 한 장이 내 눈에 들어왔다. 아기를 안고 있는 두 사람의 사진이었다. 나는 저 사람들은 누구냐고 물었다. 그들이 아름다워 보여서였다.

프랭크는 그들이 자기 부모님이고 그 아기는 자기라고 했다. 그런데 부모님이 이혼할 때가 되자 그분들은 서로를 너무도 심하게 미워해서 더 이상 그 사진을 보는 걸 견딜 수 없어 했고, 그걸 버리려고 했고, 그래서 자기가 사진을 가져왔다고 했다.

나는 셔츠를 다시 입었다. 왜냐하면 아마도 모든 것이 결국에는 그저 끔찍해질 테고, 뭘 하든 아무 의미도 없을 테고, 우리는 그 비극이 온통 우리를 굽어보는 와중에는 섹스를 할 수가 없기 때문이었다. 아닌가?

프랭크는 내 셔츠를 다시 벗겼지만, 아까처럼 거칠게는 아니었다.

23. 희망, 2008년

밥과 나의 관계는 원래 끝났어야 했던 시점에서부터 꼬박 1년간 더 지속됐다. 당시 대통령에 출마했던 버락 오바마가 세상을 구원하기 위해 어떤 행동들이 가능할지에 대한 우리의 기대를 너무도 높여 놓은 나머지, 밥과 나 역시 그동안 서로를 알게 모르게 상처 입혀 온 옹졸한 방식들로부터 우리 스스로를 구원할 수 있지 않을까 생각하게 된 것이다. 우리 역시 변화할 수 있었다.

고마워요, 오바마.

내가 밥을 떠나자, 그는 우리 이야기를 단편소설로 써서 우리가 하고 있던 글쓰기 워크숍에 제출했다. 소설 속에서 밥은 록스타였고, 나는 제빵사였다. 그가 소설 속에서 꾸며 낸 바에 따르면, 나는 첫 번째로 사귄 남자 친구로부터 성병의 일종인 클라미디아에 감염돼 난소를 절제하고 이제 아이를 가질 수 없는 몸이 되어 있었다. 소설 속에서 이름이 〈조에〉였던 나는 길 한복판에서 그 록스타를 보고 소리를 질러 댔다. 그 지난주에 내가 실제로 길 한복판에서 소리 질러 댔던 말들을 소리 질러 댔다.

「이 대화는 정말 **생생하네요**.」 선생님은 말했다. 「작품이 정말 놀랄 만큼 발전했네.」

「근데 너 아직 난소는 있는 거야?」 내 친구들은 물었다.

24. 코가 비뚤어지게, 2009년

앨이 한겨울에 나를 롱아일랜드로 초대했다. 내가 세븐

일레븐 슬러피를 먹어 본 적이 없어서였다. 말이 안 되는 제안이었지만 나는 좋다고 했다. 이렇게 정중하게 묻는 그의 태도 때문이었다.

「이번 주 토요일 2시에 롱아일랜드에서 저하고 만나 슬러피를 마시고 그다음에는 혹시 해변을 산책하시겠어요?」

나는 두 시간 동안 기차를 타고 〈아이슬립〉, 〈원타〉 같은 이름을 지닌 곳들을 지났다. 역 화장실에서 내가 립스틱을 바르자 옆에 있던, 가슴이 거의 셔츠 밖으로 튀어나오다시피 한 여자가 거울 속에서 나와 눈을 마주치더니 말했다. **자긴 그런 거 안 발라도 돼.** 앨은 나를 차에 태웠고, 우리는 슬러피를 샀고, 겨울 코트를 입은 채 해변에서 그것을 마셨다.

앨과 나의 부모님은 서로 달랐지만 우리를 똑같은 방식으로 키웠다. 우리는 우리 부모님과 똑같아지는 게 두려웠던 것 같다. 상대방에게서 발견되는 것이 자신에게 과분할까 봐 두려웠던 것 같다.

그 첫날 해변에서, 앨은 납작한 술병에 담긴 위스키를 마셨다. 그가 내게 좀 마시겠느냐고 물었다. 나는 좋다고 했다.

그가 실제로 한 말은 이랬다. 「코가 비뚤어지게 마셔 본 적 있어요?」

내가 실제로 한 말은 이랬다. 「항상 코가 비뚤어지게 마셔 보고 싶었죠.」

우리는 족히 4년 동안 코가 비뚤어지게 마셨다.

25. 「담쟁이덩굴 왕관」, 1979년

「엄마가 엄마 결혼식에서 낭독한 시가 뭐였죠?」 내가 어머니에게 묻는다. 「릴케가 쓴 그 눈물 짜내는 시 있잖아요?」

「그건 릴케가 쓴 눈물 짜내는 시가 아니었어.」 어머니가 말한다. 「윌리엄 칼로스 윌리엄스가 쓴 시였고, 너희 외할아버지도 그걸 읽고 우셨어.」

「그 시 제목이 뭐였죠?」

「제목은 기억 안 나지만 뭔가 〈사랑은 잔인한 것〉 어쩌고저쩌고하는 시였는데.」

「사랑은 잔인한 것?」 내가 말한다.

어머니가 말한다. 「훌륭한 시야.」

분명
사랑은 잔인하고
이기적이고
완전히 둔감한 것 —
(……)
하지만……
(……)
우리는,
어떻게든,
우리의 의지로 견뎌 냈지.
(……)

우리가 그러기를 바라기에
그것은 거기 있네
모든 우연을 지나.

26. 윌슨빌 꿀벌 대학살을 기억하라, 2013년

나는 비행기를 타고 오리건주로 날아갔다. 옛날 남자 친구인 알로를 만나 우리가 아직 사랑하고 있다고 결론을 내리고 결혼하기로 한 뒤였다. 우리는 어쩌면 내가 플로리다주에서 박사 학위를 딸 계획을 포기하고 오리건주로 이사를 가야 할지도 모른다고 생각했다.

우리는 세 시간 동안 차를 몰고 해안으로 가서 모래 언덕에 앉아 태평양을 바라보며 낭만적인 저녁 시간을 보내고 있었다. 그런데 갑자기 웬 헬리콥터들이 날아다니며 파도 위에 서치라이트를 비추기 시작했다. 우리는 손으로 귀를 막은 채 그 불빛들이 수면 위로 흘러가며 시신을 찾는 걸 지켜봤다.

나는 혼란에 빠진 채 급히 숙소로 돌아왔다. 내 친구 코라에게 냉큼 전화를 걸어 그 애를 침대에 붙잡아 두고는 울면서 이렇게 말했다. 「나, 그 사람을 사랑하기는 하는데 사랑에 푹 빠져 있는 건 아니야! 근데 어쩌면 우린 그냥 결혼해야 할지도 몰라! 어쩌면 난 오리건주로 이사를 와야 할지도 몰라! 어쩌면 진정한 사랑은 바로 이런 느낌인 걸까!」

코라는 좋은 친구고, 그래서 내가 방금 〈진정한 사랑〉이란 단어를 사용했다는 걸 지적하진 않았다.

「괜찮아.」 코라는 말했다. 「넌 이제 입을 다물고 플로리다주로 이사를 갈 거야. 계획한 그대로, 아는 사람이 아무도 없는 그곳으로 가는 거야. 그리고 가끔씩은 나한테 전화해서 그곳 이야기를 들려줄 거야. 그러면 괜찮을 거야.」

「하지만 ─」 내가 말했다.

「쉿.」 코라가 말했다. 「이제 입 다물어. 다 괜찮아질 테니까.」

오리건주에서의 마지막 날, 공항으로 가는 길에 우리 차는 꿀벌 복장을 하고 무언가를 외쳐 대고 있는 한 무리의 사람들을 지나쳤다. 꿀벌 옷을 입은 사람들은 그 지역 공구점에서 판매되는, 벌들에게 해로운 살충제에 항의하고 있었다. 그때쯤 일이 잘 풀리지 않아서 우리는 둘 다 아주 지쳐 있었다. 하지만 한편으로는 희망에 차 있기도 했다. 일단 내가 비행기에 오르고 나면 무슨 일이 일어날지 알지 못했기에 우리는 꿀벌 차림의 남자를 봤을 때 감정이 격해질 준비가 돼 있었다. 그 남자가 든 피켓에는 다음과 같은 글귀가 적혀 있었다.

윌슨빌 꿀벌 대학살을 기억하라!

어떤 대학살은 지나고 나서 보면 사소해 보이기 쉽다. 흘렀던 그 모든 피가 기억 속에서 실제보다 적게 느껴지기도 쉽다. 하지만 당신이 살아가는 내내 매일같이 피켓을 들고 돌아다니며 당신에게 삿대질을 하면서 이렇게 소리를 질러 대는 사람들도 있다. **이 모든 피를 봐. 그냥 한번 보**

기만 하라고. 당신이 직접 만들어 내고 있는 대학살도 있다.

우리는 서로를 바라보고는 물었다. 「기억할 거야?」

우리는 말했다. 「윌슨빌 꿀벌 대학살을 대체 어떻게 잊을 수 있겠어?」

27. 순환, 2013년

나는 플로리다주 탤러해시에 있는 어느 쇼핑몰에 있다. 쇼핑몰의 대부분은 버려져 있다. 몇 주 전까지만 해도 이곳에 내가 아는 사람이라곤 아무도 없었다. 하지만 나는 이제 곧 새로 사귄 한 무리의 친구들과 함께 영화 한 편을 볼 예정이다. 그중에는 닉이란 남자도 있는데, 나는 그가 마음에 드는 것 같지만 너무 대놓고 관심을 보이진 않으려고 노력 중이다.

나는 죽어 버린 쇼핑몰 안, 텅 비어 있는 수많은 상점 앞을 지나쳐 걸어간다. 그러다 조금 떨어진 곳에 있는 그들이, 만난 지 얼마 안 된 이 친절한 사람들이 내 눈에 들어온다. 그들은 나를 기다리고 있다. 하지만 내가 그들에게 채 닿기 전에 내 동생이 울면서 전화를 걸어온다.

「왜 그래?」 내가 묻는다.

남자 친구 때문이라고 동생은 말한다. 그를 사랑하기는 하는데 그와 사랑에 **폭** 빠져 있는 것 같진 않다고 한다.

레슬리는 말한다. 「하지만 어쩌면 그냥 이게 다인지도 몰라. 어쩌면 사랑이라는 건 이런 느낌이 전부인 거고, 난 이 이상의 무언가는 절대 느낄 수 없을지도 몰라.」

그 애가 그렇게 말할 때 나는 울지 않는다. 내 동생은 내 몸에 달린 팔다리나 마찬가지여서 그 애가 불행하면 나도 강렬하게 그 감정을 느끼기는 하지만 말이다. 나는 울지 않는다. 우리 가족의 핏줄에 흐르는 슬픔이 내 안에서 솟아나며 모든 게 헛되다고 속삭이는 게 느껴지기는 하지만 말이다. 나도 바로 이것과 똑같은 실수들을 저질렀을 텐데도 동생이 이런 실수를 하지 않게 막아 주진 못했다는 게 부당하게 느껴진다. 예전에 일어났던 일이, 우리 가족과 친구들과 심지어 우리 자신에게 일어났던 모든 일이 품고 있기에 이렇게 무거운데도, 앞으로 행하게 될 어리석음과 겪게 될 고통으로부터 그것들이 우리를 보호해 줄 일은 전혀 없다는 것이 부당하게 느껴진다. 우리가 똑같은 실수를 또다시 저지르지 않을 거라는 보장이 전혀 없다는 것이.

동생이 그렇게 말할 때 나는 웃지 않는다. 내가 전에 했던 말들이 플로리다주 탤러해시에 있는 어느 죽어 버린 쇼핑몰 통로에서 내게 똑같이 되돌아오는 일이 너무 어이없어서 기운이 빠지기는 하지만 말이다. 불과 몇 달 전에 내 세상은 마치 끝나 버릴 것처럼 보였는데 지금 나는 여기, 이 새롭고 아무렇지도 않은 공간에, 그것도 상당히 행복하게 존재하고 있다는 어이없음이라니.

나는 동생에게 이렇게 말한다. 「사랑하기는 하는데 사랑에 푹 빠져 있는 것 같진 않다는 말이 무슨 뜻인지 나한테 설명해 봐.」

길 건너편에는 새로 사귄 친구들이 여전히 나를 기다리

고 있다. 나는 내 마음에 드는 것 같은 그 남자가 몸을 굽혀 구두끈을 매는 걸 지켜본다. 우아하게 굽힌 그의 몸을 보니 가슴이 아려 오고 양 손목의 맥박도 빨라지지만 나는 아무렇지 않은 척한다.

나는 동생에게 이렇게 말한다. 「그 감정에 대해서 전부 다 말해 봐.」

나는 이 일들 중 어떤 것도 전에는 일어난 적이 없는 척한다.

이 모든 것이 처음으로 일어나는 일인 양 행동해야만 한다.

1막: 직공들

너는 그의 집 옆에 벽을 세우고 있던 그들을 기억한다. 너는 언제나 속도를 내느라 모퉁이를 그냥 지나칠 뻔하다가, 돌을 들고 있는 그 남자들을 발견하고 후진해 오른쪽으로 가곤 했다. 너와 그, 두 사람은 언제나 사랑에 빠져 있었던 것 같지만, 두 사람이 함께 있는 동안엔 내내 그 사람들이 벽을 세우고 있었다. 그러니 그 기간은 실제로는 얼마나 됐을까?

그 소년은 겨울에 하와이안 셔츠를 입었다. 그의 입은 절대 멈추지 않고 쉴 새 없이 움직였다. 그에게는 다리가 짧고 멍청하고 늘 길을 잃던 개가 한 마리 있었는데, 너와 그가 만나기 전에 한번은 그 개를 도로변에서 발견한 네 부모님이 차로 녀석을 그에게 데려다준 일도 있었다. 그는 프레디 머큐리처럼 노래 부를 줄 알았다. 폴 매카트니처럼 노래 부를 줄도 알았다. 톰 웨이츠처럼도. 너는 열일곱 살이었고 그에게 빠지지 않을 도리가 없었다.

그는 소년다운 면이 있어서, 조그만 「스타워즈」 피규어

47

를 수집하고 담요 속에서 방귀를 뀌고 심각한 이야기를 해야 할 때면 우스꽝스러운 목소리를 내곤 했다. 반면 성인 남자 같은 면도 있었다. 허리가 좋지 않아 교정용 운동화를 신어야 했고 진통제에 중독돼 있었다. 불면증이 찾아올 때면 자기 어머니의 세단을 뒷길로 천천히 운전하며 바그너를 듣는 것도 그랬다.

그는 너를 호수로 데리고 갔다. 너와 그는 안전 요원 의자에 함께 앉았고, 그는 너에게 사랑한다고 말했고, 모든 것이 몹시 낭만적이었다. 그러다 너는 10미터쯤 떨어진 모래사장 위에서 또 다른 커플이 섹스를 하고 있다는 걸 알아차렸다. 솔직히 말하자면 그럼에도 불구하고 그 상황은 상당히 낭만적이었다. 솔직히 말하자면 너는 지금도 안전 요원 의자를 일종의 신성한 장소로 여긴다.

너와 그는 장난감 가게가 나올 때마다 차를 세우기로 합의했다. 너와 그는 서로에게 피구 공을 던졌고, 봉제 동물 인형들을 아이들이라며 입양했고, 야위고 흐느적거리는 10대의 몸을 경주용 자동차 모양의 플라스틱 침대에 밀어넣으려고 애를 쓰다가 누군가로부터 큰 소리로 나가 달라는 말을 들었다. 그게 조건이었다. 적어도 한 사람에게서 큰 소리로 뭔가 말을 듣고 난 뒤에야 너와 그는 가게를 나섰다.

그는 너를 좋지 않은 상황에 처하게 하곤 했다. 자기 친구들이 연 파티에 너를 데려갔다가 잊어버리는 바람에 네가 집에 오는 차를 스스로 구해서 타고 와야 했던 일. 너희

부모님과 너를 다투게 만든 일. 단지 공짜 케이크를 한 조각 얻어 내기 위해 식당 종업원에게 매번, 매번 그날이 네 생일이라고 거짓말을 한 일. 그러고도 가끔씩은 어쨌든 돈도 내지 않고 나가 버린 일. 네가 울고 있으면 그는 아이스크림을 좀 먹어 보면 다 괜찮아지지 않겠느냐고 묻곤 했다. 마치 여자들의 문제란 건 그렇게나 해결하기 쉽다는 듯이. 너는 그를 한 대 치고 욕을 하곤 했지만, 그러면 그는 너를 차에 태우고 고속 도로 변에 있는, 24시간 영업하는 〈카벨〉 아이스크림 체인점으로 가곤 했다. 그곳의 긴 피크닉 의자에 너를 앉히고는 시속 128킬로미터로 달려가는 차들을 지켜보면서, 배기가스 냄새를 맡아 가며 무지갯빛 스프링클을 뿌린 바닐라 소프트 아이스크림을 먹게 한 다음, 그는 이렇게 말하곤 했다. **인정해, 기분이 좀 나아졌지, 아니야?** 그러면 너는 그를 한 대 더 치곤 했다.

그의 어머니는 중학생들에게 셰익스피어 연극에서 연기하는 법을 가르쳤다. 그분이 가르치는 극단은 그 지역의 농장에서 연습을 했는데, 그곳이 훌륭한 낙농장이 되기에는 젖소가 너무 적었지만 정원은 충분히 넓어서, 그분이 「한여름 밤의 꿈」을 무대에 올리자 거기에 딱 맞는 장소처럼 보였다. 너는 그 연극에서 젊은 연인들이 숲속에서 혼란에 빠지고 싸우고 키스하는 부분을 좋아했지만 직공들이 나오는 부분은 이해하지 못했다. 연극의 나머지 절반을 차지하는 그 부분에서 목수들과 수선공들은 자신들만의 극을 무대에 올리려고 애를 썼다. 그 직공들은 젊지도 아름답지도 않았고, 그들이 만들려고 애를 쓰는 극은 몹시 형편없었다. 그 극중극의 제목은 〈피라모스와 티스베〉였다. 그 극에서는 한 남자가 여자를 연기했고 한 여자가 벽을 연기했는데, 그들은 어느 사자의 끔찍한 포효에 관해 이야기를 이어 갔다. 너에게는 그 모든 것이 이질적으로 느껴졌다. 하지만 그는 그 부분이 작품에서 가장 좋은 부분이라고 생각했고, 너는 네가 무엇을 놓친 건지 궁금해했다.

너는 자동차 충돌 사고를 내는 바람에 병원에 가야 했다. 너의 부모님은 그를 좋아하지 않았지만 그는 너를 보러 왔다. 길가에서 훔친 지저분한 원뿔 모양의 교통 표지물을 들고 왔는데 그 꼭대기에 들꽃이 꽂혀 있었다. 그건 이런 뜻이었다. 사랑해. 또 이런 뜻이기도 했다. 조심해.

그의 집에는 사우나와 수영장과 아프리카 가면 컬렉션이 있었다. 너와 그, 두 사람은 사우나에 앉아 있다가 밖으로 뛰어나갔고 잔디 위를 가로질러 수영장에 알몸으로 뛰어들었다. 두 사람은 물속을 첨벙거리며 돌아다녔고, 그는 늘어선 나무들에 묶인 채 펄럭이는 티베트 기도문이 적힌 깃발들 아래로 너를 뒤쫓았고, 너를 붙잡은 그는 더 이상 참을 수 없어질 때까지 너에게 몸을 밀어붙였고, 그러다가 너를 안으로 데리고 들어가 바닥에 눕히고 섹스를 했고, 그러는 동안 너는 나무를 조각해 만든 그 가면들의 얼굴을 빤히 올려다봤다. 그는 너의 첫 상대였고, 그와의 섹스는 언제나 안전하고 근사하게 느껴졌는데, 그런 안전하고 근사한 느낌의 실체는 나중에 알고 보니 완전히 파괴적인 것이었다.

그럼에도 너는 이렇게 생각한다. 만약 두 사람 사이의 역학 관계를 무언가에 비유해야 한다면 그는 아마도 자신을 뤼크 베송의 「레옹」에 나오는 장 르노로, 너를 내털리 포트먼이 연기하는 그의 슬프고 어린 연인 마틸다로 여길 거라고. 영화와 다른 점이 있다면, 너와 그는 실제로 섹스를 하고 있었고 나이 차이가 한 살밖에 나지 않았다는 거다. 너는 이제 나이도 먹었고 교육도 필요 이상으로 받았으니 그런 영화는 그만 좋아해야 한다는 걸 안다. 하지만 너는 여전히 그래선 안 되는 갖가지 문제적인 방식으로 마틸다를 바라보는 걸 무척이나 좋아한다. 마치 멍든 복숭아를 보고 그것이 아름답다고 느끼듯이. **그 복숭아를 먹고 싶어** 하거나 **그 복숭아가 되고 싶어** 하듯이. 마틸다를 그렇게 바라보는 레옹을 바라보는 것도 무척이나 좋아한다. 서로를 구원하고 구원받는 이 독특한 우로보로스[12] 역시 나중에 알고 보니 완전히 파괴적인 것이었다.

정지 신호 하나만 무시하면 너는 그의 집까지 10분도 안 걸려 닿을 수 있었다. 돌아야 할 모퉁이를 놓치지만 않으면. 벽을 세우고 있는 그 남자들 모두가 길에서 도구와 돌을 치울 때까지 기다리지 않아도 된다면.

12 자신의 꼬리를 물어 원형을 만드는 뱀이나 용을 뜻하는 말로 영겁 회귀를 상징한다.

그 소년은 멀리 떨어진 대학에 가면서 두렵다고 너에게 말했지만, 네가 섹스를 했다는 사실에 그토록 화를 내던 부모님과 함께 뒤에 남겨진 사람은 너였다. 그가 가버렸으니 더 이상 **존재하지조차** 않는 그 관계에 대해 항변하며 그 모든 싸움을 하면서 뒤에 남겨진 사람은. 너는 너무도 화가 났고 이해해 주는 사람도 없었기에 그를 너의 모든 것으로 만들어 버렸다. 너를 규정하는 이야기로. 그건 중요한 이야기여야 했다. 그렇지 않으면 그 일들은 다 무엇을 위한 것이었단 말인가?

사람들 대부분은 네가 10대 특유의 열병 같은 감정을 느끼고 있다고 생각했지만 그건 사실이 아니었다. 너는 심지어 지금도 그와의 사이에 오고 갔던 순도 높은 친밀감을 가끔씩 떠올리고, 네가 나이가 더 많았다면 그런 감정을 견뎌 낼 수 있었을지 궁금해한다. 그게 오직 하나뿐인 감정이었다는 뜻은 아니다. 그저 진짜였다는 뜻이다.

대학에서 전화를 걸어올 때면 그 소년은 그냥 캘리포니아에 있을 뿐이었지만 목소리가 멀리 있는 것처럼 들렸다. 가끔씩 그는 이상하게 굴고는 사과를 하며 그냥 약, 약, 약 때문이라고 말하곤 했다. 그는 약을 끊을 거라고 말했고, 너는 그가 마음을 다잡고 그렇게 하도록 도왔고, 그는 그렇게 했다. 그는 알약들을 변기에 넣고 물을 내리곤 했고, 너에게는 그가 그것들을 던져 넣는 소리가, 달칵하는 소리와 쏴 하는 소리가 들려오곤 했다. 너는 그가 정말로 그 일을 한 건지 궁금해하기도 했다. 어쨌거나 그는 연기 학교

52

에 다니고 있었으니까. 하지만 며칠 뒤면 너는 그게 진짜였다는 걸, 그가 갑작스레 약을 끊어서 또다시 상태가 좋지 않다는 걸 알게 되곤 했다. 그가 경박하고 잔인한 말들을 하고 프랭크 자파의 음악을 듣고 있었으니까.

너는 대학에 가기 전 여름에 그와 헤어졌다. 그저 버번 위스키를 한 병 들고 바위 위에 같이 앉아 별들의 이름이나 지어내며 네 몸이나 슬쩍슬쩍 만지고 싶어 하는 고향 남자아이들이 있었고, 너는 그 애들이 거는 수작에 응하지 않으려고 애쓰는 일에 지쳐 있어서였다. 나중에 대학에 갈 때가 되자 그 애들은 모두 가톨릭 예비 학교로 진학했고 네 몸을 만지려고 허락을 구한다거나 하는 행동들을 하게 됐다. 하지만 너는 그런 행동들에 대해 고마워할 수가 없었다. 그 애들은 정말로 〈데이트〉라고 부르면서 데이트 계획을 세웠고 셀로판지로 포장한 꽃들을 사다 줬지만, 너는 이런 것 역시 고맙지 않았기에 네가 아직 경험이 없고 섹스는 결혼한 뒤에 할 거라고 거짓말을 했다.

그 소년은 너에게 편지를 여러 통 썼다. 너는 그에게 답장을 썼다.

대학을 졸업하고 그가 브루클린으로 너를 찾아와 일주일 동안 같이 보내면서 예전처럼 소란스러운 바보짓을 했을 때, 너와 그는 거의 다시 사귀기로 할 뻔했다. 너와 그는 메트로폴리탄 미술관의 무기와 방어구 전시실을 전력 질주해 통과했고 경비원에게 큰 소리로 말을 들었다. 둘다 달착지근한 칵테일을 마신 데다 위층에 사는 남자가 베이스 기타를 연습하는 소리가 들려오기도 했으므로, 너와 그는 밤에 네 방에서 춤을 추었다.

너와 그는 이제 20대였고, 어른이 다 돼 있었고, 두 사람이 같이 있는 걸 막을 사람은 아무도 없었다. 〈바로 이거구나〉 하고 너는 확신했다. 하지만 그때 그가 관계를 끝내버렸다. 너는 파란색 네커치프를 목에 두르고 있었다. 2006년 브루클린의 윌리엄스버그에서 두르고 있기에는 틀림없이 아주 멋져 보였을 네커치프였다. 하지만 그가 전날 밤 친구를 찾아갔다가 만난 어느 요가 강사와 잤다고 너에게 말했을 때, 그 네커치프는 너를 더더욱 자존심 상하고 멍청해진 기분이 들게 만들었다. 너는 버림받는 굴욕을 견딜 수 없을 만한 옷은 앞으로 어떤 것이든 절대로 입지 않겠노라고 맹세했다. 이것은 결국 훌륭한 규칙임이 입증됐다.

집으로 돌아간 그는 페이스북에 길게 명상하는 글을 여러 편 썼다. 네 방 창문으로 들어오던 브루클린의 아침 햇빛에 대해, 그 빛이 벽난로 선반 위 어항 속에서 사는 네 베타 물고기를 어떻게 비춰 줬는지에 대해. 아마도 마지막으로 너와 섹스를 하고 벌거벗은 너를 침대에 남겨 두고 온 우울함을 묘사하기 위해 그는 이 모든 것을 썼다. 나중에, 그는 그 요가 강사의 사진들을 올리기 시작했다.

그에 대해 잘못된 판단을 했다는 수치심은 그 판단이 6년 동안 끊어질 듯 말 듯 하며 이어져 왔다는 사실 때문에 한층 심해졌고, 그 감정은 거의 실연의 아픔보다도 견디기 힘들었다. 거의.

너는 그의 편지들에 답장을 보내지 않았다. 연락을 차단했고 결심을 굽히지 않았다. 그러다가 또다시 5년이 지나 12단계 프로그램[13]에 들어간 그가 보상하는 단계의 일환으로 장문의 사과 편지를 너에게 써 보냈다. 너는 한 인간으로서 이번 생을 살아오는 동안 그런 편지를 너무 많이 받아 온 터였다. 그 편지는 그가 했다는, 너로서는 기억조차 나지 않는 수많은 일들을 하나하나 열거하고 있었다. 하지만 그가 대학에 진학해 멀리 떠나고 네가 네 친구들과 부모님이 아니라 그를 선택한 뒤로 그가 얼마나 냉담하게 굴었는지에 대한 언급은, 혹은 대학에서 약에 취해 걸었던 전화들이나 그 뒤에 만난 요가 강사에 대한 언급은 전혀 없었다.

1년 뒤, 너와 그는 어느 포도밭에서 열리는 결혼식에 초대받았다. 너는 담배를 피우며 버번위스키를 마셨고, 그는 모든 걸 끊은 상태였는데, 너와 그 사이에 오고 간 그 모든 것과는 별개로 그건 굉장히 훌륭하고 인상적인 일이라고 너는 인정했다. 너와 그, 두 사람은 줄지어 선 포도나무들을 따라 걸었고, 그는 너에게 보상을 하게 해달라고 했다. 너는 보상은 이뤄졌으니 그걸 목록에서 지우고 끝냈다고 생각하라고 했다. 너는 부츠로 담배를 밟아 끄고는 꽁초를

13 의존증으로부터 회복되기 위한 자조 모임을 말하며, 회복 과정에는 과거의 잘못을 성찰하고 자신이 피해를 준 사람들에게 보상을 하는 과정도 포함돼 있다.

흙 속에 짓이겨 넣었다. 그가 너를 차에 태우고 그 형편없는 모텔까지 데려다줬을 때, 너는 그 소년의 뺨에 키스했고 그것이 누군가에게 영원히 작별을 고하는 상당히 좋은 방식이라고 생각했다.

다음 날 아침 프런트에 있던 여자는 한밤중에, 새벽 4시쯤 됐을 때 어떤 남자가 너를 찾아왔었다고 말해 줬다. 여자는 여기 그 이름으로 묵고 있는 사람은 없다고 말해 줬다고 했다. 너는 플라스틱 고리가 달린 방 열쇠를 여자에게 되돌려주고는 고맙다고 말했다. 그러면서 빌어먹을 〈시 브리즈〉 모텔에서 야간 근무를 하는 이 마음씨 좋은 여자가 너보다 분별력이 뛰어나다는 걸 깨달았다. 그 여자는 그를 딱 2분밖에 보지 못했는데도.

너는 고향에 찾아간다. 그러고는 정처 없이 차를 몰다가 그 벽을 보게 된다. 너는 차를 세우고 천천히 후진해 우회전한다. 벽은 완성되어 있다. 거기, 돌로 두껍게 덮인 벽이 정말로 세워져 있고, 너는 갑작스레 가슴이 아려 온다. 다른 건 다 지워 버릴 수 있다. 전화번호도, 사진들도. 하지만 이 이야기들은 남아 네 안을 쿵쿵 울리며 돌아다니게 될 것이다.

너는 처음으로 이해한다. 사람들이 **다음 단계로 넘어간다**고 할 때 그건 더 이상 기억하거나 피 흘리는 일이 없을 거라는 뜻이 아니라는 것을. 우리는 그저 계속 살아가며 다른 일들을 하고 다른 사람들을 만나게 될 뿐이다. 그럼에도 어느 아무렇지 않은 날의 한복판에 돌로 된 벽만큼이나 단순한 무언가가, 여전히 갑작스럽게, 보이지 않게 너를 파괴해 버릴 수도 있다. 그리고 이런 일이 일어날 때면 설명하기가 너무 버겁기 때문에 너는 대체로 그저 계속 운전을 하게 될 것이다. 그 벽에 대해, 그것이 떠올리게 만드는 것에 대해 누구에게도 말을 꺼내지 않을 것이다. 그리고 **다음 단계로 넘어가는** 일을 규정하는 것은 다른 무엇보다도 바로 이런 침묵이다.

그들이 세워 놓은 벽은 상당히 평범하다.

너는 직공들이 공연하는 「피라모스와 티스베」에서 우스웠던 부분을 떠올린다. 피라모스는 자살을 했고 티스베도 뒤따라 자살을 했는데, 그런데도 연극은 거기서 끝나지 않는다. 그런 결말은 견딜 수 없기 때문이기도 하지만, 그 다음엔 벽을 연기하던 사람 역시 마치 죽은 것처럼 쓰러지기 때문이기도 하다. 이제 벽도 죽었는데, **그런데도** 연극은 끝나지 않는다. 둥그런 종이로 표현된 달빛이, 그리고 대걸레로 갈기를 두른 사자가 여전히 남아 있기 때문이다. 연극은 끝났다. 아주 오래전부터 그것은 끝나 있었다. 그리고 그런데도, 너는 여기, 이 슬픈 소품들과 함께 갇혀 있다.

헵번 자신으로서의 헵번

「필라델피아 스토리」에 나오는 트레이시 로드는 조지 키터리지와 결혼할 운명은 아니었다. 그 사실이 내게는 언제나 분명해 보였다. 조지는 자수성가한 부자를 풍자하는 인물인데, 한 사람이 사랑할 만한 진짜 남자라기보다는 〈훌륭한 결혼〉이란 영역에서 한 여자가 할 수 있는 〈올바른 선택〉을 체현해 놓은 인물이다. 조지 같은 남자와 결혼한다는 건 내가 다소간 거창하게도 〈진정한 사랑〉이라고 여기던 것을 희생하고 그 대신 세상이 성공이라고 여기는 것을 묵묵히 따르는 행위였다.

변명을 하자면, 나는 그때 열네 살이었다.

브로드웨이 연극 「필라델피아 스토리」를 각색해 만든 그 1940년작 영화를 내가 마음속에 낭만적으로 깊이 새겼던 건 1998년 여름이었다. 그때 나는 대부분의 시간을 동네 비디오 가게의 신성한 네온빛 통로에 서서 무슨 영화를 볼지를 두고 친구들과 다투면서 보냈다. 그건 내가 미국 영화 협회가 선정한 〈역사상 가장 위대한 미국 영화 1백 편〉

목록에 의지하고 있었기 때문이었다. 나는 그때까지 만나온 남자아이들이 치켜들고 열광적으로 이야기하는 갖가지 비디오테이프에 영향을 받는 일에 넌더리가 나 있었고, 그런 멍청한 남자아이들의 취향에서 나를 해방시켜 줄 사람은 협회의 전문가들이라고 생각했다. 그런 생각에 담겨 있던 아이러니가 아직도 잊히지 않는다.

요즘 「필라델피아 스토리」는 미국 영화 협회의 목록에서 44위를 차지하고 있지만, 그 옛날에는 확실히 최상위에 —「시민 케인」이 지금껏 거의 25년은 버티고 앉아 있는 곳에 — 가까운 순위였다. 하지만 순위는 중요하지 않다. 그 시기에 본 어떤 영화도 「필라델피아 스토리」만큼 내 세계관을 크게 바꿔 놓진 못했기 때문이다.

「필라델피아 스토리」는 사랑 이야기인 동시에 우스꽝스러운 일련의 실수들을 담아낸 코미디다. 대화로 된 부분은 엄청나게 빠른 속도로 진행된다. 3막으로 된 스크루볼 코미디[14]인 이 작품에서 대대로 물려받은 부를 지닌 사교계 여성 트레이시 로드(캐서린 헵번)는 신흥 부자이자 괜찮은 신랑감인 조지 키터리지(존 하워드)와 결혼할 예정이다. 그들의 결혼은 매콜리 〈마이크〉 코너(지미 스튜어트)가 신문 기사로 다룰 예정이어서 상황이 더욱 복잡해진다. 코너는 원래 단편소설을 쓰는 작가였다가 마지못해 타블로이드판 신문 기자가 된 사람이다. 부자들에 대한 그의

14 코미디와 멜로드라마가 결합된 영화 장르. 1930~1940년대에 성행했다.

단호한 반감은 어느 정도 교육을 받은 남자들 사이에서 몹시 흔한 혁명론자인 척하는 태도를 연상시키기는 하지만 합당해 보인다. 그럼에도 코너는 어찌어찌 트레이시에게 매력을 느끼게 되고, 그의 애정을 얻어 내기 위해 경합한다. 「젊고 돈 많고 탐욕스러운 미국 여자예요. 다른 나라에는 존재할 수 없는 여자죠.」 트레이시에게 실컷 추파를 던지기 불과 얼마 전, 코너는 이렇게 말한다.

그 신문사는 그동안 트레이시의 아버지가 어느 무용수와(무용수라니!) 바람을 피운 사실을 폭로하겠다고 트레이시를 협박해 왔고, 마침내 그의 결혼식을 기사로 다뤄도 된다는 허락을 얻어 낸 참이다. 이런 난처한 상황은 트레이시의 첫 번째 남편이자 마찬가지로 대대로 물려받은 부를 가지고 필라델피아에서 살아온 C. K. 덱스터 헤이븐(캐리 그랜트)이 신문사 기자들을 로드 집안의 저택에 데려오면서 더욱 심화된다. 덱스터는 그 기자들이 부재중인 트레이시 오빠의 친구들이라고 속인다. 덱스터는 금방 로드 가족에게 그 계략을 털어놓지만, 신문사가 이 중요한 행사를 둘러싸고 면밀한 조사를 벌이는 걸 보며 몹시 즐거워한다. 여전히 트레이시를 사랑하고, 트레이시가 새롭게 등장한 그 남자와 결혼하지 않기를 바라기 때문이다. 그렇게 해서 덱스터는 결혼식 전의 축제 분위기에 동참하게 되는데, 이는 로드 가족의 모든 구성원들이 그를 그렇게 좋아하지 않았더라면 이상해 보이는 일이었을 것이다.

영화를 보는 내내 관객이 따라가게 되는 질문은 이런 것이다. 영화 속에서 트레이시 로드의 상대가 될 수 있는 세 명의 남자인 조지, 코너, 덱스터 중에서 그에게 맞는 짝은 누구일까?

1998년, 나는 누군가와 키스하는 일이 생기기를 고대하는 인간답게 〈누구를 고를까〉라는 이 문제에 몹시 신경을 쓰고 있었다. 나는 곧바로 「필라델피아 스토리」를 여자들 앞에 놓인 여러 갈래의 길과 사랑에 대해 알려 주는 일종의 교육적인 텍스트로 받아들였고 구석구석까지 사랑하게 됐다.

결말만 빼고.

그 옛날, 내게는 트레이시가 결국 만나야 하는 사람이 지미 스튜어트가 연기하는 코너라는 게 너무나도 분명해 보였기 때문이다. 그럼에도 마지막에 트레이시는 덱스터와 다시 엮인다.

이게 대체 뭐야! 나는 부모님의 차고 위층에 있던 텅 빈 텔레비전 방에서 소리를 질렀다. 방 저쪽으로 비디오 케이스를 던져 버렸다. 그런 다음 헵번이 선택을 하는 부분의 대화를 곱씹어 보려고 결말 부분을 되감아 다시 봤다. 내가 거기에 동의할 수 있는지 알아보려고. 실마리를 찾으며.

「필라델피아 스토리」는 여전히 내가 가장 좋아하는 영화고, 지금도 되감아 다시 보는 영화다. 나는 매번 이 영화의 진실을 모두 파악했다고 확신한다. 하지만 이 영화는 매번 내게 새롭게 다가온다. 영화는 그대로 있지만 내가 변한다. 내가 누구를 응원하게 될지, 무엇을 배우게 될지 결코 확신할 수가 없다.

—

「필라델피아 스토리」가 선사하는 불쾌한 전율 가운데 하나는 이런 것이다. 헵번이 연기하는 트레이시는 너무도 확신에 차 있고 강력한 인물이지만 인생에서 주요한 결정, 즉 결혼에 관한 결정에 직면하자 자신이 없어지고 약해진다. 자신만만하던 여성이 머뭇거리는 걸 지켜보는 건 이 영화가 대단히 좋아하는 일종의 관람 스포츠다. 헵번은 이 영화의 스타인 동시에 구경거리다. 그는 여주인공이 되는 대가로 이 영화가 던지는 농담의 주요 표적이 된다.

물론 당시 열네 살이었던 나는 이 점을 알아차리지 못했다. 그저 헵번의 강인함과 재치와 아름다움을 봤을 뿐이다. 나는 여자가 웨딩드레스를 입기 위해서는 자아를 깎아내야 한다는 생각을 내면화했다.

내게 가장 흥미진진했던 것은 이 영화가 세 명의 남자를 내세워 트레이시에게 각기 다른 트레이시 자신을 보여 주고 그 각각의 미래를 택하도록 설득하는 방식이었다. 언젠가 내 친구 올리비아는 「필라델피아 스토리」를 다음과 같이 완벽하게 설명한 적이 있다. 〈남자들이 캐서린 헵번에게 캐서린 헵번을 설명해 주는 이야기.〉 그리고 정말로 그게 다다. 영화가 진행되는 동안 헵번은 여신으로, 여왕으로, 그리고 인기 있는 여자로 설명되고, 우리는 트레이시가 어느 한 남자를 선택하면 지금과는 다른 인생을 살게 될 뿐 아니라 지금과는 다른 모습의 트레이시가 **되기도** 할 거라고 생각하게 된다. 트레이시는 다른 사람이 **될** 것이다. 그리고 이런 식으로 그는 자신이 되고 싶은 모습을 고를 수 있다…… 남편을 고를 수 있는 한도 내에서 말이다. 트레이시가 선택할 수 있는 정체성의 범위는 남자들이 제시하는 것들로 한정된다. 그리고 결과적으로 그 선택지들은 이상적인 것과는 거리가 멀어지게 된다.

연애 상대를 선택하는 일과 자기 정체성을 선택하는 일을 혼동하는 것이 퇴행적인 모습으로 여겨질 수 있겠지만, 자신의 정체성을 이것저것 걸쳐 입어 보는 열네 살 소녀였던 내게는 완전히 타당하게 느껴지는 일이었다. 그건 그렇고 나는 누구일까? 나는 그 답을 말해 줄 누군가를 찾고 있었다. 내가 접근할 수 있는 것으로 제시된 정체성들의 한정된 범위에 익숙해져 있기도 했다. 그것이 내가 좋아하던 다른 10대 여자아이들의 관심사 — 무드 링[15]의 색깔, 별자리 기호, 손톱에 칠하는 매니큐어 색깔, 탄생석 귀걸이, 성격 테스트 — 가 작동하는 원리였다. 나는 내가 누구인지, 혹은 누구일 수 있는지를 더 깊고 진실되게 이해하는 대신 그런 저렴하고 텅 빈 기호들을 받아들였다. 자유롭게 선택할 기회는 절대 주어지지 않았다. 내가 할 수 있는 일이라곤 제시된 선택지 가운데서 고르는 게 전부였다. 사랑

15 끼고 있는 사람의 기분 변화에 따라 색이 달라진다는 반지.

이라고 뭐가 달랐겠는가?

—

　코너: 이봐요, 트레이시. 있죠, 당신은 저 남자랑 결혼하면 안 돼요.
　트레이시: 조지 말인가요? 할 건데요. 왜 안 된다는 거죠?
　코너: 당신들은 그냥 어울리지가 않아요.

「필라델피아 스토리」는 절대적으로, 모든 면에서 계급에 관한 영화다. 코너는 스스로가 선택한 일종의 예술적인 방식으로 영구히 빈털터리가 된 사람으로, 원래는 인디애나주의 중산층 집안 출신이다. C. K. 덱스터 헤이븐은 아마도 그 이름이 암시해 주듯 대대로 물려받은 부를 지닌 〈상류층〉 출신으로, 비슷하게 우스꽝스러운 방식으로 부자인 로드 집안과 같은 계급이다. 조지 키터리지는 가난하게 자라났지만 현재는 자수성가해 신흥 부자가 된 사람이다.

　하지만 코너가 **어울리지 않는다**는 이야기를 할 때 지적하고 있는 건 조지가 가난하게 자라났다는 사실이 아니라 그가 지적으로나 정신적으로나 트레이시의 상대가 되지 않는다는 사실이다. 코너가 암시하고 있는 건 조지가 힘겨운 노동의 가치를 아는 선량하고 견실한 사람이기는 하지만 트레이시는 **인생에서 그보다 더 심오한 진실들을 이해하는**

64

사람이라는 것이다. 고통을 이해하는 사람. 그러니까 그냥 예를 들어 보자면, 마치 코너처럼 말이다.

너무도 많은 긴장감과 성적인 끌림으로 가득 차 있어서 여전히 나를 꼼짝 못 하게 만드는 한 장면에서, 코너는 공공 도서관에서 그가 쓴 단편소설들을 읽고 있는 트레이시를 발견한다. 트레이시는 그 소설들이 훌륭하다는 사실에 놀란다.

트레이시: 난 이제 당신이 어떤 사람인지 전혀 모르겠어요.

코너: 정말요? 난 내가 알기 쉬운 사람이라고 생각했는데.

트레이시: 나도 그랬는데요, 그런데 아니에요. 당신은…… 당신은 말하는 것만 들어 보면 너무도 자신만만하고 강한 사람 같은데 글은 **이렇게** 쓰는군요. 어느 쪽이 진짜인가요?

코너: 둘 다인 것 같은데요.

트레이시: 아뇨, 아니에요. 난 당신이 자신을 보호하려고 강한 모습을 걸치고 있는 거라고 생각해요.

코너: 정말 그렇게 생각해요?

트레이시: 그런 건 나도 조금은 알거든요.

코너: 그래요?

트레이시: 사실 상당히 많이 알죠.

우리는 같은 괴로움을 겪고 있다! 우리는 똑같이 비밀스러운 방식으로 특별한 사람들이다! 마치 고양이가 캣닙에 정신을 잃듯 나는 그런 거라면 사족을 못 쓴다.

나는 내가 좋아하지 않는 습관이나 관심사를 지닌 남자들에게 짜증 나게 구는 걸로 악명이 높은 사람이다. 그리고 그건 내가 지미 스튜어트와 마찬가지로 사랑하는 사람과 **어울리는** 사람이 돼야 한다는 열렬한 예술가의 감각을 지니고 있었기 때문이었다. 그 사람과 비슷한 감정을 느껴야 한다는 감각을. 그 사람과 비슷한 방식으로 세상을 헤쳐 나가야 한다는 감각을.

내가 어떻게 축구를 사랑하는 남자를 사귈 수 있었겠는가? 블링크-182를 좋아하는 남자를? 비디오 게임을 하는 남자를? 애덤 샌들러가 웃기다고 생각하는 남자를? 카키색 군복 스타일의 옷을 입는 남자를? 매운 음식을 좋아하지 않는 남자를?

오랫동안 나는 취향을 정체성과, 깊이와 혼동했다.

나는 이것이 서로 맞춰 가야 하는 문제인 척했지만 사실 남자들의 취향 때문에 위기감을 느끼고 있었다. **그들의 취향이 내 취향이 돼야 한다고 생각했기 때문이다.**

똑같이 뒤틀린 논리에 따라, 나는 내가 지니고 있진 않지만 지니고 싶은 관심사를 지닌 사람들을 사귀었다. 나보다 야외 활동을 좋아하는 사람들을 사랑했다. 나보다 예술에 대해 아는 게 많은 사람들을, 두 손으로 무언가 만들고 창조해 내는 일을 잘하는 사람들을 사랑했다. 마치 사귀게 되면 서로 닮는 법이니 나 역시 그렇게 되고 그런 것들을 배우게 될 거라는 듯이.

내게는 숀이라는 친구가 있다. 예수회 수사가 되기 위해 신학교로 진학했지만 사랑에 빠졌고, 예수회 수사가 되기보다는 사랑에 빠져 있는 게 낫겠다고 마음먹은 친구다. 하지만 숀은 아직도 약간은 예수회의 영향력에 둘러싸여 있다. 내가 가끔씩 그에게 나도 모르게 비밀을 말하고 심지어 **속마음을 털어놓기까지** 하는 건 아마도 그래서일 것이다.

한번은 나와 취향이 몹시 다른 남자를 사귀다가 또다시 숀에게 그 〈이게 내 정체성을 위태롭게 만들까?〉 노래를 불러 댔더니, 숀이 내게 어이가 없다고 했다.

「요즘 사람들은 이래서 문제야.」 그가 말했다. 「항상 자기랑 똑같은 취향을 지닌 사람들하고만 사귀려고 한다니까.」

「그래야 상대방과 여러 가지를 공유할 수 있잖아.」 내가 말했다.

그래야 상대방에게 맞추려고 자기 취향을 포기하지 않아도 되잖아, 나는 그렇게 말하진 않았다.

「스웨덴 데스메탈 팬들은 다른 스웨덴 데스메탈 팬들을 사귀지.」 숀이 말했다. 「그리고 그건 멋진 일이야. 하지만 그러면 네가 결혼하려는 사람이랑 정말로 무언가를, 어떤 가치관 같은 걸 공유하고 있기는 한 건지 알 수가 없잖아.」

「가치관이라.」내가 말했다. 「상당히 종교적으로 들리는데.」

「꼭 그런 건 아니야.」숀은 말했다. 「물론 예전에 가톨릭교도들이 자기들끼리 결혼했던 이유 중에는 그런 것도 있었어. 같은 가톨릭교도끼리는 가치관을 공유한다고 생각했으니까. 하지만 그런 게 꼭 종교의 일부일 필요는 없고, 우린 그냥 우연히 우리와 같은 걸 가치 있게 여기는 누군가와 함께할 수도 있어. 그런 걸 빼면 우리가 근거로 삼을 만한 건 스웨덴 데스메탈밖에 없을 거 아냐.」

숀의 멋진 조언에는 누군가와 사랑에 빠진다고 해도 꼭 상대방의 정체성에 맞춰야 하는 건 아닐 거라는 가정이 깔려 있다. 상대방의 정체성이 나를 포섭해 버리진 않을 거라는 가정이.

하지만 나는 자꾸만 다른 사람들로부터 무언가를 흡수한다. 영국인 친구들과 이야기를 나눌 때면 그들의 억양을 똑같이 따라 하지 않기가 어렵다. 남부에서 3년을 지내고 나서는 〈너희들y'all〉이라는 말버릇에 중독됐고, 모음을 살짝 길게 빼며 느릿느릿 말하는 방식에 걸핏하면 빠져들곤 했다. 세상은 내게 구석구석 스며들고, 나는 내가 사랑하는 사람들이 열광하고 관심을 갖는 것들을 기쁘게 흡수하는 스펀지가 된다. 어디까지가 나고 어디부터가 내가 사랑하는 사람들인지 알 수 있도록 스스로의 주위에 조금 더 단단한 경계를 세우는 것, 그것이 지금껏 내 인생의 과업이었다.

이성애 관계에서도 선택과 욕망을 기꺼이 포기하는 쪽은 언제나 남자들보다는 나인 것 같다. 나는 다음번에 남자를 만나더라도 스스로를 굽혀 그가 요구하는 모습으로 변해 버리지는 않을 거라고 확신할 수가 없다. 그 남자가 나를 보는 방식으로 나 역시 스스로를 보게 되어 버리지는 않을 거라고 장담할 수가 없다.

—

헵번이 그 역할에 불어넣는 강인함에도 불구하고 트레이시 로드는 남자들이 제시하는 각기 다른 자신의 모습을 전적으로 신뢰해 버리는 인물이다.

맨 처음으로 헵번을 헵번에게 설명하는 남자는 C. K. 덱스터 헤이븐이다. 그들은 로드 집안의 사유지에 있는 수영장 가장자리에 앉아 있다. 덱스터는 슈트를 입고 있고, 트레이시는 수영복 위에 가운을 걸친 연약한 모습이다.

트레이시: 갑자기 당신이 날 상당히 경멸하는 것 같네.

덱스터: 아니, 아니야, 빨강 머리. 당신을 경멸하는 건 절대 아니야. 난 그저 당신 안에 있는, 당신이 어쩔 수 없거나 어찌해 보려고 시도조차 하지 않는 무언가를 경멸할 뿐이야. 당신의 이른바 강인함을. 약함에 대한 편견을. 그 더없는 편협함을.

트레이시: 그게 다야?

덱스터: 그게 핵심이지. 당신은 굉장히 좋은 인간 혹은 굉장히 좋은 여자가 될 수는 없을 거야. 인간의 약한 면을 조금이나마 존중하게 되기 전에는 말이야. 당신이 이따금씩 발을 헛디디는 실수조차 할 수 없다는 건 안타까운 일이야. 당신 내면에 있는 신성함에 대한 감각은 그런 걸 허락하지 않겠지. 그 여신은 완전한 상태로 남아 있어야 하고 또 남아 있게 될 테니까…….

트레이시는 덱스터에게 반항적으로 대꾸하지만 이 말을 듣는 동안 눈에는 눈물이 차오르고, 콧구멍은 벌름거리고, 입은 굳게 다물렸다가 벌어졌다가 다시 굳게 다물린다. 헵번이 입으로 말하는 것과 그가 몸으로, 얼굴로 관객에게 드러내는 것 사이에는 엄청난 괴리가 있는데, 바로 그것이 헵번의 천재적인 면이다. 덱스터는 분명 트레이시에게 상처를 주려고 애를 쓰면서도 트레이시가 자신의 말을 새겨듣기를 정말로 바란다. 그는 일종의 차분한 절박함을 담아 저 대사들을 전달한다. **당신 자신을 좀 봐**, 그는 그렇게 말하는 것 같다.

잠시 후 트레이시의 약혼자인 조지가 나타나자 덱스터는 슬쩍 그곳을 빠져나간다. 트레이시는 조금 전의 대화 때문에 여전히 감정적으로 동요되어 있다. 그는 덱스터가 트레이시라고 말하는 그 여자가 되고 싶지 않다. 그렇기 때문에 트레이시는 그 빛나는 한순간 동안 **스스로** 되고 싶은 모습을 생각해 내려고 애를 쓴다. 트레이시 로드는 부유한 데다 자신이 가진 특권을 잘 깨닫지 못하는 사람이지만, 그와 동시에 똑똑하고 고뇌에 찬 사람이며, 그가 꿈꾸는 스스로의 모습은 우스꽝스러워 보이지 않는다. 아주 잠깐 동안 트레이시는 〈나는 누구이고 내가 원하는 것은 무엇인가〉라는 질문에 다음과 같이 **자기 힘으로** 대답하려고 노력한다.

트레이시: 아, 여길 떠나서 세상에 쓸모 있는 사람이 되고 싶어!

하지만 이 생각은 오래 지속되지 못한다.

조지: 쓸모 있는 사람? 트레이시 당신이? 내가 이 두 손으로 당신한테 상아탑을 세워 줄 생각인데요!

조지가 조금 전에 덱스터가 한 말과 거의 비슷한 말을 다음과 같이 계속하자 헵번은 상처받은 얼굴이 된다.

조지: 그게 당신의 대단한 점이에요.
트레이시: 뭐가요?
조지: 당신은 마치, 어떤 놀랍고도 아득한, 음, 여왕 같다고 나는 생각해요. 너무도 멋지고 훌륭하고 항상 너무나도 당신답거든. 트레이시, 당신한테는 일종의 아름다운 순수함이 있어요. 마치 조각상 같지. 오, 트레이

시, 당신은 위엄이 넘쳐요. 모두들 그렇게 생각해요, 트레이시. 그게 내가 멀리서 당신을 지켜보며 처음으로 숭배하게 된 점이에요. 지금은 그저 조금 더 가까이에 있을 뿐이고. 안 그래요, 내 사랑?

트레이시: 난 숭배받고 싶지 않아요. 난 사랑받고 싶어요.

조지: 물론 사랑도 받고 있고요, 트레이시.

트레이시: 내 말은, 진짜로 사랑받는 거 말이에요.

조지: 하지만 그건 말할 필요도 없는 거잖아요, 트레이시.

트레이시: 아니, 그런 게 아니에요. 이제 당신도 내 말뜻을 못 알아듣는군요…….

약혼자가 사랑을 가득 담아 하는 말은 전남편이 했던 비판과 연관된다. 트레이시가 세상에 쓸모 있는 사람이 된다는 건 말도 안 되는 이야기라고 조지는 말한다. 트레이시는 〈멋지고 훌륭한〉 조각상처럼 그저 가만히 서서 무언가를 상징하기만 하면 된다는 것이다. 모두들 그렇게 생각한다는 조지의 말에 트레이시는 움찔한다.

그리고 물론 내일이면 트레이시는 조지와 결혼해 그런 모습의 자신으로 사는 일에 전념하게 될 것이다. 죽음이 그들을 갈라놓을 때까지. 「필라델피아 스토리」를 남자에 목매는 오락물이라고 부르는 건 쉬운 일이지만, 오직 각본만 놓고 보면 이 영화는 그보다는 히치콕 스타일의 스릴러에 가깝게 읽힌다.

———

10대와 20대 때 「필라델피아 스토리」를 보면서는 그 잔
인함이 보이지 않았다. 나는 트레이시가 어떤 남자를 골라
야 하는지 따져 보느라 너무 바빴다.

트레이시는 마치 그가 받침대 위의 조각상이라도 되는
양 그 발밑에 경배를 드리는 조지를 골라야 할까? 아니면
그가 불합리한 기준들을 지닌 여신이라며 괴롭히는 덱스
터를?

물론 이 사람들은 답이 아니었다.

당시 내가 알아낸 정답은 매콜리 코너였다. 그는 트레
이시와 마찬가지로 겉으로는 강인하지만 그럼에도 예민한
인물이다. 계급 차이에도 불구하고 그들은 일종의 영혼의
쌍둥이다. 그리고 당시에 내가 코너가 올바른 선택지라는
잘못된 판단을 그토록 열렬하게 믿었던 건, 마치 슈퍼맨이
크립토나이트에 약하듯 내가 재미있고 말이 빠르며 호리
호리한 남자에게 너무도 약했기 때문일 것이다. 그리고 지
미 스튜어트는 그런 분야에서는 최고였다.

아니면 코너와 트레이시가 영화의 가장 상징적인 장면
에 같이 나오기 때문일까? 만약 코너가 정답이 아니라면,
영화에서 가장 중요한 장면이 왜 하필 그 두 사람에게 주
어진단 말인가?

—

전남편, 약혼자, 그리고 아버지에게 철저히 모욕당한 트레이시는 ─ 그건 그렇고 트레이시는 이 와중에 내내 몹시 여신 같아 보이는 웃옷인지 목욕 가운인지를 입고 있다 ─ 저택 한구석에서 상처 입은 짐승처럼 비틀거리며 돌아다닌다. 그동안 저택에서는 결혼식 전날의 만찬 행사가 트레이시 없이 시작된다. 식탁에 음료들이 놓인다. 트레이시는 술을 마실까 고민하다가 샴페인을 앙증맞은 잔으로 세 잔이나 연달아 비운다. 그렇게 해서 그날 밤의 사건이 벌어진다. 여신은, 그 여왕 같은 조각상은, 우리만의 달님은 끌어 내려질 것이다. 트레이시가 스스로 그렇게 할 것이다. 남자들이 생각하는 트레이시의 모습은 자신의 진짜 모습이 아니라는 걸 증명하기 위해서. 그건 자유로워지기 위한 나름의 노력이다. 하지만 칵테일을 마시며 시작되는 자유로워지기 위한 노력이 대개 그렇듯 일은 잘 풀리지 않는다.

좀 더 시간이 지나 그날 밤 트레이시가 코너와 마주칠 무렵에는 둘 다 상당히 취해 있다. 그렇게 해서 그 유명한 장면이, 샴페인에 잔뜩 취한 스튜어트와 헵번이 서로의 마음을 얻으려고 애쓰는 장면이 시작된다.

코너: 트레이시, 당신은 멋져요. 당신한테는 어떤 장엄함 같은 게 있어요.
트레이시: 마이크…….

코너: 그 장엄함은 당신의 두 눈에서, 목소리에서 배어 나오고, 당신이 서 있는 자세에도, 걸음걸이에도 담겨 있어요. 당신의 깊은 곳엔 불꽃들이 묻혀 있어요, 트레이시. 난롯불도, 번제를 드릴 때 피우는 불도 있죠.

트레이시: 마이크, 당신은 내가 여신 같다고 생각하지 않는 건가요?

코너: 당신은 살아 있는 사람이에요. 그 점이 너무나도, 무섭도록 놀랍지만요. 당신은 사랑받는 여자예요, 트레이시. 생명력과 따스함과 기쁨이 넘치는 사람이죠. 어, 왜 그래요? 눈에 눈물이 고여 있네.

트레이시: (빠르게) 그만, 그만해. 오, 마이크, 계속 말해 줘요. 계속 말해 줘요, 네?

코너: 말이 무슨 소용인데요? 트레이시, 트레이시.

(두 사람, 포옹한다.)

트레이시: 아, 이런 세상에. 지금까지 나한테 이런 식으로 키스해 준 사람은 아무도 없었어요.

나는 트레이시에게 이런 이야기를 해준 지미 스튜어트에게 키스하고 싶다 — 만약 그가 내게 이런 말들을 해줬다면 내가 뭘 했을지는 신경 쓰지 말기를. 그보다 중요한 건 그가 트레이시를 다시 인간이 되게 해주었다는 점이다. 물론 그 인간이란 〈사랑받는 여자〉다. 하지만 따스함이 가득하고 감정을 느끼는 능력이 몹시 뛰어난 인간이기도 하다. 영화 속에서 트레이시에게는 스스로를 변화시킬 힘이 주어지지 않지만 코너는 트레이시가 잠시나마 치가 떨리지 않는 방식으로 스스로를 바라보게 해준다. 그런 다음 코너는 그가 그때까지 묘사해 온 그 여자에게 키스한다.

(여담: 코너와 트레이시는 키스한 다음 알몸으로 수영을 하지만 섹스는 하지 않는데, 코너가 트레이시와 자지 않는 건 **트레이시가 취해 있어서다.** 코너는 트레이시를 침대로 데려가 그가 안전하다는 걸 확인한 다음 **그대로 가만히 놔둔다.** 다음 날, 두 사람 사이에 더한 일들은 없었다는 이야기를 듣고 모두가 놀라자 코너는 말한다. 「그건 트레이시가 약간, 약간……」 「맛이 가서?」 덱스터가 대신 말한다. 「그래요.」 코너가 말한다. 「그런 경우엔 지켜야 하는 규칙들이 있는 법이잖아요!」 그래, 정말로 그런 규칙들이 있다. 고마워요, 지미 스튜어트, 무려 1940년대에 이런 공익 광고를 해줘서.)

코너는 트레이시와 함께 등장하는 장면에서 갖가지 맞는 말들을 한다. 그것도 아름다운 방식으로. 더 중요한 건 그가 두 사람을 위한 어떤 순간을, 그들이 스스로를 살아 있는 사람으로, 특별하고 가능성이 넘치는 사람으로 느끼게 해주는 순간을 만들어 낸다는 것이다. 코너가 신문사의 사진 기자인 리즈 임브리와 사귀고 있다는 사실은 신경 쓰지 말자. 두 사람의 이 장면이 진행되는 바로 그 순간, 베란다를 두 개만 건너면 되는 곳에서(하나의 사유지에는 베란다가 몇 개나 존재할 수 있는 걸까?) 리즈가 신문에 실을 기사를 정신없이 타자로 쳐서 간신히 위기를 모면하고 있

76

다는 사실은 잊자. 그런 건 전부 잊자.

나는 인생의 대부분을 매콜리 코너 같은 남자들과 사귀면서 보냈다.

열네 살 때, 그리고 그 뒤로도 오랫동안 사랑이란 **그런** 거라고 믿었기 때문이다. 하나의 영혼이 또 다른 영혼을 알아보는 일이 그런 식으로 동시 발생하는 것이 사랑이라고. 감정과 극적인 요소로 가득한 그런 중요한 순간이 사랑이라고. 그래서 나는 그런 종류의 사랑을 얻으려고 애를 썼다.

영화 속의 그 장면이 멋진 것처럼 그 사랑들도 지속되는 동안에는 멋졌다.

안타깝게도, 매콜리 코너 같은 남자와 사귀게 되면 당신은 아주 오랫동안 사랑받진 못한다. 당신이 사랑받는 여자로 존재하는 건 〈감정적이고 극적인 그 순간〉뿐이다. 그리고 결국 그 순간은 지나간다. 그러면 당신은 리즈 임브리로 변하게 된다. 낮에는 신문사의 사진 기자이고 밤에는 화가로 일하는 그 사람으로, 매콜리 코너와 오랫동안 애매한 관계로 지내 온 그 여자로 변하게 된다. 일상적이고 익숙한 걱정거리들을 지닌 일상적이고 익숙한 부류의 여자로.

어느 시점에 덱스터는 리즈에게 왜 코너와 결혼하지 않았는지 묻는다.

리즈: 그 사람은 아직 공부해야 하는 게 많거든요. 당

분간은 그 사람한테 방해가 되고 싶진 않아요.

덱스터: 그러는 동안에 다른 여자가 생기면요?

리즈: 글쎄요, 그 여자 눈알을 뽑아 버리죠, 뭐. 그 여자가 다음 날 아침에 다른 사람하고 결혼할 게 아니라면 말이에요.

리즈 임브리의 얼굴에서 고통이, 그리고 그 고통에 따라붙는 숨 막히는 느낌이 보이기 시작한 건 내가 20대 중반에 들어섰을 때였다. 리즈를 그렇게 만드는 건 코너다. 코너는 트레이시와 마찬가지로 다음번에 올 무언가를, 자기가 되고 싶은 사람이 된 기분을 느끼게 해줄 무언가를 끊임없이 좇는 사람이기 때문이다. 코너는 예술가인 자신이 생활비를 벌기 위해 억지로 일을 해야 하는 현실이 부당하다고 분노를 퍼붓는다. 하지만 임브리는 **자기가** 하고 싶은 예술 작업인 그림을 그리는 대신 묵묵히 사진 기자로 일을 한다. 자신이 밥을 먹어야 하고 집세를 내야 한다는 사실을 받아들이기 때문이다.

나는 리즈 임브리처럼 거의 10년을 살아 보고 난 뒤에야 그 관계에서 리즈의 지위가 어떤 것인지 알아차렸다.

일단 그걸 알아차리고 나자, 코너를 감싸고 있던 광휘는 사라졌다. 20대가 끝날 무렵 「필라델피아 스토리」를 보던 내가 그 영화의 논리에 굴복하기 시작한 건 그래서였다. 결국 트레이시에게 올바른 선택지는 캐리 그랜트가 연기하는 C. K. 덱스터 헤이븐이라는 논리에.

「필라델피아 스토리」의 결말은 헵번을 가장 깊이 이해하는 사람은 캐리 그랜트라고, 그러므로 그가 헵번에게 올바른 선택지라고 우리를 설득한다. 트레이시는 자신이 취해서 벌인 우스꽝스러운 행동들을 통해 인간의 취약함을 깨닫고 받아들이게 된다. 그래서 다음 날 아침 받침대에서 내려온 트레이시는 이제 그 완벽함 때문이 아니라 약점들과 인간적인 면모들 때문에 덱스터의 사랑을 받을 만한 사람이 되어 있다. 그리고 트레이시는 그 사실에 고마움을 느낀다.

　　트레이시: 난 너무나도, 지독할 정도로 엉망인 여자야…… 하지만 설령 내가 1백 살까지 산다 하더라도 살아 있는 동안에는 절대 잊지 않을 거야. 내가 다시 스스로 일어서도록 당신이 정말 애써 줬다는 걸 말이야.
　　덱스터: 당신이 엉망이라고? 지금 당신 상태는 아주 괜찮은데.

　〈저게 내가 원하는 거야.〉 나는 그렇게 결론을 내렸다. 덱스터 같은 남자. 공포 영화에 나올 것 같은 당신의 모습을 보고도 **함께하기로 하는** 사람. 당신의 문제가 무엇인지 냉정하게 직시하고 더 나은 사람이 되라고 밀어붙여 주는 사람. **바로 그런 게** 누군가를 사랑하는 가장 정직한 방식이라고 나는 결론을 내렸다.

그러고는 그런 세계관을 한번 시험해 봤다. 전 남자 친구였던 알로와 다시 사귀기로 한 것이다. 물론 그를 사랑했기 때문이다. 하지만 다른 이유도 있었다. 그는 이제껏 살아오는 동안 한 번이라도 내게 〈너는 나쁜 사람〉이라고 적극적으로 말해 줬던 유일한 사람이었다. 내게는 그가 덱스터 같은 사람이었다.

정확히 말하자면, 그는 아무 이유 없이 내게 나쁜 사람이라고 하진 않았다. 그건 나를 교묘하게 조종하려고 한 말이 아니라 그저 과거에 있었던 일을 설명한 말이었다. 고등학교 때 내가 알로에게 나쁜 행동들을 했던 것이다. 그리고 나는 우리가 다시 만나기로 하는 과정에서도 나쁜 행동들을 했다. 이건 아무렇게나 하는 자학이 아니다. 그 잘못들은 실재하는 것이니까.

알로는 그 잘못들을 종종 상기시켜 줬다. **그리고 그런 행동은 내가 누군가에게 보이는 존재라고 느끼게 해줬다.** 이해받는 존재라고 느끼게 해줬다. 그의 행동은 나와 사귀게 될 수도 있는 다른 사람도, 나를 좋은 사람으로 봐줄 사람도, 조지 키터리지 같은 남자들도, 매콜리 코너 같은 남자들도 모두 아직 콩깍지가 벗겨지지 않은 바보들에 불과하다는 생각이 들게 만들었다. 그들 역시 결국에는 내가 사실은 나쁜 사람이라는 걸 알게 될 텐데, 그렇게 되면 그들은 떠나 버릴 테니까.

혹은 더 나쁘게도 그들은 내 진짜 모습을 결코 보지 못할 것이었다. 그렇게 되면 나를 아는 사람은 언제까지나

오직 나 자신밖에 없게 될 것이었다.

하지만 알로는 이미 내 최악의 면모를 알고 있었고 그럼에도 내 곁에 있기를 원했다. 그가 나를 그렇게 하찮게 여긴다는 사실이 내게는 위안이 됐다. 나는 너무나도 굳건히 그렇게 믿었기에 하마터면 대학원을 그만두고 국토를 가로질러 가서 그와 함께 살 뻔했다.

당신에게 이렇게 말할 수 있었으면 좋겠다. 사랑은 그런 모습을 하고 있어선 안 된다는 걸 깨달았기 때문에 내가 그 관계를 그만뒀다고. 하지만 대학원에 계속 다니기로 결정하면서도, 국토를 가로질러 가서 알로와 함께 지내겠다는 생각을 그만두면서도, 그리고 그 과정에서 내가 전에 상처 입힌 적이 있는 그 사람에게 또 한 번 심한 상처를 주면서도 나는 또다시 실패한 건 나라고 스스로에게 되뇌었다. 그냥 내가 너무 약해 빠져서 내 진짜 모습을 봐주는 사람과 함께할 수 없는 거라고. 그리고 거기 내가 있었다. 또한 번 그를 상처 입힌 내가. 또다시 나쁜 행동을 저지른 내가.

나는 아주 오랜 시간이 지나고 나서야 다음과 같은 사실을 이해하게 됐다. 그렇다, 내가 그와의 관계에서 잘못된 행동을, 그것도 여러 번 저지르기는 했다. 그렇다, 또 나는 잘못한 것도 많고 결점도 많은 인간이기는 하다. 그렇지만 내게서 최악의 면모를 본 사람에게 사랑받는 것과, 내 실패를 정직하게 바라보고 그것들을 유감으로 받아들이는 것은 다른 것이었다. 내가 저지른 잘못들을 인정하고 받아들이기 위해 꼭 그것을 누군가와의 관계로 감싸야 하는 건 아니었다.

덱스터와 트레이시가 서로의 결점들을 사랑하기 때문에 잘 어울린다고 말하는 건 너그러운 해석이다. 상황을 조금 더 삐딱하게 바라보자면, 덱스터는 트레이시에게 따끔한 맛을 보여 주려고 전날 밤의 붕괴를 교묘하게 꾸며 냈고, 이제 진창 속으로 떨어져 나머지 인간들과 같은 처지가 돼버린 트레이시는 자기가 더 나은 것을 누릴 자격이 없다고 느낀다. 덱스터는 이 여신이자 조각상이자 사랑받는 여자를 공격해 받침대에서 떨어뜨리는 일에서 즐거움을 느끼고, 축제에 세워진 무슨 과녁이라도 되는 양 그 높은 자리에서 넘어뜨리고는 경품처럼 그를 집으로 데려간다.

이 모든 걸 다시 말하자면, 덱스터가 올바른 선택지일지도 모른다는 가능성 역시 내 안에서 사라졌다는 이야기다.

내가 그를 지나치게 못 미더워하는 것처럼 들린다면, 그건 아마도 다음과 같은 이유 때문일 것이다. C. K. 덱스터 헤이븐과 트레이시가 애초에 이혼한 이유는 덱스터가 트레이시를 때려서였다. 그건 사실 이 영화에서 맨 처음으로 일어나는 사건이다. 잊어버리기가 너무 쉽기는 하지만 말이다.

이 영화는 무성 뉴스 영화 같은 장면으로 시작된다. 트레이시와 덱스터가 했던 결혼의 뒷이야기를 보여 주는 장면이다. 두 사람은 소리를 질러 대며 말다툼을 하는 것처럼 보인다. 트레이시는 현관문 밖으로 덱스터의 골프채들을 던져 버리고, 퍼트용 골프채 하나는 무릎에 대고 부러뜨려 버린다. 그러자 덱스터는 현관 계단을 올라가 트레이시 앞에 서더니, 잠시 머뭇대다가 트레이시의 얼굴을 손바닥으로 감싼다. 그러고는 단번에 확 밀쳐서 바닥에 넘어뜨린다.

영화 「필라델피아 스토리」를 바탕으로 제작된 라디오극에서 아나운서는 무성 영화 스타일의 이 장면을 이렇게 설명한다. 〈트레이시 로드가 C. K. 덱스터 헤이븐과 했던 첫 번째 결혼은 그의 턱으로 날아간 힘찬 오른손 공격에 의해 끝이 났다.〉

영화 속에는 트레이시의 어린 동생 다이너 로드(버지니아 와이들러가 연기했다)가 등장하는, 너무도 눈길을 사로잡는 장면이 두 번 나온다. 그 장면들에서 다이너는 덱스터가 트레이시를 〈또다시 갈겨 버리진 않을지〉 염려하면서 두 사람을 감시한다.

이 모든 것이 뜻하는 바는, 그렇다, 두 사람이 했던 결혼은 사납고 열정적이며 말다툼이 끊이지 않는 종류의 결혼이었다는 것이다. 하지만 그와 동시에 트레이시가 덱스터를 떠난 건 그가 트레이시를 때렸기 때문이라는 사실을 뜻하기도 한다. 트레이시는 덱스터에게 또다시 얻어맞고 싶지 않아서 이혼을 했던 것이다.

내가 여기서 언급하고 있는 경우를 제외하면 이 영화는

한 번도 덱스터의 폭력을 제대로 다루지 않는다. 심지어는 언급조차 하지 않고 지나간다. 결국 트레이시와 덱스터를 다시 맺어 주는 영화의 기승전결 가운데 어떤 부분에도 이 폭력에 대한 청산은 포함되어 있지 않다.

트레이시의 가족 모두는 그저 다시 한번 덱스터를 몹시 좋아할 뿐이다.

우리는 캐리 그랜트 자신이 현실의 삶에서 사귀던 여러 사람에게 폭력을 휘두르다가 고발당한 적이 있다는 사실을 어떻게 받아들여야 할까? 이 영화는 이런 방식들을 통해 캐리 그랜트가 폭력을 휘두르는 사람이라는 사실을 우리에게 보여 주고 알려 준 다음, 사랑하는 사람이라면 아무리 엉망진창이고 결점이 많다고 해도 그대로 받아들여 주어야 한다는 논리하에 그를 **용서해 주라고** 요구하고 있지 않은가? 결국 영화는 이 이야기에서 좋은 남자는 캐리 그랜트라고 너무도 분명하게 단언한다. 트레이시가 골라야 하는 정답은 바로 그다. 젠장, 그는 캐리 그랜트 아닌가.

누군가가 당신의 진짜 모습을 사랑하는 것과, 누군가가 당신에게서 최악의 면모를 보고 그것을 가차 없이 지적하는 것은 다르다. 나는 트레이시와 덱스터의 관계를 중립적인 시선으로 바라보고 있다. 물론 폭력적인 사람과 계속 사귀어서는 안 된다고 생각한다. 당연히 그렇다. 하지만 「필라델피아 스토리」의 세계는 1940년이 배경이고, 그래서 이 영화는 이런 폭력을 **사실이 아니라 하나의 비유로** 아무 문제 없이 사용한다. 그리고 비유적으로 말해 본다면,

이 영화는 사랑하는 사람이 당신에게 했던 아주 나쁜 행동을 용서한다는 것이 무엇을 의미하는지 질문하고 있다. 당신은 그럴 수 있는가? 그 사람과 다시 함께할 수 있겠는가? 그런 경험들이 관계를 망치는 게 아니라 관계에 이점이 될 만한 방법이 있을까?

구체적인 사실들을 모두 제거해 버리고 생각해 본다면, 그것은 좋은 질문이다.

—

영화의 놓치기 쉬운 한 장면에서, 덱스터는 그의 집 바깥에 세워 놓은 차 뒷좌석에 몸을 웅크리고 앉아 있는 트레이시를 발견한다. 트레이시는 술에 취해 잠들어 있다. 덱스터는 차에 올라타고, 좌석을 배경으로 나란히 앉은 두 사람의 얼굴이 침대에 마주 보고 누워 있는 연인들처럼 보인다. 덱스터는 애정을 가득 담아 트레이시에게 말을 건다. 트레이시는 눈꺼풀을 깜박이다 눈을 뜨고, 덱스터가 자기 집에 들렀다 가라고 하자 다시 눈을 감는다.

덱스터: 당신, 아름다워 보이는군, 빨강 머리. 들어왔다 가지.
트레이시: 왜?
덱스터: 으음, 특별한 이유가 있는 건 아닌데. 그냥 술이나 한잔하면 어때?
트레이시: 난 술 안 마셔.

덱스터: 그러네. 내가 잊어버렸군.

(침묵이 흐른다. 트레이시, 눈을 뜨고 확신에 찬 표정을 짓는다.)

트레이시: 난 잊지 않았어.

잊어버렸다는 덱스터의 말과 잊지 않았다는 트레이시의 말 사이에는 긴 침묵이 존재한다. 조금 전까지만 해도 샴페인에 잔뜩 취한 졸린 여자였던 트레이시는 **난 잊지 않았다**고 말할 때는 완전히 깨어 있다.

나는 이제 30대 후반이고, 여전히 「필라델피아 스토리」를 나만의 로르샤흐 테스트[16]로 여기고 있다. 요즘 들어 이 영화에서 내가 죽여주는 장면이라고 느끼는 건 바로 이 순간이다.

왜냐하면 트레이시가 덱스터를 따라 들어갈까 생각하다 고개를 저을 때, 자신은 잊지 않았다고 말할 때, 그는 **그들 사이에 오고 갔던 모든 것**에 대해 말하고 있기 때문이다. 트레이시는 자신도 따라 들어가고 싶지만 기억이 난다고, 지난 일이, 그때의 상처가, 그 일이 자신에게 가르쳐 준 경계심이 기억이 나고 또 난다고, 그래서 들어갈 수가 없다고 말하고 있는 것이다. 마음 한구석에는 들어가고 싶은 생각이 있다 하더라도 말이다.

트레이시가 아직 잊지 않은 그 일은 그를 멈춰 세우기에

16 불규칙한 잉크 무늬가 어떤 모양으로 보이는가에 따라 그 사람의 성격이나 정신 상태 등을 진단하는 검사법.

충분하다.

이 장면은 덱스터가 트레이시에게 무엇을 했는지보다 훨씬 더 많은 것에 대해 이야기하고 있다. 트레이시의 선택을, 행동을, 가능성을 이끄는, 막을 수 없는 과거로부터의 모든 것에 대해 이야기하고 있는 것이다.

영화 초반부에 트레이시의 어머니 마거릿은 이렇게 운을 뗀다. 「진정한 사랑의 길은……」 하지만 마거릿이 **결코 순탄치 않다**고 문장의 나머지 부분을 미처 말하기도 전에, 술에 취한 매콜리 코너가 대신 이렇게 말해 버린다. 「이끼가 끼지 않죠!」 그렇게 말하고 나서 코너는 상당히 뿌듯해하는 것처럼 보인다.

이건 그냥 웃기려고 내뱉는 대사다. 술 취한 남자가 속담을 혼동하는 개그일 뿐이다.

하지만 진정한 사랑의 길에 이끼가 끼지 않는다는 말은 무슨 뜻이겠는가?

약간, 잊어버리는 것처럼 보이지 않겠는가?

그 말은 결국 이런 말 아닐까? 진정한 사랑을 하는 데 가장 필요한 건 백지와도 같은 상태고, 당신이 지금껏 밟아온 과거라는 영역에서 아무것도 미래로 가져오지 않는 태도고, 본질적으로 아무런 역사도 새겨지지 않은 돌이 되는 일이라는?

「필라델피아 스토리」에는 〈진정한 사랑〉이 언급되는 부분이 한 군데 더 있다.

〈진정한 사랑〉은 덱스터와 트레이시가 오래전 신혼여행

을 하며 메인주 해안을 따라 올라갈 때 탔던 보트의 이름
이다. 덱스터는 트레이시에게 두 번째 결혼 선물로 그 보
트를 축소해 만든 모형을 가져다준다. 선물을 풀어 보고
그 작은 보트를 트레이시에게 건네주는 사람은 조지다. 트
레이시는 원피스 수영복과 수영모 차림으로 수영장을 이
리저리 헤엄쳐 다니고 있다.

트레이시가 보트 모형을 집어 든다.

트레이시: 아니, 이거 〈진정한 사랑〉을 축소해 만든
거잖아.

조지: 뭘 축소해 만든 거라고요?

트레이시: 사실상 그 사람이 설계하고 만든 보트예
요. 그 사람이랑 결혼했던 여름에 같이 그 배를 타고 메
인주 해안을 오르내렸죠. 그 배는 참 **빠릿빠릿했는데**.

조지: **빠릿빠릿?** 그게 무슨 뜻이에요?

트레이시: 아, 그게 무슨 뜻이지? 조종하기 쉽고 키를
움직이는 대로 반응이 빠르다는 거예요. 그 배는 속도
도 잘 났고, 말도 잘 들었고, 보트가 갖춰야 하는 자질은
다 갖추고 있었어요. 그러다가 건부병[17]이 생기고 말았
지만요.

———

트레이시의 결혼식 날 아침, 「필라델피아 스토리」는 관

17 썩어서 말라 오그라지는 병.

객인 우리에게 으스스한 선다형 문제를 던진다. 그 문제에 우리는 답을 해야 하고, 답할 기회는 딱 한 번이다. 자, 트레이시 로드는 누구인가?

아니, 그 질문은 어쩌면 이런 것일지도 모른다. 우리는 사랑의 대상으로서 어떤 이상적인 모습을 갖추어야 하는가?

트레이시 자신도 선택을 해야 한다. 결혼을 할지 말지, 한다면 누구와 할지 선택해야 하는 것만큼이나. 자, 트레이시 로드는 어떤 모습의 트레이시 로드가 되는 걸 선택해야 할까?

A) 여신
B) 조각상 혹은 여왕 혹은 조각상이면서 여왕
C) 살아 있으면서 사랑받는 여자
D) 지독할 정도로 엉망인 여자
(이 마지막 동전의 뒷면에는 이렇게 적혀 있다. 〈**자신을 고통스럽게 했던 남자가 자신을 가장 잘 이해하는 남자라고 믿는 여자**〉)

영화의 말미에 펼쳐지는 장면은 다음과 같다.

조지는 전날 밤 코너와 트레이시 사이에 무슨 일이 있었는지 자신은 마땅히 대답을 들어야겠다고 초조한 중학생처럼 구는 편지를 트레이시에게 쓴다. 그러면서 자신이 가치 없는 인간이란 걸 증명해 보인다. 그러자 다들 한뜻으로 조지에게 가스라이팅을 하고, 조지는 결국 트레이시가 코너와 바람을 피웠다고 의심한 자신이 나쁜 사람이라고 생각하게 된다. 트레이시 본인조차 자신이 코너와 잤을 거라고 확신하고 있는데도 말이다. 하지만 그런 건 신경 쓰지 말자. 트레이시는 조지가 이런 억측을 했다는 이유로 그를 거절한다. 그리고 우리 역시 그런 방식으로 조지라는 선택지를 없애 버린다. 조지의 진짜 죄는 한때 가난했기 때문에 실제적인 일을 하며 자기 손으로 돈을 버느라 너무도 바빴다는 것, 그래서 베란다에서 트레이시에게 수작을 거는 데 사용할 만한 자신만의 독특한 스타일을, 우리의 사랑을 받을 만한 아이템을 개발할 시간이 없었다는 것, 그 결과 매우 따분한 사람이 되어 버렸다는 것이지만 말이다.

조지가 떠났는데도 결혼식을 중단해야 한다는 사실을 기억해 낸 사람은 아무도 없고, 그래서 이제 하객들은 자리에 앉아 있고, 사제는 성경을 든 채 서서 대기하고 있으며, 결혼 행진곡이 연주되고 있고, 트레이시는 **지금 당장** 통로로 걸어 들어가야만 하는데…….

그때 코너가 트레이시에게 청혼을 한다. 웅장할 정도로 낭만적인 태도로, 다른 무엇보다 그 결혼식을 구해 내기 위해서. 그는 그 자리에서 그대로 트레이시와 결혼하겠다고 말한다. 트레이시는 거절한다. 그는 자신들이 키스했을지도 모르는 하룻밤의 가능성에 환상이 감당할 수 있는 것 이상의 의미를 부여하지 않을 만큼 분별력을 갖춘 사람이기 때문이다. 또 트레이시는 이런 말도 한다. **리즈는, 다시 말해 코너의 여자 친구이자 또다시 그 자리에 있게 된, 그리고 언제나 그 자리에 있는 그 사람은 찬성하지 않을 거라고.**

코너가 거절당하자, 우리에게는 전남편인 덱스터라는 선택지가 남는다.

덱스터는 트레이시를 곤경에서 벗어나게 해주는 수고로운 일은 항상 다른 사람들의 몫이라고 지적해 왔다. 이 것은 일반적으로 돈 많은 여성에 대한 비판으로는 정당해 보이지만, 이 특정한 영화에서는 그 순간까지 한 번도 등장하지 않았던 일이다. 하지만 이 시점에 **트레이시는 자신의 정체성을 규정하는 일에서 덱스터를 권위자로 받아들여 버린 상태고,** 그래서 덱스터의 말이 옳으며, 하객들에게 결혼식이 취소됐다고 직접 말하는 어색한 수고를 치러 내야 하는 건 자신이라고 결론을 내린다.

결혼식장으로 통하는 문을 연 트레이시는 주목해 달라고 소리를 치지만, 그러고 나자 말문이 막혀서 덱스터에게 도와 달라고 애원한다. 그렇게 덱스터는 트레이시에게 해야 할 말을 일러 주기 시작한다. 그는 트레이시가 결혼식은 예정대로 진행될 거라고, 그리고 자신은 덱스터와 다시 결혼할 거라고 하객들에게 말하게 만든다.

트레이시는 이렇게 말한다.

오, 덱스. 이번에는 **빠릿빠릿한** 여자가 될게, 내 사랑. 약속해. **빠릿빠릿한** 여자가 될게.

그러자 덱스터는 이렇게 말한다.

우리 빨강 머리, 당신 좋을 대로 하면 돼.

이 모든 것은 지극히 낭만적이다. 그들은 결혼한다. 그
리고 그 이야기는 신문에 실린다. 트레이시는 선택을 한
것이다. 끝.

—

한 여성이 결혼 상대를 선택하는 일과 자기 정체성을 선
택하는 일을 혼동하는 이 이야기가 우스꽝스럽고 지난 시
대의 이야기 같다고 말하기는 쉬울 것이다. 우리는 이렇게
말할 수도 있다. 얼마나 끔찍한 일인가, 1940년에도 우리
는 여성의 정체성을 여전히 이런 식으로 생각하고 있었
다니.

남자들, 남자들, 남자들! 트레이시는 누구를 선택할 것
인가? 여자가 되어서 남자들에게 그렇게 목을 매다니, 남
자들 이야기를 그렇게나 많이 하다니 얼마나 멍청한 일인
가! 왜 트레이시에게 초점을 맞추지 않나? 왜 우리에게 헵
번 자신으로서의 헵번을 보여 주지 않나? 그가 자기 정체
성을 스스로 선택하게 하란 말이다!

하지만 지난번에 사귀었던 사람이 몹시 나쁜 영향을 끼
치는 바람에 그 뒤로 자신이 상당히 달라져 버린 것처럼
느낀다면, 자신이 누구인지 더 이상 확신할 수 없게 됐다

면, 당연하게도 그럴 수 없을 것이다.

당연하게도, 기억이 난다면 그럴 수 없을 것이다. 당신이 사귀었던 사람과 함께했던 그다지 좋지 않은 경험들이 하나하나 기억난다면. 그 경험들이 당신에게 어떻게 경계심과 분노와 두려움을 불러일으켰는지 기억난다면. 그리고 그런 다음에는 청동이나 뭐 그런 것으로 만들어진 인간처럼 굴지 말라고, 더 따스하고 친절하고 인간의 결함들을 너그럽게 용서하는 사람이 되라고 당신에게 어떻게 속삭였는지 기억난다면.

그런 해안을 이미 몇 번쯤 오르내려 본 사람이라면 **빠릿빠릿한** 사람이 되기는 몹시 힘들 것이다.

바버라 월터스[18]는 언젠가 헵번에게 **만약 그가 나무라면 어떤 나무일 것 같으냐**고 물었다는 이유로 부당한 비난을 받은 적이 있다(대답은 〈떡갈나무〉였다). 나는 사람들이 그 질문을 비웃은 건 단지 그것이 너무나 하찮은 질문이기 때문만은 아니었고, 거기 담긴 허황된 면모 때문이기도 했다고 생각한다. 마치 정체성 이야기가 나오면 그냥 하나를 고르기만 하면 된다는 듯한 그 허황된 면모 말이다.

「필라델피아 스토리」는 내게는 여전히 로맨스와 수수께끼로 가득한 작품이다. 여전히 내가 가장 좋아하는 영화기도 하다. 그리고 요즘 들어 그 영화를 틀고 내가 지켜보는 건 남자들도, 트레이시도 아니다. 내가 지켜보는 건 헵번이다. 나는 헵번을 지켜보며 묻곤 한다. 어떻게 트레이시라는 인물을 움직여 그토록 강렬하고 기품 있는 장면들을 만들어 낼 수 있었느냐고.

나무에 관한 바버라 월터스의 질문은 어이없었지만, 그는 10년 뒤 다른 인터뷰에서 다음의 대화를 함으로써 명예를 회복했다. 이 대화에서 헵번이 한 대답은 그야말로 최고다.

월터스: 영화 속에서 종종 울음을 터뜨리시는데요. 실생활에서도 우실 때가 있나요?

헵번: 우는 거요?

월터스: 네, 우는 거요.

헵번: 아뇨. 전 안 울어요.

월터스: 영화 속에서는 우시잖아요.

헵번: 네, 그래야 관객들이 제가 슬프다는 걸 아니까요.

월터스: 무언가에 대한 의심이 드실 때도 있나요?

헵번: 사실 언제나 그렇죠.

월터스: 하지만 너무나 확신에 차 보이시는걸요!

헵번: 네, 그렇죠. 근데 그렇게 보이는 게 낫거든요.

커튼 뒤의 남자

「마법이라는 게 동화의 나라에만 있는 건 아니야.」
그는 진지하게 말했다. 「자연에는 언제나 수많은 마법
이 깃들어 있고, 너랑 내가 전에 살았던 미국에서도 그
걸 볼 수 있단다.」
—— L. 프랭크 바움, 『오즈의 틱톡』

친구와 함께 즐거운 시간을 보내러 〈노란 벽돌 길〉[19] 카
지노에 갔다. 우리는 큰 기대는 없었지만 재미있을 수도
있겠다고 생각했다. 우리 둘 다 도박꾼은 아니었다. 예산
은 20달러로 책정했다. 그 이상을 가져갔다가는 우리 자신
을 신뢰할 수 없을 것 같았다.

뉴욕주 치터냉고에 있는 그 카지노는 내가 차로 다니는
길에 있어서, 나는 2년 가까이 그곳을 지나다니고 있었다.
카지노 건물은 에메랄드그린색으로 칠해져 있고 넓찍한

19 『오즈의 마법사』에 나오는 가상의 길로, 부와 명성을 향한 길을 나타내
기도 한다.

노란색 차양이 달려 있다. 차양 위에는 〈노란 벽돌 길〉이
라는 간판에 들어간 네온사인 벽돌들이 소용돌이 모양으
로 깜빡이고 있다. 나는 그 카지노 안쪽에 약간의 오즈다
운 마법이 깃들어 있기를 바랐다. 순진한 소리로 들릴 것
이다. 하지만 그런 기대에 차 있었던 건 내가 한때 오즈의
마법사를 **알고 지낸** 적이 있기 때문이었다. 우리는 오랫동
안 연락하고 지내던 사이였다. 그 마법사가 세상을 떠난
뒤로 부족해진 어떤 종류의 마법을 줄곧 찾아 헤매 왔기
때문에 나는 이 카지노를 주시해 왔던 것이다.

　우리 외할아버지는 어디서든 가장 똑똑하고 이상한 아
이를 찾아내 그 아이와 편을 먹고 어른들에게 맞서 주곤
했다. 외할아버지는 감전 단추,[20] 묘기 부리는 말들, 가짜
토사물, 데이지 물총,[21] 카우보이 격언,[22] 〈누구세요〉 농
담,[23] 화장실 유머 같은 것들을 사랑했다. 3학년 때 〈할아
버지 할머니 학교 방문의 날〉에 외할아버지는 나와 같이
식탁에 앉아 점심을 먹던 아이들 모두에게 ─ 그 애들 부
모님의 바람과는 어긋나게도 ─ 〈스트로베리쇼트케이크〉

---

20 손바닥에 착용하고 악수를 하면 상대방의 손에 감전되는 것 같은 충격
이 전해지는 장난감.
21 데이지꽃 모양의 장난감으로, 연결된 물주머니를 눌러 상대방이 물을
뒤집어쓰게 만드는 데 쓴다.
22 〈절대로 안장을 팔아 버리지 마라. 너의 꿈은 너를 포기하지 않는다〉처
럼 카우보이가 화자가 돼 전하는 뻔한 교훈이 담긴 격언들을 말한다.
23 〈똑똑〉, 〈누구세요?〉에 이어 사람 이름을 대면 그 이름과 관련된 말장
난으로 이어지는 농담이다.

아이스바를 사주겠다고 약속했다. 그러고는 그 아이스크림을 그냥 사서 건네주는 대신 우리 각자에게 1달러씩 줬다. 우리가 직접 물건과 바꾸면서 화폐의 교환 가치를 느껴 보라는 뜻이었다.

나는 외할아버지가 마법사라고 생각했다. 이건 비유가 아니다. 우리 외할아버지인 에드 조이스가 가장 사랑했던 건 『오즈의 마법사』였다. 그리고 내가 어렸을 때, 외할아버지는 나와 내 동생에게 뻔하지만 설득력 있는 장난 하나를 쳤다. 여러 매체를 통해, 체계적으로 〈오즈의 나라〉는 정말로 있다고 우리를 설득했던 것이다.

하지만 만약 외할아버지가 어느 순간 우리가 그게 장난인 걸 알아차리기를 기대하지 않았다면? 우리가 언제까지나 자기 말을 믿기를 바랐다면? 그래도 그걸 장난이라고 부르는 게 맞을까?

〈노란 벽돌 길〉 카지노 안에는 오즈다운 것이라고는 하나도 없었다. 그곳은 카지노를 클립아트 형태로 바꿔 놓은 곳처럼 보였다. 더 나쁜 건 내가 마지막으로 도박이라는 걸 해본 지가 너무 오래됐다 보니 카지노의 운영 방식 전체가 바뀌어 있었다는 거다. 예전에 〈모히건 선〉이라는, 문제 많은 디즈니랜드 같은 카지노에서 칩들이 담긴 매끄러운 주머니를 받은 적이 있었다. 가능성이 가득 담긴 묵직한 주머니였다. 미시시피주 나체즈에 있는, 영화 「매버릭」의 세트장처럼 보이는 강의 유람선에서는 황금색 토큰들이 담긴 스티로폼 컵을 받았고, 그 컵을 흔들면 듣기 좋게 짤랑거리는 소리가 났다. 일반적인 돈을 이런 새로운 화폐 대용물로 바꾸는 성변화[24]에는 일종의 마법이 깃들어 있었다. 스스로를 좀 더 많은 무언가로 증식하는 힘이.

〈노란 벽돌 길〉 카지노에는 그런 게 없었다. 우리는 안내 데스크에서 우리의 본명이 적힌 고객 카드를 받았다. 그런 다음 그 카드를 가지고 슬롯머신들로 다가갔는데, 그 기계들은 대부분 디지털화돼 있었다. 〈랍스터마니아〉, 〈스노 레퍼드〉, 〈섹시 바이킹 레이디〉 같은 이름을 단 그것들 가운데 오즈를 테마로 한 기계는 하나도 없었다. 나는 내 카드를 어느 슬롯머신에 집어넣고 거기에 돈을 채우려고 해봤지만, 카드에는 동네 주유소에서 쓸 수 있는 포인트만 채워질 뿐 다른 건 아무것도 할 수 없다는 걸 깨달았다.

나는 근사한 옷차림으로 플로어를 돌아다니고 있던 한 쌍의 직원들에게 다가갔다. 내 돈을 이 카지노에 내리려면 어떻게 해야 하는지 묻기 위해서였다. 믿기 어렵겠지만 직원들을 가리키는 호칭은 **먼치킨**[25]이었다.

먼치킨들은 내게 〈노란 벽돌 길〉은 이제 애틀랜틱시티나 라스베이거스에 있는 카지노들과 마찬가지로 최신식 카지노가 됐다고 했다.

---

24 聖變化. 성찬의 빵과 포도주가 그리스도의 몸과 피로 변하는 것을 일컫는 가톨릭 용어.
25 『오즈의 마법사』에 등장하는 소인족.

「그게 무슨 뜻이죠?」 내가 물었다.

「그러니까 현금을 직접 기계에 넣으시면 된다는 뜻입니다.」 먼치킨들은 말했다.

친구와 나는 디지털 슬롯머신들로 돌아갔는데, 그 기계들은 곧 재미없는 것으로 판명 났다. 버튼을 눌러 보증금 몇 달러를 걸고 나면 디지털 회전판이 돌아갔다. 나는 그 버튼이 마음에 들지 않았다. 그 버튼은 내가 내 운명을 스스로 이끌어 간다는 환상 같은 건 전혀 선사해 주지 않았다.

아날로그 슬롯머신들이 더 나았다. 아날로그 회전판은 실제로 돌아갔고, 〈Bar〉 글자와 체리와 달러 모양이 빛을 냈다. 그 기계에 마음이 끌렸던 건 그 철컥거리는 육중한 소리 때문이었을까, 아니면 내가 영화에서 그런 기계들로 돈을 따는 사람들을 본 적이 있기 때문이었을까? 그도 아니면 그런 기계에는 버튼이 아니라 손잡이가 달려 있기 때문이었을까? 그 손잡이를 잡아당기는 데는 힘이 필요했고, **애를 써야** 했다. 심지어 당기는 기술까지 있었다고 나는 스스로에게 되뇌었다. 그때 나는 손잡이를 천천히 당기다가 빠르게 낚아채는 조작법을 개발해 이전보다 체리 세 개에 한 발 더 다가가곤 했다.

나는 내가 스스로의 운명을 아주 조금은 책임지고 있는 것처럼 보이게 해줬던 옛날식 기계들의 방식이 좋았다. 손잡이를 어떻게 당길지, 얼마나 세게 당길지 내가 결정할 수 있었고, 기계에 1달러를 넣을 때마다 내가 그 기술에 좀 더 능숙해졌다고 조금씩 더 확신하게 되었다.

머지않아 내가 손잡이를 당기면 체리 세 개가 나란히 나올 것 같았다. 그럴 만도 했다. 나는 그 기계에 내 시간을 쏟아부었고, 미국은 시간을 투자한 일에는 반드시 보상이 뒤따른다고 믿도록 나를 가르쳤다. 하지만 나는 또다시 실패했다. 그러고는 아메리칸드림이 실재한다는 사실과 〈돈을 버는 건 언제나 카지노〉라는 진실이 충돌하는 자리에 놓여 있는 자신을 발견했다.

외할아버지의 오즈는 대공황기에 생겨났다. 외할아버지는 캡이라는 전쟁 영웅이자 전과자의 아들이었다. 대공황기에 애리조나주에 있던 자신의 관광용 목장이 파산하자 캡은 가족을 데리고 길을 떠났다. 외할아버지는 어린 시절의 대부분을 늘 여기저기 옮겨 다니며 보냈다. 가끔씩은 가족 소유의 차에서 살기까지 했는데, 캡이 시민 자원 보존단[26]에 들어가 일하며 황량한 서부 지대를 다루는 잡지를 만들면서부터 그랬다. 외할아버지네 가족은 어느 도시에 도착하든 그곳의 도서관에 차를 세우는 일이 많았고, 외할아버지는 그곳에서 자신의 유일한 친구들을 발견하곤 했다. 도러시와 허수아비와 틱톡과 폴리크롬, 그리고 L. 프랭크 바움의 〈오즈〉 시리즈에 나오는 등장인물 전체가

---

26 Civilian Conservation Corps. 대공황기 미국 정부가 실시한 구호 프로그램. 프랭클린 D. 루스벨트 대통령이 실시한 뉴딜 정책의 주요한 프로젝트로, 일자리가 없는 남성들을 지방에 파견해 육체노동 작업을 수행하게 하고 그 대가로 약간의 보수와 숙소, 의복, 음식 및 의료 서비스를 제공했다.

그들이었다. 외할아버지는 언젠가 조금이라도 돈이 생기면 〈오즈〉 책들을 전부 다 살 거라고 스스로에게 되뇌었다. 그 시리즈에는 바움이 쓴 열세 편의 원작과 다른 작가들이 쓴 스물여섯 편이 포함돼 있었다.

나중에 안 일이지만, 어른이 된 외할아버지에게는 돈이 있었다. 그것도 상당히 많았다.

어떻게 그렇게 됐는가 하면, 그건 〈자기 구두끈을 스스로 당겨서〉 성공했다는 식의 아메리칸드림 이야기다. 사람들이 절대 저항할 수 없는 그런 이야기 말이다. 내가 어렸을 때는 그런 이야기가 오즈에 관한 이야기만큼이나 어디에나 있었다. 차에서 사는 대공황기의 어린이였던 에드 조이스는 라디오 방송국에서 일하는 사람이 됐다. 그는 「재즈맨 조이스!」라는 이름으로 재즈 프로그램을 진행했다. 그 뒤에는 어느 케이크 회사가 후원하는 어린이용 텔레비전 프로그램 「브레드타임 스토리스」의 생방송 진행을 맡았는데, 이 프로그램에는 〈쿠키〉라는 이름의 진짜 원숭이 한 마리가 출연했다. 외할아버지는 「토크 오브 뉴욕」이라는 라디오 인터뷰 프로그램을 맡아 맬컴 엑스와 티머시 리리[27] 같은 게스트들을 출연시키기도 했다. 치열한 보도의 세계로 옮겨 간 그는 채퍼퀴딕에서 벌어진 테드 케네디 사건[28]을 책임 보도했다. 1980년대에는 CBS 뉴스의 대표

27 미국의 심리학자이자 작가로 1960~1970년대 대항문화의 아이콘이다. 환각성 약물의 긍정적 효과를 지지하는 활동을 했다.
28 미국 보스턴 교외의 채퍼퀴딕섬에서 1969년 7월 일어난 의문의 사건을 말한다. 당시 민주당 상원 원내 총무였던 테드 케네디가 비서 메리 조 코

가 됐고, 그곳에서 무자비하면서도 동시에 매력적인 사람이라는 명성을 얻은 나머지 〈매끈한 칼〉이라는 별명으로 알려지게 됐다.

이런 시간과 여러 번의 성공을 거치는 동안 외할아버지는 〈오즈〉 책 전권을 초판으로 입수하는 일에 착수했다. 그는 그 책들을 자기 자식들에게 읽어 줬고, 나이가 들어가면서는 나와 내 동생에게 읽어 줬다. 우리 모두는 코네티컷주의 작은 도시에서 살았다.

그때의 내게 그 이야기들보다 좋은 건 없었다. 외할아버지는 라디오 방송을 하는 사람 특유의 재능을 지니고 있었고, 각각의 챕터를 읽으며 물불을 가리지 않고 여러 목소리로 원맨쇼를 펼쳤다. 나는 놈왕과 오즈마 공주와 틱톡이 **정확히** 어떤 목소리를 내야 하는지 당신에게 말해 줄 수도 있다.

〈오즈〉 이야기 낭독은 외조부모님이 은퇴해 다시금 서부로, 캘리포니아주 산타이네즈에 있던 말을 키우는 목장으로 가게 됐을 때만 잠시 멈췄다. 그때 나는 일곱 살이었고, 내 동생은 네 살이었다.

방송인이었던 외할아버지가 이렇게 멀어진 거리에 대한 해결책으로 내놓은 건 당연하게도 낭독을 녹음하는 것이었다.

프크네와 함께 드라이브를 하다가 자동차가 물에 빠졌고, 케네디는 빠져나왔으나 메리는 나오지 못하고 사망했다. 당시 알 수 없는 이유로 열 시간 넘게 신고를 하지 않았던 케네디는 스캔들에 휩싸였고 결국 정치생명이 단축됐다.

날마다 학교가 끝나고 집에 오면, 나와 동생은 우편함을 열고 카세트테이프가 든 안전 봉투가 있는지 확인했다. 그 테이프에는 〈오즈〉 이야기가 한 챕터씩 들어 있었다. 외할아버지는 책의 낭독한 부분에 수록된 일러스트들도 복사해 첨부했다. 각각의 테이프 첫머리에서는 주변 상황을 설명했는데, 우리에게 자신이 어디 앉아 있는지, 키우는 개들 중에 어떤 녀석이 곁에 와 있는지 같은 이야기를 들려줬다. 테이프 말미에서 외할아버지는 언제나 자기가 뭘 할 예정인지 알려 줬는데, 보통은 말들에게 먹이를 줄 거라는 이야기가 나왔고, 그다음에는 부모님 말씀 잘 듣고 계속 〈까불까불 즐겁게〉 지내라는 이야기가 뒤따랐다.

외할아버지가 오즈는 정말로 있다고 우리를 설득하기 시작한 건 그즈음이었다.

그런 취지로 녹음된 테이프 중에 지금까지 남아 있는 것이 있다. 그 테이프 중간쯤에서 외할아버지는 녹음을 하던 도중에 전화 한 통을 받는다. 연극 조로 앵앵거리는 전화벨 소리가 배경음으로 들려온다. 외할아버지는 낭독을 중단하게 돼 미안하다고 우리에게 사과한다. 「이 전화는 받아야 할 것 같구나……」 그렇게 말한 외할아버지는 녹음을 멈추는 척한다. 그런 다음 그는 너무나도 기쁜 목소리로 〈아, 잘 지내셨소, 마법사〉라고 말한다. 계속해서 그는 양귀비밭에서 만나자는 약속을 잡고는 전화를 걸어온 사람에게, **바로 그 마법사**에게 자기가 그에게서 배운 마법을 연습하고 있다고 확실히 말한다. 다가오는 크리스마스에 아이들 앞에서, 즉 우리 앞에서 마술 공연을 보여 줄 생각이라는 것이다. 오즈가 정말로 있다는 걸 아이들한테 말했느냐고요? 아, 아니, 아직 그 말은 하지 않았지요. 하지만 때가 되면 할 겁니다. 그럼 잘 지내시오, 마법사.

처음으로 테이프의 이 부분을 들었을 때, 나와 동생은 서로를 마주 보고는 **아무 말도** 하지 않았다. 우리가 들은 걸 말로 다시 하기만 해도 마법이 깨질 것 같아서였다.

그 말은 믿을 만한 것이었다. 왜냐하면 외할아버지는 **정말로** 마술을 했으니까. 외할아버지는 자기 코에서 스카프들을 끄집어냈고, 속이 보이지 않는 상자에 들어 있는 주사위의 색깔을 알아맞혔고, 과장된 몸짓을 하며 색칠 공부 책에서 그림들을 없애 버렸다.

그러니 외할아버지가 마법사와 어울리고 있다고 믿지 않을 만한 이유가 뭐가 있었겠는가?

우리가 캘리포니아에 갈 때마다 그 환상은 조금씩 더 커졌다. 외할아버지는 우리를 피게로아산으로 데려갔고, 거기서 합법적으로 재배되는, 사람 허리 높이까지 자라난 양귀비밭으로 이끌고 갔다. 우리가 축구공보다도 커다란 솔방울들을 주워 모으면, 외할아버지는 그것들을 붕산 나트륨 용액에 담갔다. 그것들을 캠프파이어에 던져 넣으면 붕산 나트륨 성분 때문에 불꽃이 녹색으로 바뀌었다. 외할아버지는 동물과 대화를 나눌 수 있는 척했고(오즈에서는 동물들이 말을 한다), 자기 말에게 고개를 끄덕이고 발을 굴러 질문에 대답하는 법을 가르쳤는데, 그건 외할아버지가 자기 부친에게서 배운 관광용 목장의 오래된 묘기였다. 외할아버지는 정원 여기저기에 보석의 원석들을 숨겨 놓고는, 놈왕이 그것들을 거기 두고 갔는데 만약 우리가 그 보물을 가져가면 왕은 몹시 화를 낼 거라고 넌지시 말했다. 우리는 언제나 보물을 가져갔고, 그다음 날 같은 자리에서 〈우리의 굽은 발가락으로 쾅쾅 밟아 주마〉라고 위협하는 오싹한 메모를 발견하곤 했다.

외할아버지는 언제나 장난을 치는 사람이었지만, 동시에 너무 놀라워서 믿기지 않는 일들을 **실제로** 해내는 사람이기도 했다. 그래서 어디서부터가 진실인지 자세히 알아내기는 어려웠다. 지금 생각해 보면 그때 나는 알고 있었던 것 같다. 외할아버지의 이야기를 믿어야 하지만, 훌륭한 연기 파트너가 그러듯 반쯤만 믿어야 한다는 걸 말이다. 하지만 나는 그 이야기를 절박하고도 무모하게 믿어 버렸다. 마치 질문을 너무 많이 하면 그 환상이 겁을 먹고 사라져 버리기라도 할 것처럼.

내게는 외할아버지가 우리를 위해 만들어 내고 있던 세계가 가능하다고 믿고 싶었던 이유가 몇 가지 있었다. 나는 몹시 평범한 여자아이였고, 남들과 다른 사람이 될 가능성이 전혀 없을지도 모른다는 두려움을 품고 있었다. 그리고 〈오즈〉 책들 속에서는 캔자스에 사는 몹시 평범한 여자아이도 잡다한 집안일과 학교 숙제로부터 벗어나 로봇들이며 여왕들과 함께하는 모험으로 잽싸게 옮겨 갈 수 있었다. 도러시가 비범한 아이가 아니라는 사실은 중요하지 않았다. 그럼에도 도러시는 믿기 어려운 일들을 해낼 수 있었으니까. 그때의 내게 오즈의 세계를 믿는 건 아메리칸 드림에 가까운 세계를 믿는 것과 다르지 않은 일이었다. 미국의 삶에서는 전과자인 카우보이의 불쌍한 아들도 출세할 수 있었다. 미국은 당신에게서 다른 누구도 보지 못한 무언가를 볼 것이고, 당신이 열망하는 놀라운 미래가 무엇이든 그 미래에 다가갈 기회를 줄 것이었다! 오즈는 모두의 것이었다!

이런 두 가지 마법 가운데 어느 하나라도 믿기에 후기 자본주의 시대는 좋은 시기가 아니다.

어른이 된 나는 현실의 세계가 종종 실망스럽다. 나는 상상 속에서, 책과 환상 속에서, 모든 것이 현실보다 살짝 더 밝게 빛나는 곳에서 지내는 걸 좋아하는 사람이다. 그렇기에 종종 그 시간들로, 우리 집 현관 계단에 놈왕의 보석 몇 개가 나타나기도 하고 어떤 동물은 내게 비밀을 말해 주기도 하던 그때로 돌아가고 싶었다.

그 환상에 처음으로 금이 간 건 6학년 때였다. 나를 비롯한 아이들은 중요한 인물의 위인전을 읽어 가야 했다. 어쩌면 오즈에 열광하고 있던 내가 L. 프랭크 바움 대신 주디 갈런드를 고른 것이 환상에 생긴 그 균열을 드러내 주는 일이었는지도 모르겠다. 물론 주디 갈런드는 1939년에 나온 영화 「오즈의 마법사」에서 도러시 역을 맡은 배우이기도 했다.

〈위인전의 날〉에 우리는 각자가 고른 책의 주인공처럼 옷을 입고 학교에 가서 반 아이들에게 각자가 고른 삶에 대해 발표를 하게 되어 있었다. **일인칭으로, 그 인물의 입장에서** 말이다. 그런 다음 우리는 〈인물 브런치〉에 모여 동료 유명인들을 만나 어울리게 될 예정이었다.

어머니는 내가 동네 도서관에서 앨 디오리오 주니어의 『길 잃은 소녀: 주디 갈런드의 삶과 힘겨운 시절』을 찾는 걸 도와줬다.

갈런드의 비극적인 일대기에 충격을 받고 사로잡힌 나는 그의 진실을 사람들에게 전하기로 마음먹었다. 하지만 나는 완전히 뒤틀린 선택을 했는데, 위인전의 날에 갈런드가 아니라 **도러시처럼 옷을 입고 학교에 나타나기로 했던 것**이다. 나는 머리를 온통 땋아 내리고, 반짝이를 붙인 하이힐과 발목까지 오는 파란색 양말을 신고, 6학년 친구들 앞에 서서 〈주디, 주디, 주디〉라고 자기소개를 했다. 그러고는 반 아이들에게 말했다. 나는 혹독한 영화 촬영 때문에 〈각성제〉, 즉 **마약**을 복용해야 했는데, 그걸 복용하니 살이 빠지기도 했고, 그건 〈할리우드에는 좋은〉 일이었다고. 그때 내게는 수면 장애가 있었고, 그래서 (마찬가지로 **마약**이었던!) 〈진정제〉도 복용해야 했으며, 각성제와 진정제의 이런 주기적 복용 때문에 나는 결국 죽고 말았다고.

그런 다음 내 죽음이 실은 사고가 아니고 자살이었다는 소문이 있다고 속삭였다.

종이 울리자 선생님은 내게 곧 있을 인물 브런치에서 갈런드 대신 도러시를 연기하면 어떻겠냐고 제안했다.

그래도 사람들한테 **최소한** 카네기 홀 이야기[29]는 하고 싶은데, 그래도 될까요? 나는 물었다.

그러렴. 선생님은 대답했다.

이제야 깨닫게 된 사실이지만, 그때 나는 무언가 희망을 주는 이야기를 읽고 발표하기로 되어 있었다. 재키 로빈슨[30]과 마리 퀴리의 옷차림을 하고 온 다른 아이들처럼 행동하기로 되어 있었다. 그 애들의 가족이 찾아 준 위인전에는 아마도 자기 재능을 발휘할 기회를 박탈당한 다른 흑인 야구 선수들이나 방사능에 노출되는 일의 영향 같은 것에 대해서는 자세히 나와 있지 않았을 것이다. 그날 우리 모두는 주디 갈런드가 아니라 도러시가 돼야 했다. 각자가 읽은 위인전의 주인공을 변형시켜 반짝이는 모습으로, 오즈 같고 꿈같은 모습으로 이야기해야 했던 것이다. 앞서 내가 판타지를 매우 좋아한다는 사실을 밝혔으니, 거짓말을 싫어하는 부류의 아이기도 했다는 걸 알게 되면 당신은 놀랄지도 모르겠다. 하지만 심지어 그때도 나는 판타지와 거짓말은 다르다는 사실을 알고 있었다. 그리고 6학년 때의 그날, 나는 무언가가 잘못됐다고 느꼈다.

여보세요. 외할아버지, 저 이번 주에 학교에서 도러시 역할

---

29 1961년 4월 23일 미국 카네기 홀에서는 주디 갈런드의 콘서트가 열렸다. 이 공연은 〈쇼비즈니스 역사상 가장 위대한 밤〉이라고 불렸다.
30 흑인 최초로 메이저 리그에 진출한 미국의 프로 야구 선수.

을 했어요. 언제나처럼 외할아버지와 통화하며 나는 그렇게 말했다.

그래, 어떻게 됐니? 외할아버지는 물었다.

그렇게 잘되진 않았어요. 나는 대답했다. **정말이지 잘 안 됐어요.**

내가 무슨 일이 있었는지 이야기하자 외할아버지는 그야말로 껄껄 웃었다.

나는 학생들을 가르친다. 한번은 실수로 플로리다주의 어느 대학 문학부 학생들 앞에서 〈아메리칸드림〉을 한 학기 내내 〈아메리칸 신화〉라고 부른 적이 있었다. 11월의 어느 날, 몇 학기 동안 나와 알고 지내 편한 사이가 된 쿠바계 미국인 학생이 강의 도중에 그 실수를 바로잡아 줬다. 나는 그 학생에게 고맙다고 했다.

「이런 걸 틀리다니 정말이지 민망하고도 이상한 일이네요.」 나는 수업을 듣는 학생들에게 말했다.

「틀리셨지만 한편으로는 **틀리신** 게 아니라는 말을 하고 싶었어요.」 자신의 책 『윈터스 본』을 책상에 털썩 내려놓으며 그 학생은 말했다. 우리는 모두 웃었다. 웃겼지만 한편으로는 웃기지 않았다.

아마도 〈드림〉이라는 단어는 어딘가 나와는 잘 맞지 않는 모양이다.

바움이 쓴 책들 속에서 오즈의 마법사와 함께하는 모험은 오즈를 여러 번 찾아가게 되는 도러시에겐 그저 첫 번째 여행일 뿐이다. 그 뒤의 이야기들에서 도러시는 심지어 자기 가족들까지 오즈로 데려가는데, 이는 고무적인 연쇄 이주의 한 예다. 그리고 이야기는 도러시가 이렇게 오즈를 여러 번 다시 방문한다는 사실을 보여 주며 그곳이 실재한 다고 주장한다. 하지만 영화 「오즈의 마법사」는 조금 다른 메시지를 전해 주는데, 속편이 없다는 점에서가 아니라 마지막에 도러시가 잠에서 깨어난다는 점에서 그렇다. 모든 게 꿈이었다고 가족들은 도러시에게 말한다. 「하지만 그건 꿈이 아니었어요.」 도러시는 말한다. 「그곳은 실제로 있는 장소였어요.」 도러시의 침대 곁에는 게일 집안의 농장에서 일하는 노동자들 모두가 모여 있다. 주디 갈런드는 자신이 오즈에서 그들을 봤다고, 그곳에서 그들은 양철 나무꾼과 허수아비와 사자였다고 말한다. 그럼에도 **여기** 그들이 있다. 잭 헤일리와 레이 볼저와 버트 라르가, 지금 흑백의 현실 속에. 그들은 기능적인 옷차림을 하고 있고, 그들의 매력적인 얼굴에는 일하느라 먼지가 묻어 있다.

그들 같은 남자들이 그런 장소에 정말 있기는 했을까?

그럴 리가요, 아가씨. 그들의 표정은 그렇게 말하는 듯하다. **저흰 아니에요, 저희는 그런 곳에는 절대 갈 일이 없는 걸요.**

그들은 아직도 그 농장에 있다.

나는 이 영화가 우리에게 오즈라는 세계를 약속해 놓고 결말 부분에서 다시 빼앗아 가버리는 방식이 언제나 마음에 들지 않았다. 무엇보다도 마음을 아프게 하는 건 그 세 명의 친구들이다.

　지난 10년 동안 나는 서로 몹시 다른 다섯 군데의 학교에서 학부생들을 가르쳐 왔다. 나는 본질적으로 낙천적인 사람이고, 내가 가르치는 학생들의 미래를 진심으로 믿는다. 내가 가르쳐 온 학생들 중에는 우리 외할아버지처럼 힘든 환경에서 성장한 학생도, 그보다 더 힘들게 성장한 학생도 있었다. 자신들이 학위를 받으리라는 걸 한 번도 의심해 본 적이 없는 중산층 자녀들도, 말싸움을 좋아하는 농장 출신 아이들도 있었다. 평생 동안 힘든 일을 견뎌 낸 끝에 60대에 들어서서 마침내 학교로 돌아온 사람도 있었고, 퇴역 군인도 있었으며, 갱단에서 도망쳐 나온 사람도, 대단한 특권층 출신도 있었다. 그리고 그들 대부분은 1세대 미국인이었다. 내 생각에 이렇게 서로 다른 부류의 학생들 **모두가** 내 강의실에 오게 된 건 상당 부분 그들이 아메리칸드림을 믿었기 때문인 것 같다. 대학 학위가 있으면 가능성이 열릴 거라고 약속하는 아메리칸드림 말이다.

　그리고 아마도 이것이 그 꿈에 대한 내 믿음이 박살 나고 불타 버린 이유인 것 같다.

　혼자서 어떤 꿈을 믿는 건 아주 쉽지만, 당신이 하는 말이 사실일 거라고 믿는 학생들로 가득 찬 강의실에서 그 꿈을 소리 내 말하는 건 또 다른 문제이기 때문이다.

　요즘 들어 나는 학생들에게 아름다운 미사여구로 만들어진 미국의 약속들을 차마 믿으라고 할 수가 없다. 학생들 모두에게 똑같이 실현될 거라고 주장하는 그 약속이 어떤 부류의 약속이든 간에 말이다. 그들에게 총천연색 미래에 대해 말하고는 〈거기 있는 여러분이 보이네요, 거기서 봐요〉라고 차마 말할 수가 없다. 정말로 그런 미래가 보인다고 하더라도 언젠가 우리 모두가 그런 꿈에서 깨어나게 될 가능성이 있고, 그러면 나는 학생들 앞에서 너무 생생하게 꿈을 꿈으로써 그들을 속여 버린 셈이 될 것이기 때문이다.

내 입에서 **드림**이라는 말이 나오지 못하고 **신화**라는 말이 나온 데는 이유가 있는 것 같다. 미국에 관한 우리의 집단적인 이야기를, 어느 특정한 세대가 선택한 서사의 형태가 아닌 도달할 수 있는 목표처럼 학생들에게 묘사하는 일이 내게는 마치 6학년 때로 돌아간 것 같은 기분을 선사하기 때문인 것 같다. 도러시의 외모를 하고 있었지만 내면은 주디였던 그 소녀로 말이다. 마치 무언가가 잘못돼 있다는 느낌이 드는데 그 〈무언가〉가 바로 나인 것처럼.

우리가 간 카지노는 지금은 치터냉고가 된 도시에 있는데, 그 도시 대부분의 지역은 오나이다족[31]의 땅이다. 치터냉고는 또한 L. 프랭크 바움이 태어난 곳이기도 하다. 아마도 오나이다 당국이 그곳에 있는 카지노에 〈노란 벽돌길〉이라는 이름을, 그리고 거기 딸린 주류 판매점에 〈양철 나무꾼의 술병〉이라는 이름을 붙이기로 한 건 이런 이유에서였을 것이다.

31 아메리카 선주민 부족의 하나.

친구와 함께 그 카지노에 갔던 날 아침, 나는 바움과 치터낭고의 연관성을 검색해 보다가 한 가지 사실을 알게 됐다. 만약 내가 6학년 때 갈런드가 아니라 바움의 전기를 읽었더라면 이미 알고 있었을 사실이었다.

검색 결과 맨 위에 뜬 건 NPR의 최근 기사였다. 〈L. 프랭크 바움은 『오즈의 마법사』를 집필하기 전에 사우스다코타주에서 신문사를 운영했다. 1890년대 초, 인디언 전쟁이 진행되고 있던 시기였다. 시팅 불[32]이 살해되고 운디드 니 학살[33]이 일어났다는 소식을 들은 바움은 아메리카 선주민을 한 명도 남김없이 죽일 것을 촉구하는 사설들을 썼다. 다음은 그가 시팅 불에 관해 쓴 사설의 한 대목이다. 《백인들은 정복법에 의해, 문명의 정의에 의해 미국 대륙의 주인이며, 변경 지역 정착지의 안전을 가장 훌륭하게 보장하려면 남아 있는 소수의 인디언들을 완전히 소멸시켜야 할 것이다. 그들을 소멸시키면 왜 안 되나? 그들의 영광은 사라졌고, 그들의 정신은 망가졌으며, 그들의 남자다움은 씻겨 나갔다. 지금처럼 비참하고 불행한 인간들로 사느니 그들은 죽는 게 나을 것이다.》

오나이다국은 왜 이런 극악무도한 기명 논평을 쓴 자의 작품에서 영감을 받아 카지노를 지을 생각을 한 걸까? 경

32 홍크파파족의 수장으로 미국 정부의 이주 명령에 대항하고 아메리카 선주민들의 결속을 강화하는 데 주도적인 역할을 한 지도자였으나 1890년 그랜드강 가에서 인디언 경찰에게 살해됐다.
33 1890년 12월 29일, 미국 육군이 사우스다코타주 운디드 니와 그 근방에서 저지른 아메리카 선주민에 대한 학살. 이 학살로 약 3백 명이 사망했다.

악으로 말이 나오지 않는다. 누군가가 바움의 세계를 선주민들에게 이익이 되는 방향으로 바꿔 놓으면 흡족한 아이러니가 될 거라고 결론을 내렸기를 바랄 뿐이다. 아무도 이런 사실을 몰랐던 것이기를 바랄 뿐이다. 나는 오나이다 국이나 그 카지노에 전화를 걸어 물어보지 않을 만큼의 분별력은 있는 사람이다. 전화선 너머에 있는 사람이 누구든 간에 그가 내 끔찍한 질문을 듣지 않아도 되게 해줄 만큼, 그리고 그 대신 나 스스로에게 이 모든 걸 어떻게 생각해야 할지 질문할 만큼의 분별력은 있다.

나는 스스로에게 묻는다. 이 모든 세월 내내 자칭 오즈 광(狂)이자 대단한 팬이었던 나는 어째서 한 번도 구글에서 바움을 검색해 보지 않은 걸까?

아마도 내가 커튼을 들추고 그 뒤에 있는 남자를 찾으려고 애를 쓸 만큼 어리석진 않았기 때문일 것이다.

우리 외할아버지는 바움의 생애와 그가 갖고 있던 편견들에 관한 진실을 알게 됐더라도 분명 놀라진 않았을 것이다. 아메리칸드림 이야기라는 커튼 뒤에는 대부분 불편한 진실이 숨어 있다. 자본주의가 무언가를 공짜로 제공하는 일은 드물다. 돋보이는 누군가의 이야기는 보통 우리가 이야기하지 않는 다른 누군가를 희생해 만들어진 것이다. 그것이 대부분의 사랑스러운 이야기에 깃들어 있는 마법이다. 교묘한 속임수 같은 손짓, 그릇된 방향을 보게 만들기, **저기**가 아니라 **여기**를 바라게 하기.

외할아버지는 이런 생각들을 이해하고 있었던 것 같다.

공교롭게도 나는 바움의 전기를 한 권 가지고 있기 때문이다. 리베카 론크레인이 쓴 『진짜 오즈의 마법사』는 오래전 외할아버지로부터 선물받은 뒤로 읽지 않은 채 책장 선반 위에 놓여 있었다. 그 책을 펼치자 외할아버지가 쓴 다음과 같은 글귀가 나온다. 〈내가 그 이야기들 전부를 꾸며 냈다고 네가 생각한다는 건 안다. 하지만 이게 그 사람의 진짜 모습이란다. 사랑하는 외할아버지가.〉

오즈를 어떻게 해야 할지 더 이상은 모르겠다. 내가 어리고 외할아버지가 살아 계셨을 때는 그 세계가 진짜였노라고 말하고 싶다. 하지만 그러면 그 세계는 믿기 쉬웠을 때만 진짜였다는 이야기가 될 것 같다.

우리 외할아버지와 가장 위대한 세대[34]에 속하는 나머지 사람들이 살아 있었을 때는, 그들이 자신들이 행했던 가장 위대한 마술에 대해 자세히 말하고 있었을 때는 아메리칸드림을 믿기 쉬웠으니까. 하지만 자기 귀에서 실크 손수건을 끄집어내고, 정원에 석영을 숨겨 놓고, 각설탕으로 말들을 달래 고개를 끄덕이고 발을 구르게 만들던 외할아버지 없이는, 그 환상은 아무런 효과를 내지 못한다. 이제 이 세상에서 아메리칸드림 식의 성공이 이뤄질 가능성은 희박하고 또 아무렇게나 주어지는 것처럼 느껴진다. 그리

---

34 미국인들 중 1901년에서 1927년 사이에 태어난 이들을 말한다. 이들 중 다수는 제1차 세계 대전을 겪으며 성장했고, 대공황을 겪었고, 제2차 세계 대전에 참전했고, 베이비 붐 세대의 부모가 됐다.

고 〈노란 벽돌 길〉 카지노 안에는 어떤 종류든 오즈를 기대하게 만드는 것이 아무것도 없는데도, 나는 여기 있다. 치터냉고에서, 오나이다족의 땅에서, 바움이 태어난 곳에서 내 돈을 저 최신식 기계들 속으로 직접 밀어넣으면서.

친구와 나는 그만하기로 하고 코트를 걸쳤다. 11월이었고, 땅 위에는 눈이 덮여 있었다. 나가는 길에 나는 친구에게 사진을 한 장 찍어 달라고 부탁했다. 주차장에는 도러시의 친구들을 실물보다 크게 그린 에메랄드그린색 벽화가 있었다. 허수아비, 양철 나무꾼, 겁쟁이 사자. 그들은 내가 알던 그 옛날의 일러스트들과 거의 똑같이 그려져 있었다. 친구는 내 사진을 찍으려고 뒤로, 또 뒤로 물러났다. 거의 도로로 나갈 때까지. 하지만 도러시의 친구들은 그저 너무 컸다. 그들과 나를 한 프레임에 담는 것은 불가능한 일이었다.

두루미 아내

파혼을 하고 열흘 뒤, 나는 미국흰두루미에 관해 조사하기 위해 텍사스만 연안으로 과학 답사 여행을 떠나기로 되어 있었다. 분명 이 여행은 취소하게 될 거야. 무릎 아래를 지퍼로 분리할 수 있는 나일론 등산 바지를 구입하며 나는 생각했다. 분명 결혼식을 취소하는 사람이라면 슬픈 얼굴로 집에 앉아 그동안 자신에게 일어난 사태의 심각성에 관해 곰곰이 생각하는 게 맞을 거야. 분명 내가 조만간 하려고 하는 일이 뭐든 간에 물 빠짐 구멍이 나 있는 플라스틱 클로그[35]가 필요한 그 일은 하지 않는 게 맞을 거야. 나는 턱 밑에서 끈을 조이게 되어 있는 아주 커다랗고 헐렁한 모자를 써보면서 생각했다. 분명 내 인생의 어떤 부분이 이토록 끔찍하게 잘못돼 버렸는데 이렇게 생긴 모자를 쓰는 것도 잘못일 거야.

열흘 전에 나는 울고, 소리 지르고, 내 개를 데리고 차에

[35] 가볍고 방수성이 뛰어나며 편안함이 강조되는 신발로 실내외에서 두루 신는다.

올라탔다. 그러고는 약혼자였던 닉과 함께 구입해 두었던, 뉴욕주 북부의 버드나무가 두 그루 있는 집을 떠나온 터였다.

그로부터 열흘이 지났고, 나는 내가 하기로 되어 있던 어떤 일도 하고 싶지 않았다.

미국흰두루미에 대해 조사하려고 텍사스에 간 건 내가 장편소설을 쓰기 위해 자료 조사를 하고 있었기 때문이었다. 내 소설에는 새를 연구하려고 현장 답사를 나가는 생물학자들이 등장했는데, 나는 현장 답사가 실제로 어떤 식으로 이뤄지는지 전혀 몰랐고, 그래서 내 소설 속 과학자들은 거대한 종이 무더기들 주위로 발을 끌며 걸어다니고 얼굴을 찡그리는 것 같은 일들만 하고 있었다. 〈어스워치〉라는 단체의 좋은 분들이 내가 여행에 동참하는 걸 환영하며 만에서 시간을 보내는 동안 〈진짜 과학〉 활동에 참여하게 될 거라고 안심시켜 줬다. 하지만 코퍼스크리스티에서 나를 차로 데려가 줄 팀원들을 기다리고 있는 동안 나는 불안해졌다. 나 말고 다른 사람들은 모두 과학자거나 탐조인이고, 나를 주눅 들게 만드는 쌍안경을 지니고 있을 것만 같았다.

여행을 주최한 생물학자가 커다란 흰색 밴을 타고 나타났다. 밴 뒤에는 보트가 연결되어 있었고, 옆면에는 〈생물과학〉이라는 글자가 스텐실로 찍혀 있었다. 마흔 살쯤 되어 보이는 제프라는 남자는 선글라스를 끼고 야구 모자를 뒤로 눌러쓰고 있었다. 턱수염을 길렀고, 왼팔에는 형광 연두색 깁스를 하고 있었다. 일주일 전에 아들들과 함께 하키를 하다가 팔이 부러졌다고 했다. 제프가 처음으로 한 말은 다음과 같았다. 캠프로 돌아가긴 할 텐데, 그 전에 주류 판매점에 잠깐 들러도 괜찮았으면 좋겠네요. 나는 내가 과학에 어울릴지에 대해 조금 더 낙관하게 됐다.

파혼하기 얼마 전, 크리스마스에 있었던 일이다.

내 시어머니가 되실 분은 퀼트를 만드는 솜씨가 대단한 분이었는데, 가족 구성원 모두에게 비어트릭스 포터[36]의 캐릭터가 들어간 양말을 만들어 주었다. 그 전해 크리스마스에 그분은 내게 어떤 캐릭터가 되고 싶으냐고 물었다(내 약혼자는 〈벤저민 버니〉였다). 나는 어떤 캐릭터를 선택해야 할지를 두고 몹시 고민했다. 그 선택은 너무도 중요하게 느껴졌다. 내가 고르는 캐릭터가 이 새로운 가족에서 내가 맡게 될 역할을 보여 줄 것 같았다. 나는 〈다람쥐 너트킨〉을 선택했다. 너트킨은 타는 듯 새빨간 꼬리를 지닌 다람쥐였고, 대담함과 자부심을 지닌 대가로 결국에는 자기 꼬리를 잃게 되는 영웅적이고 모험적인 캐릭터였다.

그해 크리스마스에 오하이오주에 도착한 나는 내 다람쥐가 어디 있는지 보려고 난간을 바라보았다. 다람쥐 대신 내가 발견한 건 쥐였다. 분홍색 원피스를 입고 앞치마를 두른 쥐. 빗자루와 쓰레받기를 들고 진지한 얼굴로 청소를

36 〈피터 래빗〉 시리즈로 알려진 영국의 동화 작가이자 삽화가.

하고 있는 〈훈카 문카〉라는 이름의 쥐였다. 내 시어머니가 되실 분이 말했다. 다람쥐로 하려다가 이런 생각이 들지 뭐니. 걔는 아무래도 CJ 같지가 않은데. CJ 같은 건 **얘** 잖아.

그분이 내놓은 건 아주 근사한 선물이었다. 그분은 아주 친절한 분이었다. 나는 그분에게 감사의 말을 하고는, 양말이 갖고 싶기는 한데 그게 **이** 양말은 아닌 것 같다고 생각하는 내가 배은망덕하다고 느꼈다. 내가 뭐라고 이것저것 가린단 말인가? 내가 뭐라고 이분이 주시는 이 멋진 선물이 내가 원하는 게 아니라고 말을 한단 말인가?

빗자루를 든 그 쥐를 보면서 나는 궁금해졌다. 내가 누군지에 대해 판단을 잘못한 사람은 그분일까, 나일까?

미국흰두루미는 지구상에서 가장 오랫동안 살아온 조류종 중 하나다. 우리 숙소가 위치해 있는 만 연안의 오래된 낚시터 근처에는 어랜서스 국립 야생 동물 보호 구역이 있었는데, 그곳은 전 세계에 8백 마리밖에 남지 않은 미국흰두루미 가운데 5백 마리가 겨울을 보내는 장소였다. 우리 여행의 목적은 자료 수집이었다. 어랜서스에 서식하는 두루미들의 행동을 연구하고 그 새들이 이용할 수 있는 자원에 관한 정보를 모으는 것이었다.

여자들의 합숙소는 조그맣고 나무 냄새가 났고, 나란히 늘어선 싱글 침대들에는 누비이불이 깔려 있었다. 두 명의 과학자 중 다른 한 명인 린지는 위스콘신주에서 온 20대

초반의 대학원생이었는데, 새를 너무도 사랑한 나머지 새에 관해 이야기할 때면 두 손으로 녀석들의 목과 부리 모양을 만들어 내며 조류 팬터마임을 선보였다. 또 다른 참가자인 잰은 정유 회사에서 지구 물리학자로 일하다가 은퇴하고 지금은 고등학교에서 화학을 가르치고 있었다. 잰은 엄청나게 튼튼하고 엄청나게 햇볕에 타고 엄청나게 유능한 여성이었다. 평생 탐조를 해온 사람은 아니었다. 암에 걸린 어머니를, 그리고 암에 걸린 절친한 친구를 차례로 간병하며 2년을 보냈다고 했다. 잰의 어머니와 친구는 둘 다 최근에 세상을 떠났는데, 잰은 간병을 하는 동안 자기 자신을 잃어버린 것 같다고 했다. 그는 딱 일주일만 자기 자신이 되어 지내보고 싶다고 했다. 교사도, 어머니도, 아내도 아닌 자신으로서. 이 여행은 어머니와 친구가 세상을 떠난 뒤 잰이 자신에게 주는 선물이었다.

5시 정각이 되자 숙소 문을 두드리는 소리가 나더니 나이가 아주 많은 남자가 걸어 들어왔고, 그 뒤로 제프가 따라 들어왔다.

이제 칵테일 마실 시간 아닌가요? 워런이 물었다.

워런은 미네소타주에서 온 여든네 살의 독신남이었다. 그는 여행에 필요한 신체 활동을 대부분 할 수 없었지만 지금까지 어스워치의 답사 여행에 아흔다섯 번이나 참가했고, 그중에는 이번과 똑같은 여행도 한 번 있었다. 워런은 새들은 그냥저냥 좋아했다. 그가 정말로 사랑하는 건 칵테일을 마시는 시간이었다.

그 첫날 저녁 칵테일을 마시러 왔을 때, 워런의 가느다란 은빛 머리칼은 샤워를 해서 젖어 있었고 그에게선 샴푸 냄새가 났다. 그는 깨끗한 칼라가 달린 셔츠를 입고 있었고, 말도 안 되게 훌륭한 스카치위스키가 담긴 술병을 가지고 있었다.

제프는 워런과 잰과 나를 바라보았다. 「이것 참 희한한 모임이 됐군요.」 제프는 말했다.

「마음에 드는데요.」 린지는 말했다.

결혼식을 취소하기까지 그 한 해 동안, 나는 종종 약혼자를 향해 울거나 소리치거나 설득하거나 애원했다. 내게 사랑한다는 말을 해달라고. 내게 친절하게 대해 달라고. 내 생활과 관련된 이런저런 것들을 좀 알아차려 달라고.

한번은 내가 어느 결혼식에 입고 가려고 좋아하는 빨간색 원피스를 입었던 게 화근이 됐다. 나는 그에게 내 모습을 보여 주려고 욕실에서 뛰어나왔다. 그는 자기 휴대 전화를 빤히 들여다보고 있었다. 나는 그에게 멋져 보인다는 말을 듣고 싶었기에 어깨와 엉덩이를 춤추듯 움직이고는, 그의 양어깨를 붙잡고는 말했다. 당신 멋져 보이네! 나한테도 멋져 보인다고 말 좀 해줘! 그는 이렇게 말했다. 지난여름에 그 원피스 입었을 때 내가 멋져 보인다고 했잖아. 그러니 난 지금도 그걸 입고 있는 당신이 멋져 보인다고 생각할 거 아냐. 그게 이치에 맞잖아.

또 한번은 그가 내게 생일 카드를 주었는데, 카드 안에

〈생일〉이라고 적힌 점착식 메모지가 붙어 있었다. 카드를 주고 나서 그는 설명했다. 글씨를 카드에 직접 쓴 게 아니라서 카드 상태가 여전히 좋다고. 그는 메모지를 떼어 낸 다음 그 흠 없는 카드를 우리의 서류 정리함에 넣었다.

이 글을 읽고 있는 당신이 알아주었으면 하는 게 있다. 나는 내가 그에게서 이런 것 이상의 무언가를 필요로 한다는 사실이 싫었다. 내게 나 자신의 욕망보다 더 굴욕적인 건 없다. 자립하지 못하고 남에게 부담이 되는 것만큼 나 자신을 싫어하게 만드는 건 없다. 나는 시트콤 속에나 존재할 법한, 잔소리가 심한 그런 부류의 여자가 된 기분을 느끼고 싶지 않았다.

이런 것들은 사소한 일이었고, 나는 이런 일들로 실망하는 건 어리석은 짓이라고 스스로에게 되뇌었다. 남들에게 이것저것 요구하는 일은 사람을 약하게 만든다고 믿으며 30대에 들어선 터였다. 내 생각에 이건 많은 사람들에게 해당되지만 특히 여자들에게 해당되는 이야기인 것 같다. 남자들이 무언가를 욕망하면 그들은 〈열정적인〉 사람이 된다. 그들은 자신들에게 필요한 무언가를 얻지 못했다고 느끼면 〈박탈감〉을, 심지어는 〈남성으로서 무력감〉을 느끼기에 어떤 종류의 행동이든 해도 된다. 하지만 여자가 무언가를 요구하면 그 여자는 **애정에 굶주린** 것이 된다. 여자는 행복해지기 위해 필요한 모든 것을 자기 안에 갖추고 있어야만 한다.

누군가가 나를 사랑한다는 걸, 내가 그의 눈에 **보인다**는 걸 말로 표현해 주기를 바란 건 내 개인적인 결함이었고, 나는 그 결함을 극복하려고 애를 썼다.

우리가 처음 만나기 시작하고 나서 몇 주 뒤에 그는 우리 둘 다 알고 지내던 친구와 잤다. 나는 그 사실을 나중에 알게 됐다. 그러자 그는 그땐 우리가 아직 공식적으로 사귀기 전이었으니 기분 나빠해서는 안 된다고 했다. 나는 그의 말이 옳다고 결론을 내렸다. 나는 그가 그 친구와 자고 나서 몇 달 뒤인 새해 전야에 또 다른 여자에게 키스했다는 걸 알게 되었다. 그러자 그는 그땐 우리가 아직 한 번에 한 사람하고만 사귈 것인지를 공식적으로 논의하기 전이었으니 기분 나빠해서는 안 된다고 했다. 나는 또다시 그의 말이 옳다고 결론을 내렸다.

나는 그에게 한 번에 한 사람하고만 사귈 것인지를 논의하자고 했다. 그러고는 — 불편한 요구가 너무 많지 않은 쿨한 여자가 되려는 노력의 일환으로 — 그러지 않아도 될 것 같다고 말했다. 하지만 그는 우리가 한 번에 한 사람하고만 사귀어야 할 것 같다고 말했다.

미국흰두루미에 대한 조사를 시작하자마자 알게 된 게 있다. 조사 작업의 오직 일부만이 그 새들과 직접적으로 관련이 있었다. 대신 우리는 베리류 열매의 수를 셌다. 게의 마릿수를 셌다. 물의 염도를 측정했다. 진흙탕 속에 서 있었다. 풍속을 측정했다.

알고 보니 어떤 종을 구하려면 구하고 싶은 새를 빤히

처다보며 시간을 보내서는 안 되었다. 대신 그 새가 살아 가기 위해 의지하고 있는 것들을 지켜봐야 한다. 새에게 먹이와 마실 물이 충분한지 물어야 한다. 안전하게 잠을 잘 곳이 있는지도. 이곳에는 살아남기에 충분한 자원이 있 는가?

어랜서스 보호 구역의 진흙탕 속을 간신히 헤쳐 나가며, 나는 새들이 먹이를 구할 수 있는 가능성 하나하나가 중요 하다는 걸 알게 됐다. 물을 마실 수 있는 웅덩이 하나하나 가 중요하다. 1월의 텍사스에서는 잔가지 끝에 매달린 구 기자 하나하나가 중요하다. 삶을 지속할 수 있는 상태와 자원이 부족해 살아남을 수 없는 상태가 그렇게 종이 한 장 차이였다.

만약 욕구를 지니고 있다는 이유로 수치심을 느끼는 사 람들을 위한 재활 시설 같은 게 있다면 아마, 이곳이 그런 장소일 것이다. 당신은 만으로 나아가게 될 것이다. 구기 자 하나하나를 헤아리게 될 것이다. 웅덩이 하나하나의 깊 이를 측정하게 될 것이다.

나는 그동안 약혼자에게 몇 번이나 말했었다. 당신이 내게 한 번도 애정을 보여 주지 않으면, 다정한 말들을 해 주지 않으면, 나를 사랑한다고 **말해 주지** 않으면, 당신이 나를 사랑한다는 걸 내가 어떻게 알겠느냐고.

그는 자신이 전에 〈사랑해〉라는 말을 한두 번쯤은 한 적 이 있다고 상기시켜 줬다. 그러면서 자신이 언제까지나 나를 사랑한다는 걸 왜 그냥 **알지** 못하냐고 했다.

나는 그에게 말했다. 이건 우리가 하이킹을 갔는데 그가 자기 배낭에 물이 있다고 말해 주기는 하지만 한 번도 건네주지는 않는 것과 같다고. 그러고는 내가 왜 여전히 목이 마른지 궁금해하고 있는 거라고.

그는 내게 물과 사랑은 다르다고 했고, 그 말은 옳았다.

사랑받지 못하는 것보다 더 나쁜 일들이 있다. 이것보다 더 슬픈 이야기들이 있다. 멸종 위기에 처한 종들이 있고, 온난화되고 있는 지구가 있다. 네가 뭐라고 꼭 채워야 하는 것도 아닌 이런 하찮은 욕구들을 가지고 불평을 하는 거야? 나는 그렇게 스스로에게 되뇌었다.

만에 나간 나는 작업에 몰두했다. 쌍안경으로 두루미들을 지켜보며 행동 패턴을 기록했는데, 녀석들의 긴 목과 붉은 반점이 몹시 마음에 들었다. 몸치장을 하려고 몸을 비틀 때면 두루미들은 우아하고 대단해 보였다. 그 새들은 겉으로 보기에는 살아남기 위해 투쟁 중인 종처럼 보이지 않았다.

우리는 아침이면 서로에게 샌드위치를 만들어 주었고, 저녁이면 함께 웃었고 깨끗한 양말을 서로에게 빌려 주었다. 욕실에서 서로에게 자리를 내주었다. 상대방이 똑같은 이야기를 몇 번이고 거듭해도 용서해 주었다. 워런이 걷기 힘들어할 때면 그를 도와 주었다. 내 말은, 우리가 서로를 돌봐 주었다는 거다. 그렇게 하는 데서 즐거움을 느꼈다는 거다. 인정하기 어려운 일이지만, 결혼식을 취소하고 난 뒤 만에서 보낸 그 주에, 지저분하고 지친 몸으로 보낸 그 주에 나는 행복했다.

보호 구역을 빠져나가는 길에는 멧돼지가 종종 눈에 띄었다. 검은색과 분홍색의 억센 털을 가진 어미와 새끼 멧돼지가 덤불을 허둥지둥 빠져나가 선인장 사이 흙먼지 속에서 구르곤 했다. 우리는 숙소로 돌아오는 길에 멧돼지를 몇 마리나 보게 될지 매일 밤 밴 안에서 내기를 하곤 했다.

여행이 중반쯤 접어든 어느 날 밤, 나는 분별력을 발휘해 돈을 걸었다. 보통 우리가 보게 되는 멧돼지는 네 마리였고, 내가 보게 되기를 바란 건 다섯 마리였지만, 나는 세 마리에 걸었다. 그게 기대할 수 있는 최대치라고 여겼으니까.

워런은 극단적으로, 낙천적으로, 너무 큰 숫자에 돈을 걸었다.

스무 마리에 걸죠. 워런은 말했다. 그러면서 깍지 낀 두 손을 자신의 푹신한 가슴 위에 올려놓았다.

우리는 그의 호방함에 웃으며 비닐로 된 좌석 시트를 두드렸다.

하지만 실은, 우리는 봤다. 그날 밤 숙소로 돌아오는 차 안에서 멧돼지 **스무 마리**를 봤다. 한창 축하를 하는 와중에 나는 내가 그토록 낮은 숫자에 돈을 걸었다는 게 얼마나 슬픈 일인지 깨달았다. 내가 바라는 만큼 얻는 걸 스스로

127
두루미 아내

상상조차 하지 못한다는 것이 얼마나 슬픈 일인지.

약혼자와의 관계에서 내가 배운 건 부족한 자원으로 살아남는 방법이었다. 우리 관계가 끝났어야 했지만 그렇게 되지 않은 시점에, 나는 그가 나를 속이고 다른 사람을 만나 왔다는 걸 알게 되었다. 그와 함께 자는 사이가 된 여자는 그의 친구 중 한 명이었다. 처음에는 나 또한 친해지고 싶었지만 나를 좋아하지 않는 것처럼 보였던 여자였다. 그는 내가 그 여자를 질투하고 있다고 가스라이팅을 했고, 그다음에는 내가 질투에 미쳐 있다고 가스라이팅을 했다.

그 가스라이팅이 전부 끝나는 데는 1년이 걸렸고, 그래서 내가 정말로 무슨 일이 일어났던 건지 알아냈을 때 그 배신 행위는 이미 1년이나 지난 일이 돼 있었다.

그 일은 내게는 새로운 일이었지만 약혼자에게는 이미 지나간 일이었다.

「논리적으로도,」 그는 말했다. 「그건 더 이상 중요하지 않은 일이야.」

그건 1년이나 전에 일어난 일이었다. 나는 왜 케케묵은 옛날 일을 가지고 속상해하고 있는 걸까?

나는 마치 곡예를 하듯 내 정신을 구부려 왜곡했다. 그래야 했으니까.

나는 내가 논리적인 여성이라고 스스로를 설득했다. 그가 그동안 나를 배신해 왔고 콘돔을 사용하지 않았다는 이 정보를 우리가 함께하는 삶이라는 지금의 현실로부터 분리할 수 있을 만큼 논리적인 여성이라고.

우리가 전에는 한 번에 한 사람하고만 사귀는 사람들이 었다는 걸 내가 왜 알아야 할까? 왜 이렇게 케케묵은 옛날 일에 불편한 감정을 느끼고 그걸 이야기까지 해야 하는 걸까?

나는 그런 것들이 필요하지 않은 여자가 되기로 마음먹 었다.

내게 필요한 것들을 줄이고, 더더욱 줄여 갈 것이었다.

나는 그 일에 아주 능숙해졌다.

「두루미 아내」는 일본에 전해 내려오는 이야기 중 하나 다. 나는 보호 구역에 있던 선물 가게에서, 야구 모자들과 〈소리 질러〉라고 적힌 자동차 범퍼 스티커들 사이에서 그 이야기가 담긴 책 한 권을 찾아냈다. 그 이야기에는 이형 (異形)이 아주 많지만, 내가 찾아낸 판본은 다음과 같은 이 야기였다. 두루미 한 마리가 자신을 인간 여자라고 속여 한 남자와 결혼한다. 두루미 여자는 남자를 사랑하지만, 자신이 두루미인 걸 알게 되면 남자가 자신을 사랑하지 않 으리라는 것을 알기에 밤마다 부리로 깃털을 몽땅 뽑아낸 다. 두루미 여자는 자신의 정체를 남자가 모르기를 바란 다. 자신이 돌봐 주어야 하는 새이고, 날 수 있는 새이며, 생명체가 가질 법한 욕구들을 지닌 생명체라는 사실을 그 가 모르기를 바란다. 매일 아침 두루미 아내는 탈진한 상 태가 되지만 다시 인간 여자로 돌아온다. 여자가 되기를 계속하는 일은 스스로를 아주 많이 지워 내는 작업이다.

두루미 여자는 절대 잠들지 못한다. 대신 자신의 깃털을 하나씩 하나씩 모두 뽑아낸다.

만에서 보내던 어느 날 밤, 우리는 지나가던 낚싯배에서 굴 한 봉지를 샀다. 그날은 물 위에서 너무 오랜 시간을 보낸 터라, 캠핑 의자에 앉아 있는데도 여전히 물결에 실려 위아래로 까닥거리는 듯한 느낌이 들었다. 우리는 굴을 먹으며 술을 마셨다. 잰은 껍데기 벗기는 칼을 나한테서 멀리 치워 버렸는데, 칼날이 자꾸만 미끄러져 내가 손바닥을 베였기 때문이다. 벗겨 낸 굴 껍데기를 이리저리 굴려 보던 길고양이들이 남은 굴을 달라고 애원했다.

제프는 낮에 새들을 관찰하는 데 사용했던 망원경을 가지고 놀고 있었다. 한밤중에 뭘 찾고 있어요? 나는 물었다. 제프는 내 머리 위로 손짓을 했고, 나는 망원경으로 그곳을 보았다. 달이 가까이 떠올라 있었다.

나는 결혼식을 취소하는 게 스스로를 망치는 일이 될까 봐 두려웠던 것 같다. 그렇게 하면 내 인생의 서사가 어떤 돌이킬 수 없는 방식으로 훼손될 거라고 생각했다. 이보다 더 나쁜 일들도 경험해 봤지만, 한 명의 미국인으로서 삶을 이해하는 데 결혼식 취소만큼 위험이 되는 일은 없었다. 만에서 내가 내린 결정을 달리 생각해 보는 동안 깨닫게 된 건, 스스로를 망치는 일 같은 건 있을 수 없다는 것이었다. 사람은 여러 가지 방식으로 상처받을 수 있고 여러 가지 방식으로 그 상처를 견뎌 낼 수 있지만, 스스로의 욕구를 부정하는 일을 견뎌 낼 수 있는 사람은 아무도 없다. 두루미 아내로 사는 건 지속 불가능한 일이다.

달을 그렇게 가까이에서 본 건 처음이었다. 내게 가장 깊은 인상을 남긴 건 무척이나 닳고 닳아 보이는 달의 모습이었다. 달의 표면은 충돌로 인해 몹시 우툴두툴했고 움푹 팬 곳도 많았다. 그 모든 이야기가 달의 얼굴에 쓰여 있었다. 멀리서 보기에는 완벽해 보이던 그 얼굴에.

내 약혼자가 나를 속이고 다른 사람을 만나서 그를 떠났다고 말하기는 쉽다. 사실대로 설명하기는 어렵다. 그 사실이란 내가 그 일을 알고 나서도 그를 떠나지 않았다는 거다. 단 하룻밤도.

그가 나를 속였다는 사실을 알게 된 건 우리가 약혼하기 **전**이었다. 그런데도 어느 날, 내가 그날 아침에 막 얻어 낸 일자리를 축하하기로 했던 시간에 그가 공원에서 내게 청혼을 했을 때, 나는 승낙했다. 그는 결혼식에 다이아몬드가 필요하다고 나를 설득했고, 나는 거기에 정치적으로 반대한다고 그에게 말한 뒤였지만, 어쨌든 청혼을 승낙했다. 그가 「배철러」를 패러디해 내게 장미 한 송이를 줌으로써[37] 그 청혼을 농담으로 만들어 버렸는데도 나는 승낙했다. 나는 이 모든 것에 수치심을 느낀다.

---

37 「배철러」는 2002년에 시작된 미국 ABC의 리얼리티 연애 프로그램으로, 각 에피소드 말미에 남성 참가자에게 장미를 받은 여성 참가자는 하차하지 않고 다음 에피소드에 나올 수 있다.

그는 청혼하면서 나나 우리에 관해 구체적인 말은 한마디도 하지 않았고, 나는 오랫동안 걸어 공원을 빠져나오면서 내가 바랐던 특별한 종류의 맹세를 박탈당했다고 느꼈다. 청혼에 뒤따를 거라고 기대했던 맹세를. 그리고 그런 맹세를 원하는 스스로를 혐오하고, 그것을 얻어 내려고까지 하는 스스로를 더더욱 혐오하면서도 그에게 물었다. 나를 왜 사랑해? 왜 우리가 결혼해야 한다고 생각해? 정말 그렇게 생각해?

그는 내가 귀찮게 굴지도 않고 애정에 굶주려 있지도 않은 사람이라서 나와 함께하고 싶다고 했다. 내가 맥주를 좋아해서. 내가 신경을 덜 써도 되는 사람이어서.

나는 아무 말도 하지 않았다. 길을 좀 더 걸어 내려갔을 때, 그는 내가 좋은 엄마가 될 것 같다고 덧붙였다.

그건 내가 바랐던 이야기가 아니었다. 하지만 내게 주어지는 건 그런 것이었다. 내가 뭐라고 더 많은 걸 바란단 말인가?

그가 나를 속이고 만났던 여자는 전화로 그에게 이렇게 말했다고 한다. 내가 두 사람이 더 이상 친하게 지내지 않기를 바라는 건 부당하다고. 그에게 이 이야기를 듣고도 나는 그를 떠나지 않았다.

그가 우리 결혼식에 그 여자를 초대하고 싶어 했을 때도 나는 그를 떠나지 않았다. 내가 우리 결혼식에 그 여자는 못 온다고 말하자 낙담한 그는 물었다. 자기 어머니랑 친구들이 그 여자는 왜 안 온 거냐고 물어보면 자기는 뭐라고 해야 하느냐고. 그가 그런 말을 하는데도 나는 그를 떠나지 않았다.

독자여, 나는 하마터면 그 남자와 결혼할 뻔했다.

심지어 지금도 이 단어들은 수치스럽게 들린다. 〈목마른〉, 〈애정에 굶주린〉. 한 여자에게 붙을 수 있는 최악의 수식어가 아닐까. 지금도 어떤 날이면 나는 스스로에게 되된다. 그냥 주어지는 걸 받아들여, 만약 그걸로 충분하지 않다면 네가 너무 많은 걸 바라고 있는 거니까. 미국흰두루미나 문자 그대로의 기근, 혹은 지구상에 존재하는 좀 더 진정한 요구들 가운데 어떤 것에 관해서든 쓰는 대신 이런 이야기를 쓰고 있다는 것에 나는 수치심을 느낀다.

하지만 내가 당신에게 말하고 싶은 건 이런 것이다. 나는 너무 늦을 뻔한 시점에 내 약혼자를 떠났다. 그리고 나는 사람들에게 그가 나를 속이고 다른 여자와 만났다는 이야기를 한다. 그 이야기가 더 간단하기 때문이다. 그런 이야기는 사람들이 익히 아는 이야기이기 때문이다. 내가 살아남기 위해 꼭 필요한 것들이 내게는 필요하지 않다고 스스로를 어떻게 설득했는지 이야기하기는 더 어렵다. 나를 사랑받을 자격이 있는 여자로 만들어 주는 건 많은 걸 바라지 않는 마음이라고 스스로를 어떻게 설득했는지 이야기하기는 정말로 어렵다.

어느 날 밤 오두막집 주방에서 칵테일을 마시고 나서,

나는 린지에게 내가 내 인생을 어떻게 날려 버렸는지 이야기해 주었다. 그 이야기를 한 건 바로 직전에 음성 메시지 하나를 받았기 때문이었다. 내가 주문했던 하이넥 웨딩드레스를 부분 환불 받을 수 있다고 알려 주는 메시지였다. 부분 환불이 가능한 이유는 드레스의 기초가 되는 부분은 이미 다 만들었지만 비즈 장식은 아직 달지 않아서라고 했다. 드레스에 들어간 천은 솔기를 뜯어내면 다른 무언가를 만드는 데 사용할 수 있을 거라고 했다. 나는 딱 맞는 시기에 드레스 제작을 중단시킨 셈이었다.

내가 그 이야기를 한 건 아름답고 친절하고 인내심 많은 사람인 린지가, 새 같은 좋은 것들을 사랑하는 사람인 린지가 뭐라고 대답해 줄지 궁금해서였다. 내가 아는 멋진 사람들은 다들 뭐라고 말할까? 그들이 참석하겠다고 했던 결혼식이 취소됐다고, 그리고 지난 3년 동안 계획해 오던 삶에서 솔기를 뜯어내고 그것을 다른 무언가에 사용하게 되었다고 말한다면?

린지는 남들이 모두 기대한다는 이유만으로 무언가를 할 순 없다고, 그렇게 하지 않은 건 용감한 일이라고 했다.

내가 린지와 이야기를 나누는 동안 제프는 워런과 함께 바깥에, 오두막집 앞에 앉아 관찰용 망원경이 달을 향하도록 움직이고 있었다. 망으로 된 문이 열려 있었고, 제프가 내 이야기를 들었다는 걸 알았지만, 그는 내가 한 고백에 대해 아무 말도 하지 않았다.

그가 한 일이 있다면 내게 보트를 몰게 해준 것이었다.

다음 날, 제프와 나와 린지는 셋이서만 보트를 타게 됐다. 우리는 요란한 소리를 내며 빠르게 나아가고 있었다. 당신이 몰아요. 제프가 엔진 너머로 소리쳤다. 린지가 씩 웃으며 고개를 끄덕였다. 나는 전에 보트를 몰아 본 적이 없었다. 어떻게 해야 되죠? 내가 소리치자 제프는 어깨를 으쓱했다. 나는 타륜을 잡았다. 우리는 작은 섬들을 지나, 분홍빛을 띤 진홍저어새 가족들을 지나, 갈매기 떼가 모여 있는 쓰레기 수거차들을 지나, 잔디와 구기자들이 가득한 들판에 바람을 일으켜 날리면서 나아갔다. 그리고 나는 깨달았다. 한 사람에게 무엇이 필요한지 다른 사람이 이해하는 일은 그렇게 놀랄 만한 일이 아니라는 것을.

II

그러니까 엄청나게 불리한 상황에 직면한 내게 남은 선택지라고는 딱 하나밖에 없다. 과학을 이용해 이 빌어먹을 곳에서 빠져나가야 할 것 같다.

— 앤디 위어, 『마션』

말하자면 디프 블루

    지금 살고 있는 시골 마을에서 싱글로 지내려는 의도는 없었다.

    나는 이 지역 대학에 괜찮은 일자리를 얻은 뒤 약혼자와 함께 이곳으로 이사해 왔다. 우리는 아이들을 키우기에 충분한 공간이 있는 집을 샀다. 그랬는데 결혼식이 취소됐고, 나는 학생이 아닌 인구가 1,236명인 소도시에 싱글인 채 남아 있는 자신을 발견하게 됐다. 이 지역의 귀여운 바텐더나 귀여운 우편집배원과 시시덕거려 볼까 잠깐 생각해 봤지만, 나 말고 다른 성인이라고는 1,235명밖에 없는 소도시에서 우편물을 받거나 술에 취하는 것 같은 일로 내 능력을 한정하는 게 얼마나 어리석은 일인지 깨달았다. 난생처음으로 온라인으로 사람을 만나 보기로 마음먹었다. 나는 서른네 살이었다.

    틴더에서 사람들과 채팅을 하는 일에 문제가 있다면 지루하다는 거다. 나는 대화에 있어서는 비난을 면치 못할 정도로 속물이고, 잡담 따위를 나누는 걸 병적일 정도로 참지 못하는 사람이다. 나는 **자신의 지성을 당당하게 과시하는 똑똑하고 슬픈 사람들**의 범주에 들어가는 이들을 사랑한다. 셰익스피어의 작품에 나오는 어릿광대들과 엘리자베스 베넷[1]과 시라노 드 베르주라크[2]를 사랑한다. 「길모어 걸스」와 「웨스트 윙」과 「릭 앤드 모티」를 사랑한다. 나는 엄청나게 많은 흥미로운 화제들 사이를 무시무시한 속도로 통과하면서 어깨 너머로 나를 돌아보고 〈따라와 보시죠〉 하고 소리치는 대화 상대를 갈망한다. 나를 도전할 마음이 있는 사람으로 여겨 주고, 내 최고의 모습을 나라고 여겨 주는 누군가를.

이건 틴더에 접근하면서 갖기에는 말도 안 되는 태도이며, 내가 스스로의 속물근성 때문에 대가를 치렀노라고 해도 당신은 놀라지 않을 것이다.

채팅을 해본 결과, 꼭 나처럼 대화를 좋아하는 기질을 지닌 듯 보였던 첫 번째 사람은 학구적인 사람이었고 음악가이기도 했다. 사악한 유머 감각이 있었고, 재치가 넘쳤고, 자신이 지닌 문제들을 온라인 대화를 시작하면서 곧바로 모두 밝혔다. 그가 충분히, 그리고 엉망진창인 방식으로 인간적인 사람이라는 건 조그만 채팅 창으로도 분명해 보였다. 나는 얼른 그를 만나고 싶어 견딜 수가 없었다.

하지만 현실은 달랐다. 온라인상으로 열정적이고 대담

---

1 제인 오스틴의 장편소설 『오만과 편견』의 주인공.
2 에드몽 로스탕이 쓴 동명 희곡의 주인공으로 재기 넘치는 시인이자 용맹한 검객이지만 외모에 대한 콤플렉스 때문에 사랑하는 사람에게 마음을 고백하지 못한다.

해 보이는 정도였던 부분들은 알고 보니 겁이 날 정도로
극단적이었다. 한바탕 눈물을 쏟는 일이 여러 번 있었고,
그의 어머니와 개를 만나기 위해 장거리 자동차 여행을 하
자는 제안도 여러 번 있었고, 아코디언 연주로 된 뜻밖의
세레나데가 있었고, 내가 임신을 하면 아름다워 보일 거라
는 단언까지 있었다. 제발 알아주었으면 좋겠다. 나는 눈
물을 흘릴 줄 아는 남자는 진화한 남자라고 생각하는 사람
이다. 나는 언젠가 아이를 갖고 싶고, 그 일에는 내가 한동
안 임신한 여자로 지내는 일이 따라올 것이다. 심지어 나
는 아코디언도 좋아한다. 이것들 중 어떤 것도 그 자체로
는 나쁘지 않았지만 전부 합해 보니 **너무 과했다**. 내가 더
이상 만나고 싶지 않다고 말한 뒤, 그는 내게 귀여운 활판
인쇄 카드를 여러 장 우편으로 보내왔다. 거기에는 내가
우리 두 사람에게 한 번이라도 기회를 주려 하지 않아서
속이 상한다는, 아니 화가 난다는 내용이 적혀 있었다.

　그다음으로 데이트한 사람은 이제 막 유럽을 거쳐 뉴욕
으로 이사를 한 사람이었고, 여러 가지 이야기와 의견의
수집가라 할 만한 사람이었다. 우리의 채팅은 장문의 텍스
트 덩어리들로 이루어진 형태가 됐다. 여러 일화가 교환되
었고 거기에 질문이 더해졌다. 그런 것들이 서로의 발밑에
봉헌물처럼 쌓였다. 나는 그게 몹시 마음에 들었다.

　하지만 그런 이야기들은 현실로 나오자 기괴한 것이 되
어 버렸다. 그 사람은 나와 저녁 식사를 하는 시간 대부분
을 미국인들이 〈너무도 뚱뚱하다〉는 걸 보여 주는 일화를

늘어놓는 데 썼는데, 그 때문에 나는 내 칠레레예노[3] 맛을 느끼기가 어려웠다. 우리가 술을 한잔하러 돌아간 그의 아파트는 아름답게 장식되어 있었다. 식물들과 위빙 벽걸이들이 가득했고, 장편소설이 가득 꽂힌 책장을 배경으로 자전거 한 대가 세워져 있었다. 그는 똑똑하고 잘생긴 사람이었고, 다소 짜증이 나는 면도 있었지만 어쩌면 시간이 지나면서 『오만과 편견』의 다시 같은 방식으로 부드러워질지도 모른다고 생각했다. 우리는 와인을 약간 마셨고, 마침내 내가 집에 가야 할 것 같다고 말했을 때 그는 자리에서 일어나더니 내게 키스했고, 나는 기분이 좋았고, 그래서 나는 이런 게 온라인 데이트인 거라고 스스로에게 되뇌었다. 현재를 즐기면서 경험을 해봐야 하는 거라고.

그런데 섹스를 하는 동안 그가 내 목을 졸랐다. 오랫동안은 아니었고 아주 세게 조른 것도 아니었지만, 그의 두 손은 내 목 주위에 너무도 갑자기 나타났다. 섹시한 느낌을 주려는 의도였다는 건 알겠는데, 다소 낯선 사람이 그러니 완전히 공포스럽게 느껴졌다. 나는 내가 그런 걸 좋아한다는 뜻을 비친 적이 없었고, 그도 마찬가지였다. 그런 것에 빠져 있는 사람들이 있다는 건 안다. 심지어 **나** 역시 그런 것에 빠져들 수 있을지도 모른다. 하지만 그렇게 사람을 놀라게 하는 방식으로는 아니었다.

나중에 그가 이야기를 하는 동안 나는 도망치는 것처럼

---

3 붉은 고추의 속을 고기와 치즈 등으로 채운 다음 밀가루와 달걀물을 입혀 기름에 튀겨 낸 음식.

보이지 않도록 적당한 사이를 두고 빠져나가려고 기다리면서 1분, 또 1분을 헤아렸다. 그가 자신은 총기 난사범들에게, 그리고 그들이 남겨 놓은 여러 형태의 메시지들에 정말로 관심이 있다고 말했을 때도 나는 여전히 시간을 헤아리고 있었다. 그는 여전히 벌거벗은 채 자기 휴대 전화를 침대로 가져오더니 4chan[4]에 올라온 동영상 하나를 내게 보여 줬다. 나는 그의 침대 시트를 허리에 두른 채 거기 앉아 있었고, 그는 내가 총기 난사범들이 했던 선언들을 모아 놓은 동영상을 볼 수 있도록 휴대 전화를 내밀고 있었다. 그 동영상에는 우스꽝스러울 정도로 쾌활한 배경음악이 깔려 있었다. 그게 너무도 재미있다고 그는 주장했다. 그리고 나는 가야겠다고 했다. 그다음 날, 그리고 그 뒤로 몇 번 더 그는 내게 왜 도망쳤느냐고, 그리고 왜 연락을 하지 않느냐고 묻는 메시지를 보내왔다.

온라인상으로 재미있어 보이던 것들이 현실의 삶에서는 난폭한 극단을 가리켜 보이고 있었다. 사람들의 농담에 집착하는 걸 그만둬야 한다는 건 나도 알고 있었다. 하지만 일단 농담이 통하는 사람들을 포기하고 나니 내가 틴더에서 하는 채팅들은 예배에서 주고받는 문답처럼 보이게 되었다. 어디 출신이세요, 여기 날씨는 마음에 드시나요, 키우신다는 개는 몇 살인가요, 취미가 뭐예요, 직업은 뭔

4 익명의 영어 게시판으로 시작된 온라인 커뮤니티로, 일본 2chan의 비공식 영어 버전이다.

가요, 오 이런, 영어 선생님이시라고요. 문법 조심해야겠네요😊😐😈.

나는 비전문가치고는 로봇에 관해 제법 많은 것을 아는 편이다. 구체적으로는 챗봇들에 관해, 그리고 언어를 통해 임무를 수행하게 되어 있는 다른 인공 지능들에 관해 알고 있다. 실은 온라인 데이트를 시작한 시점에 수업 하나를 맡아 학부생들에게 과학 글쓰기와 SF에서 로봇들이 재현되는 방식에 대해 가르치고 있기도 했다. 수업에서 우리는 텍스트에 기반한 대화를 통해 인간으로 인식되는 데 성공한 인공 지능이 튜링 테스트[5]를 통과했다고 말할 수 있는 이유는 무엇인지에 관해 토론했다.

틴더에서 하는 채팅도 나름대로 하나의 테스트였다. 그렇지 않은가? 그 안에서 우리는 자신이 **진짜**고, **인간**이며, **섹스할 수 있고**, 어쩌면 **사랑까지도 할 수 있는** 존재임을 서로에게 증명하려고 애쓰고 있었다. 이것 역시 일종의 튜링 테스트라고 나는 결론을 내렸다. 혹은 그냥 이런 식으로 생각할 때 온라인 데이트라는 게 좀 더 참을 만하게 느껴졌던 건지도 모른다. 언어에 대한 과학적 연구를 수행 중인 여자인 척하는 게 내가 외롭다고 인정하는 것보다는 쉬웠다. 누군가가 싱글들에게 광고를 팔려고 만들어 놓은 알

---

5 인간이 서로 보이지 않는 공간에서 각각 인간과 기계에게 질문을 하여 응답자가 기계인지 인간인지 구별하는 테스트. 인간의 대답과 구별할 수 없는 대답을 하는 기계는 지능이 있는 것으로 판단한다.

고리듬이 이제 내 행복을 책임지고 있다는 걸, 이게 내가 기꺼이 감당할 위험이라는 걸 인정하는 것보다는 쉬웠다.

그때 나는 학생들에게 내가 아주 좋아하는 책에 관해 가르치고 있었다. 브라이언 크리스천의 『가장 인간다운 인간』이었다. 크리스천은 세계에서 가장 유명한 튜링 테스트인 뢰브너상[6]에 참여하러 브라이턴으로 간다. 그는 거기서 익명의 인간 역할을 하며 인터페이스를 통해 사람들과 채팅을 하고, 그 사람들은 그가 인간인지 챗봇인지 결론을 내려야 한다. 뢰브너상에서 정말로 중요한 부분은 이 챗봇들 가운데 어떤 챗봇이든 자신이 인간이라고 심사 위원들을 납득시킬 수 있는지 지켜보는 것이다. 하지만 크리스천의 책 제목이 시사하듯, 이 대회에는 가장 적은 수의 참가자에게서 로봇이라는 오해를 받은 인간 공모자에게 장난처럼 주어지는 상도 있다. 바로 그 상, 〈가장 인간다운 인간〉상을 이 대회에서 받는 것이 크리스천의 목표였다. 책 속에서 그는 묻는다. 언어를 가지고 로봇은 할 수 없지만 인간은 할 수 있는 일은 무엇일까? 우리가 우리 자신을 표현하는 방식들 가운데 가장 놀라울 만큼 인간적인 방식은 어떤 것일까? 우리는 온라인 세계의 저편에 있는 우리의 동료 인간들을 어떻게 알아보는 걸까?

그렇게 해서 일반적인 틴더 채팅의 진부한 말들 뒤에 분명 숨어 있을 사랑스럽고 재미있는 사람들을 찾아내려고

6 표준적인 튜링 테스트 형식을 통해 인간과 가장 유사하다고 판단되는 프로그램에 상을 수여하는 인공 지능 분야의 연례 대회.

하는 동안, 나는 스스로에게 크리스천의 질문을 던져 봤다. 로봇은 할 수 없는데 나는 할 수 있는 일이 뭐지? 어떻게 하면 내가 온라인상에, 틴더에 있다는 걸 이해하면서 동시에 인간미 있는 인간처럼 의사소통을 할 수 있을까?

나는 비유적으로 생각하고 있었지만, 틴더에는 실제로 챗봇들이 **있다**. 내가 그런 챗봇을 만나 본 적은 없지만 말이다(내가 알기로는 그렇다. 하지만…… 멋진 복근과 흘러내리는 듯한 머리칼을 자랑하던, 요트에서 찍은 사진을 올려놓은 데일이라는 사람, 내게 지금 당장 성적인 관계를 맺을 의향이 있는지 알고 싶어 했던 그 사람은 사실 1과 0이 모여 만들어진 아름다운 결합체에 불과했던 걸까?). 하지만 이것이 틴더에서 너무나 흔히 생기는 문제인 까닭에 컬트적인 테스트 하나가 등장했다. 매칭된 사람이 의심스러울 정도로 매력이 넘치거나 그 외의 방식으로 비현실적으로 느껴질 때 사용하는, 일종의 인간을 위한 캡차[7] 테스트인 〈감자 테스트〉다. 이 테스트에서는 자신과 대화하고 있는 사람에게 〈인간이라면 감자라고 말해 보라〉는 요청을 하게 된다. 그런데 만약 상대방이 그 말을 하지 않으면, 음, 뭐겠는가. 이 테스트의 진행 과정을 담은, 내가 좋아하는 스크린 숏에는(레딧의 틴더 관련 게시판은 몹시 유쾌한 공간이다) 다음과 같은 내용이 담겨 있다.

7 〈컴퓨터와 인간을 구별하기 위해 시행하는 완전 자동 튜링 테스트〉의 줄임말로, 흔히 인터넷 자동 로그인을 방지하기 위해 사용된다.

틴더: 당신은 엘리자베스와 매칭되었습니다

진짜 인간 남자: 오, 이런. 감자 테스트를 해야겠네.
그쪽이 진짜라면 감자라고 말해 봐요.

〈엘리자베스〉: 안녕! 저의 첫 매칭 상대시군요. 좀 더
멋진 첫 번째 메시지를 보내 보면 어떨까요. 아하하.

진짜 인간 남자: 감자라고 말해 봐요, 엘리자베스.

〈엘리자베스〉: 그건 그렇고 이런 걸 물어봐도 되는지
모르겠는데요, 그쪽은 틴더 왜 하세요? 개인적으로 저
는 심각한 건 별로 좋아하지 않는 것 같아요. 아하하.

진짜 인간 남자: 감자라고 말해.

한편, 내가 감자 테스트를 통과한 진짜 남자들이나 여
자들과 나누고 있던 대화 역시 〈진짜 인간 남자〉와 〈엘리
자베스〉의 대화와 크게 다르진 않았다. 그런 대화는 결코
잡담 이상의 무언가로 발전하는 일이 없었다. 다시 말해,
그런 대화는 내가 이야기를 나누고 있는 상대가 도대체 어
떤 사람인지 알려 주는 그 무엇으로도 발전하지 않았다는
뜻이다.

나는 희망의 끈을 놓지 않고 나 자신을 운에 맡기는 일
을 다시 시작했고, 그렇게 나누게 된 대화 가운데 다수는
현실에서 데이트로 이어졌다. 나는 그 데이트들이 어떤 식
으로 형편없었는지 조목조목 분류해 적어 볼 수도 있다.
가끔씩은 내 잘못이었고(화르르 타올라 내 사생활을 너무
드러낸 일, 사람들을 합법적으로 소외시킨 일), 가끔씩은

상대방의 잘못이었으며(데이트에 자기가 먹을 치킨샌드위치를 싸 들고 온 일, 만난 지 15분도 안 됐는데 내 가슴 품평을 한 일), 또 가끔씩은 아무도 잘못하지 않은 채 괜찮은 시간을 보냈지만 우리는 하나의 비커에 들어간 두 가지 비반응성 원소처럼 그저 가만히 앉아 있기만 했다. 그럼에도 언제나, 어떤 식으로든 결국 문제가 되는 건 대화였다.

크리스천의 책에서 내가 가장 좋아하는 챕터는 가리 카스파로프가 IBM사의 체스 게임용 컴퓨터인 디프 블루와의 체스 시합에서 〈패배한〉 일을 그려 낸 챕터다. 그 챕터에서 크리스천은 〈북book〉을 기반으로 체스를 둔다는 개념을 설명한다. 간략히 말하자면 〈북〉은 승리를 위한 최적화 과정에서 연속적으로 두어야 하는, 이미 알려져 있는 체스 수들의 조합이다. 대부분의 수준 높은 체스 시합에서 게임 전반부는 언제나 〈북〉을 기반으로 진행되는데, 이 때문에 체스에 정통한 관찰자라면 어떤 수가 어떤 수에 따라 나올 것인지 알게 된다. 그러다가 게임에서 복잡성과 무질서가 일정한 정도에 도달하면, 이때부터는 즉흥적으로 수를 둘 수밖에 없게 된다. 이때가 선수들이 본격적으로 체스를 두기 시작하는 시점이다. 어떤 선수들은 자기 자신으로서 체스를 두기 시작하는 시점이라고 말할지도 모른다. 카스파로프는 자신이 디프 블루에게 패배한 게 아니라고 생각한다. 그가 치명적인 트랜스포지션[8] 실수를 저질렀을

8 한 위치에 도달할 수 있는 두 가지 이상의 다양한 수 순서를 말한다. 이때 최적의 수 순서를 선택하지 못해서 상대방에게 유리한 위치를 허용하는

때 게임은 여전히 〈북〉을 기반으로 진행되고 있었다. 그러니 그는 정해진 각본은 망친 게 맞지만, 그 특정 게임을 하는 동안 상대의 알고리듬적 사고에 맞서 정말로 체스를 **두는** 일은 시작하지도 않았고, 따라서 패배한 게 아니라는 것이다.

크리스천은 명석하게도 가장 예의 바른 대화인 잡담을 이런 〈북〉과 비교하면서, 진정으로 인간적인 상호 작용은 참가자 가운데 한 명이, 혹은 두 명 모두가 자신들에게 문화적으로 규정돼 있는 의례적 언사라는 각본에서 이탈한 뒤에야 시작된다고 주장한다. (보비 피셔[9]는 동의하지 않겠지만) 체스에 〈북〉이 필요하듯 사람 사이의 대화에도 어떤 면에서는 〈북〉이 필요하다. 우리가 좀 더 심오하고 진정성 있는 대화로 나아가게 만들어 주기 때문이다. 하지만 요즘에는 대화가 끝날 때까지 단 한 번도 〈북〉에서 **벗어나지** 않는 것도 너무나 쉬운 일이다. 상대방의 구체적인 인간성에 단 한 번도 접촉할 일 없이 이야기를 나누는 것도.

이것이 내가 틴더를 할 때의 문제였다. 채팅을 통해, 그리고 가끔씩은 현실에서 데이트를 하면서 진정으로 인간적인 영역으로 밀고 들어가려고 아무리 열심히 노력한들, 나는 언제나 도로 끌려와 각본에 따라 우아한 댄스 스텝을 밟고 있는 나 자신을 발견하게 되었다. 내가 디프 블루와

것을 트랜스포지션 실수라고 한다.
9 미국의 체스 그랜드 마스터이자 열한 번째 체스 세계 챔피언. 주요 말들의 위치가 무작위로 배치돼 틀에 박힌 공식의 이점을 누릴 수 없고 좀 더 창의적인 기술이 요구되는 〈피셔 랜덤 체스〉를 고안했다.

몇 번이고 데이트를 했더라면, 칵테일을 한 잔씩 더 주문
하면서 결국에는 디프 블루의 진실한 프로그래밍이 온라
인상으로 드러나게 되기를 바랐더라면 차라리 나았을 것
이다.

그런 데이트를 하고 나면 상당히 기운이 빠졌다. 마치
내가 찾고 있는 걸 절대로 찾지 못할 것처럼.

내가 찾고 있던 건 뭐였을까?

가끔씩 나는 〈감자〉라는 말을 하지 않았던 엘리자베스와
그의 대화 상대에 관해 생각했다. 그 남자가 엘리자베스에
게 인간이냐고 묻는 게 아니라 **진짜**냐고 물었다는 것에 관
해 생각했다. 내 동생 레슬리가 내게 자기 결혼식에서 낭
독해 달라고 부탁했던 『벨벳 토끼 인형』이란 책에는 인상
깊은 단락이 있다. 나는 내가 그 낭독을 해줄 준비가 됐다
고 생각했다. 그 책은 그냥 어린이책이니까. 그런데 다음
단락을 낭독해야 할 때가 되자 나는 읽는 내내 울어 버리
고 말았다.

「진짜라는 건 네가 어떻게 만들어졌는지를 말하는 게
아니야.」 말 인형이 말했다. 「그건 너에게 일어나는 일
을 말하는 거야. 어떤 아이가 너를 오랫동안, 아주 오랫
동안 사랑하면, 그냥 가지고 노는 게 아니라 **정말로** 너
를 사랑하면, 그러면 너는 〈진짜〉가 되는 거란다.」

「그러면 아파?」 토끼가 물었다.

「가끔씩은.」 언제나 진실만을 이야기하는 말 인형은

말했다. 「〈진짜〉가 되면 넌 상처받는 것 따위는 신경 쓰지 않게 돼……. 그렇게 된단다. 그렇게 되는 데는 오랜 시간이 걸려. 깨지기 쉽거나 모서리가 날카롭거나 조심해서 다뤄야 하는 사람들에게 그 일이 자주 일어나지 않는 건 그래서야. 보통은 네가 〈진짜〉가 될 무렵이면, 네 머리칼 대부분은 애정 어린 손길 때문에 빠져 버린 뒤일 테고, 네 두 눈알도 빠져나오고, 네 관절들은 느슨해지고, 너는 아주 추레한 모습이 된단다. 하지만 이런 것들은 전혀 문제가 되지 않아. 왜냐하면 일단 〈진짜〉가 되고 나면 너는 절대 추해 보일 수가 없으니까. 아무것도 모르는 사람들에게는 예외겠지만 말이야.」

이게 내가 원하는 것이었다. 누군가가 내게 자신이 로봇이 아니라는 것뿐 아니라 자신이 **진짜**이며 나 역시 진짜로 만들어 줄 거라는 사실 또한 증명해 주는 것. 하지만 그런 건 틴더 자기소개에 적어 넣을 수 있는 내용은 아니었다. **CJ 하우저, 34세, 조심해서 다루어지지 않았음, 눈알이 빠져나올 때까지 계속 우리 사이를 진짜가 되게 할 것임.**

그 무렵 나는 틴더 데이트를 간헐적으로 해온 지 1년이 지나 있었다. 어느 순간에는 심지어 브라이언 크리스천이 싱글인지 확인하려고 구글 검색까지 해봤다. 아아, 그는 싱글이 아니었다.

그게 다라고 나는 친구들에게 말했다. 내가 형편없는 데이트 이야기를 공연하듯 늘 들려주곤 했던 친구들이었다. 나는 내 메시지함에 있는 모든 사람과 소통을 중단하고 계정을 삭제할 거라고 했다.

그런데 그런 결단에도 불구하고 내가 대화를 계속한 남자가 딱 한 명 있기는 했다.

나: 그쪽 자기소개에 적힌 〈대책 없이 외향적인〉이라는 구절을 보고 웃고 있어요. 혹시 비행기에서도 옆 사람과 친구가 되어 버리는 타입이세요?

조이: 아뇨. 그렇진 않지만 만성적인 〈지나치게 속마음 터놓기 병〉 환자이긴 해요!

나: 사실 저도 지나치게 속마음을 터놓는 사람이 되었거든요. 그게 무한한 잡담의 지옥에서 벗어날 유일한 방법이라서.

조이: 틴더는 그 자체로 잡담의 지옥이죠.

나: 어떻게 여기서 탈출하죠?

조이: 휴대 전화가 안 터지는 곳으로 빨리 도망쳐요.

우리는 〈북〉 밖으로 나와 있었다. 마치 그가 우리를 둘러싸고 있던, 내가 탈출하려고 애쓰고 있던 대화의 매트릭스를 향해 손짓을 하며 이렇게 말하는 것 같았다. 어, 나도 이게 보여요.

우리는 우리만의 언어를 개발했다. 우리만 아는 농담, 답신, 접속을 유지하는 패턴이 생겨났다. 그 첫날 이후로 로봇이 우리 둘 중 누군가를 대체하는 일은 불가능했을 것

152

이다. 우리의 대화는 서로를 **향한** 것이었으니까. 그 대화는 함께 있을 때 우리가 어떤 사람인지를 드러내 주었다. 우리는 바보 같고, 솔직하고, 마음에 상처가 있고, 우리의 슬픔을 웃음으로 넘기고, 조금 어색해하는 사람들이었다. 우리가 사용하는 언어는 크리스천이었다면 〈현장 특화형〉이라고 불렀을 법한 언어였다. 특정한 장소에서, 특정한 시간에, 특정한 사람과 함께 있을 때 나타나도록 의도된 언어였다는 뜻이다.

결국 나는 조이와 현실에서 데이트를 하기로 했다. 그럼에도 빠져나갈 전략은 필요할 것 같아서, 그와 저녁을 먹으려다 그냥 술이나 한잔하기로 했다. 그날 나는 괜찮은 외모로 보이기 위한 어떤 노력도 하지 않았다. 예상되는 실망에 무감각해지려고 미리 친구들과 함께 맥주 두 병도 마셔 두었다. 하지만 우리가 골라 둔 맥주 양조장에 들어서자마자 나는 곧바로 이런 결정을 후회했다. 바 건너편에 앉아 있는 남자는 내 예상보다 훨씬 귀여웠다. 아니, 그 이상이었다. 그에게 다가가며 지난 몇 주 동안 우리가 나눈 대화에 관해 생각하는 동안 나는 이미 그 사람이 얼마나 마음에 드는지 스스로 시인하게 됐다. 그가 나를 마음에 들어 하기를 얼마나 바랐던가. 내가 이미 이 기회를 날려버린 게 아니기를 얼마나 바랐던가. 하지만 우리가 대화를 시작하자마자 내 초라한 셔츠와 눈 위에서 신는 부츠, 그리고 얼큰하게 취한 내 상태와 다른 방어 수단들은 문제가 되지 않았다. 우리의 데이트에는 우리의 채팅에 들어 있던 모든 특징들이 들어 있었다. 어색하고 웃기고 솔직하고 이랬다저랬다 하는, 다시 말해 인간적인 특징들이.

「솔직히 이 맥주 양조장 좀 싫어요.」 내가 그에게 말했다. 「맥주가 너무 맛없어요.」

「나도 싫어요!」 조이가 말했다.

「그럼 우린 왜 여기를 고른 걸까요!」

「그냥 이렇게 생긴 데서 만나야 할 것 같았어요.」

우리의 첫 번째 기념일에 조이는 내게 선물을 줬다. 일종의 아이디어 담요였는데, 거기에는 우리가 틴더에서 처음으로 나눈 대화의 스크린 숏이 무늬로 짜여 있었다. 그는 그 담요를 내게 주며 깔깔 웃었고, 나도 너무 어이가 없어서 깔깔 웃었다. 어이없어 보일 의도로 만들어진 물건이었다. 하지만 거기에는 비밀스러운 방식으로 진심이 담겨 있기도 했다. 그 담요는 귀여우면서 멍청했고, 더할 나위 없이 내 마음에 들었다.

조이와 나는 두 번째 기념일을 맞기 전에 헤어졌다. 하지만 전 남자 친구의 물건들을, 너무 고통스러워서 쳐다볼 수 없는 사진들과 선물들을 죄다 상자에 집어넣는 고문 같은 실연의 수순을 거치면서도 나는 그 담요만은 포기할 수 없었다. 그것은 인간다운 인간이 된다는 건 위험을 감수해야 하는 일이고, 고통스러운 일이며, 그럼에도 해볼 만한 가치가 있는 일이란 걸 일깨워 주는 물건이었다. 디프 블루가 되어 이기기보다는 카스파로프가 되어 모든 걸 잃는 쪽을 택하는 게 낫다는 걸 일깨워 주기도 했다.

그 담요에 새겨진 대화는 사실 상당히 길어서, 내 친구 한 명은 이렇게 놀리기도 했다. **서로 확실히 사귀게 되기도 전에 이렇게 긴 대화를 했다고? 너희 둘 다 좀 더 나은 전략이 필요한 것 같네.**

실은 우리 둘 중 누구에게도 전략 같은 건 없었다. 실은 그런 건 중요한 게 아니었다. 중요한 건 우리 둘 다 이해하고 있었다는 점이다. 우리 삶은 철저히 〈북〉에 갇힌 채 그것을 따라 흘러가 버리기가 너무도 쉽다는 것을. 그러지 않으려면 위험을 감수하고, 예상되는 패턴들을 부숴 버리고, 무언가 인간적인 일이 일어나게 하려고 노력해야 한다는 것을 우리는 이해하고 있었다.

2막: 판타스틱스

　뉴요커인 너의 부모님은 너를 연극을 좋아하는 아이로 키운다. 그분들은 너를 데려가 「왕과 나」와 「레 미제라블」과 「오페라의 유령」과 「캣츠」와 「렌트」 같은 공연들을 보여 주지만 그중 어떤 것도, 어떤 것도 「판타스틱스」 같은 느낌을 주지는 못한다. 너는 그 공연을 세 번 보는데, 볼 때마다 어안이 벙벙해진다. 그건 세계에서 가장 오랫동안 공연되고 있는 뮤지컬이다. 무려 42년 동안 사람들은 걷고 있던 길에서 벗어나 소극장 〈설리번 스트리트 플레이하우스〉의 그 완벽하고 시간을 초월한 순간 속으로, 빨랫줄에 걸린 커튼과 종이로 만든 달과 엄청나게 커다란 의상용 트렁크와 피아노와 하프가 있는 그곳으로 들어갈 수 있었던 것이다.

　세 번째이자 마지막으로 「판타스틱스」를 보러 갈 때, 너는 그 소년과 같이 간다. 「한여름 밤의 꿈」의 직공들을 언제나 좋아했던 소년. 너에게 중요할 수 있는 모든 처음을 함께했던 소년. 첫사랑, 첫 섹스, 처음으로 받은 상처. 네가 처음으로 스스로가 사랑에 빠지는 방식이 뭔가 특별하고, 다르고, 다른 이들은 절대 이해할 수 없는 방식이라고 생각했던 시기.

너는 「판타스틱스」에 나오는 소녀가 처음으로 하는 대사를 기억할까? 그 대사는 다음과 같다.

난 열여섯 살인데, 내게는 날마다 무슨 일인가가 일어나요. 오, 오오오, 오오오오! 난 두 팔이 파래질 때까지 내 몸을 껴안고는, 눈을 감고, 울고 또 울어요. 눈물이 흘러내려 그 맛이 느껴질 때까지. 내 눈물을 맛보는 게 좋아요. 난 특별하거든. 난 특별해요! 하느님, 제발 부탁이니 제가 평범해지게 두지 말아 주세요.

그때 네가 어땠는지 너는 기억할 수 있을까?

너는 고등학교 졸업반이다. 코네티컷주의 가을, 너는 수업 사이의 쉬는 시간에 복도를 걸어가고 있다. 네가 다니는 고등학교는 언제나 공사 중이어서 천장 패널들은 열린 채 와이어를 드러내고 있고, 조명은 다소 침침하고 깜박거리지만, 마룻바닥은 깨끗하고 왁스 칠이 완벽하게 돼 있다. 청소부인 산드로가 왁스 칠을 매우 진지하게 여기기 때문이다. 그는 밤에 바닥 관리를 할 때면 오페라풍으로 노래를 부른다. 네가 그걸 아는 건, **말로는** 무슨 활동이니 놀이니 동아리를 한다면서 언제나 밤까지 학교에 남아 어슬렁거리고 있기 때문이다. 너는 실제로는 대체로 의자들이 뒤집혀 올라가 있는 책상에 걸터앉아 산드로가 부르는 노래에 귀를 기울이고 있다.

산드로는 너를 자신의 〈벨라〉라고 부른다. 그의 등에는 왁스를 칠하는 장비가 끈으로 매달려 있고, 그는 바닥에 닿는 부분에 보송보송한 털이 달린 막대기를 사용해 왁스를 칠한다. 그 기계는 요란한 소리를 내고, 산드로는 그 소음에 맞서 큰 소리로 노래를 부른다. 이탈리아어로 부른다. 너는 그 노래가 오페라곡이라고 생각하지만 실은 그건 이탈리아어로 된 어떤 노래든 될 수 있었다. 네가 직접 그런 말을 한 적도 있을 것이다.

너는 대학 입학 허가를 위한 에세이 여러 편을 쓰면서 설명하기 어려운 몇 가지 이유로 산드로에 관해 쓴다. 대학 측에서 너에게 어떤 주의 사항을 제시하든 개의치 않는다. 너는 밤에 산드로가 이탈리아어로 노래 부를 때 얼마나 멋진지에 관해, 그가 너를 〈벨라〉라고 부른다는 사실에 관해, 왁스 칠을 제대로 한 학교 마룻바닥이 얼마나 아름다운지에 관해 그 이상하고 조그만 소품 같은 이야기를 써서 학교에 보낸다. 그게 그다지 좋은 처신은 아니었다는 게 지금의 너에게는 명백해 보인다. 그게 퍼모나에 있는 대학에 가서 데이비드 포스터 월리스[10]와 함께 공부하겠다는 너의 꿈이 박살 난 이유 가운데 적어도 일부이기는 했

10 미국 현대 문학의 정점을 보여 준다는 평가를 받던 소설가이자 비평가, 에세이스트로 퍼모나 대학 교수로 재직했다.

으리란 것도.[11] 네가 지원한 대학 가운데 너를 받아 준 대학이 거의 없었던 이유였으리라는 것도. 솔직히 말해 그들은 아마 네가 산드로와 자는 사이라고 생각했을 것이다. 혹은 — 이것 또한 좋지 않은 이야기인데 — 그들은 너의 유일한 과외 활동이 그 청소부와 말 같지 않은 소리를 지껄이는 거라고 생각했을 것이다. 혹은 — 마찬가지로 나쁜 이야기인데 — 그들은 네가 쓴 에세이가 일종의 도덕성 과시라고 생각했을 것이다. 분명 산드로에 관한 이야기로 그 훌륭한 학교에 지원했지만 네가 〈실제로 저의 가장 좋은 친구 몇 명은 청소부예요〉라고 말할 일은 없을 거라고. 혹은 좀 더 가능성 있는, 가장 극악한 시나리오는 이것이다. 산드로에 관한 그 소품 같은 이야기가 대학들 측에 이런 메시지를 전달한 것이다. 너는 자아가 너무 비대해서 주의 사항이나 지시 같은 건 따를 수 없는 아이라고. 그건 네가 쓰고 싶어 하는 게 대체 뭐든 그것을 쓰고픈 욕망을 단 1분도 억누를 수 없는 아이라는 증거였다. 너는 과제가 **너의 창의성을 제한한다고** 여길 만큼, 규칙들이 어째선지 **너에게는 적용되지 않는다고** 여길 만큼 특별한 아이였기 때문에.

하지만 당연하게도, 알고 보니 그 규칙들은 너에게도 적용되었다. 언제나 그렇듯이.

중요한 건 그날 마룻바닥에 얼마나 아름답게 왁스 칠이 되어 있었는지 네가 기억한다는 것이다. 너와 같은 반 남

11 그래, 너 스스로도 그건 안다. 하지만 심지어 지금도 이 다른 미래를 곰곰이 생각할 때면 너는 엄청나게 흥분한 상태가 된다 ─ 원주.

학생 한 명이 텅 빈 복도를 따라 뛰어올 때, 너를 향해 달려오는 그 애의 모습이 빛나는 마룻바닥에 비쳤고, 길게 앞으로 뻗어 나왔기 때문이다. 그 애는 워낙에 키가 상당히 크고, 이제 그렇게 길게 뻗어 나온 그 애의 모습은 마룻바닥을 따라 너에게 닿을 듯 다가오고 있다. 그 애는 두 팔을 마구 휘저으며 복도를 펄쩍펄쩍 뛰어다닌다. 우스꽝스럽게 연기를 하는 듯한 목소리로 〈비행기가 빌딩에 부딪쳤어, 비행기가 빌딩에 부딪쳤어〉하고 소리치면서. 그 애는 구체적으로 말하고 있진 않다. 네가 거기 있다는 걸 알아차리지도 못하고, 너에게 말하고 있는 것도 아니다. 하지만 너는 이렇게 해서 그 공격에 관해 듣게 된다. 그 남학생은 아직 자기가 무슨 말을 하는지조차 이해하지 못한다고, 너는 그렇게 확신한다. 그 애는 그저 자기가 어떤 종류의 극적인 소식을 갖고 있다는 것만 알고, 그걸 떠들썩하게 알리고 있다. 그리고 그것이 네가 9·11에 관해 생각할 때 언제나 떠올리게 될 모습이다. 산드로가 완벽하게 왁스 칠을 해둔 바닥에 비친, 언제까지나 너를 향해 뻗어 오고 있는 이 같은 반 남학생의 모습.

이 이야기는 9·11에 관한 이야기가 아니다. 하지만 그때가 9·11 직후였다는 점은 중요하다. 공격 이후 관광객들이 겁을 먹어 시내로 들어가려 하지 않는 바람에 브로드웨이의 많은 사람들이 힘든 시간을 보내고 있었기 때문이다. 미국인들이 이 비극에 대한 응답으로 할 수 있는 최선의 일은 **쇼핑**이라고 조지 부시가 말했을 때, 전에 뉴요커였던 너의 부모님은 분명 그런 자본주의적 애국주의는 집어치워야 한다고 생각했다. 하지만 그분들이 떠올릴 수 있는 가장 고상한 형태의 애국주의 또한 헌혈을 한 다음 브로드웨이를 살려 내기 위해 공연 티켓을 여러 장 사고 사디스[12]에 예약을 하는 것이었다. **곧장** 시내로 들어가 뉴요커답게 행동하는 것. 그걸 〈애국적 연극주의〉라고 부르기로 하자.

그 시기에 너는 수많은 공연을 보게 된다.

12월, 대학에 있던 소년이 크리스마스를 보내러 본가에 온다. 그는 여전히 너의 남자 친구일까? 너와 그는 장거리 연애를 지속하기로 했고 시도 때도 없이 전화로 이야기를 나눴지만, 이제 네가 그 질문에 관해 생각할 때면 그는 다른 사람들과 자고 있었고 너는 그렇지 않았다는 게 분명해 보인다. 하지만 너는 여전히 그가 너의 남자 친구라고 굳게 믿는다. 그러고는 학교에서 너에게 접근하는, 아마도 한없이 나은 선택지일 남자아이들을 거부한다. 그 남자아이들 중에 겨울 방학 때 너와 함께 뮤지컬을 보기 위해 열차를 타고 최근에 공격받은 시내로 들어가고 싶어 하는 아이가 한 명이라도 있을까? 아니, 없다. 그러니 그 애들은 가망이 없는 것이다.

너는 「판타스틱스」를 소년과 함께 보고 싶어 하는데, 그건 그도 연극을 좋아하는 아이이기 때문이다. 그는 사실 예전에는 연극을 좋아하는 아이들의 왕이나 마찬가지였

12 브로드웨이에 있는 레스토랑으로, 배우들과 극장 관계자들의 모임 및 파티 장소로 유명하다.

다. 네가 그를 처음으로 제대로 봤던 건 그와 사귀기 전, 그가 중학교 때 공연한 「뮤직 맨」에서 해럴드 힐을 연기했을 때였다. 그때 너는 그를 보자마자 너무도 지독한 사랑에 빠져 버렸다.

소년은 「판타스틱스」를 한 번도 본 적이 없고, 그걸 몹시 낭만적이라고 여긴 너는 티켓을 구한다. 소극장 안의 조명이 꺼지면서 단 한 번도 너를 설레게 하지 않은 적이 없는 그 순간이 찾아오고, 서곡이 연주된다. 너는 소름이 돋는다.

너는 그 뮤지컬의 모든 가사를 외우고 있고 그래서 놀라지는 않았을 테지만, 내레이터가 결국 그 뮤지컬의 가장 유명한 노래를 부르기 시작하자 허를 찔린 기분이 된다.

기억하려 해봐요, 9월의 그날들을
삶이 여유 있고 오, 너무나도 달콤했던 그때를
기억하려 해봐요, 9월의 그날들을
잔디는 푸르고 낟알들은 노란빛을 띠었던 그때를
기억하려 해봐요, 9월의 그날들을
당신이 다정한 풋내기였던 그때를
기억하려 해봐요, 그리고 만약 기억난다면 따라가요.

너는 울고, 소년도 울고, 관객 모두와 출연진 대부분과 심지어는 하프 연주자까지 울음을 터뜨린다. 그 노래는 변하지 않았지만 그 노래를 둘러싼 모든 것은 변했다.

162

「판타스틱스」는 두 부분으로 나뉜 뮤지컬이다. 1막은 전적으로 행복한 사랑 이야기로 구성돼 있고, 그 이야기의 끝에 출연진은 모여서 가족사진을 닮은 복잡한 동선 배치를 만들어 낸다. 그들은 그 포즈로 선 채 마지막으로「해피 엔딩」이라는 멋진 노래를 소리 높여 부른다. 2막에서 조명이 들어오면 출연진은 그 자세로 얼어붙어 있는 것처럼 보인다. 마치 너와 그가 나가 있던 휴식 시간 내내 그 자세로 있었던 것처럼. 여러 개의 불길한 단조가 연주되는 동안 그들은 몸을 꼼지락거리고 얼굴을 찡그리며 정지 자세를 유지하려고 한다. 그러다가 소녀가 자기 아버지의 정원에서 가상의 자두 한 개를 딴다.

소녀는 그것을 깨물고는 말한다. **이 자두는 너무 익었네.**

소녀와 소년은 서로 헤어져 세상을 보기 위해 밖으로 나간다. 〈악하진 않지만 세상 물정은 조금 아는 사람이 되고 싶어.〉 소녀는 이렇게 노래 부른다. 그들은 고통을 겪고, 무언가를 배우고, 그런 다음 집으로 돌아온다. 이제 그들은 달라졌지만 다시금 서로와 사랑에 빠진다.

공연이 끝난 뒤 너와 소년은 극장을 나와 손을 잡고 갖가지 크리스마스 조명들을 바라보며 시내 여기저기를 걸어다닌다. 너는 세상을 굉장히 잘 아는 어른이 된 것 같은 기분이 든다. 그러다가 소년이 지갑이 없어진 걸 알아차린다. 너와 그는 지갑을 찾기 위해 극장으로 되돌아간다. 지갑을 잃어버린 일이 왜 이렇게 긴급한 사태처럼 느껴지는

지 설명하기는 어렵다. 하지만 그 옛날 너와 그에게는 행복이 그만큼 연약하게 느껴졌다. 지갑을 잃어버리는 건 기분이 상하고 하루 전체가 엉망이 되어 버릴 수 있는 일이었다. 너와 그는 걸어온 길을 되밟아 가려고 애를 쓴다.

너와 그는 왔던 길을 쭉 되돌아가 극장까지 가지만 여전히 지갑을 찾지 못한다. 극장 사람들은 친절하게도 안으로 들어가 살펴보게 해준다. 극장 안의 모든 조명이 켜져 있고, 그래서 무대는 조금 슬프고 마법이 벗겨져 나간 것처럼 보이고, 한 노인이 바닥을 쓸고 있다. 소년은 지갑을 찾기 시작하지만 너는 노인에게 물어보기로 마음먹는다. 아마도 우리가 지금껏 보아 왔듯 너는 청소부들의 힘을 신뢰하는 사람이기 때문일 것이다.

네가 그곳에 온 이유를 말하자, 노인은 너와 소년이 어디에 앉아 있었는지 묻는다. 네가 허겁지겁 좌석 번호를 말하자 그는 번호판 같은 건 쳐다보지도 않고 그 줄을 향해 간다. 좌석 위치를 전부 외우고 있는 것이다. 노인이 바닥에서 소년의 지갑을 들어 올린다. 너와 소년은 둘 다 그에게 감사 인사를 한다. 지갑을 찾아 준 것에 대해, 하루를, 기분을, 그 순간을 구원해 준 것에 대해, 그 모든 것에 대해. 너와 소년은 팔짱을 끼고 거의 폴짝폴짝 뛰면서 극장을 나선다.

상상해 보라, 그 자두 같던 시간이 여전히 얼마나 달콤했을지를.

비행기들이 쌍둥이 빌딩에 충돌한 건 9월이었다. 1월이
되자 「판타스틱스」가 사라진다. 주방에서 뉴스를 보고 있
던 어머니가 너에게 소리친다. **설리번 스트리트 플레이하우**
스가 문을 닫는대! 너는 주방으로 달려 나오고, 거기 텔레비
전에는 그날 바닥을 쓸고 있던, 너와 소년에게 지갑을 찾
아 줬던 남자가 나오고 있다. 로레 노토. 처음으로 「판타스
틱스」를 무대에 올렸던 프로듀서다. 그 모든 세월 내내 설
리번 스트리트 플레이하우스를 운영했던 사람. 그날 지갑
을 찾아 줌으로써 너와 소년에게 온전한 하루를 돌려주었
던 그 사람이 로레 노토였다.

　너는 대학에 있는 소년에게 전화를 걸어 극장이 문을 닫
는다는 이야기를 한다. 노토 이야기도 한다. 그리고 소년
역시 슬픔 때문에, 그 이야기 전체에 깃든 불가사의한 힘
때문에 엄청나게 흥분한다. 이것은 네가 너무도 바라던 반
응이고, 너는 너희 두 사람이 언제까지나 함께하게 될 거
라고 처음부터 다시 확신하게 된다. 왜냐하면 **그는 이런 걸**
이해하는 사람이니까. 그는 「판타스틱스」와 산드로가 부르
는 노래들, 그리고 네 같은 반 남학생이 바닥에 비치던 모
습 같은 것들을 이해하는 사람이다. 그리고 세상의 모든
고통스럽고 아름다운 편린들을 이해하는 사람이다. 너는
그가 이해하는 그것들을 다른 사람들은 이해하지 못한다
고 확신한다. 네가 너 자신에게는 그 모든 것이 얼마나 강
렬하게 느껴지는지 설명하려 할 때면 사람들은 너를 우습
다는 듯이 쳐다보니까(**난 특별하거든! 난 특별해요!**).

너와 소년이 특별하다고 믿는 것이 차라리 한없이 나을 것이다. 여기저기 돌아다니며 외롭다고, 자신이 오해받고 있고 다른 사람들과 맞지 않는다고 느끼는 건 그저 네가 인간이기 때문에 드는 느낌이란 걸 받아들이는 것보다는. 그게 살아 있다는 것이고, 인생은 **누구에게나** 그런 느낌이라는 걸 받아들이는 것보다는.

지금까지도 너는 헤드폰을 끼고 「판타스틱스」의 서곡을 듣기만 하면 팔에 소름이 돋는다. 하지만 네가 「판타스틱스」 이야기를 할 때면 사람들은 거의 언제나 그 뮤지컬에 대해 들어 본 적이 없다고 한다. 연극을 좋아하는 사람들조차 그렇다. 그리고 이건 너를 어리둥절하게 만든다. 왜냐하면 너에게는 그 이야기에 나오는 사람들이 언제나 그곳에 있는 것처럼, 매일 밤 설리번 스트리트에서 마법을 불러내고 있는 것처럼 느껴졌기 때문이다. 하지만 어떤 것들은 그냥 그렇게 사라져 버리기도 한다. 세계에서 가장 오래 공연되고 있던 뮤지컬마저도.

그 소년은 네가 가장 오랫동안 관계를 유지하고 있는 사람이다. 나타나고, 다시 나타나고, 네 인생에서 가장 오랜 기간에 걸쳐 중요했던 사람.

너는 마치 「판타스틱스」의 2막처럼 너와 소년이 헤어졌다가 서로를 다시 발견할 수 있다는 걸 증명하기 위해 그를 그 공연에 데려갔던 걸까? 너는 세상의 규칙들이, 무너져 내린 세상의 모든 9월들과 빌딩들이 너에게는 적용되지 않는 이야기라고 믿었던 걸까? 그랬다. 네가 극장으로,

너와 소년이 자신들의 가장 좋은 공연을 무대에 올렸던 그 곳으로 돌아가려고 애쓰고 있을 때, 그곳이 사라질 거라는 생각은 전혀 하지 못했다. 너무도 변해 버린 너희 두 사람이 걸어온 길을 되밟아 가서 예전의 그 아이들로 돌아갈 수는 없을 거라는 생각은.

램프를 든 여인

    나는 플로리다주 마이애미 교외에 있는 전미 스톡 자동차 경주 협회 경기장에 서 있다. 로봇들과 로봇 공학자들로 가득한 이곳에서 나는 휴머노이드 응급 의료 요원 로봇인 〈아틀라스〉 봇이 중금속 문을 열려고 시도하는 걸 지켜보는 중이다.

    아틀라스 봇이 문을 여는 데 실패한다.

    지금은 2013년이다. 살갗이 햇볕에 타고 있다. 크리스마스가 얼마 남지 않았다. **집에는 언제 오니?** 어머니가 전화에 대고 묻는다. **아직은 아니고요.** 나는 어머니에게 말한다. **크리스마스이브 저녁은 집에 가서 먹을 수 있게 애써 볼게요.** 어머니는 한숨을 쉰다.

    여기 와봐야 할 것 같았다. 이걸 봐야 할 것만 같았다. **이거**란 DARPA(국방 고등 연구 계획국) 로봇 공학 경진 대회를 말한다. 모두 열여섯 팀이 참가한 이 대회에서는 일반적으로 응급 의료 요원들이 수행하는 업무를 대행할 수 있는 로봇들을 설계하는 경쟁을 벌인다.

168

나는 로봇 공학자도, 엔지니어도, 프로그래머도, 어떤 종류의 과학자도 아니다. 심지어 과학에 관한 글을 쓰는 작가도 아니다. 그저 지나치게 많은 돈을 주고 트럭 한 대를 빌린 변변찮은 소설가일 뿐이다. 창문이 고장 나 올라가지 않는 그 거대한 검은색 포드 F150 트럭을 타고 이 이상한 교외까지 나왔고, 어느 모텔에 묵었다. 전날 밤 그 모텔에서는 내가 히터를 틀자 지나치게 성능이 좋은 기계 안쪽에서 무언가가 타버리는 바람에 화재경보기가 울리는 일이 벌어졌다. 나는 최근에 사귀기 시작한, 그리고 언젠가는 결혼하려다 실패하게 될 닉이라는 남자에게 로봇들에 관한 문자 메시지 여러 개를 보낸다. 닉은 「에반게리온」이라는 애니메이션을 아주 좋아하기 때문이다. 그 작품에서는 아주 조그만 인간들이 거대하고 지각이 있는 로봇 메카 슈트를 걸치고 서로 싸운다. 나는 닉이 내 메시지들에 매료될 거라 생각하지만 별로 그런 것 같진 않다. 나는 등 한복판에 〈프레스〉라고 적힌 형광 오렌지색 조끼를 입고 안전모를 쓰고 있다. 취재 구역에 있을 때는 항상 안전모를 쓰라는 말을 들었는데, 그곳이 경기장 일반석보다 로봇들과 가까워서 **파편이 날아오거나 작동액이 튈 수 있기** 때문이라고 했다. **하하, 아마 그런 일은 없을 거예요! 그래도 안전모는 꼭 쓰세요.** 내가 말하고 싶은 건 내가 몹시 바보가 된 기분이라는 거다. 한 인간이 바보가 된 기분을 느낄 수 있는 거의 모든 방식으로.

아틀라스 봇이 또다시 문을 여는 데 실패한다.

나는 미국 정부가 응급 의료 요원 로봇 개발에 자금을 지원하는 일이 어떤 의미를 가질 수 있는지에 관해 에세이를 쓰겠다고 했다. 그러자 잡지사에서 내게 취재진 출입증을 마련해 주었다. 하지만 형광색 조끼를 입고 여기 선 채 노트에 뭘 적어야 할지 알아내려고 애를 쓰면서 나는 어쩔 줄을 모르고 있다. 내가 노트에 적어 넣고 싶은 것은 **누군가가, 혹은 사람들 대부분이 흥미를 느낄 만한 것이다. 나로 말하자면,** 로봇들을 바라보고 있자니 뭐라 꼬집어 말할 수 없는 어마어마한 감정이 차오르는 게 느껴진다. 감동을 받아 거의 눈물이 날 것 같다. 하지만 물론 잡지에 그런 걸 쓸 수는 없다. 해결되지 않는 나만의 낯선 감정에서 오는 이런 긴장은 소리 내 말하는 것도 안 될 일이지만, 글로 쓰는 건 더군다나 안 될 일이다.

다른 사람은 이 모든 것에 대해 어떻게 생각할까? 나는 노트를 펴둔 채 아틀라스 봇을 지켜보며 계속 스스로에게 묻는다.

누군가가, 혹은 사람들 대부분이 흥미롭게 여길 만한 것이 뭘까?

그들을 매료시킬 만한 것이 뭘까?

아틀라스 봇이 또다시 문을 여는 데 실패한다.

나는 앞으로 8년 동안 이 에세이를 쓰려고 애를 쓰지만 실패하게 될 것이다.

—

내가 처음으로 로봇에 매료된 건 2010년의 일이었다. 당시 내가 쓰고 있던, 드론 조종사로 근무하는 한 여성이 등장하는 단편소설을 위한 밑조사를 하다가 열광하기 시작했다. 그렇게 조사를 하던 중에 피터 W. 싱어가 쓴 『하이테크 전쟁』이라는 믿을 수 없을 만큼 멋진 책을 알게 됐다. 이 책은 군사 분야에서 로봇 공학의 역사를 다룬 책이다. 미합중국에서 로봇 공학에 필요한 자금 대부분은 국방부에서, 구체적으로는 DARPA에서 나온다는 사실을 내게 가르쳐 준 사람이 싱어였다.

ARPA(고등 연구 계획국)는 러시아가 스푸트니크 1호를 발사하고 얼마 되지 않은 1958년에 미국의 기술 과학 연구를 책임지는 프로그램으로 설립됐다. 그러다가 닉슨 행정부에서 국방부 산하로 편입되며 DARPA가 됐다.

2013년 DARPA가 이 독특한 경진 대회를 유지하기로 결정한 데는 몇 가지 과학적인 이유가 있다. 이 행사의 목적은 **재난 상황에서 인명을 구하려는 인간 응급 의료 요원의 업무들을 수행할 수 있는** 로봇 개발을 장려하는 것이었다. 우리는 어쨌거나 후쿠시마 원자로 노심 용융 사태 이후를 살아가고 있었으니까.

그래, 그러니까 그건 로봇 공학을 겨루는 대회였지만 한편으로는 떠들썩한 선전이기도 했다. 구조자로 — 일부는 소방관으로, 일부는 응급 의료 요원으로 — 역할이 바뀌어 사람들을 위기에서 구해 내기 위해 불타는 건물 안으로 뛰어드는 로봇들. 로봇들은 정의의 편이 될 수 있었다. 국방부는 정의의 편이 될 수 있었다.

로봇 공학 경진 대회의 보도 자료에서 프로그램 책임자인 길 프랫 박사는 이렇게 말했다.

우리가 개발하려는 기술은 인간이 자력으로 들어갈 수 없을 만큼 위험한 형태로 진화하는 다양한 재난 상황에서 인간들과 로봇들이 협업해 효과를 발휘할 수 있게 해줄 것입니다.

대회에는 모두 여덟 개의 과제가 포함돼 있었다.

· 현장에서 다용도 차량을 운전하라.
· 차에서 내려 돌무더기를 헤치고 나아가라.
· 건물 입구를 막고 있는 파편을 치워라.
· 문을 열고 건물 안으로 들어가라.
· 산업용 사다리를 올라간 다음 산업용 캣워크를 횡단하라.
· 전동 공구를 사용해 장애물을 뚫고 나아가라.
· 누출이 발생한 파이프 근처의 밸브 위치를 파악한 다음 밸브를 잠가라.
· 와이어 하니스나 소방 호스 같은 연결 장치를 부착하라.

DARPA 로봇 공학 경진 대회는 로봇 구조자를 선발하는 오디션이나 마찬가지였고, 나는 그곳에서 사람들로부터 무언가를 배우고 싶었다. 내 생각에 사람들을 구하는 건 나도 조금은 아는 일이었으니까. 그때 나는 사랑에 빠진다는 건 서로를 구하는 일이라고 생각했다.

—

내가 자꾸만 사귀게 되는 부류의 남자가 있다.

나보다 분별 있는 사람들이라면 그 남자를 데이트해선 안 되는 사람으로 여길 것이다.

그는 곤란한 사람으로 인식된다. 이름을 말하면 그를 만나 본 사람들은 〈아, 그 사람〉 하고 말하게 되는 그런 부류의 남자. 그는 모두에게 넓고 얕게 알려져 있지만, 그를 좁고 깊게 아는 사람은 아무도 없다. 친한 친구가 많아지는 일은 좀처럼 없는 사람이다. 그는 별나거나 성질이 더럽거나 그도 아니면 슬픈 사람이다. 외톨이지만 그럼에도 말이 많다. 그는 사람들이 많은 걸 좋아하지 않는다. 그들이 자신에게 가까이 다가오게 두지 않는다. 이런 부류의 남자와 사귀게 되어 그의 친구나 친척을 만나게 되면 그들은 어김없이 이렇게 말할 것이다. 「ㅇㅇ가 드디어 마음 맞는 사람을 찾았다니 정말 너무나 기쁘네요!」 그리고 그들의 목소리에는 심한 불신이, 혹은 어쩌면 **안도감**까지도 어려 있을 것이다.

만약 이 남자가 밴드를 하고 있다면 리드 기타를 맡고

있을 가능성이 가장 높고, 실제로도 종종 그렇다. 설령 밴드를 하고 있지 않더라도 그는 정신적으론 여전히 리드 기타를 맡고 있다.

보통 사람이 이런 남자를 우연히 만난다면 〈아이고 이런〉 하고 생각하고는 거리를 둘 것이다. 그들은 이 남자의 본질을 이해하지 못할 테지만, 이 남자가 수수께끼 같다거나 무언가 **있어 보인다**는 사실은 그들의 호기심을 전혀 불러일으키지 못할 것이다. 그들은 그 **있어 보이는** 무언가의 정체를 알아낼 필요를 느끼지 못할 것이다. 오히려 그 **있어 보이는** 무언가의 정체를 알게 되면 기쁘거나 평화로울 일은 없으리라고 생각할 것이다. 그러므로 그들은 더 이상 그것에 대해 알려고 하지 않을 것이다.

DARPA 로봇 공학 경진 대회에서 프랫 박사가 한 말을 재전유하자면, 이런 부류의 남자들은 〈인간이 자력으로 들어갈 수 없을 만큼 위험한 재난 상황〉이다.

그럼에도 나는 언제나 그 상황 속으로 들어간다. 왜일까?

이런 부류의 남자를 만나면 내 안에서는 어떤 충동이 활성화된다. 성욕은 아니다. 분명 사랑도 아니다. 그건 누군가가 도로변에 쓰러져 있는데 그 주위를 지나가다 발을 멈추는 사마리아인이 되어 줄 사람이 나밖에 없다는 감각이다. 그를 알아차렸으니, 혹은 그에게 호기심을 느꼈으니 아마도 내가 그를 돕기에 유독 적합한 사람일 거라는, 사실상 그래야만 하는 사람일 거라는 감각. 나는 이 남자를

174

구해 줄 수 있다고 스스로에게 되뇐다.

내가 그를 구해 주는 방법은 그와 사귀는 것이다.

그 일의 어떤 부분도 이치에 맞거나 현명하거나 친절하진 않다. 이 남자들은 도움을 요청한 적이 없다. SOS를 친 적도 없다. 나는 약간 국방부같이 군다. 처음 보는 어떤 나라에 병력을 배치하면서 그곳이 민주적이고 평화롭고 자유로운 나라가 되려면 내 도움이 필요하다고 주장하는 셈이니까. 나는 그 나라의 영토를 차지한다. 그 지역의 문화를 오해한다. 아무도 요청하지 않은 정책들과 체계들을 새로 만들어 낸다. 그러고는 이것저것 망쳐 놓는다. 가죽 재킷을 구입하고 〈임무 완수〉라고 적힌 깃발을 세워 놓고는 나중에 둘 다 후회하게 될 것이다. 나는 그곳에 지나치게 오랫동안 머무른다. 수년이 지나고 나서야 내가 패배라고 부르기를 거부하는 패배 속에서 그곳을 몰래 빠져나간다.

이 남자들과 헤어지게 되면 나는 친구들에게 우리가 잘 어울린다는 생각이 든 적이 있었느냐고 물어본다. 그러면 친구들은 언제나 이렇게 대답한다. **네가 왜 그 사람이랑 사귀는지 아무도 몰랐는걸! 우린 네가 그 사람이랑 사귀니까, 그 사람한테 우리가 모르는 대단한 무언가가 있는 게 틀림없다고 생각했지 뭐야?**

하지만 그 **무언가**는 다음과 같은 사실일 뿐이다. 나는 그 사람이 나를 필요로 한다고 생각할 만큼 자기애가 강한 사람이라는 사실 말이다.

수년 동안 나는 사랑이란 상대방을 변화시키는 극단적

인 돌봄의 행위여야 한다고 스스로를 설득해 왔다. 그래서 나는 동반자라기보다는 구조자에 가까웠다. 여자라기보다는 로봇에, 연인이라기보다는 간호사에 가까웠다.

—

오랫동안 나는 곤란한 남자들을 〈구해 주는〉 일에 중독 돼 있는 내 성향을 〈플로렌스 나이팅게일 증후군〉이라고 불러 왔다.

플로렌스 나이팅게일은 야간에 간호 회진을 돌며 환자들 ― 가장 유명하게는 크림반도의 부상병들 ― 의 상태를 확인하면서 보여 줬던 그 지칠 줄 모르는 집요함 때문에 〈램프를 든 여인〉이라고 불렸다. 나이팅게일은 하나로 통일된 현대 간호 실무의 시작이 된 수많은 체계를 만들어 낸 사람으로 인정받고 있고, 또한 일종의 통계 전문가였던 것으로도 유명하다. 그는 자기 환자들에 관한 정보를 수집 했고, 그 정보를 바탕으로 앞으로 어떤 돌봄이 필요할지 알아냈다. 나이팅게일은 문자 그대로 램프를 들고 다녔지만, 그 별명은 그가 우리에게 어딘가로 통하는 길을 보여 준 여성이었다는 사실 또한 암시해 준다.

어쨌거나 나는 나이팅게일이 이런 것들로 가장 유명하기를 바란다. 왜냐하면 검색을 해보기 전까지 내가 그에 관해 알고 있었던 거라고는 그가 간호사였고 자기 환자들과 사랑에 빠졌다는 것뿐이었으니까.

(가끔씩은 〈플로렌스 나이팅게일 효과〉라고도 불리는)

〈플로렌스 나이팅게일 증후군〉은 통속 심리학의 이야기 전개에 사용되는 수사다. 그 이야기 속에서 돌봄 제공자는 자신의 환자와 사랑에 빠진다. 실제로 그와의 사이에서 오가는 것은 지극히 적을지라도. 돌봄은 사랑과 혼동되고, 그래서 그 증후군은 대단히 강력해진다.

하지만 알고 보니 이건 나이팅게일에게 정말로 부당한 오해였다.

왜냐하면 나이팅게일은 **자신의 환자 가운데 누구와도 사랑에 빠진 적이 없었기** 때문이다. 사실 나이팅게일은 사랑이나 로맨스가 간호사로서 자신의 커리어에 방해가 될 수도 있겠다고 느꼈고, 그래서 환자들과 낭만적으로 얽히는 일을 칼같이 피했다. 언젠가 나이팅게일이 사랑했던 것으로 알려진 남자가 청혼을 하자 나이팅게일은 일에 집중하기 위해 그를 거절하기도 했다.

그렇다면 이 용어는 어디서 온 걸까?

내가 최선을 다해 알아본 바로는, 이 용어의 첫 번째 용례가 등장한 곳은 1982년 『피플』지에 실린 배우 앨버트 피니(그렇다, 「애니」에 나오는 그 망할 놈의 대디 워벅스 말이다)의 다음과 같은 인물 기사로 보인다.

그 배우는 방랑벽에 더해, 한동안 경마에 많은 돈을 걸기도 했다(현재 그는 서러브레드종 말 여덟 마리를 가지고 있다). 그는 술 마시는 일에도 똑같이 열정적이었다. 「하지만 소화관이 버텨 내지 못했죠.」 그는 말한다. 「위스키를 몇 잔 마시고 나면 토하곤 했으니까요. 하지만 난 어쨌거나 파티로 돌아와 페르노를 더 마시곤 했죠. 그러다 맹장이 터져 버렸어요. 복막염에 걸렸고, 감당이 안 된다는 걸 깨달았죠. 제가 〈존 배리모어[13] 증후군〉이라고 부르는 바로 그거였어요.」 피니는 냉소적으로 덧붙이며 자기 잔에 샤사뉴 몽트라셰 와인을 더 따른다. 「아시겠지만 자기 파괴를 하려고 작정한 것처럼 보이는 사람은 좀 더 흥미롭고 로맨틱해 보이잖아요. 심지어 〈플로렌스 나이팅게일 증후군〉이 있는 여자들 같으면 그 사람한테 끌릴 수도 있고요. 그런 다음에는 아시다시피 그 여자들의 기대에 부응하지 못하더라도 그 사람한테는 면책 조항이 생기게 되죠.」

면책 조항이라니.

이런 식의 결정적인 표현을 읽는 것만으로도 한 여자가 음모론적인 생각에 빠지기에는 충분하다.

어떤 남자가 내뱉은 악랄한 한마디가 한 여성의 삶에 관한 총체적 진실을 가려 버릴 수도 있는 것이다. 내가 플로렌스 나이팅게일에 대해 아는 사실이 그런 이유로 오염됐다고 생각하면…… **분노**로 몸이 **후들거릴** 지경이다.

그리고 플로렌스 나이팅게일 증후군에 문제가 있다면 이런 거다. 이 증후군은 여자들이 **남을 돌보는 일을 그만두어야 한다**고 암시하지 않는다. 그보다는 이런 헌신적이고

13 미국의 배우로 청소년기부터 알코올 의존증에 시달렸다.

끈덕진 돌봄을 바라보며 이렇게 말한다. 〈그 일을 하면서 **어떤 감정을 느끼지만 않으면** 뭐든 괜찮다.〉 이 논리에 따르면 여성의 돌봄이 숭고한 것에서 병적인 것으로 변해 버리는 시점은 여성이 돌보는 대상과, 혹은 어쩌면 돌봄이라는 개념 자체와도 감정적인 관계를 맺게 되는 순간부터다. 그 병이란 어떤 감정들을 느끼지 않고서는 이런 종류의 돌봄에 자신을 바칠 수 없게 되는 병이고, 그러므로 미친 듯이 인간적이 되는 병이다.

2013년 로봇 공학 경진 대회를 보러 갔을 때, 나라는 존재는 정확히 이런 종류의 논리에 따라 작동하고 있었다.

그리고 **이게** 내가 닉에게 로봇들에 관한 메시지를 보내고 있던 이유였다.

이게 내가 그 경진 대회의 로봇들로부터 배워야 한다고 생각한 것이었다.

그 로봇들은 도움과 돌봄을 제공하는 구조자들이었다. 그들이 나처럼 돌봄 행위를 하며 불편할 정도로 과도해진 감정 때문에 병드는 건 불가능한 일이었다. 그들은 로봇이었고 **감정이 없었으니까.** 나는 경진 대회에서 내가 언젠가 변해서 될지도 모르는 영광스러운 존재를 목격할 수 있기를 바랐다. 감정에 좌우되지 않는 완벽한 구조자를.

하지만 당연하게도, 내가 마이애미에서 발견한 건 그런 게 전혀 아니었다.

—

경진 대회 첫날, 나는 경주 트랙으로 가기 위해 주차장에 세워진 여러 개의 박람회 텐트들을 지나간다. 로봇 공학, 인공 지능, 그리고 가상 현실 관련 업체들이 프로젝트와 제품을 선보이고 있다. 어느 텐트에서는 원격 조종되는 로봇 뱀이 내 발목에 몸을 감고 음악에 맞춰 꿈틀거린다. 렌슬리어 공과 대학과 매사추세츠 공과 대학 같은 대학들의 신입생 모집 텐트들도 있고, 여러 응급 의료 요원 단체에서 채용을 위해 설치해 둔 텐트들도 있다.

나는 〈아틀라스〉라고 불리는 로봇 한 대가 털썩 주저앉아 있는 텐트 앞에서 발을 멈춘다. 그 텐트에는 〈아틀라스가 된 기분〉을 느낄 수 있는 가상 현실 시뮬레이션 체험을 해보라는 안내 깃발이 걸려 있다. 아틀라스는 대회 참가자 중에서 자체 프로그램만 개발하는 사람들에게 DARPA와 보스턴 다이내믹스사가 지급한 로봇이다. 또 다른 팀들은 프로그래밍 작업에 더해, 한층 더 복잡한 과제인 물리적 로봇 설계까지 자신들이 직접 하는 걸 택했다. 아틀라스 뒤에서 한 남자가 가상 현실 고글을 손에 들고 흔들어 보인다. 「체험해 보시겠어요?」 나는 미안하다고 말한다. 경진 대회에 늦고 싶진 않다.

경주 트랙 안쪽에는 과제가 부여된 이벤트 스테이션들이 설치돼 있다. 각각의 스테이션은 기이하고 묵시록적인 연극이 상연되는 무대처럼 보인다. 방사능 기호와 부서진 금속 발판, 무너져 내린 벽돌들. 폭발의 여파로 보이는 흔적이 남아 있는 벽. 이벤트가 열리는 행사장 위로는 하루 종일 이벤트 소식과 순위를 전달해 주는 대형 비디오 스크린이 거대하게 솟아 있다.

트랙 바깥쪽은 개방된 차고들로 에워싸여 있지만, 이 차고들은 전미 스톡 자동차 경주 대회의 운전자들과 관계자들이 아니라 로봇 공학 경진 대회에 참가하는 열여섯 팀이 이용하는 본부로 꾸며져 있다. 각각의 차고는 그 차고에 배치된 팀이 로봇들을 제어하는 장소가 될 것이다. 로봇 제어에 사용되는 통신 시스템은 재난 상황을 시뮬레이션하기 위해 〈기능을 저하시킬〉 예정이다. 온라인에서 자세히 들여다봤던 이름들이 눈에 띈다. 미국 항공 우주국 제트 추진 연구소에서 만든 로보시미언, IHMC,[14] 타탄 구조대, 매사추세츠 공과 대학, 샤프트, 휴보, 키론, 모하버톤. 어떤 팀들의 차고 밖에는 지저분한 긴 의자들이 놓여 있고, 그 위에는 팀원들이 거리낌 없이 누워 낮잠을 자고 있다. 나는 IHMC 팀을 알아본다. 대부분 20대 남성으로 구성된 그 팀 사람들은 차고 안에서 줄담배를 피우고 있고, 크리스마스 조명들과 빨간색 펠트로 만든 작은 양말들이 차고 문을 가로질러 걸려 있다.

날은 덥고, 차고 문은 산들바람이 드나들 수 있도록 양쪽으로 열려 있다. 나는 비닐같이 느껴지는 내 조끼를 잡아당긴다. 안전모 속 머리칼이 땀에 젖어 있다.

갑자기 음악이 흘러나와 나는 확성기를 향해 고개를 든

14 인간 및 기계 인지 연구소.

다. 맹세하건대 지금 나오고 있는, 그리고 앞으로 48시간 동안 엄청나게 반복 재생될 노래는 다프트 펑크의 「Harder, Better, Faster, Stronger」다. 경진 대회가 시작되기 직전 이다.

———

사례 연구: 2년 가까이 지속된 조이와의 관계의 끝. 조이는 내가 틴더에서 만난, 우리가 나눈 대화가 새겨진 담요를 내게 선물해 준 남자다. 이것은 내가 DARPA 경진 대회에 참석하고 나서 거의 8년이 지난 뒤의 일이다.

조이는 나쁜 남자는 아니었지만 스스로를 비극적인 운명을 맞게 되는 부류의 사람으로 여겼다. 사실은 그렇지 않았는데 말이다. 그는 사랑스럽고 능력 있는 남자였다. 그리고 나는 그 사실을 알고 있었기에 그가 스스로를 운이 다한 사람인 양 말한다는 사실을 모른 체했다. 그가 스스로를 자기 힘으로 통제할 수 없는 나쁜 일들이 일어나는 사람으로 여기기를 좋아한다는 사실 또한 모른 체했다.

나는 이렇게 생각했다. 난 이 사람을 사랑해. 그리고 이 사람 말에 의하면 그를 불행하게 만들고 있다는 그 모든 것들은 너무나 쉽게 고칠 수 있는 것들이잖아! 우린 함께 그것들을 고칠 거야! 그러고는 행복해질 거야!

조이는 자기 밴드 활동에 좀 더 많은 시간을 할애하고 싶어 했다. 나는 그의 연습 일정에 따랐고, 그가 하는 모든 공연에 갔다. 그는 집중할 수도, 긴장을 풀 수도 없었고, 그래서 우리는 집중하고 긴장을 푸는 방법을 배우려고 함께 명상 수업을 들으러 갔다. 그는 해외여행을 해본 적도, 여권에 도장이 찍혀 본 적도 없는 스스로가 운이 나쁘다고 여겼다. 나는 그에게 물었다. 「어디 가보고 싶은데?」 그가 말했다. 「태국.」 그래서 나는 태국행 비행기표 두 장을 샀다.

나는 도움을 주고, 이것저것 고쳐 주고, 문제를 해결해 주고 있었다. 그가 결국에는 행복해질 수 있도록 말이다.

일단 그가 행복해지고 나면 나를 사랑해 줄 거라고 확신했다.

조이는 직장에서 우울해했고, 다른 일자리를 찾고 싶어했다. 그래서 나는 **내가** 일하는 회사에서 일해 볼 생각이 있는지 그에게 물었다. 그는 좋다고 했다.

나는 말했다. 확실해? 난 당신이 편의점에서 크림이 든 아이스바 만드는 일을 한다고 해도 상관없어. 그게 당신을 행복하게 만들어 주는 일이라면 말이야. 난 그저 당신이 행복해지기를 바랄 뿐이야. 그리고 이 일에 대해선 내가 아는 사람들한테 부탁하기 전에 좀 확실히 해줬으면 좋겠어.

조이는 말했다. 응, 확실해.

그래서 난 그가 면접을 보게 해주었다. 면접을 보고 돌아온 그는 좋은 일자리인 것 같다고 말했다.

그 일자리에 관한 소식을 기다리다 보니 어느새 태국 여행을 갈 때가 되어 있었다.

여행을 떠난 우리는 조이가 검색해 뒀던 보트와 카약 투어를 하러 팡응아만으로 갔다. 그곳은 꿈속에서 튀어나온 것 같은 장소였다. 롱테일 보트, 눈부신 청록색 바다 위로 솟아오른 섬들, 마음을 지닌 폭풍의 신들처럼 우리 보트와 나란히 흐르는 구름들. 우리는 노를 저어 맹그로브 숲으로 들어갔고, 팔뚝만 한 박쥐 수백 마리를, 나무들 속에서 어른거리는 그 사랑스러운 얼굴들을 보았다. 작은 섬들의 해안에서는 우리를 향해 고개를 기울인 채 새끼들의 털을 다듬어 주는 원숭이들과 머리 위 나뭇가지에 앉아 있는 갖가지 색깔의 물총새들을 보았다. 어느 날 밤 우리는 문자 그대로 버려진 섬에서 캠핑을 했다. 우리에게는 각각 동식물 연구가와 보트 임대업자인 여행 가이드 두 명이 있었다. 끝내주게 멋지고 재미있는 그들이 잘 자라는 인사를 하고 캠프를 설치한 뒤 들어가 버리자 우리는 둘만 남았다. 우리는 아이스박스 위에 앉아 새우를 곁들인 국수를 먹었는데, 시간이 지나자 아까 본 박쥐들보다 더 작은 박쥐들이 나타났다. 숲에서 빠져나온 박쥐들은 음식을 먹고 있는 우리의 머리 위로 갑자기 날아들었고, 그건 내게는 천국 같은 풍경이었다.

「여기 정말 마음에 들어.」 내가 말했다.

「그래.」 조이가 말했다. 우리는 식사를 마친 뒤였다.

그때 조이가 자리에서 일어나 걸어가기 시작했다. 그는 아무 말도 없이 가버렸다. 섬의 굽이진 부분 근처, 저녁의 어둠함 속에서 나는 그를 놓쳐 버렸다. 몇 분이 지나도 그가 돌아오지 않아서, 자리에서 일어나 그를 찾아 나섰다. 섬 주위를 조금 더 돌아봤다. 젤리 같은 형광색 말미잘들이 밀물 가장자리에서 흔들리고 있었고, 작고 도톰한 성게들이 뭍으로 밀려왔다가 조수 웅덩이 속에 보라색 수류탄처럼 갇혀 있었다. 게들이 미심쩍은 듯 이리저리 종종걸음을 치며 돌아다녔다. 조이를 찾을 수가 없었다. 결국 포기하고 한 바퀴 돌아 온 나는 우리 캠프에서 조이를 발견했다. 그는 우리 텐트에 들어가 있었다. 자기 침낭 속에.

「나 없이 혼자 자는 거야?」 나는 텐트 문에 달린 그물망에 대고 말했다.

「나 피곤해.」 그가 그물망 너머에서 대답했다.

그는 분명 기분이 좋지 않았다. 나는 그 이유를 추측해 보려고 애를 썼다.

그동안 나는 그의 문제들을 가지고 두더지 잡기 게임을 해왔다. 그 문제들을 해결해 보겠다고 그를 데리고 여기, 지구 반대편까지 온 것이었다. 이제 내가 고쳐 줘야 하는 것도, 낫게 해줘야 하는 것도 남아 있지 않았는데, 그럼에도 문자 그대로 천국 같은 여기서조차 그는 불행했다.

그는 무인도에 남은 내게 잘 자라는 인사도 하지 않았다.

그는 나를 **무인도에** 혼자 남겨 두고 가버리는 일을 용케도 해냈다.

그럼에도 심지어 텐트 밖에 비참하게 쪼그리고 앉아 있을 때조차 나는 여전히 그 문제를 바로잡을 방법을 찾으려고 애쓰고 있었다.

우리가 태국에서 돌아오고 나서 2주 뒤, 조이는 내가 일하던 회사에서 일자리를 제안받았다. 내가 조이를 위해 선배에게 구해 달라고 부탁한 일자리였다. 다른 사람들이 그를 위해 시간을 들여 마련하고 면접까지 보게 해준 일자리였다. 하지만 제안을 받은 조이는 생각을 좀 해봐야겠다고 했다.

며칠 뒤, 회사에서는 조이에게 이제 대답해 줄 수 있겠느냐고 물었다. 그러자 조이는 공황 상태에 빠지기 시작했다. 내가 무슨 생각을 하고 있느냐고 묻자 조이는 결론적으론 그 일을 하고 싶지 않다고 했다. 나는 참을 수가 없었다.

나는 말했다. 「그럼 왜 내가 그 일자리를 부탁할 때 가만있었던 거야?」

조이는 그 일을 하려면 이사를 가야 하는데 그렇게 되면 자기가 하는 밴드는 어디서 연습을 해야 할지 걱정이 된다고 했다. 그는 자기가 그런 일 대신 마케팅 일을 하고 싶은 건 아닌지 궁금해하고 있었다. 그는 갖가지 것들을 궁금해했고, 나는 겁나게 속이 상했다. 그가 그따위로 행동하고 있어서 속이 상하기도 했지만, 그가 일자리를 제안받는 상황을 만들어 내는 데 내가 커다란 역할을 했다는 사실 때문에 속이 쓰리기도 했다. 그 일이 잘 진행될 거라는 생각 씩이나 했다니, 얼마나 잘못된 판단이었던가.

나는 말했다. 「이 일을 원하지 않는 건 괜찮아. 하지만 이제부턴 조금 더 책임감을 가져 줘, 응? 당신을 위해 이것저것 바로잡으려고 들었던 건 내 잘못이고, 내가 미안해.

하지만 뭐가 당신을 행복하게 하는지 알아내는 일에 당신도 조금은 더 책임감을 가져 줘야겠어. 당신이 그럴 거라는 걸 내가 알아야겠다는 뜻이야.」

조이는 자신은 그럴 수 없을 것 같다고 했다.

그는 내가 그를 돌봐 주는 방식으로 자신도 나를 돌봐 주겠다는 약속은 절대 할 수 없다고 했다. 이건 내가 묻지도 않았는데 그가 자진해서 말한 의견이었다.

이 이야기는 우리가 사귄 지 거의 2년이 되던 시점에, 평일 대낮에 전화로 오간 것이었다.

다음 날 그는 내게 메일을 보내 우리의 이별을 최종 완성했다. 그리고 나는 그를 두 번 다시 보지 못했다.

이건 딱 나 같은 사람들, 스스로를 속이는 사람들에 관한 이야기가 슬픈 정도로만 슬픈 이야기다. 그러니 어쩌면 하나도 슬플 것 없는 이야기일지도 모른다.

나는 조이를 도와주려고 애를 썼다. 그가 온갖 고통 — 내게는 너무도 쉽게 해결 가능해 보였던 고통 — 때문에 정신이 산만해지지만 않는다면 결국에는 나를 **제대로** 사랑해 줄 거라고 생각했기 때문이었다. 내가 그를 돌봐 줬던 방식으로 그도 나를 돌봐 줄 거라고. 내가 사랑받기를 바라며 거기 서 있다는 걸 그가 알아차릴 수 있을 때까지, 나는 그를 고치고 고치고 또 고쳐 줄 생각이었다. 하지만 물론 일은 그렇게 풀려 나가지 않는 법이다.

이 이야기의 교훈은 뭘까? 내가 누군가를 돌보는 일을 죽어라 못한다는 걸까?

나아지기를 원치 않는 누군가를 낫게 해주는 건 어려운 일이라는 걸까?

누군가를 돌보는 일이 사랑으로 보상받는 일은 드물다는 걸까?

혹은 좀 더 솔직히 말하자면 이런 것일지도 모른다. 당신이 환자로 여기는 누군가를 사랑하는 일은 사실상 윤리적으로 불가능하다는 것.

—

DARPA 로봇 공학 경진 대회 첫날, 관중은 하루 종일 지붕 없는 관람석에서 과제가 부여된 스테이션들을 도는 로봇들을 지켜본다. 언제나 여덟 개의 이벤트가 동시에 진행되고 있어서, 처음에 나는 무언가를 놓칠까 봐 걱정이 된다. 나는 노트를 들고 여기저기 서둘러 돌아다니며 가장 움직임이 활발한 스테이션을 찾으려고 애를 쓴다.

하지만 걱정할 필요는 없다. 이 로봇들은 느리다. 너무 느려서 대형 비디오 스크린에 나오는 영상은 타임랩스로 재생 속도를 높여야 할 정도다. 타임랩스는 일반적으로 꽃이 피어나는 장면이나 빙하가 녹는 장면에 쓰이는 기법이다.

문 열기라는 과제가 왜 가장 마음에 드는지 설명할 수는 없지만, 나는 그 독특한 시험을 지켜보며 몇 시간을, 말 그대로 몇 시간을 보낸다. 그 과제는 보도 자료에 이렇게 설명되어 있다. 〈연달아 놓인 문 열기: 호를 그리듯 문을 움직이는 일은 로봇들의 지각 능력과 기민함을 시험합니다. 로봇들은 각각의 문을 열면서 자기 몸을 배치하고 움직이는 방법을 알아내야 합니다.〉

로봇은 각종 파편들이 펼쳐진 땅 위를 지나 문들이 연달아 놓인 곳에 도착해야 한다. 세 개의 문 가운데 첫 번째 문에는 금속 막대 손잡이가 달려 있는데, 손잡이를 아래로 누른 다음 밀어야 문이 열린다. 그런 다음 로봇은 문을 통과하고, 자기 몸 뒤로 문을 닫아야 한다. 이건 제각기 다른 방식으로 열리는 세 개의 문 가운데 첫 번째에 불과하다. 어떤 문은 당겨야 하고 어떤 문은 밀어야 한다. 어떤 문은 무겁게 만들어져 있고, 다른 문들은 그렇지 않다. 이 모든 일이 생생하고 입체적으로 재현된 재난의 풍경 속에서 일어난다. 로봇들 뒤에 있는 짙은 청록색 벽에는 폭발의 잔여물처럼 보이는 물질이 험악하게 문대져 있다. 벽에는 방사능 기호가 그려진 노란색 표지판이 걸려 있다.

로봇들은 파편 위로 올라가거나 그것을 치우려고 애쓰다가 걸려서 뒤집어지고 넘어진다. 문까지 가는 데 성공한 로봇들은 손잡이로 손을 뻗지만, 놓치거나 잡는 데 실패한다. 손이 집게 모양이라 그런지 자꾸만 미끄러지는 것이다. 로봇들이 지닌 〈붙잡을 수 없음〉이란 문제는 악몽에 여러 번 등장해 내게는 익숙한 광경이다. 그런 악몽 속에서는 이렇게 간단한 일들이 불가능한 작업처럼 느껴진다. **그냥 손잡이를 붙잡아. 여기서 나가는 길이 있단 말이야. 그냥 그 문을 열어.**

그러다가 샤프트의 에스원 로봇이 문 열기 과제를 수행하러 들어오자 모든 것이 달라진다. 샤프트는 호리호리한 푸른색 몸체를 지닌 로봇으로, 거대한 사각형 블록으로 된 머리와 집게발같이 생긴 검은색 두 손을 지니고 있다. 우리가 지켜보는 동안 샤프트는 마치 아무것도 아니라는 듯 돌무더기를 통과한다. 이 로봇은 매우 느리고 조심스러운 성격의 인간이 움직일 법한 속도로 움직이고 있다. 다시 말해 다른 로봇들과 비교하면 엄청나게 빠른 속도로 움직이고 있다는 거다. 샤프트가 나아가는 걸 지켜보는 일은 짜릿하다. 엄밀히 말하면 샤프트는 에스원 로봇을 만든 일본 기업의 이름이지만, 다들 그 로봇을 그냥 샤프트라고 부른다. 그냥 지나치기에는 너무 재미있는 말장난이 있기 때문이다. 우리는 — 기자들과 엔지니어들과 나는 — 이렇게 노래 부른다.

형제를 위해 기꺼이 목을 걸 남자는 누구지, 맨?
(샤프트)
알아들어?
사방이 위험해도 꽁무니 빼지 않을 고양이는 누구지?
(샤프트)
그렇지.[15]

15 사설 탐정 존 샤프트의 활약을 담은 영화 「샤프트」(1971)의 주제가 가사의 일부다. 아카데미 주제가상을 받은 노래이기도 하다.

샤프트가 첫 번째 문으로 다가간다. 그러고는 손잡이를 움켜쥔다. 우리는 헉 소리를 낸다. 샤프트가 손잡이를 놓친다. 우리는 헉 소리를 낸다. 세 번째 시도에서 샤프트는 문을 연다. 기자들과 로봇 공학자들이 믿을 수 없다는 듯 소리를 지른다. 샤프트는 두 번째 문으로 옮겨 가 그 문도 마찬가지로 통과한다.

해냈다. 해냈어. 다들 이렇게 말하고 있다. 해냈어!

샤프트가 세 번째 문으로 다가간다. 그러고는 세 번째이자 마지막 문의 손잡이를 움켜쥐고, 다시 움켜쥐고, 거기 달라붙는다. 그 문이 가장 열기 어려운 문이다. 무겁게 만들어져 있는 데다 미는 게 아니라 안쪽으로 당겨야 하고, 그래서 로봇이 균형을 잃을 수 있기 때문이다. 이 문이 너무도 열기 어려운 장벽이 되어 버리는 바람에 이 일은, 이렇게 조그만 과제는 엄청나게 거대하고 극적인 상황으로 변한다.

그리고 그때 샤프트가 문을 연다. 샤프트는 손잡이를 잡은 채 거기 서 있고, 문은 열려 있다.

모두가 정신을 차리지 못하고 열광한다. 샤프트가 이 문을, 자신만의 안전한 경로를 여는 걸 지켜보다가 감정이 폭발한 것이다.

그리고 그때, 바람이 불어온다.

샤프트가 잡고 있던 손잡이를 놓치자 손에서 미끄러진 문이 다시금 쾅 닫힌다. 관중석에서 **아우우우우, 오오오오** 하는 소리가 커다랗게 들려온다. 샤프트는 지금으로도 충

분히 높은 점수를 받겠지만, 이 과제를 완벽하게 해낼 수
도 있었는데 너무 아깝다.

나는 안전모를 쓴 채 내가 우는 걸 아무도 보지 못하도
록 그 자리에서 슬쩍 빠져나간다.

경진 대회에 나온 로봇들은 내가 바랐던 완벽한 영웅들
은 아니지만, 그럼에도 나는 그 로봇들을 사랑한다. **콕 집
어** 그 로봇들을 사랑한다. 언젠가 그 로봇들이 해야 하는
일들을 더 잘하게 될 거라는 가정 없이, **바로 지금 이 순간의**
그 로봇들을 사랑한다. 내가 그 로봇들을 사랑하는 건 그
들이 내게 일깨워 주기 때문이다. 우리가 커다랗고 좋은
무언가를 목표로 노력하고 있을 때 종종 불가능한 것처럼
느껴지는 건 아주 작은 일이라는 사실을 말이다.

그냥 손잡이를 돌려.

그냥 문을 열고 그리로 걸어 나가.

그냥 동작을 바꿔 봐. 그냥 프로그래밍을 다시 해봐.

그게 힘들어 봤자 얼마나 힘들겠어?

하지만 알고 보니 그건 죽도록 힘든 일이었다.

나는 관람석 아래 입구의 그늘진 터널 안에 숨어 샤프트
를 생각하며 운다. 녹색 모직 블레이저를 입은 한 남자가
다가온다. 그는 코가 빨갛게 충혈되어 있다. 남자는 국방
부가 드론으로 국민들을 어떻게 살해하고 있는지에 관해
내게 이야기하기 시작한다.

「저도 알아요.」 내가 말한다.

그래도 남자는 이야기를 계속한다. 내가 울고 있다고

해서 주춤하지 않는다. 결국 그는 내게 청원서에 사인해 달라고 부탁한다. 나는 그렇게 한다.

—

내 소중한 친구 마르타는 너무도 친절하고 남들의 가장 좋은 면을 기꺼이 봐주려 하는 사람이다. 그래선지 마르타 주위에는 그와 친구가 되기 어려울 것 같은 사람들이 종종 이끌려 오고, 마르타는 복잡한 사회적 상호 작용에 휘말리 곤 하는데, 결국 그만큼 너그러운 영혼을 지닌 여자가 아 니라면 받아 주지 못할 일들을 겪게 된다. 이런 이유로 마 르타의 여동생은 마르타를 〈국경 없는 친구들〉 회원이라 고 부른다. 위험하고 외딴 지역들에 가서 의료 서비스를 제공하는 구호 단체 〈국경 없는 의사들〉에서 따온 이름이 다. 나는 플로렌스 나이팅게일이 우리 세대에 태어났다라 면 〈국경 없는 의사들〉 회원이 됐을지도 모른다고 생각하 기를 좋아한다.

마르타와 동생은 스페인 출신이고, 그래서 사실 우리는 **〈아미고스 신 프론테라스〉**라는 스페인어 명칭을 사용한다. 예를 들면 마르타는 아는 사람이 하나도 없는, 우리가 듣 기에는 끔찍할 것 같은 저녁 식사 모임에 참석하게 됐다 고, 혹은 그 전날 만난 누군가를 차에 태우고 스노타이어 를 구해 주러 나가게 됐다고 알려 오곤 한다. 그러면 우리 는 이렇게 소리친다. 〈왜! 왜 그 일을 한다고 한 거야!〉 마 르타가 설명하려고 애를 쓸 때면 우리는 두 손을 들고 만다.

〈아미고스 신 프론테라스!〉 우리는 구호를 외친다. 〈아미고스 신 프론테라스!〉

얼마 전, 나는 내 최근 연애사에 관해 설명하고 있었고, 바로 이 여자 친구들로 구성된 모임 사람들은 내 이야기를 따라잡고 있었다.

이것은 2013년에 DARPA 로봇 공학 경진 대회가 있고 나서 **수년이** 지난 뒤의 이야기다.

내가 2016년에 닉과의 결혼식을 취소하고 나서도 **수년이나** 지난 뒤의 이야기다.

2019년에 조이가 나를 무인도에 혼자 남겨 두고 가버리고 나서도 **엄청난 세월이** 지난 뒤의 이야기다.

나는 스스로가 사랑에 빠져 있을 때의 행동 방식에 관해 몇 가지쯤은 이해하게 됐다고 생각했다.

하지만 여기, **2020년에도** 이러고 있는 내가 있었다. 나는 내 여자 친구들에게 설명하고 있었다. 데이팅 앱에 나와 사귀게 될 것 같은 새로운 남자들이 있는데, 그들의 자기소개에 좀 아닌 것 같은 사소한 부분들이 있더라도 눈감아 주고 있다고. 그건 그들의 내면 더 깊은 곳에 잠재된 능력들을 알아보기 위해서라고. 나는 말했다. 「속 좁게 구는 거랑 잘 살펴서 진짜 위험 신호를 찾아내는 거, 이 두 가지를 구별하려고 노력 중이거든.」 그런 다음 그들의 온라인 자기소개에서 발견한 몇 가지 특성들을 나열했다. 의심스럽고 부적합해 보이지만, 내가 극복할 수 없는 것으로 여

194

기진 않기로 한 특성들이었다. 〈좋아하는 음식이 치킨 너 깃이다. 주된 관심사가 비디오 게임이다. 윌 페렐이 출연한 각기 다른 세 편의 영화에서 인용한 대사가 자기소개에 들어 있다. 일은 안 하고 있지만 시나리오를 작업 중이다. 프로필 사진을 보아하니 캠핑용 밴에서 지내고 있다. 프로필 사진을 보아하니 오직 자기 집 화장실 거울 속에만 존재하는 사람 같다. 프로필 사진을 보아하니 남북 전쟁 시대의 유령같이 생겼다.〉

나는 이런 특성들 중 어떤 것에도, 그리고 이런 특성들을 가진 남자들 중 누구에게도 명명백백하게 관심이 없었다. 그건 나도 알고 있었다.

하지만 그럼에도…….

누군가가 이런 특성들을 가지고 있다면 좋은 사람이 될 수 없는 걸까? 나는 스스로에게 물었다. 이런 이유들 중 어느 하나 때문에라도 한 사람에게서 연애 상대가 될 자격을 박탈하는 건 윤리적인 일일까? 다른 사람은, 혹은 사람들 대부분은 이런 자기소개에 어떻게 반응할까?

나는 누군가는, 혹은 사람들 대부분은 이런 자기소개를 괜찮게 생각할 거라고, 심지어 그것을 보고 들뜨기까지 할 거라고 스스로에게 되뇌었다. 그들은 이런 남자들과 데이트를 할 것이다. 그런 데이트를 즐길 것이다. 그래서 나는 억지로 내 마음 바깥으로 빠져나와 맴돌았고, 나 자신의 진실하고 인간적인 반응들을 다른 것들로 덮어씌웠다. 내가 생각하기에 훌륭하고, 윤리적이고, 일반적으로 볼 때

195
램프를 든 여인

덜 이상한 사람이 보일 법한 반응들로.

이 모든 것을 내 여자 친구들에게 설명하는 동안 나는 웃기 시작했고. 너무 심하게 웃은 나머지 눈물을 흘리기까지 했다.

「난······.」 나는 말했다. 자꾸 웃음이 터져 나와서 하고 싶은 말조차 할 수 없을 지경이었다. 「난······ 〈노비오스 신 프론테라스〉 회원인 걸까?」

노비오스 신 프론테라스.

국경 없는 남자 친구들.

미국흰두루미를 관찰하러 다녀오고 4년이 지난 뒤, 나는 다시 한번 〈깨달음의 순간〉을 경험하고 있었다. 나는 새로운 무언가를 이해하는 중이었다. 그런 나 스스로가 기가 막혀 눈을 치뜨고 있는 지금도 그 〈깨달음의 순간〉이 주었던 짜릿함은 기억난다······.

만약 경계와 국경을 만드는 것이 실은 사람들이 서로를 평등하게, 그리고 자유롭게 사랑할 수 있는 유일한 방법이라면? 그런 경계 없이는 사랑이 인도주의적인 원조의 행위가 돼버리는 거라면?

내가 이 세상에서 가장 절실하게 바랐던 건 경계 없는 사랑이었다. 다시 말해 조건 **없는** 사랑이었다. 그리고 나는 내가 어떤 곤란한 사람에게 너그럽게도 무조건적인 사랑을 **주었다면** 그걸 돌려받을 수 있을 거라고 생각했다. 그래서 나는 내가 사랑이라는 일을 가장 잘 해낼 수 있을 것 같은 사람들을 사랑했다. 마치 그것이 어떤 천직이나 소명, 의무인 것처럼.

나는 내가 어떤 방식으로 사랑받고 싶은지, 혹은 누구로부터 사랑받고 싶은지 스스로에게 한 번도 질문해 본 적이 없다. 내가 돌봐 주기에 적합했던 사람들이 나를 돌봐 주기에도 적합한 사람들이었는지 한 번도 질문해 본 적이 없다. 그들 대부분은 그렇지 않았다. 그건 그들의 잘못이 아니었다. 질문하지 않았던 사람은 나니까.

의사와 간호사는 무조건적인 돌봄을 제공한다. 그들은 자신들이 낫게 해주어야 하는 사람이 누구든 상관없이 치료한다. 그들이 윤리적이 되기 위해서는 편파적이지 않아야 한다. 로봇은 이론적으로 볼 때 편파적이지 않은 존재다. 편향된 정보로 프로그래밍된 게 아니라면 말이다. 하지만 사랑에 빠진다는 건 편파적이 되는 것이다. 그것은 하나의 대상에 한정된 태도를 갖는 것이다.

모든 낭만적인 사랑은 조건부 사랑이다. 그 사람의 본질이 바로 그 조건이라는 점에서 그렇다. 그 사람의 그 사람다움. 만약 누군가에 대한 당신의 사랑이 바로 그 순간 그 사람의 모습 그대로에 근거하지 않고, 그 대신 그 사랑을 받고 싶어 하는 그 사람의 욕구나, 당신이 그 사람을 행복하게, 혹은 〈더 낫게〉 만드는 일을 해낼 수 있겠다는 당신 스스로의 생각에 근거하고 있다고 치자. 그렇다면 당신은 간호사고, 로봇 영웅일 것이며, 어쩌면 누군가를 위기에서 구해 줄 수도 있을 것이다. 하지만 누군가를 사랑하는 사람은 아니다. 그럴 때 당신은 사랑에 빠져 있는 게 아니다.

나는 왜 나 자신의 의견과 판단에서 벗어난 방식을 상상하는 것이 윤리적으로 필요한 일이라고 생각했던 걸까? 왜 다른 누군가가, 사람들 대부분이, 상상 속의 어떤 〈훌륭한〉 사람이 그럴 법한 방식으로 나 또한 사랑에 빠져야 한다고 생각했던 걸까?

어쩌면 하늘에서 급강하해 누군가를 구해 주는 영웅이되는 걸 즐긴다는 건 자멸을 향한 깊은 욕망을 지니고 있다는 뜻일지도 모른다. 누군가를 구해 주는 일은 쉬워 보인다. 당신이 도대체 어떤 사람인지, 무엇을 원하는지, 어떤 방식으로 사랑받고 싶은지, 누구에게 사랑받고 싶은지를 스스로에게 질문해 보는 일에 비하면 말이다. 나는 나자신을 어떻게 돌봐 줄 수 있을지 질문해 보는 일에 비해서도 그렇다.

나는 살아오는 동안 한 번도 이런 질문들에 대해 분명한 대답을 지니고 있었던 적이 없다. 2013년에는 심지어 이런 질문들을 해본 적도 없는 상태였다.

한동안은 이런 종류의 〈깨달음의 순간〉을 경험하면서 나는 괜찮을 거라고 스스로를 납득시켰다. 나는 괜찮을 것이다. 왜냐하면 **이제 나는 여러 가지를 알게 됐으니까.** 그래, 내가 과거에 얼마나 뒤틀려 있었는지 아는 일은 중요했다. 하지만 빌어먹을, 알고 보니 문제를 파악하고, 그런 다음 해결책을 알아내고, 그런 다음 그 해결책을 실행에 옮기는 건 하나로 통합된 과정이 아니었다.

그것들은 각기 다른 무게로 만들어진 세 개의 문이고, 당신은 그 모두를 통과해야 한다. 당연하게도, 그러지 않으면 갇혀 버릴 테니까.

—

경진 대회 첫날이 저물어 갈 무렵, 나는 아틀라스 봇 가상 현실 체험을 할 수 있는 텐트로 돌아간다. 텐트에는 이렇게 묻는 깃발이 걸려 있다. 〈아틀라스가 된다는 건 어떤 느낌일까요?〉

「자, 들어가 봅시다!」 한 남자가 말한다. 그는 내가 가상 현실 헤드셋을 쓰는 걸 도와주고는 얼굴에 꼭 맞게 끈을 조절해 준다. 헤드셋 앞면에는 두 개의 거대하고 휘둥그런 안구가 부착돼 있다.

시뮬레이션이 시작된다. 고글을 끼니 비디오 게임 속에 들어와 있는 것 같다. 그 게임 속에서 나는 아틀라스의 몸을 입고 있다. 내 앞에는 회색을 띤 사각형의 방 하나가 보인다. 고개를 돌리자 거기에는 복도가 있다. 현실에 있는 텐트의 어느 부분보다도 더 먼 곳으로 이어져 있는 복도다. 방을 향해 몸을 돌리자 시뮬레이션 속 세계가 내 주위로 달려들며 똑바로 뻗어 나간 시선뿐 아니라 주변 시야까지 가득 채운다. 내가 있는 방의 어떤 부분도 현실 같진 않지만, 방 안에 있는 경험 자체는 믿을 수 없을 만큼 현실적이다. 내 몸은 내가 그 방 안에 있다고 느끼지만, 동시에 얼굴에 쓴 고글의 무게와 텐트 안의 열기도 느껴진다. 고

199

개를 숙이자 거기에는 내 두 손이 있다. 나는 현실에서 손을 들어 올리며 시뮬레이션 속에서도 손을 들어 올린다. 내 두 손은 아틀라스의 손이 되어 있다.

아틀라스가 된다는 건 어떤 느낌일까요?

나는 손에 쥐고 있던 버튼 하나를 눌러 걸으려고 해보다가 벽에 부딪친다. 거기서 벗어나 몸을 돌린다. 물건들이 놓여 있는 테이블, 혹은 받침대 하나가 보인다. 나는 버튼을 누른다. 그쪽으로 다가가려 애를 쓰는데 갑자기 어지러워지더니, 어느새 나는 번쩍하며 나타난 또 다른 벽 모서리에 갇혀 있다.

이 로봇들과 모종의 동류의식 같은 걸 느낄 수 있을 거라고 생각하며 이 행사에 온 사람치고는, 나는 아틀라스가 되는 일을 정말 못한다.

다시 몸을 돌려 통로를 찾아낸다. 물건들이 놓여 있는 테이블로 나를 데려다줄 통로다. 나는 다시 걸어간다. 속이 울렁거린다. 그제야 이게 좋은 생각이 아니었다는 걸 깨닫는다.

실제로 나는 공간 속에서 방향과 물체를 파악하는 일에는 극단적이라 할 만큼 소질이 없다. 나를 잘 아는 사람들이 걱정스러워할 정도로 방향 감각이 전혀 없다. 상상 속에서 물체를 회전시키는 것 같은 일도 못 한다. 10대 때 한 번은 친구네 집에 갔다가 닌텐도로 「골든아이 007」 게임을 시도해 봤는데, 그 게임의 일인칭 시점이 너무도 어지럽고 방향 감각을 잃게 만드는 바람에 구역질이 났다. 나는 컨트롤러를 놔두고 화장실로 달려가 토해야 했다.

아틀라스 시뮬레이션에 들어와 있는 내 눈에 녹색을 띤 풍경과 그 속에 세워져 있는 회색 벽 하나가 보인다. 그리고 물건들이 놓인 테이블이 다시 나타난다. 나는 그리로 걸어가는 데 성공한다. 약간 어지럽지만 해낸 것이다. 내가 로봇 손 한쪽을 내밀자 거기, 내 앞으로 손이 보인다. 나는 손을 편다. 다시 오므린다. 문득 궁금해진다. 렌치를 집어 들까, 블록을 집어 들까, 아니면…… 이것들은 누구를 위한 것일까? 누가 무엇을 원하는 걸까? 나는 시뮬레이션 속 세계를 한 번 더 돌아보고는 이곳이 그토록 기분 나쁜 이유 중 한 가지를 깨닫는다. 여기에는 나밖에 없다. 이곳은 하나의 방과 한 명의 나, 그리고 이 물건들로 이루어진 세계다. 나는 예전에 그랬던 것처럼 완벽하게 혼자다. 아틀라스의 두 손을, 내 두 손을 테이블로 뻗어 본다. 물건 하나를 집어 올려야 하지만, 어떤 걸 집어야 하는지 내가 어떻게 알겠는가?

나는 손을 편다.

다시 오므린다.

머리가 어질어질하다.

나는 기절해 쓰러진다. 현실에서.

내가 의식을 되찾았을 때는 시연을 해 보이던 남자가 아주 값비싼 둥그런 안구가 달린 가상 현실 헤드셋을 내 얼굴에서 벗겨 내고 있다. 나를 일으켜 세운 그는 앉아서 마음을 가라앉히라며 내게 의자 하나를 내준다.

「정말 죄송해요.」 내가 말한다.

「그냥 잠깐 앉아서 쉬세요.」 그가 말한다.

「너무 민망하네요.」 내가 말한다. 나는 거기 앉아 이마를 양쪽 무릎에 대고 심호흡을 해서 속을 가라앉히려고 애를 쓴다. 여전히 어지럽다. 멀미가 난다. 내 뇌도, 내장들도 일인칭 시뮬레이션 체험을 감당해 내지 못한다는 사실을 알았어야 했다. 내가 무너진 건 그것 때문이었다. 그 가상 현실 고글을 쓰고 아틀라스 봇이 되려고 애를 쓰면서, 나는 내가 그동안 피하려고 혹독하게 훈련해 왔던 한 가지 역할 속으로 억지로 밀어 넣어졌다.

일인칭 주인공 시점으로 세상을 바라보는 것.

나 자신이라는 역할.

시뮬레이션 속에서 그 회색 벽을 본 나는 내가 살면서 늘 해온 일을 하고 싶어졌다. 이 방이 내가 돌봐 주고 있는 사람에게, 다른 누군가에게, 혹은 누구에게든 어떤 의미일지 상상하는 것이었다. 나는 그들이 그 방을 바라볼 것 같은 방식으로 그 방을 바라보려 했다. 나는 그 방에서 그들에게 필요한 것이 무엇일지 상상하고, 그 상상에 맞춰 공간 속으로 나아가려 했다. 하지만 아틀라스 시뮬레이션 속에서 나는 혼자였다. 내게는 오직 나의 시선밖에 없었다. 나 자신의 로봇 손밖에. 그리고 내가 테이블에서 어떤 물건을 집어 들든 그건 **나를 위한** 것이었다. 그렇다면 나는…… 어떤 물건을…… 집어 들고 싶었던 걸까? 알 수가 없었다. 나 자신이 주인공이 된다는 건 겁나는 일이었다.

나는 서둘러 텐트에서 빠져나온다. 〈아틀라스가 된다는 건 어떤 느낌일까요?〉라고 적힌 그 깃발로부터.

내가 된다는 건 어떤 느낌일까? 나는 알 수 없었다.

—

경진 대회는 끝났고, 나는 햇볕에 탄 몸을 이끌고 내가 묵고 있는 모텔 건너편에 있는 식당 겸 가라오케 바로 간다. 그곳의 바에 앉아 맥주 한 잔과 조개튀김 한 바구니를 주문한다. 노트를 꺼내 놓긴 했지만 거기 뭘 적어야 할지조차 모르겠다. 어떤 감정도 느끼지 않고 누군가를 구하는 방법에 관해 무엇이든 배우게 될 줄 알았는데, 결실을 맺지는 못했다. **누군가가, 사람들 대부분이** 이 행사에서 흥미를 느낄 법한 것이 뭐였든 간에, 그건 내게는 기억나지 않는다.

60대쯤 되어 보이는 한 남자가 가라오케 스크린 앞에서 옛날 카우보이 노래를 부르고 있다. 그는 그 노래를 자기 뒤 스크린에 뜨는 가사 대신 전혀 다른 어떤 노래의 가사로 부르는데, 그럼에도 아주 근사하게 들린다. 바 안에는 따뜻한 빛이 감돌고, 주위에는 반짝이는 조명들이 매달려 있고, 선반에는 조그만 장식용 소품들이 가득하다. 내일은 어느 곳에서나 크리스마스이브지만, 특히 우리 어머니네 집에서는 더 그렇다. 그곳에 가면 나는 크리스마스 가족 행사들에 참여하는 걸 미루게 만든 이 기사가 어떻게 돼 가느냐는 질문을 받게 될 것이다. 나는 노트를 노려본다. 남자가 노래를 끝내고 우리는 박수갈채를 보낸다. 〈가라오케〉가 〈텅 빈 오케스트라〉를 의미한다는 걸 당신은 알고 있었나? 나는 로봇에 관한 책들 가운데 한 권을 읽다가 그 사실을 알게 됐는데, 그게 무슨 책이었는지 지금은 기억이 나지 않는다.

내가 어처구니없는 신세 한탄을 한참 이어 가고 있는데, DARPA 배지를 단 한 무리의 남자들이 걸어 들어온다. 금속 테 안경을 쓰고 손이 아주 큰, 곰같이 생긴 남자가 내 뒤로 다가오더니 자기 일행을 위해 술 여덟 잔을 주문한다. 나머지 사람들은 바깥에 있는 피크닉 테이블에 자리를 잡고는 그 남자에게 서두르라고 소리를 치기 시작한다. 그들은 주문한 음료를 다른 것으로 바꾸면서 남자에게 악의 없이 귀찮게 군다. 종업원이 탭에서 술을 따른 다음 술잔을 내 팔꿈치 근처에 하나씩 하나씩 줄 세우기 시작한다.

「죄송해요.」 남자가 말한다. 「좀 비좁죠.」

「괜찮아요.」 내가 말한다. 「축하하러 오셨나 봐요. 경진 대회에 참가하신 분들인가요?」

남자가 들뜬 표정으로 나를 본다. 「혹시 재니스?」 그가 묻는다.

지난 사흘 동안 이 질문을 받은 게 벌써 네 번째다. 아마도 경진 대회에 혼자 참가한 여성 엔지니어가 있는 모양이다. 나는 그 여성을 만나진 못했다. 하지만 누군가가 내가 여자라는 사실에 놀란 것처럼 보일 때마다 그 누군가는 내게 재니스냐고 묻는다. 그 신화적 존재를 만나게 될 것을 기대하면서.

　내가 재니스였으면 좋겠다. 정말이지 좋겠다.

　나는 나만 빼고 다른 누구라도 되고 싶다. 마치 그러면 내가 정말로 원하는 게 뭔지 알아내지 않아도 될 것처럼. 마치 아무도 아닌 사람이 되면 모두에게 좋은 사람이 될 수 있기라도 한 것처럼. 마치 사랑이 그런 식으로 작동할 수 있기라도 한 것처럼. 나는 재니스인 척해 볼까 생각해 본다. 정말로 그러고 싶다. 하지만 그 와중에도 일인칭으로 세상을 보는 사람이 되는 일을 언제까지나 피할 순 없다는 깨달음이 잠깐 스친다. 그래서 나는 사실대로 말한다.

　「아닌데요.」 나는 웃음을 터뜨린다. 「저는 작가예요.」 나는 잠시 말을 멈췄다가 고백한다. 「기자도 아니고, 소설을 쓰는 작가예요. 여러분은 어느 팀인가요?」

　며칠 만에 처음으로 내가 정말로 누구인지 시인하자 등뼈가 펴지고 장기들이 골반 안쪽에 편안하게 자리를 잡는 게 느껴진다. 살짝 취한 머릿속으로는 가벼운 어지러움이, 햇볕에 탄 양 팔뚝에는 열기가 느껴지는데, 이것이 내가 되는 느낌일 것이다. 내가 누군지 소리 내 말하면서 나는 내 몸으로 되돌아온다. 나는 나 자신이다. 일인칭으로 세상을 보는 사람이다. 아, 안녕, 당신은 거기 있군요, 나는 여기 있어요.

　「디자인 팀이에요.」 남자가 말한다. 「경진 대회 디자인을 저희가 맡았어요. 과제가 부여된 스테이션들을요.」

「세상에, 정말요?」 내가 말한다. 「멋지네요. 영화 세트 장처럼 정말로 근사해 보였어요.」 그런 다음 나는 황홀한 눈빛으로 내가 봤던 광경을 묘사한다. 샤프트가 문을 열었다가 바람 때문에 실패하던 광경을.

테이블에 앉아 있던 남자들 중 한 명이 다가오더니 방치된 술잔들을 움켜쥔다. 그러면서 기다리는 데 지쳤다는 듯 고개를 절레절레 젓는다. 「이 여자분한테 우리하고 같이 시간을 보낼 생각이 있으신지 물어봐야 할 거 아냐.」 그는 그렇게 말하며 잔 하나만 빼놓고 1파인트짜리 맥주잔 전부를 들고 간다. 가면서 그 잔을 향해 고갯짓을 한다.

나와 대화하고 있던 남자가 나를 쳐다보더니 손을 내민다. 「RJ예요.」 그가 말한다.

나는 그와 악수를 한다. 「저는 CJ예요.」 내가 말한다. 그가 웃음을 터뜨린다.

「저희하고 같이 시간을 보낼 생각이 있으신가요?」 그가 바에 놓인 맥주잔을 향해 손짓을 한다.

나는 거기, 카운터에 놓인 맥주잔을 바라본다. 나는 그럴 생각이 있나?

있다.

나는 맥주잔을 집어 든다.

내가 RJ와 함께 테이블로 다가가자 누군가가 나를 가리키며 말한다. 「재니스!」

「안타깝게도 아니에요.」 내가 말한다.

우리는 거의 새벽 4시가 될 때까지 말 같지 않은 소리를 지껄인다. 이 한 무리의 로봇 공학자들과 응급 의료 요원들과 국방부에 일생을 건 사람들은 다들 경진 대회와 로봇들과 마이애미에 관해 이야기하고, 과거에 다른 일을 하며 경험한 무용담들을 늘어놓고 있다. 테킬라 샷들이 나온다. 남자들이 내 관심을 끌려고 눈에 띄는 행동을 한다. 나는 기분이 황홀해진다. 나는 영어를 조금밖에 하지 못하고 배낭에는 플러시 천으로 만든 토토로 인형 열쇠고리를 매달고 있는 남자에게서 담배 한 개비를 얻어 낸다.

　담배에 불을 붙인 나는 그의 열쇠고리를 가리키며 말한다. 「저도 토토로 너무 좋아해요.」 남자는 미소 짓지만 내 말을 알아듣지 못한다. 그래서 나는 영화 속에서 토토로가 어린 소녀들에게 가르쳐 주는 춤을 춰 보인다. 하룻밤 사이에 그들의 정원에 난 풀들을 부쩍 자라나게 하는 춤을. 세상을 빨리 돌아가게 만들고, 타임랩스처럼 돌아가게 만들고, 도토리를 몇 분 만에 묘목으로, 다시 나무로 자라나게 하는, 일종의 마법이기도 한 춤을. 그토록 빠르게 일어나는 발전과 성장과 앎이라니. 우리 과학자들과 인간 소녀들이 바라는 만큼 말도 안 되게 빠른 속도로. 하나의 문이, 그런 다음 두 번째 문이, 그런 다음 세 번째 문이, 그 모두가 순식간에 열리듯이. 내 말뜻을 이해한 남자가 웃으며 작은 토토로 인형을 꼭 쥔다. 「그래요.」 남자는 그렇게 말한다.

멀더, 나예요

이 세 가지 중에 하나라도 싫어하는 사람하고는 그게 누구든 다시는 사귀지 않을 거야…….

나는 칵테일 냅킨에 그 세 가지를 써둔 참이었다. 그 세 가지는 말하자면 허접한 남자들의 통일장 이론[16]처럼 내게 떠올랐다. 냅킨에는 다음과 같이 쓰여 있었다.

1. 대형견
2. 바다!
3. 손 인형

나는 그 칵테일 냅킨으로 친구를 찰싹 때렸다. 친구는 너무 웃어 대는 통에 눈에서 눈물을 찍어 내고 있었다. 나는 취해 있었지만 그렇다고 진지하지 않은 건 아니었다.

「이것들 중 하나라도 싫어하는 인간은 소시오패스야.」

16 자연계에 존재하는 힘의 형태와 상호 관계를 하나의 통일된 개념으로 설명하고자 하는 이론.

나는 냅킨을 자세히 들여다보며 말했다. 「이런 것들을 좋아하지 않는 사람은 어딘가가 망가져 있는 거라고.」

「나도 손 인형은 막 엄청나게 좋아하진 않는데.」 친구가 말했다.

「하지만 너, 손 인형이 싫어?」 내가 물었다. 「걔네가 잘못됐으면 좋겠어?」

「손 인형들이 잘못됐으면 좋겠다고 생각하진 않아.」

「지금부턴 이게 규칙이야.」

손 인형을 중심으로 한 관계 이론이라니, 그거야말로 소시오패스 같다. 어쩌면 개구리 커밋[17]을 좋아하지 않는 것보다 더 소시오패스에 가까운 것일지도 모른다. 하지만 나는 해답을 찾고 있었다. 과거에 무엇이 잘못됐던 건지 이해하려고 애를 쓰고 있었다.

그 시절, 나는 일종의 부검을 하고 있었다. 실패로 돌아간 내 관계들을 해부하며 해답을 찾고 있었다. 검시를 실시한 관계 하나하나로부터 다음번에 해야 할 것들과 하지 말아야 할 것들에 관한 새로운 규칙을 얻었다. 시간이 지나면서 내가 부검을 통해 얻어 낸 규칙들은 점점 늘어났고, 마침내 전부 기억할 수 없을 만큼 많아졌다. 그런데도 나는 그 일을 계속했다. 사랑도, 삶도, 마치 적당한 양의 위험만 무릅쓴다면 해볼 만한 노력이라는 듯 가장하고 싶었기 때문이다. 그리고 나 자신의 실패들을 충분히 면밀하

---

17 개구리 모양의 손 인형 캐릭터. 1955년에 만들어져 지금까지 수많은 텔레비전 프로그램과 영화, 공연에 출연하고 있다.

멀더, 나예요

게 연구하면 그런 척할 수 있을 것 같았다.

요컨대 나는 과학을 이용해 내 빌어먹을 연애 생활을 헤쳐 나가려고 애를 쓰고 있었다.

그리고 내가 찾아낸 이론들과 사용한 측량법들과 저지른 미친 짓들을 전부 통틀어 본들, 내가 〈스컬리멀더주의〉에 입각해 벌인 실험들만큼 나를 엉망으로 만들어 놓은 건 없었다.

〈식인 원시인의 정체〉, 「엑스파일」 시즌 1, 5화
멀더: 식인 원시인이라는 거, 들어 본 적 있어요?
스컬리: (……) 대서양 연안에 산다는 빅풋이랑 약간 비슷한 거죠. (……) 부검 기록이 여기 있나요? 멀더, 그건 내가 어렸을 때부터 들어 온 거랑 똑같은 이야기예요. 민간 설화예요. 근거 없는 이야기라고요.
멀더: 나도 어렸을 때 똑같은 이야기를 들었는데, 재밌는 건 난 그 이야기를 믿었거든요.

내 친구들인 리브와 메그로부터 그들의 결혼식 주례를 맡아 달라는 부탁을 받았던 해에 나는 스컬리멀더주의 때문에 자폭하기 직전이던 관계를 이어 가고 있었다. 나는 그 관계를 끝내는 걸 피할 수 없었지만, 그 사실을 모른 척하고 있었다. 그 사실이 내 주위의 모든 사람들에게는 명백했는데도 말이다. 그 사람들 중에는 당시 내 남자 친구였던 조이도 포함돼 있었다고 나는 상당히 확신한다. 내가 그 결혼식에서 주례를 맡기로 했다는 소식을 전하자 조이는 자신은 참석할 시간을 낼 수 없을 것 같다고 알려 주는 것으로 반응했다.

그 무렵, 관계를 끝내야 한다는 건 내게는 끔찍하게 익숙한 이야기였고, 나는 죽도록 넌더리가 났다. 또다시 그런 짓을 하고 싶지 않았다. 사람들에게 또다시 헤어졌다고 알리고 싶지 않았다. 또다시 그 감정들을 느끼고, 고통스러운 일련의 존재론적 질문들을 스스로에게 던지고 싶지 않았다. 알고 보니 그런 상황에서는 선택지란 게 많지는 않았지만 말이다.

조이와의 관계를 끝내고 싶지 않았던 데에는 내가 그 관계를 제대로 돌아가게 만들려고 너무도 열심히 노력했다는 이유도 있었다. 우리는 너무도 심하게 다른 사람들이었기 때문에 이 관계에는 정말로 아주 막대한 양의 노력이 필요했다. 육체적인 것을 넘어 소통을 한다는 것 자체가 대단한 일이었다. 하지만 나는 우리를 서로에게 완벽한 상대로 만들어 주는 건 우리가 그렇게 다르다는 사실이라고 확신하고 있었다.

이 부분에 있어 나의 롤 모델은 특수 요원 데이나 스컬리였다.

나는 「엑스파일」의 열혈 시청자였다. 뉴저지주에 있던 사촌의 집에 도착해 일광욕실에서 작은 텔레비전으로 그 드라마를 보고 있던 그를 처음으로 발견했던 그 순간부터 그랬다. 그때 텔레비전 화면 속 상황은 외계인 시체들이 가득한 열차 객실 하나가 통째로 CIA에 압수되기 직전이었다. (아마도) CIA 측에서 진실을 누구에게도 알리고 싶지 않았기 때문일 것이다(아니면 혹시 알리고 싶었던 걸까……). 그 이후로 나는 「엑스파일」 시리즈 전체를 네 번이나 봤다. 어떤 시즌과 어떤 에피소드들은 그보다 훨씬 더 많이 봤다.

「엑스파일」을 텔레비전으로 처음 보던 시절. 그때 내 친구 타헤레와 나는 인터넷 초기의 네티즌들이 〈시퍼스shippers〉라고 부르던 사람들이었다. 다시 말해, 정부의 음모보다는 멀스 관계(멀더-스컬리의 관계relationship)에 더 관심이 있는 별스러운 종자들이라는 뜻이었다. 우리는 아주 오랫동안 일요일 밤마다 「엑스파일」을 봤다. 그리고 타헤레가 뉴햄프셔주로 이사를 가자 서로에게 전화를 걸어 장거리 통화를 하면서 그 시리즈를 봤다. 숨을 헉 들이쉬고, 킬킬거리고, 중간 광고 시간에는 서로에게 보고를 하고 가설을 세우면서 말이다.

그로부터 수년이 지나 프랑스에서 살게 됐을 때, 춤추러 가거나 저녁을 먹으러 나갈 돈이 떨어질 때면 나는 언제나 우리가 〈레 젝스 필스Les Ex-Feels〉라고 부르던, 프랑스어 자막이 들어간 해적판의 에피소드들을 내 친구 JP와 티보와 함께 보는 것으로 스스로를 만족시키곤 했다. 우리 셋은 파자마를 입고 있었고, JP와 내가 아래층으로 내려가 골루아즈 담배를 피우고 올 수 있도록 규칙적으로 휴식을 취했다.

대학생 때는 내가 너무도 간절하게 「엑스파일」을 다시 보고 싶어 해서 친구 크리스틴이 중국에서 해적판 DVD를 주문해 줬다. 도착한 DVD 디스크 표면에는 발 킬머의 얼굴이 인쇄되어 있었는데, 아마도 DVD 제작자들은 할리우드의 백인 남자라면 대부분 데이비드 듀코브니와 교체 가능하지 않나 생각했던 것 같고, 나로선 이런 실수를 한 그들에게 경의를 표하고 싶을 따름이다. 우리는 밤마다 방석 겸 요 위에 앉아 스크램블드에그를 저녁으로 먹으면서, 기생충 인간이 하수관 속을 철벅거리며 나아가는 걸 보며 구역질을 하곤 했다. 뭐 먹을 때는 이거 보지 말아야겠다. 우리는 서로에게 말했지만 한 번도 그 말대로 한 적은 없었다.

「엑스파일」이 넷플릭스에 올라왔을 때 나는 마지막으로 혼자서 그 시리즈를 다시 봤다. 당시 나는 막 실연을 하고 또 하나의 죽은 사랑을 해부하는 일에 폭 빠져 있었는데, 아마도 그래서 다음과 같이 확신하게 됐던 것 같다. 지난번 관계에서 잘못된 게 있었다면, 스컬리 같은 사람인 내가 마찬가지로 스컬리 같은 사람과 사귀었다는 거라고 말이다. 그러므로 부검에서 얻은 규칙에 따르면 이번에 내게 필요한 건 멀더 같은 사람이었다.

멀더와 스컬리의 역학 관계는 다음과 같다.

멀더는 모든 것을 믿고, 스컬리는 아무것도 믿지 않는다. 아니, 그보단 멀더는 온통 감정과 본능 위주인 데다 정신적 외상이 남아 있는 사람이고, 스컬리는 온통 사실과 이성 위주인 데다 의학 학위가(그리고 손톱만큼의 가톨릭 신앙도) 있는 사람이다. 멀더는 이렇게 말한다. 〈그건 외계인들이에요! 비행접시라고요!〉 그리고 스컬리는 이렇게 말한다. 〈늪지대에서 방출되는 가스 덩어리를 외계인들로 오인한 사건 중에 알려진 게 이 도시에서만 열두 건이에요.〉 멀더는 매트리스와 대부분 죽은 물고기들로 채워진 수조가 있고 〈42〉(인생의 의미)라는 번호가 붙은 아파트에 살고, 스컬리는 흰색 소파가 있고 조명이 훤히 밝혀진 아파트에서 자신에게 아이가 없다는 사실에 대해 복잡한 감정을 품은 유능한 성인 여성처럼 산다.

그리고 그들은 서로를 열렬히 파고들고 싶어 한다. 그리고 정말로 서로를 열렬히 파고든다. 나는 두 사람 사이의 긴장에 관해, 서로에 대한 그 몰입의 과정에 관해 논문이라도 한 편 쓸 수 있을 정도인데, 그 논문의 논지는 다음과 같을 것이다. 멀더는 스컬리에게 전화할 때면 그냥 〈스컬리, 나예요〉라고 하고, 스컬리 역시 멀더에게 전화할 때면 그냥 〈멀더, 나예요〉라고 한다는 것. 만약 그게 모든 것의 정점이 아니라면 다른 무엇이 정점일지 나로선 모르겠다. 하지만 그건 중요한 게 아닐 것이다. 중요한 건 스컬리는 과학적인 사람이고 멀더는 맹목적인 믿음을 지닌 사람이라는 사실이다. 스컬리는 증거가 필요한 사람이고 멀더는 인터넷 초기에 유행했던 기담 모음집 같은 사람이다. 멀더는 호수 속에 괴물이 살고 있다는 걸 아는 인물이고, 스컬리는 그런 기이한 순간들을 그럴싸하게 설명할 수 있는 방법이 있을 거라고 말하지만 결국 자기 포메라니안이 문제의 그 괴물에게 잡아먹히는 걸 보게 되는 인물이다. 멀더는 일이 벌어지게 만드는 사람이고, 스컬리는 일이 확실히 처리되게 만드는 사람이다(만약 이 둘의 차이를 잘 모르겠다면 당신 스스로를 냉철하게, 제대로 들여다볼 필요가 있다). 멀더는 자신에게 드는 예감에 관해 설명하지 않고 〈가야겠어요!〉라고 소리치는 사람이고, 스컬리는 뒤에 남아 도저히 뱀파이어에게 살해됐다고는 생각할 수 없는 10대들의 위장에서 내용물을 꺼내 무게를 달아 보는 사람이다.

왜냐하면 스컬리는 부검을 하는 사람이니까.

시리즈가 진행되면서 두 인물은 변화를 겪고, 서로를 절대적으로 필요로 하게 된다. 그리고 그렇게 해서, 이 시리즈의 제작자인 크리스 카터는 내게 사랑에 관해 다음과 같은 사실을 가르쳐 줬다(카터 씨, 여기 제 상담 비용 청구서들을 동봉했으니 봐주세요). 서로를 향한 파고듦 중에서도 가장 근사하고 섹시하고 진실한 종류가 있다면 서로 몹시 다른 부류의 두 사람이 그 안에서 함께하는 방식을 찾아내는 종류의 파고듦이라는 것. **두 사람의 서로 다른 부분들** 때문에 끊임없이 계속되는 능동적인 성장의 과정으로 거듭나는 사랑이라니! 그 짜릿함이라니! 그리고 그 알싸함이라니! 그건 다시 말해 지루하지 않다는 뜻이었다. 그 사랑에는 내가 어른들의 관계에 존재할 거라고 늘 두려워해 왔던 어떤 방식의 지루함도 담겨 있지 않았다. 둘 사이의 역학적 차이를 이렇게 병리적으로 분석하는 것이야말로 내가 말하는 스컬리멀더주의에 속하는 것이다. 그리고 내가 나와는 전혀 비슷한 데가 없었던 조이와의 관계를 위해 그토록 열심히 노력했던 것도 스컬리멀더주의 때문이었다. 리브와 메그의 결혼식 불과 몇 주 전에 나를 차버리게 될 조이와의 관계를 위해.

〈살아 있는 흡혈귀〉, 「엑스파일」 시즌 5, 12화

스컬리: 오후 4시 54분, 부검 시작. 백인 남성, 나이 60세, 아마도 텍사스에서 지금의 나보다 더 끔찍한 시간을 보내고 있는 것 같다…… 뭐, 나도 만만치 않지만. (한 손에 메스를 쥔다.) 〈Y〉 자 절개로 시작하겠다. (칼이 바닥으로 떨어진다.) 와우. (몹시 시큰둥하게.)

얼마 후. (스컬리, 남자의 심장을 저울의 접시에 툭 내려놓고 표시된 수치를 올려다본다.)

리브와 메그는 내게 자신들의 결혼식 주례를 다음과 같이 부탁했다.

어느 날 내게 우편물 꾸러미가 하나 왔다. 꾸러미 안에는 파이스트의 「더 리마인더The Reminder」 앨범 엘피판, 내 〈시걸〉 통기타에 끼울 새 기타 줄 한 팩, 그리고 분홍색 도화지에 매직펜으로, 특대 사이즈 글씨로 쓴 두 장짜리 편지 한 통이 들어 있었다. 그 편지를 보니 리브와 내가 처음으로 같이 시간을 보낸 건 추수 감사절에 우리 부모님

댁에서였다는 사실이 떠올랐다. 그때 내 동생과 나는 각자의 룸메이트를 본가에 데려갔었다. 리브와 내 동생은 코네티컷 대학 기숙사에서 룸메이트였다. 당시 내 룸메이트였던 애덤과 나는 같이 살았을 뿐 아니라 〈어린이를 위한 브로드웨이 캠프〉에서 일도 함께했는데, 그건 운 나쁘게도 메이시 백화점에서 하는 추수 감사절 퍼레이드에 참여해야 한다는 뜻이었다. 그날 우리는 아이들을 어르고 달래 〈마법을 만드는 일〉이라는 제목을 한 지독하게 귀에 거슬리는 노래를 부르게 만들었고, 그렇게 전국 방송에 나간 그 애들을 부모들에게 돌려보내는 것으로 오전 나절을 보냈다. 그런 다음 우리는 내 가족들과 함께 추수 감사절 저녁을 먹기 위해 코네티컷행 기차를 탔다. 리브와 애덤은 곧바로 서로에게 호감을 느끼기 시작했고, 둘 다 동성애자였기에 그날의 행사를 〈부모 없는 동성애자들의 추수 감사절〉이라고 이름 붙였다.

우리 넷은 나이 들어 가는 내 외조부모님을 웃게 만들었고, 갓 나온 파이스트의 앨범을 틀어 놓았고, 소파에서 한 덩어리가 된 채 「나홀로 집에」를 보았다. 주방에서 해야 할 일들에 대해 필요 이상으로 걱정을 하면서 우리가 도와주겠다는 걸 마다하고 자신의 〈비행 금지 구역〉에서 나가 달라고 요구하는 엄마를 우리는 모두 〈부〉라는 애칭으로 불렀다.

리브와 메그의 편지에는 내게 혹시 성직자 안수를 받고 그해 10월에 메인주로 와서 오랫동안 기다려 온 자신들의

결혼식 주례를 서줄 수 있는지 묻는 내용이 적혀 있었다.[18]

자, 내 글쓰기 워크숍을 듣는 학생들은 끔찍한 거짓말쟁이들이고, 그래서 내가 해피 엔딩을, 특히 결혼식이 등장하는 결말을 싫어한다고 할 것이다. 하지만 나는 해피 엔딩을 **사랑하고**, 결혼식도 **사랑한다**. 그저 대부분의 해피 엔딩은 ─ 그리고 대부분의 결혼식은 ─ 거짓말투성이라고 생각할 뿐이다. 내가 드물게 훌륭하다고 여기는 해피 엔딩은 세상의 고통스러운 현실이 들어갈 자리를 온전히 마련해 주는 것과 동시에 독자에게도 약간의 즐거움을 주는 해피 엔딩이다. 이를테면 나는 유대교 결혼식에서 신랑 신부가 유리잔을 짓밟고 누군가가 〈이는 우리가 가까이 있는 기쁨들을 기념하고 있을 때도 세상의 더 큰 고통들을 떠올릴 수 있도록 하기 위한 것〉이라고 말해 주는 부분을 아주 좋아한다. 그건 소설 속에서나 현실의 삶에서나 받아들이기에 아주 멋진 인생관이다.

내 학생들이 주장하는 바에는 주목할 만한 예외가 한 가지 있다.

언젠가 한 학생이 〈하우저 교수님이 좋아하시는 유일한 해피 엔딩은 동성 간의 결혼식이죠〉라고 말한 적이 있다.

그건 사실이다. 그 결혼식에서는 심지어 누가 유리잔을 밟지 않아도 된다.

그래, 내가 리브와 메그의 결혼식에 참석하고 싶냐고?

18 미국에서는 성직자나 판사 등 특정 자격이 있는 사람만이 결혼식 주례를 맡을 수 있는데, 이때 기준은 주마다 다르다.

나는 매직펜으로 커다랗게 〈그래, 내가 너희를 결혼시켜 줄게〉라고 쓴 표지판을 만들었다. 그 표지판을 우리 집 개의 복슬복슬한 궁둥이에 기대 놓고 사진을 찍어 리브와 메그에게 보냈다.

그런 다음 나는 공황 상태에 빠지기 시작했다.

어쩌면 그 이유 중에는 이런 것도 있었던 것 같다. 내가 맺고 있던 관계가 그 지경이었기에, 나는 다시 한번 내가 관계 맺는 일에 아주 형편없는 사람이라는 사실을 인정해야 하는 상황에 가까워지고 있었다. 그렇다면 그런 내가 남의 결혼식을 주관한다는 건 불길한 일 아닌가?

말할 필요도 없지만, 내가 마지막으로 참석하기로 돼 있었던 결혼식은…… 나 자신의 결혼식이었다. 그리고 나는 거기 참석하는 데 실패했다.

내가 결혼하지 않은 데는 갑작스레 깊은 불확실함에 사로잡혔다는 이유가 컸다. 결혼을 한다는 것이 어떤 의미인지, 한 사람이 스스로가 언제 결혼해야 할지를 어떻게 알 수 있는지에 대한 불확실함 말이다. 나는 이런 기분을 느끼는 나 자신을 발견하곤 했다. **음, 당연히 결혼은 할 거야. 다른 사람들도 다 하는 일인걸. 우리를 봐, 결혼하게 될 사람들처럼 보이잖아. 우리는 청첩장도 있고 사진도 찍었고 반지도 준비해 두었어. 물론 어떤 일들은 썩 잘 되어 가진 않지만, 관계란 건 원래 하나같이 힘든 일이잖아? 관계란 건 전부 노력 아니겠어? 그런 이유로 결혼을 하지 않는다는 건 좀 아니지 않아?** 그러고 나면 내 뇌는 태도를 싹 바꾸고는 이렇게 말하는 거다. 아니, 결혼은 그러려고 하는 게 아니야. 결혼은 미친 듯이 자기 인생을 다 쏟아붓는 열정을 위해 하는 거고, 확실히 그것밖에 없어. 그건 끝까지 가는 사랑을 위한 거야. 이 관계는 그런 게 아니니까 이제 그만 끝내.

「엑스파일」에는 이런 순간들이 너무도 많다.

스컬리가 전에는 의심 없이 받아들였던 세상의 확실성이 뒤집히고, 갑작스레 주위를 둘러본 그가 무엇이 진실이고 무엇이 거짓말인지, 누구를 신뢰해야 할지 알 수 없게 되는 순간들이. 「엑스파일」은 우리 대부분이 날마다 따라가는 유일한 길이 어떤 사실들을 계속해서 사실로 받아들이는 일로 이뤄져 있다는 걸, 그럼으로써 우리가 삶을 계속 이어 나갈 수 있다는 걸 보여 주는 시리즈다. 하지만 우리가 무엇을 믿고 무엇을 믿지 않을지에 관해 매일같이 처음부터 다시 생각해야 한다면, 세상은 상당히 섬뜩한 곳으로 느껴질 수도 있다.

「엑스파일」은 한 사람이 진실과 맺고 있는 관계에서 어떻게 방향 감각을 잃을 수 있는지를 보여 주는 시리즈다.

아니면 그냥 나만 그렇게 느끼는 건지도 모르겠다.

나는 사랑에 관해서라면 바로 그런 느낌이 들기 때문이다. 매일 아침 잠에서 깨어날 때면 이런 기분이 든다. 자, 이 깨달음의 과정 전체를 다시 시작해 볼까. 처음부터 다시 시작!

하루도 빠짐없이 그렇다.

내가 갈팡질팡하다가 최종적으로는 결혼하지 않기로

마음먹었을 때, 그건 마침내 어떤 현명한 상태 같은 것에 도달했기 때문은 아니었다. 내 믿음의 문제를 해결했기 때문도 아니었다. 그저 나는 일종의 비참함의 절정에 도달했기에 멈춰야 했고, 그래서 그 상황을 종료시켰을 뿐이다.

나는 나를 둘러싸고 있던 문제에서 걸어 나왔지만, 그렇다고 스스로의 질문들에 대한 대답을 얻은 건 아니었다. 결혼이 무엇인지, 누구를 위한 것인지, 사람은 왜 결혼을 하는 건지에 대해서는 조금도 확신이 서지 않았다. 그리고 나는 대부분의 평범하고 행복한 사람들은 틀림없이 이만큼 많은 질문을 품고 있진 않을 거라고 생각한다. 그들은 나보다 더 확신이 있고, 더 현실적이고, 곁에 두기에도 더 사랑스러운 사람들일 것이다. 그들이라면 언제까지나 칵테일 냅킨에 손 인형 어쩌고 하는 말들을 휘갈겨 쓰고 있거나, 대화를 해서 끝장을 보지 않으면 안 되는 위기에 처한 자신을 발견하고 있거나, 모종의 〈더 큰 진실〉을 찾아 문을 박차고 달려 나가고 있진 않을 테니 말이다.

결혼식 주례를 맡기에는 그런 부류의 사람들이 나보다 한없이 나은 선택지였다. 나는 그렇게 믿어 의심치 않았다. 결혼식 주례를 맡는 사람은 어떤 방식으로든 사랑에 있어 유능해야 하지 않겠는가? 아는 것이 많아야 하지 않겠는가? 확신이라는 멋진 감각이 줄줄 흘러나와야 하지 않겠는가?

나는 그 일에 적합한 사람이 아니었다.

누가 이런 사람에게 자신들을 결혼시켜 달라고 하겠

는가?

〈불타는 심장〉,「엑스파일」시즌 6, 18화

스컬리: 어…… 이건 내가 작성한 두 번째 피해자의 부검 기록이에요. 보시다시피 심장이 지난번 피해자와 똑같은 방식으로 제거돼 있어요. 절개도 아니고, 내시경을 한 흔적도 없고, 어떤 종류의 자상도 없어요.

(……)

멀더: 그런데도 여전히 내 가설을 안 믿는다는 거군요. 이건 심령 수술이라니까요?

스컬리: 멀더, 심령 수술이라는 건 어떤 남자가 닭 내장이 가득 든 양동이에 손을 집어넣었다 빼고는 몸이 아프고 잘 속아 넘어가는 사람들한테서 종양을 제거하는 척하는 거예요.

그럼에도 나는 안수를 받을 준비를 시작한다.

양식을 채워 넣는데 내 직함을 적어 넣는 공간이 있어서, 나는 〈특수 요원 데이나 스컬리〉라는 이름으로 안수를 받아도 이 결혼식이 메인주에서 법적 효력을 지닐 수 있을지 자문해 봤다. 그러고는 리브와 메그에게 다음과 같이 문자 메시지를 보냈다.

〈음, 보니까 직함을 내 마음대로 쓸 수 있는 것 같아. 보통《목사》라고 적혀 있는 칸을 내가 채워야 하거든? 그러니까 내가 너희를 행복하게 해줄《위대한 사랑의 칼리

시》[19]나 그 밖의 뭐든 될 수 있는 것 같거든? 너희는 누가 너희를 결혼시켜 줬으면 좋겠어?〉

우리가 내린 결론은 내가 적어 넣는 직함이 사실상 그들의 법적인 혼인 증명서에 인쇄되리라는 것이었다. 그래서 2주 뒤, 내가 우편물 사이에서 지갑 크기의 카드를 찾아냈을 때, 비둘기들이 그려지고 1년이라는 유효 기간이 찍힌 그 푸른색 카드에는 내가 〈CJ 하우저 교수〉라고 공표되어 있었다. 그게 나였다.

나는 권력에 취한 채 집 안 여기저기를 걸어다니며 내 테이프 디스펜서와 스테이플러에게 너희는 이제 부부가 되었노라고 선언했다. 우리 집 개와 녀석의 장난감인 〈램 촙〉 봉제 인형 사이에서 간단한 예식을 거행하기도 했다. 학생들에게는 이렇게 위협했다.

「내 말 잘 들어요!」 나는 말했다. 「안 그러면 여러분을 서로서로 결혼시켜 버릴 테니까.」

「그게 그렇게는 안 되지 않나요?」 학생들은 말했다.

「봐요.」 나는 그렇게 말한 다음 내 지갑을 휙 열어 유니버설 라이프 교회의 카드를 슬쩍 보여 줬다. 누군가로부터 신빙성을 의심받은 스컬리가 자신이 FBI 요원임을 보여 줘야 할 때 그러는 것처럼. 스컬리는 무언가에 대한 권위자인 것이다.

그해 여름, 리브와 메그와 나는 예식에 대해 이야기를 나누기 위해 내 동생의 집에서 주말을 함께 보낼 계획을

19 「왕좌의 게임」의 대너리스를 가리키는 칭호 가운데 하나다.

세웠다. 나는 두 사람을 함께 인터뷰했다. 따로따로 인터뷰하기도 했다. 그들이 애정을 담아 서로를 놀리는 바람에 우리는 자주 웃었다. 스스로가 결혼식과 같은 굉장히 실제적인 무언가의 각본을 처음부터 써 내려가는 일을 책임지고 있다는 걸 믿을 수 없어 하는 아이들처럼 자주 웃었다.

어느 순간, 나는 이렇게 말했다. **「두 사람, 내가 키스하라고 말해 줬으면 좋겠어? 아니면 그 밈 있잖아, 두 명의 막대 인간을 서로를 향해 밀면서 〈이제 키스하세요〉라고 외치는 그 얼빠진 얼굴이 나오는 밈, 그거의 현실 버전처럼 했으면 좋겠어?」**

「키스하라는 말을 확실하게 해줘야 돼.」 그들은 대답했다. **「말을 안 해주면 너무 어색해서 언제 키스해야 할지 모를 거야.」**

나는 두 사람에게 어떤 종류의 말들이 중요한 의미가 있는지 물었다. 사랑의 언어에 관해 물었다. 그들이 함께할 인생에서 어떤 것을 가치 있게 여기는지 물었다. 두 사람이 공동체 사람들에게 무엇을 들려주고 알려 주고 싶은지, 두 사람 각자가 서로에게 무엇을 들려주고 알려 주고 싶은지 물었다. 그런 다음 나는 메그와 리브의 친구들과 가족들을 인터뷰하겠다고 했다. 메그는 워낙 이런 달콤한 의식에 끌리는 편이라 무언가 완벽한 대답을 써줄 거라는 사실이 곧바로 분명하게 느껴졌다. 리브에게는 서약 대신에 타이트 파이브[20] 공연 같은 걸 해선 안 된다는 주의를 줬다. 두 사람도, 나도 여러 번 울었다. 그들이 서로를 경애하는

---

20 5분을 꽉 채워 하는 짧은 스탠드 업 코미디로, 코미디언들이 자신의 주특기를 압축해 보여 주는 데 쓴다.

아름다운 말들을 했기 때문에, 그리고 스스로가 확신이 부족한 사람임을 종종 깨닫는 내 눈에도 〈그래, 이 두 여자는 사랑에 빠져 있어. 그래, 이 둘은 결혼해야 해〉라는 사실이 너무도 강렬하고 명백하게 보였기 때문에.

이것이 훌륭한 결혼식을 그토록 훌륭하게 만드는 것이다. 자신들이 모여서 목격하고 축하하고 있는 것을 진정으로 믿는다는 그 느낌이.

그 주말에 동생의 집을 떠나면서 나는 리브와 메그에게 계속 이것저것 생각해 보고 문자 메시지도 많이 보내 달라고 했다. 「변동 사항이 있으면 계속 알려 줘.」 나는 말했다.

그로부터 1주일이 지났을 때 나는 리브에게서 동영상 하나를 받았다.

그 동영상은 그들의 사랑스러운 집 앞 마루를 보여 주는데, 거기에는 반짝이는 조명들이 걸려 있다. 배경은 여름이고 저녁나절이다.

「메그는 이걸 만들고 있어요.」 리브는 동영상 속에서 그렇게 말하고는 메그를 비춘다. 귀여운 운동복을 입은 메그는 야외용 안락의자를 조립하고 있다. 메그는 잠깐 고개를 들더니 다시 작업으로 돌아간다. 「그리고 저는 이걸 만들었고요…….」 리브는 그렇게 말하며 상그리아가 든 피처 하나와 자신의 손에 들린 유리잔을, 얼음 속에 떠다니는 쐐기 모양의 오렌지 한 조각을 보여 준다. 리브는 다시 메그를 비추고는 이렇게 말한다. 「메그가 이것저것 만드는 걸 지켜보는 게 제 사랑의 언어예요.」

정말이지 결혼식 대본을 쓸 때 가장 어려운 부분은 짧게 써야 한다는 것이었다. 넣어야 할 멋진 것들이 너무도 많았다. 하지만 지금 생각해 보면, 내가 쓴 그 결혼식 멘트의 일부는 스컬리멀더주의를 집적거린 것이었다. 리브와 메그가 서로를 어떻게 완벽하게 보완해 주는지에 관한 내용이었다. 메그가 의자를 만드는 동안 리브는 칵테일을 만드는 것에 관한 이야기이기도 했다. 두 사람이 서로 얼마나 다른지, 그리고 그 다른 점들 때문에 서로를 얼마나 사랑하는지에 관한 글이었다. 그럼에도 아직 예식의 모든 것이 갖춰지지 않았다는 느낌은 남아 있었다.

결혼식 나흘 전, 여행 가방을 꾸리고 내가 쓴 결혼식 대본을 프린트하고 있는데, 내가 두 사람의 관계에서 어딘가 정확히 포착하지 못한 부분이 있는 것 같다는 걱정이 들기 시작했다. 그러다가 나는 한 군데 간과한 부분을 깨달았다.

나는 당황해서 문자를 보냈다. 〈음, 그러니까 너희가 《네》라고 맹세하는 부분이 예식에 포함이 안 된 거 같아. 너희 둘 다 서로에게 《네》라고 말하고 싶은 거라고 생각해도 괜찮겠니?〉

그들은 말했다. 〈응, 그러는 게 좋을 거 같아.〉

〈알았어, 그럼 《네》라고 말하는 부분을 지금 써넣을게. 미안해, 너희가 실제로 결혼을 했다는 걸 확인시켜 주는 부분인데 빼먹을 뻔했네.〉

무언가가 빠져 있다는 느낌은 아마 **이것** 때문이었을 거야. 나는 대본을 고치고 다시 프린트하면서 스스로에게 되뇌었다. 그런 다음 그것을 (내가 생각하기에는) 리브의 푸른색 정장과 메그의 레이스 달린 드레스 둘 다와 잘 어울릴 것 같은 멋진 꽃무늬 클립보드에 끼워 넣었다.

나는 빠진 부분을 찾아냈다고 생각했다. 다 된 거라고 생각했다.

〈도마뱀 인간〉, 「엑스파일」 시즌 10, 3화

멀더: 그게 나한테 피를 발사했어요. 안구에서 말이에요, 스컬리. 그랬던 것 같아요. 눈에 피가 들어가서 잘 보이진 않았지만요.

스컬리: 아직 혈액 분석은 안 해봤는데, 그건 아마 이 피해자가 지난번에 당했던 공격의 잔여물일 거예요. 그리고 동물들은 안구에서 피를 발사하지 않아요.

멀더: 아, 그래요? 흠, 그 뿔도마뱀한테도 그렇게 말해 보지 그래요. 그게 안구에서 피를 발사했다니까요, 스컬리. 맞다고요. 그건 방어 기제의 하나예요. 과학적인 사실이라고요!

스컬리: 멀더, 인터넷이 당신한테 좋지 않은 것 같아요.

멀더: 이제 보니 재미있어하고 있군요. 안 그래요, 스컬리?

스컬리: 네. 그래요. 이런 사건들이 얼마나 재미있을 수 있는지 잊고 있었어요. 긴 하루였네요, 멀더. 호텔로

돌아가서 좀 자두는 게 어때요? 괴물들이 나오는 꿈은 꾸지 말고요.

어렸을 때 나는 똑같은 꿈을 반복해 꾸곤 했다. 그 꿈속에서 나는 영원히 이어질 것만 같은 기다랗고 하얀 복도를 걸어 내려가고 있다. 복도에는 하얀 문들이 늘어서 있고, 모든 문에는 서로 다른 생명체 모양으로 정교하게 만들어진 황동 손잡이가 달려 있다. 한참 복도를 걸어 내려가던 나는 걷는 데 지쳐 거기서 나가야겠다고 마음먹는다. 그래서 문 하나를 열려고 해본다. 하지만 내가 손잡이에, 예를 들어 다람쥐처럼 생긴 손잡이에 손을 대면 그것은 살아나 나를 물려고 든다. 나는 뒤로 물러난다. 그러면 그 황동 짐승은 문에서 뛰어내려 나를 쫓아오기 시작한다. 나는 탈출하기 위해 또 다른 문을 열어 보려 하지만, 이번에는 그 문 손잡이가, 새처럼 생긴 손잡이가 살아나서 마찬가지로 나를 공격하기 시작한다. 나는 내가 살아나게 만든 그 괴물들에게서 도망치려 애쓰며 복도를 달려가지만, 그것들은 나를 쫓아온다. 나는 거기서 나가는 유일한 길은 다른 문들을 더 열어 보는 것임을 알고 있지만, 문 하나를 더 열려 할 때마다 괴물들의 무리에 한 마리가 더해지리라는 것도 알고 있다. 나는 항상 복도를 벗어나지 못하고 잠에서 깬다.

내가 부검을 실시한 모든 관계들, 그 결과로 찾아낸 모든 사후의 이론들, 새로 시도해 본 모든 신념 체계들, 그것들 하나하나는 그저 내가 돌린 또 하나의 문손잡이에 지나지 않았다. 내가 계속해서 나가는 길을 찾는 동안 추가된 또 한 마리의 두려운 괴물에 불과했다. 그리고 그 짓을 하고 있는 건 나였다. 그 괴물들을 계속 만들어 내고 있는 사람은 다름 아닌 나였다.

당신이 이 책을 처음부터 차례대로 읽어 왔다면, 그리고 「엑스파일」의 팬이라면, 지금쯤 당신의 머릿속에는 이런 생각이 떠올랐을지도 모르겠다. 내가 저지른 가장 중대한 실수는(그리고 허영은) 애초에 나 자신을 스컬리라고 착각한 거라는 생각 말이다.

아마 당신에게는 이미 몹시 명백해 보일 것이다. 나는 약간 음산한 구석이 있는 사람이다. 나는 멀더에 가까운 사람이다.

부검을 통해 아무리 많은 규칙들을 찾아낸들 나는 과학자가 아니었다. 나는 이치에 맞는 사실을 찾고 있는 게 아니었다. 사건의 해결에 가까이 가고 있는 게 아니었다.

나는 지하 사무실 책상 위에 두 발을 올려놓고 앉아 해바라기씨를 먹고 있는 폭스 멀더였다. 스스로의 분위기에, 트렌치코트에, 탈주자 같은 성격에 솔직히 말해 좀 심하게 우쭐해 하면서, 바깥세상의 진상과 끔찍함을 볼 수 있는 사람은 분명 나라는, 나밖에 없다는 사실에 좀 심하게 짜릿함을 느끼고 있었다.

바깥으로, 세상 속으로, 빛 속으로 나아가는 대신에, 나는 내가 보관해 둔 끔찍함의 파일들을 돌보며 몇 번이고 거듭해 자세히 들여다보고 있었다.

멀더, 나예요.

〈위험한 추적〉,「엑스파일」시즌 3, 9화

스컬리: 뭘 보고 있어요?

(……)

멀더: 내가 보고 신청한 잡지 광고에 따르면 외계인 부검 장면이에요. 진짜라는 보증이 있어요. (스컬리, 화면을 쳐다본다. 거기에는 예전에 행해진 외계인 부검 장면이 나오는 중이다. 의사들이 카메라를 가로막고 있어서 시체는 잘 보이지 않는다.)

스컬리: 이걸 보려고 돈을 냈다고요?

멀더: 29달러 95센트, 거기다가 배송비요……. 하지만 저건, 저건 정말로 진짜처럼 보여요. (리모컨을 들고 텔레비전을 향해 걸어가 스컬리 옆에 선다.) 내 말은, 저 배경도 그렇고 저렇게 수술하는 과정도 그렇고요. 진짜 부검을 하고 있는 것처럼 보이지 않아요?

리브와 메그의 결혼식 전날 밤, 나는 하객들 가운데 리브 쪽 사람들과 함께 식당에 나와 있었다. 우리는 테이블에 둘러앉아 각자 리브에게서 좋아하는 점이나 존경하는 점을 차례로 말했다. 리브의 흠 잡을 데 없는 머릿결이 여러 번 언급되었다. 내 차례가 되자 나는 리브의 유머 감각에 관해, 지금까지 리브가 나를 가장 심하게 웃게 만들었던 일에 관해 이야기를 시작했다. 그건 리브와 메그가 못된 사마귀 녀석을 피해 달아났던 일에 관한 이야기였다. 나는 리브가 얼마나 재미있는 사람인지 보여 주는 이야기라서 내가 그 이야기를 하고 있는 줄 알았다. 그러다가 중간쯤에 이렇게 말했다. 「생각해 보니 이건 실은 메그가 얼마나 멋진 사람인지 보여 주는 이야기 같네요?」

그러네요. 테이블에 있던 사람들이 말했다. 「메그야말로 지옥까지라도 같이 가줄 사람이네요.」

나는 〈다음 분 말씀하세요〉 하고 중얼거리고는 매콤한 테킬라를 들이키며 내 노트에 이미 무언가를 바쁘게 휘갈겨 쓰고 있었다.

다음 날 아침, 정확히 말하자면 메그와 리브의 결혼식 날 아침, 나는 잠에서 깨자마자 곧바로 결혼식 대본을 수정하기 시작했다. 전날 밤에 써둔 이야기를 넣어야 했다. 〈사마귀의 셔플 댄스[21]〉라는 제목의 이야기였다.

결혼식에서 사마귀가 등장하는 웃긴 이야기를 하는 게 적절한 일일까? 알 수 없었다. 하지만 그게 내가 리브와 메그의 사랑에 관해 말하려고 할 때 생각해 낼 수 있는 가장 좋은 이야기라는 건 알고 있었다. 그건 그동안 내가 스컬리멀더주의에 너무도 집착해 온 게 잘못이었다는 걸 뜻하는 이야기이기도 했다.

리브와 메그는 아주 많은 이유로 다른 사람들에게 롤 모

---

21 경쾌한 음악에 맞춰 미끄러지듯 바닥에 발을 비비는 동작이 들어가 있는 춤.

델이 될 만한 커플이다. 하지만 이 〈사마귀의 셔플 댄스〉 이야기는 내게 다음과 같은 진실을 드러내 주었다. 멀더와 스컬리는 여전히 완벽한 커플이지만 내가 생각했던 이유로 완벽한 건 아니었다. 나는 리브와 메그의 역학 관계를, 그리고 멀더와 스컬리의 역학 관계를 잘못 이해해 왔다. 그때까지 나는 그들의 사랑이 왜 잘 작동하는지에 대해, 서로 몹시 다른 두 사람이 왜 그토록 잘 맞는지에 대해 어떤 복잡한 이유를 찾아내려고 계속 애를 써왔다. 하지만 알고 보니 그 이유는 그렇게 복잡한 게 아니었다.

미친 듯이 눈부신 가을날, 리브와 메그가 친구들과 가족들에게, 그리고 수많은 장식용 조롱박들과 그림 같은 시골의 헛간 풍경에 둘러싸여 있던 날, 내가 영광스럽게도 그들이 결혼했다고 선언하게 된 날, 그날 내가 결국 하게 된 이야기는 말하자면 〈이번 주의 괴물〉 에피소드[22]에 해당하는 것이었다.

＊「엑스파일」주제가가 흘러나온다. ＊

어느 날 리브와 메그는 집 밖으로 나가 자신들의 아파트 단지에 있는 공동 온탕으로 가려 하고 있었습니다. 그들은 바깥으로 통하는 판유리 문을 막 밀어 열려다가 **무언가를 보게** 되었죠. 그건 유리문 저편에 있었습니다.

선사 시대부터 존재해 온 지겨운 녀석, 몸을 흐느적거

---

22 「엑스파일」시리즈 중, 외계인들과 관련된 음모를 파헤치는 이야기를 여러 편에 걸쳐 이어가는 에피소드들과는 다르게 한 편으로 완결되는 에피소드를 말한다.

리며 턱으로는 무언가를 우적우적 씹고 있는 사마귀였습
니다.

「걔가 거기서 뭐 하고 있었어?」 저는 리브에게 물었습
니다.

「셔플 댄스를 추면서 여기저기 돌아다니고 있더라고.」
리브가 말했습니다. 「싫음을 막 유발하면서 말이야. 그날
밤을 망쳐 버리고 있었어.」

그러더니 녀석은 손을 흔들었습니다. 사마귀가 손을 흔
든 거예요! 유리문 저편에서 말이죠.

리브는 곧바로 녀석을 죽이자고 주장했죠. 「내가 장담
하는데 저건 결국 집 안으로 들어올 거야.」 리브는 메그에
게 말했습니다. 「그러면 내가 나쁜 사람이 된다는 거 알아.
하지만 난 벌레는 못 참아. 특히 저렇게 커다랗고 속으로
뭔가 음모를 꾸미고 있는 것처럼 빙글빙글 돌아가는 머리
를 가진 벌레는.」

메그는 평화를 지키자고 주장했고(「왜냐하면 메그는 다
정한 사람이고, 사마귀는 멸종 위기종이랬나 뭐 그런 거니
까.」 리브는 그렇게 말하더군요), 평화가 이겼습니다.

그들은 사마귀를 남겨 두고 공동 온탕으로 향했습니다.

그랬다고 생각했죠.

그날 밤 늦게, 리브는 유리문을 밀어 열고 방충망을 잡
아당겨 쳐서 환기를 좀 시키고 싶었습니다. 하지만 그랬다
가 생길 수도 있는 일이 두려웠죠…… 방충망과 유리문이
0.001초라도 동시에 열려 있게 된다면 어떻게 될까. 리브

는 메그에게 그 일을 하기가 겁이 난다고 말했습니다. 〈그놈〉이 바깥에서 기다리고 있을 것 같아 겁난다고요. 리브가 문 옆에서 독백을 늘어놓는 동안 메그는 소파에 앉아 있었는데(「아마 내 말을 안 듣고 있었던 것 같아.」 리브는 말했어요), 그러다가 리브가 엄청나게 재빠른 동작으로 문을 밀어 열고 방충망을 잡아당겨 쳤어요.

그 순간 리브는 아무것도 쓰지 않은 맨머리 위에서 사마귀의 발들이 끌리는 걸 느꼈어요.

「그게 뭔지 곧바로 알 수 있었어.」 리브는 말했습니다. 「그러니까 내가 무서워할 만도 했어. **그놈은 나를 기다리고 있었던 거야. 그**것 말고는 설명이 불가능해. 그놈이 미리 계획하고 있었다는 것 말고는.」

이 이야기를 하면서, 리브는 머리 위로 들어 올린 손을 무언가를 꼬집을 때 같은 모양으로 만들어 작은 사마귀를 표현합니다. 「그놈이 이 위에서 셔플 댄스를 추면서 돌아다니는 게 느껴졌어.」 리브는 이렇게 말하며 손가락들을 춤추듯 움직입니다. 「사마귀의 셔플 댄스를 추고 있더라니까.」

리브는 비명을 지르며 자기 머리를 후려쳤어요.

「도망쳐!」 리브가 소리쳤어요. 「방으로 들어가, 당장.」 메그는 소파에서 벌떡 일어나 리브의 손을 잡았고, 그들은 침실로 뛰어 들어가 문을 닫았습니다. 리브는 문을 잠그고는 확실히 잠겼는지 확인했죠.

이제 그들은 둘 다 꽝 닫힌 문에 기댄 채 가쁜 숨을 몰아

쉬고 있었습니다. 그때 메그가 리브에게 몸을 돌리고는 물었습니다. 「근데 우리, 뭐한테서 도망치고 있는 거야?」

「못 봤어?!」 리브가 말했습니다.

「내가 지금 콘택트렌즈를 빼서 아무것도 안 보이거든?」 메그가 말했습니다.

리브는 웃기 시작했어요. 「잠깐, 그럼 넌 뭐한테서 도망치고 있었던 거야?!」

「네가 뛰길래 따라 뛰었지!」 메그가 말했습니다. 「네가 도망치라며!」

여기서 잠시 시간을 들여 메그를 높이 평가해 주시길 바랍니다.

그래요, 어젯밤 여러 하객 여러분이 제대로 알아봐 주셨듯, 이 이야기는 메그가 지옥까지라도 같이 가줄 사람이라는 사실을 보여 주기 때문입니다. 하지만 이 이야기에는 그것 말고 다른 메시지도 있습니다.

이 〈사마귀의 셔플 댄스〉 이야기는, 제가 보기에는 궁극의 사랑 이야기라고 할 수 있습니다.

왜냐하면 사랑이란 당신이 사랑하는 사람이 믿는 현실을 믿는 것이니까요.

그건 그 사람의 보이지 않는 세계가 당신에게 현실이 되는 것입니다.

마치 폭스 멀더의 벽에 걸려 있는 포스터에 적힌 말처럼요. **나는 믿고 싶다.**

그건 사랑하는 사람이 도망치라고 말하면 도망치는 것

입니다. 마치 어딘가에 정말로 셔플 댄스를 추며 돌아다니는 사마귀가 있을 수 있다는 듯이 말입니다. 하지만 사마귀는 중요한 게 아니죠. 중요한 건 당신이 사랑하는 사람을 신뢰한다는 것입니다. 당신은 그 사람을 믿습니다. 사실이나 자료도 없이, 망설임도 없이 말이죠.

「엑스파일」에 나오는 그 모든 말도 안 되는 우주론 가운데 **이게** 모든 것의 핵심입니다.

세상이 불타고 있고, 벌들이 당신에게 천연두를 옮기려 하고, 외계인들이 당신의 자궁을 구석구석 뒤지고 있을 때, 그럴 때도 당신이 전적으로 신뢰할 수 있는 사람이 한 명 있습니다. 가끔씩은 말이에요.

그리고 그건 저로서는 한 번도 가져 보지 못한 것입니다. 제가 손 인형이나 해변을 좋아하지 않는 사람들이랑 계속 사귀기 때문이 아니라…… 제가 그런 식으로 누군가를 신뢰하는 걸 스스로에게 허락하려 하지 않기 때문이에요. 처음으로 사랑에 빠졌던 그 신화 같던 시간 이후로 저는 한 번도 누군가를 그런 식으로 신뢰해 본 적이 없어요.

누구나 신뢰가 깨지는 경험을 하지만, 사람들 대부분은 다시 사람을 신뢰할 방법들을 찾아내죠. 그건 매일 일어나는 종류의 기적일 겁니다.

저는 그냥 그런 일에 너무 형편없을 뿐이고요.

저는 두렵습니다. 원래 겁이 많기도 하고, 어떤 이유들 때문에 두렵기도 합니다. 저는 예전에 잘못된 방식으로 사람을 신뢰했었어요. 다른 사람들의 환상에 인질로 잡혔던

적도 있고요. 그리고 저 자신의 환상에도 끊임없이 사로잡
힌답니다. 새로 시작된 관계가 얼마나 저를 안심시켜 주든
상관없이 공황 상태에 빠지고 온통「엑스파일」시즌 1의
스컬리처럼 변해 있는 저 자신을 발견하곤 합니다.「**이게
진짜라고요?**」저는 그렇게 말하죠.「**늪지대에서 방출되는 가
스 덩어리가 아니라는 게 확실한가요?**」

〈아무도 믿지 말라〉는「엑스파일」의 슬로건 가운데 하
나입니다. 하지만 그건 멀더와 스컬리에게는 적용되지 않
는 이야기죠. 〈아무도 믿지 말라〉는 건 다른 사람들에게나
해당되는 이야기입니다. 왜냐하면 시리즈가 진행되면서
세상은 점점 더 겁나는 곳으로 변해 가지만, 점점 더 많은
괴물들이 진짜인 것으로 드러나지만, 스컬리는 멀더를 신
뢰하게 되기 때문입니다. 스컬리는 멀더가 도망치라고 말
하면 **도망치는** 사람이 됩니다. 증거를 요구하는 대신에 말
이에요.

문자 그대로 아무것도 보지 않고 하는 신뢰라는 것. 메
그가 했던 것 같은 일을 할 수 있게 되는 것이 제 평생의 과
업입니다.

〈복수를 위한 환생〉,「엑스파일」시즌 1, 21화
래저드 형사: 실례합니다. 잠시 이야기 좀 나눌 수 있
을까요?
스컬리: 제가 방금 부검을 시작한 참이라서요.
래저드 형사: 네. 음, 제 생각엔 그 친구가 어디로 갈

것 같진 않거든요…….

「엑스파일」에서 내가 가장 동요하게 되는 에피소드는
스컬리가 스스로 안전해질 방법을 생각해 내지 못하는 에
피소드들이다. 스컬리가 취약한 모습으로, 아무리 이성적
으로 옳다 한들 스스로를 구해 내지 못하는 모습으로 나오
는 에피소드들 말이다. 나는 오랫동안 스컬리 같은 사람인
척하는 일이 나를 구해 줄 거라고 생각해 왔기 때문이다.
하지만 심지어 스컬리도 외계인들에게 납치당한다. 심지
어 스컬리도 잘못된 이유로 자신을 사랑하는 남자들에게
납치당한다. 심지어 스컬리도 자기 언니를 보호해 주지 못
한다. 심지어 스컬리도 불확실함과 스트레스와 비참함 속
에서 살며, 가끔씩은 어떤 상황에서든 멀더에게 계속 돌아
가는 것이 자신에게 좋은 일인지 궁금해한다. 심지어 스컬
리도 십자가 목걸이를 걸고 다닌다. 심지어 스컬리의 눈에
도 천사가 보인다.

　나는 멀더를 찾고 있는 스컬리가 아니었다. 나는 일종
의 상호 신뢰를 찾고 있는 사람이었다. 나는 이 세상에 존
재하는 방식이 심하게 다른 두 사람이 — 솔직히 말하자면
젠더상으로 어떻게 조합된 두 사람이든 간에 — 순전히 본
능에 따라 서로를 신뢰하게 될 수도 있다고 믿고 싶어 하
는 사람이었다. 그런 신뢰가 가능하기 위해서는 상대방과
완전히 똑같은 것들을 믿을 필요도, 똑같은 삶을 살아왔을
필요도 없다고 말이다. 다른 건 그냥 다른 거다. 그냥 그런

게 사람이다. 그 다름으로 인해 반드시 완벽하고 상호 보완적인 어떤 회로가 활성화되어야 하는 건 아니다. 그 다름에 병적으로 집착할 필요도 없다. 그저 상대방이 믿는 것들 역시 진실이고 타당하다고 믿기만 하면 된다. 그저 당신이 전화를 하면 상대방이 전화를 받을 거라는 사실을 알기만 하면 된다. 그리고 그럴 때 〈나예요〉라고 말하는 건 별로 중요하지 않을 것이다. 상대방은 그게 당신이라는 걸 이미 알고 있을 테니까.

III

하지만 이건 당신이 당신 스스로에게 들려주는 이야
기예요. 당신을 불행하게 할 이야기요. 나는 말했다.
(……) 여기에 불가피한 부분이라고는 없어요. 이건 당
신이 한 선택이고, 당신은 이것과는 다른 이야기를 선
택할 수 있어요.

— 가스 그린웰, 『깨끗함』

우리가 하지 않았던 밤

조지타운 대학 학부생이었을 때, 나는 한 남자(〈샘〉이라고 부르겠다)와 사귀는 동안 한 여자(〈매기〉라고 부르겠다)에게 푹 빠져 버렸다.

커밍아웃은 하지 않았지만, 언제나 내가 조금은 퀴어인 것 같다고 느껴 오던 터였다. 열세 살 때는 내 벽장문에 리브 타일러의 잡지 사진을 테이프로 붙여 놓았다. 그 사진 속 리브 타일러는 호랑이 새끼 한 마리를 안고 있었고, 기사에서 발췌한 〈내 두 손은 남자들 대부분의 손보다 커요〉라는 문장이 눈에 띄는 서체로 적혀 있었다. 나는 내가 그 밑에 테이프로 붙여 놓은 사진 속 문신을 한 다정한 남자들과 그들의 기타만큼이나 리브 타일러를, 그리고 그의 두 손을 갈망했다. 열네 살 때는 분필을 사용해서 내가 좋아하던 시들을 부모님 댁 진입로에 그림으로 표현하고 있었는데, 어째선지 그 가루투성이 그림들은 언제나 벌거벗은 여자들로 가득했다. 개를 산책시키며 걸어가던 이웃들이 보고 발을 멈출 정도였다. 나는 말을 탄 〈무자비한 미녀〉[1]를 그

243

렸다. 아직 그렇게 강력한 힘을 가진 여성을 온전히 상상하기는 어려웠는지 여자의 얼굴은 그리지 않았지만 가슴은 정교한 디테일로 그려 냈다. 열일곱 살 때는 미술 수업을 같이 듣던 여학생과 뜻을 모아, 내가 다양한 과일들과 함께 그 애의 나체 사진을 찍은 다음 그것을 졸업 작품으로 제출하기로 했다. 캔털루프멜론과 가슴. 수박과 엉덩이. 그리고 파파야는…… 차마 말로 할 수가 없네. 나는 예술 작품을 만들고 싶기도 했지만, 일단 그 애가 옷을 벗으면 우리 사이에 무슨 일인가가 일어날 거라고 바라기도 했던 것 같다. 무슨 일이든.

요즘에는 나 자신이 양성애자 아니면 범성애자 같다는 말도 한다. 하지만 옛날에는? 그 모든 감정과 충동과 호기심의 조각들은 결국 무엇이 됐을까? 그때의 나는 거기에 대해서는 할 이야기가 없다고 말했을 것이다. 요즘 나는 내가 퀴어라는 말을 하지만, 대학에 다닐 때는? 아무 말도 하지 않았다.

가끔씩 나는 내가 〈시간 여행〉이라고 부르는 다음과 같은 게임을 한다.

시간 여행을 하면서 나는 내가 누군가를 상처 입혔던 장소들로 스스로를 데려간다. 그러고는 머릿속에서 **그 일을 바로잡는다.** 내가 했던 일을 없었던 일로 만든다. 내가 지금 나 자신에 대해 아는 것들을 그때도 알기만 했더라면, 그랬더라면 일을 그렇게 엉망으로 만들진 않았을 텐데, 나

1 영국 시인 존 키츠의 시 제목.

244

는 스스로에게 되뇐다. 내 시간 여행의 범위는 대단히 넓다. 물론 퀴어했던 순간들로도 돌아가지만, 내가 나 자신의 두려움과 정신적 외상과 욕구와 자아를 이해하지 못했던 순간들로도 돌아간다.

이런 게임을 한다는 건 얼마나 불건전한 즐거움인지. 시간 여행을 하면서 나의 과오들을 몇 번이고 거듭해 심하게 질책하는 일은 지금 이 순간까지 고통스럽지만 동시에 안도감도 준다. 심지어는 어떤 속죄의 행위로 느껴지기까지 한다.

그리고 시간 여행을 할 때면 나는 보통 매기와 내가 블랙 캣에 가지 않았던 그날 밤으로 돌아간다.

앞서 이 이야기의 일부를 들려준 게 기억날 것이다. 매기와 내가 한 무리의 여자들과 함께 춤추러 가기로 했다는 이야기. 블랙 캣 클럽에서 열렸던 브릿팝의 밤. 우리는 과도한 눈 화장을 하고 있었다. 나는 내 스타킹을 면도날로 찢었다. 매기와 나, 우리가 그런 준비를 한 건 함께 춤추고 싶어서였다. 아니면 그냥 나는 그랬다고 해야 할지도 모르겠다. 나는 매기와 함께 춤추고 싶었다.

앞에서는 당신에게 말하기 쉬운 부분만 이야기했다. 재미있는 부분만. 웃기는 부분만. 이야기의 나머지 부분은 말하기가 좀 더 어렵다.

눈이 왔고, 워싱턴 D. C.는 눈이 내리면 맥을 못 추는 도시였기에 우리는 그 클럽에 가지 못했다. 모든 가능성이

245

모두 새어 나가 버린 것 같았던 그날 밤 우리는 결국 또 한 번의 따분한 파티가 열리는 아파트 발코니에서 담배를 피우게 됐다. 아래쪽 주차장에는 눈이 쌓여 갔고, 셔틀버스들이 요란하게 브레이크 소리를 내고 있었다.

발코니 저편에 매기가 보였다. 매기는 의미심장한 표정으로 나를 쳐다보며 자기 셔츠를 한쪽 손에 모아 쥐었다. 나는 매기를 보고 있던 유일한 사람이었고, 매기는 티셔츠 밑단을 들어 올려 배에 빨간색 립스틱으로 써둔 글귀를 보여 줬다. 〈블랙 캣에 있고 싶다.〉 나는 죽을 것 같았다. 이 생각을 하면 지금도 죽을 것 같다. 매기는 안으로 들어갈 때 자기 몸을 나에게 붙이면서 한 손을 내 다리 사이로 살짝 미끄러뜨렸다. 그러고는 가버렸다.

그 주에 나는 이유를 설명하지 않은 채 샘과 헤어졌다. 내가 생각해도 그건 끔찍한 짓이었다.

매기와 내가 처음으로 키스했을 때, 우리는 손을 잡고 집으로 걸어가고 있었다. 발이 걸려 넘어지지 않고서는 걸을 수 없을 것 같은 구불구불한 자갈길이었다. 그러다가 어느 정원 앞에 멈춰 섰다. 울타리가 쳐진, 조지타운의 비밀 정원들 가운데 한 곳이었다. 그곳은 꽃들이 연철 대문을 칭칭 감고 있고 안에는 달걀 껍데기 색깔의 베스파 한 대가 세워져 있는 타운 하우스였다. 우리는 문 안쪽의 작은 세상을 바라보려 몸을 기댔고, 그런 다음 무슨 생각을 하는지 확인이라도 하려는 듯 서로를 향해 몸을 돌렸다. 우리는 키스할 생각을 하고 있었다. 그러고는 키스했다.

나는 죽을 것 같았다. 지금도 죽을 것 같다.

우리는 아무에게도 말하지 않은 채 만나기 시작했고, 내 방에서 버번위스키를 마시고 음악을 쾅쾅 울리게 틀어 놓고는 침대 속에서 뒹굴었다. 그렇게 뜨거움이 지속되는 잠깐 동안은 근사했다.

그러다가 모든 것이 예상치 못한 방향으로 흘러갔다.

샘은 나와 헤어지면서 더 이상 상처받을 수 없을 정도로 상처받았다. **그럴 만도 했다.** 당시 우리가 다니고 있던 가톨릭 계열 대학의 여성 목회자 한 명이 나를 찾아와서는, 내가 샘에게 감정적으로 큰 피해를 입혀서 걱정이 된다고 말했다. 나는 엄청난 충격을 받고 공황 상태에 빠졌다. 샘은 아직 매기에 대해 알지도 못하는데 목회자가 벌써 알고 있다고?

나는 가톨릭 신자가 아니고, 우리 부모님은 내가 태어나기 전에 가톨릭 신앙을 버렸다. 하지만 우리에게는 어느 정도의 가톨릭 문화가 남아 있었고, 알고 보니 그 영향력에서 벗어나기는 쉽지 않았다. 그 목회자는 실제로 나를 찾아왔던 걸까, 아니면 그 사람이 했던 이야기를 누군가가 그냥 내게 말해 줬던 걸까? 내 머릿속에는 그 목회자의 모습이 생생하게 남아 있지만, 어쩌면 나는 그 이야기를 그냥 간접적으로 전해 들은 것일 수도 있다. 그 여자가 기억 속에서 이토록 중대한 느낌으로 다가오고, 그가 기숙사의 사각형 안뜰에 있는 작은 벤치에 앉아 있던 내게 다가오던 모습이 이토록 눈에 선한 건 내가 그 여자를 너무도 자주 떠올리기 때문일 것이다. 힘 있는 위치에 있던 어른이 내가 바로 고통의 원인이라는 걸 알려 주고 싶어 했기 때문일 것이다. 그리고 솔직히 말해, 이 이야기에 나오는 악인들의 위계에서 나는 나 자신을 가장 주요한 악인으로, 어쩌면 유일한 악인으로 보고 있지만, 그 목회자 또한 내가 싫어하는 인간들의 목록에서는 만만치 않은 순위를 차지하고 있다. 그 여자가 직접 나를 찾아왔든, 아니면 내가 그냥 말만 전해 들은 것이든 상관없이 말이다. 그 일이 어떤 느낌이었는지 기억하고 또 기억하는 일을 내가 지금껏 얼마나 거듭했는지는 차마 말할 수가 없다. 내가 다른 누군가의 고통에 책임이 있다는 걸 공식 인사가 직접 알려줬을 때 느낀 그 수치심과 죄책감이라니.

내게는 **분명** 책임이 있었다. 하지만 시간 여행을 할 때면 가끔씩 그 목회자 때문에 게임이 엉망이 될 뻔하기도 한다. 그래서 원래대로 나 자신을 벌주기가 어려워지기도 한다. 그 여자가 보일 때면 내가 그 시간으로부터 배워야 했으나 배우지 못했던 사실이 떠오르기 때문이다. 그 사실이란 우리는 가끔씩 남에게 고통을 주기도 하는 존재라는 것이다. 우리는 실수를 하는 존재다. 우리는 별다른 이유 없이 일을 개판으로 만들기도 한다. 혹은 단지 누군가와 더 이상 사귀고 싶지 않아서 그렇게 하기도 한다. 우리는 자신이 행복해지기 위해 다른 사람들을 슬프게 만드는 선택을 하는 존재이기 때문이다. 그리고 우리는 그 선택에 따르는 책임을 받아들이고 견뎌야 한다. 어떤 부분이 우리

힘으로 상황을 나아지게 할 수 있는 부분이었고 어떤 부분이 아니었는지 깨달아야 한다. 대학 때 이 모든 걸 배웠더라면 참으로 건강한 배움이 됐을 텐데. 사실 그랬더라면 나는 이런 모습으로 시간 여행을 하고 있진 않았을 것이다.

그 대신 내가 그때 배운 건 이런 것이었다. 〈내가 하고 싶은 일을 했더니 이제 나쁜 일들이 일어나고 있네. 하지만 바로잡을 수 있어. 난 누군가가 더는 고통받지 않게 할 수 있어. 내 이기심을 조금만 줄이면 돼.〉

그렇게 해서 나는 매기와의 일들을, 내가 원했던 그 관계를 끝냈다. 마치 매기를 포기하면 내 죄책감이 더해지지 않고 지워지기라도 할 것처럼. 매기는 더 이상 상처받을 수 없을 정도로 상처받았다. **그럴 만도 했다.**

잠깐 들어 주길. 나는 〈대학 때 아직 커밍아웃하지 않은 채 당신을 가지고 놀던 양성애자 애들〉의 대표로 공식 선출된 사람은 아니다. 그럼에도 그런 우리를 대표해 어쨌거나 이 말을 들어야 할 사람들에게 한마디 하려 한다. 우리가 한 짓은 너무도, 너무도 개판이었다. 너무도, 너무도 미안하다. 우리는 나름대로 최선을 다하고 있었고, 어쩌면 최선을 다한다는 게 어떤 건지는 미처 몰랐을 수도 있지만, 그건 중요하지 않다. 당신들은 우리보다는 훨씬 더 나은 사람들을 만나야 했다. 나는 매기에게 너무도 미안하다. 샘에게 너무도 미안하다. 이걸 읽고 있는 당신에게도 이런 이야기가 해당되는 부분이 있다면 너무도 미안하다.

그리고 그 뒤에는 상황이 지저분해졌다. 어느 파티에서 매기가 샘에게 추파를 던졌는데, 샘은 매기와 내가 사귄 적이 있다는 사실을 여전히 모르고 있었다. 샘과 섹스한 뒤 매기는 샘에게 **우리**가 침대에서 뭘 했었는지를 속삭였고(우리가 연극을 좋아하는 아이들이었다는 사실을 말할 필요가 있을까?), 샘은 더 이상 충격을 받을 수 없을 정도로 충격을 받았다. **그럴 만도 했다.**

샘은 나를 찾아와 무슨 일이 있었는지 말해 줬고, 우리는 이야기하고 또 이야기하고 끝까지 이야기를 했다. 포토맥강 둑에서, 동부 연안에 찾아온 봄이 품고 있던 가능성들로 가득 찬 나머지 우리 둘 다 햇볕에 잔뜩 타버렸던 어느 날에 말이다. 결국 샘은 우리가 재결합해야 한다고 했고, 나는 그러자고 했다. 마치 그를 다시 만나면 상황을 바로잡을 수 있기라도 할 것처럼. 마치 그렇게 하면 시간을 거슬러 내가 상황을 그토록 엉망으로 만들기 전으로 돌아갈 수 있기라도 할 것처럼. 마치 그러면 내가 용케도 두 사람 모두에게 저질렀던 갖가지 과실들을 덜게 되기라도 할 것처럼.

밤이 되면 나는 연극을 좋아하는 다른 아이들과 함께 살던 9인용 주택에서 빠져나와 길 건너에 있는 듀크 엘링턴 예술 학교까지 걸어가곤 했다. 그 학교 잔디밭에는 워싱턴 D.C.의 랜드마크인 「커다란 녹색 의자」가 있었는데, 그 작품은 높이가 4.2미터나 되고 민트그린색으로 칠해진 옥외용 안락의자였다. 나는 그 전설적인 의자의 움푹 들어간

곳으로 기어 올라가 길 건너편에 있는 내가 살던 집을 노려보며 줄담배를 피우다가 울음을 터뜨리곤 했다. 그렇게 짧은 시간에 용케도 그렇게나 많은 감정적 피해를 입혔구나. 그런 생각 때문에 나는 흔들리고 있었다. 죄책감에 시달렸고 나 자신이 소름 끼쳤다. 내가 불러일으킨 고통을 덜 수만 있다면 나는 그 어떤 일이라도 시도했을 것이다.

샘과 내가 다시 사귀게 되자, 우리의 친구였던 수많은 게이 남학생들은 몹시 화를 냈다. 그 애들은 사실 샘의 친구였고, 내가 한 행동 때문에 나를 죽도록 싫어했다. **그럴 만도 했다.**

그 애들은 이렇게 말했다. **걔 차버려. 걔는 자기가 뭘 원하는지도 몰라.** 또 이렇게도 말했다. **걔 믿지 마. 이건 걔를 태우고 동성애 마을로 가는 기차가 정차한 첫 번째 역에 불과하다고.**

한편으로 그 남학생들은 나를 **알아봐 준** 것이었다. 나의 퀴어함을 승인해 준 것이었다. 하지만 그다지 기분이 좋진 않았다. 왜냐하면 그 애들은 그 말을 하면서 이렇게도 말하고 있었던 거니까. 내가 퀴어라는 건 내가 자신에 대해, 무엇을 원하는지에 대해 확신이 없다는 뜻이라고. 그 애들은 막 생겨나려는 나의 퀴어함 때문에 내가 위험한 존재라고 말하고 있었다. 내가 확신이 부족하기 때문에 사람들에게 상처를 입힐 거라고 말이다.

동성애 마을로 가는 기차.

그 남학생들은 그저 내게 이를 갈고 있었을 뿐이다. 그 시절 우리 모두가 누군가에게 그랬듯이. 그리고 나는 그 애들을 탓할 생각은 없다. 하지만 내게 가장 상처가 됐던 건 그 애들이 한 그런 말들이었다. 그래서 나는 다음과 같은 결론을 내렸다. 〈내가 샘을 또다시 상처 입힐 거라는 그 애들의 말이 틀렸으면 좋겠어. 내가 사람들에게 상처를 주는 사람이 아니었으면 좋겠어.〉 그래서 나는 졸업할 때까지 샘과 관계를 유지했다. 내가 고통의 원인이 되는 사람이 아니라는 걸 증명하려 했다. 나의 퀴어함을 탐색하는 일조차 더 이상 하지 않으려 했다. 그게 해야 하는 일이라면, 치러야 할 대가라면 말이다.

그 모든 파란만장한 소문이 연극을 좋아하는 아이들이었던 우리의 공동체에 전해지자, 친구들은 내게 매기에 관해, 그 일이 어땠는지에 관해 물었다. 그러면서 진심으로 나를 지지해 주려 애를 썼고, 내가 커밍아웃을 할 건지 알고 싶어 했다.

어땠어? 그 애들은 물었다. 매기와 사귀는 게 어땠느냐는 뜻이었다. 그리고 나는 거짓말을 했다.

혼란스러웠어. 가슴이 너무 여러 개여서 그랬나. 나는 그렇게 말함으로써 친구들을 웃게 만들었다.

그건 얼마나 더러운 배신이었는지.

가슴이 너무 여러 개였던 것도 아니고, 내가 무언가에 대해 혼란스러웠던 것도 아니었다. 내가 유일하게 혼란스러웠던 부분이 있다면, 상황을 그토록 엉망으로 만든 내가 앞으로 과연 여자와 다시 키스라는 걸 할 수 있을까 하는 부분이었다. 얼마 있지 않으면 졸업이라고 나는 스스로에게 되뇌었다. 나는 떠날 것이었다. 그런 다음 브루클린으로 이사해서 마음에 드는 누구하고든 키스할 것이었다.

그로부터 15년이 지났으니 이 이야기가 나를 장악하는 힘이 이제는 좀 느슨해졌을 법도 한데, 실은 그렇지가 못하다. 나는 몇 번이고 거듭해 그때로 시간 여행을 하면서 아무에게도 도움이 되지 않는 속죄의 행위를 한다. 내가 불러일으킨 고통을 떠올리며 괴로워한다. 스스로에게 이렇게 외치기도 한다. 〈그냥 너 자신을 좀 알란 말이야. 대체 언제까지 그렇게 혼란스러워할 건데? 항상 네가 누군지, 뭘 원하는지 확실히 알고 준비된 상태로 있으란 말이야.〉

나는 정말로 브루클린으로 이사했고, 마음에 드는 몇몇 사람과 키스했지만, 그런 사람이 많진 않았다. 솔직히 말하자면 블랙 캣이 등장하는 그 이야기가 나를 마비시켜 버렸다는 생각이 들었다. 내가 매기와 제대로 사귀어 보기도 전에 상황이 너무도 엉망이 돼버리는 바람에, 내 커밍아웃 이야기가 될 수도 있었을 그 경험은 결코 그런 것이 되지 못했다. 오히려 그건 내가 아무에게도 할 수 없는 이야기가 됐다. 심지어 나 스스로에게도. 그 이야기가 주는 수치심이 너무 강했던 것이다.

그래서 나는 내 정체성을 소리 내 말하는 일을 삼가게 됐다. 결국에는 주로 남자들과 키스하게 되는 경험을 오랫동안 했다는 뜻이다. 하기야 내가 다른 무언가를 원한다는 걸 누가 알았겠는가? 내가 이야기를 하지 않는데. 얼마 전, 내가 오랫동안 반해 있었던 한 여자와의 데이트에서, 그 여자는 내가 퀴어인지 아닌지 그동안 잘 몰랐다고 했다. 우리 둘은 2년 전 어느 결혼식에서 만나 서로에게 집적거리면서도, 둘 중 누구도 상대방에게 키스할 만큼 대담하진 못했다. 그리고 다른 무엇보다도 우리에게 방해가 됐던 건 이런 〈알지 못하는 상태〉였다.

워싱턴 D. C.에 있는 어느 재즈 바의 카운터에 서서 나는 변명을 늘어놓았다. 「내 말은, 내 친구들은 내가 바이라는 거 알아요. 우리 부모님도 아시고요.」 그 여자는 어깨를 으쓱하고는 미소를 지었다.

나는 여전히 아주 조용히 있었다. 여전히 여러 가지를 소리 내 말하지 않았다. 그 때문에 우리는 그 결혼식에서 우리가 원하는 것을 알아보지 못했던 것이다. 키스도 하지 못했다. 하지만 마침내 키스의 순간이 찾아왔다. 그 재즈 바에서, 알고 보니 너무도 많은 사람들이 연주자였던 까닭에 음악을 듣는 사람들보다 하는 사람들이 더 많았고, 이야기보다 음악이 더 많이 들려왔던 어느 날 밤에 말이다. 나는 깨달았다. 그동안 내 침묵 때문에 들리지 않았던 게 바로 이런 거라면, 아마도 목소리를 높여야 할 것 같다고.

여전히 나는 우리 스스로가 불러일으키는 고통을 인정하는 일은 중요하다고 생각한다. 나는 그 고통에 대해 책임을 진다. 하지만 아마 스스로를 채찍으로 때리는 일은 멈춰도 될 것이다. 우리가 우리 자신을 알기도 전에 일으킨 고통이라면, 그것을 바라보고, 그것으로부터 무언가를 배우고, 또한 용서까지 해도 괜찮을 것이다. 시간 여행을 할 때면, 나는 내가 일으키지 않으려 애쓰고 있는 고통이 단지 매기와 샘에게 국한된 고통만은 아닐지도 모른다는 생각이 들기 때문이다. 나는 나 자신 역시 구하려 애쓰고 있는 것 같다. 시간 여행을 할 때면 나는 그 거대한 야외용 안락의자에 올라가 담배를 피우고 있는 여자애를 찾아간다. 그리고 그 여자애가 얼마나 엉망인지, 그 애가 얼마나 많은 고통을 불러일으켰는지에 대해 온몸이 찔리는 것 같은 수치심을 느끼는 대신, 그 애를 고통의 원인이 되는 어떤 거대하고 힘 있는 사람이라고 여기는 대신, 나는 자신이 누구인지 알아내려 애쓰고 있는 한 사람을 본다. 그리고 듀크 엘링턴 예술 학교 잔디밭에 있는 그 거대한 녹색 의자 위에서, 다름아닌 나인 그 여자애는 너무도 작아 보인다.

블랙 캣이 등장하는 이야기가 그토록 오랫동안 나를 마비시켰던 데는 또 한 가지 이유가 있다. 매기와 있는 동안 일어났던 일들에 관한 이야기는 너무도 여러 면에서 매기와 있는 동안 **일어나지 않았던** 일들에 관한 이야기이기도 했던 것이다. 우리가 어쩌다가 블랙 캣에 가지 **못했는지.** 우리가 어떻게 해서 결국에는 함께하지 **않게** 됐는지. 그 관계가 왜 아주 잠깐밖에 지속되지 **못했는지**. 내가 어째서 그 관계에 공정한 기회를 주지 **않았는지**.

그랬기 때문에 그 이야기는 내가 누군지에 관해 <u>스스로</u>에게 들려줄 수 있는 이야기가 되지 **못했다**.

내 퀴어함의 기록 보관소에 있는 나머지 덧없는 기록들과 마찬가지로, 리브 타일러와 호랑이 새끼가 등장하는 그 잡지 사진과 마찬가지로, 부모님 댁 진입로에 분필로 그렸던 〈무자비한 미녀〉의 가슴과 마찬가지로, 내가 〈예술을 위해〉 옷을 벗어 달라고 부탁했던 같은 학교 여학생과 마찬가지로 블랙 캣과 관련된 그 일은 **시시한 일**이었다. 이야기라고 할 만한 게 **없는** 상태. 결국 **아무 일도** 일어나지 못한 시간.

하지만 최근에 한 무리의 새로운 친구들이 이 이야기에 대한 내 관점을 바꿔 놓았다.

여름, 테네시에서 열리는 작가 캠프에서 있었던 일이다. 우리는 점심을 먹고 나서도 식탁에 오랫동안 그대로 앉아 있었다. 그 전날 밤, 우리는 기타를 치고 서로에게 타로 점을 봐주느라, 그리고 나무들 쪽에서 브루드 X 매미들이 자기들 몸에 일어난 변화에 대해 내지르는 소리에 귀를 기울이느라 너무 늦게까지 깨어 있었던 터였다. 식탁에 둘러앉은 우리는 호수에 수영을 하러 가는 일을 두고 토론을 하고 있었다. 그 호수는 물에 미세한 모래가 너무도 많이 섞여 있어서 호수에 들어간 사람 몸에서 하나같이 진한 차 빛깔의 광채가 난다고 했다. 그런데 그런 말을 하던 우리가 어쩌다가 그 이야기를 시작하게 된 걸까? 우리가 키스하지 못한 여자들에 관한 이야기를? 아마도 헤더 때문이었던 것 같다. 헤더는 캠핑을 가서 자신이 반해 있던 여자애와 같은 텐트에서 잤던 경험을 들려줬다. 「이렇게 하고 잤어.」 헤더는 두 팔을 옆구리에 딱 붙이고 핫도그처럼 꼼짝도 하지 않은 채 말했다. 「걔하고 몸이 닿지 않으려고 밤새도록 죽은 듯 가만히 있었지 뭐야.」 헤더는 말했다. 「왜냐면 걔를 엄청 만지고 싶었거든.」 우리는 그때쯤엔 이미 너무 심하게 웃고 있어서 거의 오줌을 지릴 지경이었다. 하지만 우리가 그 여자들 이야기를 하게 된 건 어쩌면 캣 때문이었는지도 모른다. 캣은 스케이트를 타다가 그가 너무도 반해 있던 같은 팀 소속 연상의 여자와 안무 때문에 손을 잡아야 했던 이야기를 들려줬다. 그들이 손을 잡게 되자 캣은 마음속으로 생각했다고 한다. **오 하느님, 오 하느님, 우리가 손을 잡고 있어. 사랑에 빠지고 있어!** 혹은 우리가 그 여자들 이야기를 하게 된 건 어쩌면 내가 미술 수업을 같이 들었던 그 여자애 이야기를 했기 때문이었는지도 모른다. 내가 부탁하는 바람에 그 애가 우리 부모님 댁 휴게실에서 어떻게 옷을 벗었는지, 그곳이 얼마나 밝은 공간이었는지, 그럼에도 그 애는 얼마나 죽도록 아름다웠는지를. 내가 사진을 — 점점 더 벌어지는 멜론을 담은 세 장의 사진을 — 찍는 사이사이에 캔털루프멜론을 써는 동안 그 애의 몸이 어떻게 떨렸는지를. 내가 어떻게 씨들을 떠내고 멜론 조각들을 그 애의 몸에 올려놓았는지를. 그런 다음

우리가 하지 않았던 밤

나는 사진을 찍었다. 그리고 아무 일도 일어나지 않았다. 심지어 나는 **이** 이야기를 하는 순간조차 시간 여행을 하고 싶었다. 그 휴게실로 돌아가서 그 여자애에게 사과하거나 키스하거나 둘 다 하고 싶었다. 내가 이 이야기를 들려주는 동안 새로 사귄 친구들은 식탁에 머리를 대고 있었다. 친구들이 웃느라 몸이 흔들리자 식탁도 덩달아 흔들렸다. 친구들의 웃음은 그 여자애가 아니라 나를 향한 것이었다. 우리 모두를 향한 것이었다.

「근데 너, 걔한테 반하기는 했던 거야?」 내 친구 비가 말했다.

「당연하지!」 나는 그렇게 말하며 내가 정말 그랬다는 걸 깨달았다. 「일단 걔가 옷을 벗으면, 캔털루프멜론도 있고 하니까, 그다음에 무슨 일이 일어날진 그냥 뻔하지 않을까 생각했나 봐.」

「아, 난 퀴어 입문기가 정말 좋아.」 새로 사귄 친구 다시가 웃느라 숨을 헐떡거리며 다정함을 가득 담은 목소리로 말했다.

「하지만 이게 어떻게 입문기야!」 나는 그들에게 물었다. 「아무 일도 안 일어났는데?」

다시는 나를 쳐다봤다. 심술궂게는 아니지만, 내가 전혀 요점 파악을 못 한다는 듯이.

나는 언제나 매기와 내가 블랙 캣에 가지 못했던 그날 밤을 〈실패한 시작〉으로 여겨 왔다. 그게 시작이었던 건, 매기가 내 몸에 손을 댔고 내가 죽을 것 같은 기분을 느꼈기 때문이었다. 나는 지금도 죽을 것 같다. 그게 실패였던 건, 그 관계가 어디로도 가지 못했기 때문이었다.

하지만 시작은 당신의 것이다. 텐트 속에서 꼼짝도 안 하고 잠을 잤던 헤더, 스케이트장에서 손을 잡고 있던 캣, 낙관적인 기분으로 캔털루프멜론을 썰며 제대로 말할 수조차 없던, 어떤 일인가가 일어나기를 바랐던 나. 당신이 처음으로 무언가를 느꼈던 순간. 당신이 처음으로 그 느낌에 따라 보려 했던 순간. 그런 것들 역시 이야기다. 당신이 무언가를 하지 않았던 그 밤들도. 당신은 그것을 시작이라고 불러도 된다.

한번은 매기와 시간 여행에 관해 이야기를 했었다.

내가 샘과 헤어지고 나서, 매기와 주로 AOL사의 인스턴트 메신저를 통해 본격적으로 서로에게 집적거리기 시작했을 때였다. 우리는 학년 초부터 얼마나 서로에게 반해 있었는지에 관해 이야기했다. 우리가 극장 사무실에서 처음 만났던 날에 관해. 둘 다 상대방은 아마 관심이 없을 거라 생각했다는 점에 관해. 우리 둘 다 너무 민망해서 상대방에게 묻고 확인하고 시도해 보진 못하겠다고 생각했다는 점에 관해.

우리가 블랙 캣에 가지 못했던 날은 결코 우리의 시작이 아니었다.

아무리 생각해 봐도, 시작은 그보다 몇 달이나 전이었던 어느 날 오후였다. 우리가 극장 사무실 소파에 같이 앉아 있었고, 둘 다 무언가를 느꼈지만 아무것도 하지 않았던 그날 오후.

우리 중 한 명이 AIM 메신저로 다른 한 명에게 말했다. 〈우리가 시간을 거슬러 올라가서 그냥 서로에게 데이트를 신청할 수 있었으면 좋겠어.〉

매기가 잘 자라고 인사를 했다. 그 애가 부재중 상태 메시지를 걸어 놨을 때, 나는 그 메시지가 푸른색 하이퍼링크라는 걸 깨달았다. 문자열만 봐서는 그 링크가 어디로 이어지는지 전혀 알 수가 없었다.

나는 그 메시지를 클릭했다.

그러자 설계도가 나타났다. 일련의 설명들이 딸려 나왔다. 그 링크는 인터넷을 떠돌던 어느 너그러운 영혼이 준비해 놓은 계획으로 우리를 이끌고 갔다. 그건 타임머신을 만들기 위한 정교한 계획이었다.

3막: 둘시네아 떠나다

네가 마지막으로 그 소년과 이야기를 나누는 건 30대가 되어 결혼식을 준비하고 있을 때다. 너는 불행하지만 스스로가 왜 불행한지는 아직 알지 못하기에, 네가 살면서 해왔던 선택들이 너를 타성에 실어 끌고 가게 놔두며 안심하는 중이다.

그래서 휴대 전화에 불이 들어오며 로스앤젤레스 지역 번호가 뜨자 너는 겁에 질린다. 소년에게 전화해도 된다는 말을 했는데도 그렇다. 너에게 처음으로 드는 감정은 절대적인 확신이다. 만약 소년과 이야기를 나눈다면, 그의 목소리를 듣게 된다면, 네가 자신을 위해 쌓아 올린 어떤 좋은 것이든 곧바로, 미친 듯이 창문 밖으로 던져 버리고 말거라는 확신. 여전히 그렇게나 커다란 힘이 있다. 그저 그의 이름 속에는.

그가 보낸 건 전화해도 되느냐는 문자 메시지이고, 너는 그 이유를 안다. 그와 이야기를 나누지 않은 지 수년이 지났지만, 그는 페이스북에 누군가가 세상을 떠났다는 글을 올렸었다. 그 누군가는 약물 의존증 자조 모임에서 오랫동안 그의 조력자였던 사람이었다. 그는 그 조력자가 회복 중인 자신에게 어떤 의미였는지에 관해 아주 멋진 글 한 토막을 썼고, 그런 다음 그 사람의 부고를 들은 뒤로 자신이 얼마나 괜찮지 않은 상태인지에 관해 조금 더 썼다. 너는 조력자를 잃는다는 게 얼마나 무거운 일인지 알고 있다. 그래서 너의 일부는 곧바로 다른 일부를 덮어쓴다. 〈소년과 다시 연락하면 안 된다〉라는 앎이 〈지금은 전화를 받아야 하는 순간들 중 하나다〉라는 앎에 덮인다.

너는 전화를 받는다.

그의 목소리를 듣는 건 겁나는 일이면서, 동시에 집에 돌아온 것 같은 느낌이 드는 일이다. 너와 그는 조력자를 잃고 그가 느끼는 슬픔에 관해 이야기한다. 각자의 삶에 대해서도 이야기한다. 그는 여전히 지구상에서 가장 웃기고, 가장 상냥하고, 가장 별난 소년이다. 다정하면서 독특한 사람이 되는 일을 지금껏 한 번도 두려워해 본 적 없는 사람. 예민하고 애정이 넘치며, 예민함과 애정에 흥미를 느끼는 사람. 그의 목소리는 아주 매력적이다. 언제나 그랬다. 라디오 방송을 하던 외할아버지가 소리 내 읽어주는 이야기들을 들으며 자라난 너는 그런 것에 약할 수밖에 없다. 소년의 목소리에는 목구멍이 울리면서 나는 깊고 따뜻한 음역이 있고, 그는 스스로가 그 음역으로 뭘 하고 있는지 잘 알고 있다. 너는 긴장이 풀리며 대화에 빠져드는 자신을 느낀다. 어쩌면 두 사람 다 나이가 들었으니 다시 한번 서로의 삶 속으로 들어갈 수 있지 않을까 하는 생각이 들게 내버려둔다.

너는 그 방파제 끝까지 곧장 걸어가 아래를 내려다본다. 지금껏 네가 그에 대해 느꼈던 모든 감정이 네 발밑에 있는 바위들에 부딪치는 걸 바라본다. 그건 죽도록 아름답고, 네가 아는 어떤 것보다도 강렬한 감정이다. 너는 스스로 되뇐다. 지금까지 너무도 오랫동안 착하게 지내 왔잖아. 자기 파괴적인 낙하도 한 번쯤은 해봐도 되는 거 아닐까?

하지만 그때 그가 전화를 걸어온 이유가 드러난다.

그는 조력자와 함께 너에 관한 이야기를 했다고 말한다. 실은 좀 많이 했다고. 수년 전 그들은 언젠가 소년이 약물에서 벗어나면 너와 소년은 처음부터 다시 사귀기 시작해도 된다고 결론을 내렸다고 한다. 그건 소년에게 일종의 모험 여행이 될 거라고. 그리고 소년은 자신이 왜 회복의 여정에 나서야 하는지 회의가 들 때마다 이렇게 되뇌기로 했다고 한다. 너와 다시 함께할 만한 남자가 되어 가고 있는 거라고. 그럴 준비가 된 남자가 되어 가고 있는 거라고. 그런 다짐은 효과가 있었다고 그는 말한다. 지난 몇 년 동안 조력자는 너에게 연락하지 말라는 말을 소년에게 해왔다. 금지 명령을 내렸다. 연락을 하면 모험 여행은 엉망이 될 것이고, 소년이 너에게 좋은 사람이 될 준비가 되기도 전에 그런 힘겨운 싸움을 너의 삶 속에 다시 들여놓는 건 부당한 일이라고 조력자는 말했다고 한다.

하지만 이제 그 조력자는 세상을 떠났다. 그래서 그는

너에게 손을 뻗는 중이다. 그러지 말라고 할 사람이 아무도 없기에. 그리고 준비가 됐기에. 그는 이제 약물에서 벗어났고, 안정된 상태로 지내고 있고, 사랑받을 만한 좋은 남자가 됐다. 모험 여행은 완료됐다. 이제 너와 그, 두 사람이 다시 사귀기 시작할 시간이다.

너는 양 손목을 긁기 시작한다. 모르는 사이에 이런 계획에 이끌려 들어가 계약의 일부가 되어 버렸다. 하지만 너에게 처음으로 드는 감정은 소년과 조력자가 해둔 이 거래에 따를 수밖에 없을 것 같다는 느낌이다. 네가 원하든 원하지 않든 그건 중요하지 않다. 너는 손목을 긁고 있고, 숨을 너무 빨리 쉬고 있다. 마치 너무도 작은 짐승 같다. 다른 사람들의 선택에 의해 돌이킬 수 없이 덫에 걸려 버린 느낌. 그보다 더 심하게 너를 공황 상태에 빠지게 만드는 건 없다.

너는 가끔씩 그와 전화 통화를 하고 친구가 되려고 노력해 볼 수는 있을 것 같다고 말한다. 너는 **다시** 친구가 되려는 거라고는 하지 않는데, 그건 너와 그가 한 번도 친구였던 적이 없기 때문이다. 네가 열일곱 살이었던 그때도. 두 사람이 섹스하는 사이였기 때문이 아니라, 서로 너무나 말도 안 될 만큼 사랑에 빠져 있었기 때문이다. 그와 함께 있으면 너는 언제나 네 안의 무언가가 그 안의 무언가를 알아볼 수 있다고, 그 반대도 마찬가지라고 느껴 왔다. 네가 이번 생에서 어떤 이상한 주파수로 진동하고 있든, 그 역시 같은 주파수로 진동하고 있다고 언제나 느껴 왔다. 그리고 그걸 뭐라고 부르든 너는 그런 감정을 다시는, 다른

264

누구와도 느껴 본 적이 없다. 너는 오래전에 그런 걸 찾아 다니는 일을 그만두었다. 알고 보니 그건 너에게 겁나게 안 좋은 감정이었기 때문이다. **난 특별하거든. 난 특별해요!**

그래서 너는 소년에게 이렇게 말한다. 어쩌면 너희 두 사람은 처음으로 친구가 되려고 노력해 볼 수도 있을 거라고. 그리고 그 말은 물론 실망을 불러일으킨다. 소년은 슬퍼하고 있다. 조력자가 소년에게 남겨 놓은 게 있다면 더 나아지기 위해 싸우는 방법이다. 그가 생전에 소년에게 가르쳐 준 방법. 그건 아주 멋진 것이다. 그것이 너를 통해 나아지는 방법이라는 점만 빼면 말이다.

「우린 서로를 알아 갈 수 있을 거야.」 너는 제안한다. 「내 말은, 우린 더 이상 서로를 정말로는 알지 못하니까 말이야.」

「알지 못한다고?」 소년이 말한다.

그러더니 소년은 너를 묘사한다. 그가 더 나은 모습을 보여 주기 위해, 함께할 만한 사람이 되기 위해 싸워 왔던 그 사람을.

그리고 당연하게도 그 여자는 네가 아니다.

아니, 어쩌면 너일까.

그 여자는 너 자신의 유령이다.

그 여자는 열일곱 살 때의 너다. 동정이었던 너. 아직 생기가 넘치고 세상으로부터 받은 상처도 비교적 적은 너. 교묘한 멍 자국이 아마도 딱 하나 정도만 있는 복숭아.

그런데 정말, 너는 그때 어떤 사람이었을까?

네가 기억하기로 너는 옷은 잘 입지 못했지만 아주 마른 아이였고, 중력을 거스르며 솟아오른 가슴과 학교에서 남자애들이 가끔씩 찰싹 때리고 가는 엉덩이를 지닌 아이였다. 네가 아주 좋아했던, 기차 차장들이 입을 것 같은 그 줄무늬 멜빵바지처럼 섹시한 것과는 명백히 거리가 먼 옷을 입고 있을 때조차 그랬다. 너는 부스스한 머리칼과 평범한 얼굴을 지닌 혜택받은 아이였고, 상냥하고 기분이 자주 바뀌는 아이였다. 너는 뭐든 사회 정의와 관련된 일에는 지나치고 따분할 정도로 긍정적이었고, 다른 모든 일에는 보란 듯 반대 의견을 내세웠다. 너는 방에 존 레넌에게 바치는 제단을 만들어 두었고, 그 한가운데에는 뿌듯할 만큼 무겁지만 한 번도 읽어 본 적은 없는 존 레넌의 전기를 놓아두었으며, 그 앞에는 차이나타운에서 산 선녀 향을 피워 놓았다. 너는 네가 〈시대를 잘못 타고났다〉고 말하는 걸 좋아했다. 너는 다른 누구보다도 동물들과 아이들을 선호했다. 너는 네 몸으로 뭘 해야 할지 몰랐지만, 언제나 쾌락을 좇는 자그마한 감각 덩어리였고, 몸의 기쁨이라는 게 뭔지도 이해하고 있었다. 너는 음악과 음식과 소년의 겨드랑이 냄새와 너에게 다가오는 그의 손길을 좋아했다. 너는 아주 큰 두 눈과 아주 큰 두 귀를 가지고 있었고, 고통스러울 정도로 진지한 아이였지만, 말이 빠른 뉴요커 부모 밑에서 자라나며 너무 많은 예술을 소비해 온 나머지 가끔씩 너의 입에서는 미워할 수 없을 만큼 어른스러운 농담이 뚝뚝 떨어졌고, 그 두 모습 사이의 대비는 놀랄 만했던 것 같

다. 너는 숲속에 혼자 있거나 책을 읽고 있을 때 가장 행복
했다. 너는 이를테면 꽃들이 피어 있는 시간이 그리 오래
지속되진 않는다는 사실 같은 것들 때문에 울었다. 꽃들의
삶이 끝나야 한다는 것 때문에. 진지하게, 문자 그대로, 너
는 그것 때문에 울었다. 너는 막 열일곱 살이 된 참이었고,
세상의 현실들이 너에게 처음으로 육박해 들어오며 일종
의 따분하고 형이상학적인 백인 여자애 특유의 슬픔을, 너
무 심해서 견딜 수 없게 느껴지는 슬픔을 남겨 놓고 있었
다. 그리고 그는 너에게 처음으로 이렇게 말해 준 사람이
었다. 있지, 사람들이 그런 것에 대해 시를 여러 편 써놓았다는
거 알아? 그리고 노래들도 있어. 키츠 알아? 데이비드 번은?
그는 너에게 그런 식으로 자신을 발견하는 방법을 가르쳐
주었다. 예민증 말기 환자들이 남겨 놓은 신성한 텍스트들
을 너에게 소개해 주기도 했다.

어쨌거나 이것이 네가 기억하는 너다. 이것이 소년이
불러내는 그 여자의 대략적인 모습이다. 누군가의 입에서
나오는 그 여자의 이야기를 듣고 그 여자를 알아보는 건
얼마나 이상한 일인가. 그 여자를 가장 잘 규정해 주는 특
징은 그 여자가 지금의 너인 여자와 너무도 다르다는 점이
다. 그 점을 알아본다는 건 얼마나 낯선 일인가.

요즘의 너는 직공 같은 사람이다. 누군가의 연인이 아
니라.

너는 「판타스틱스」의 2막 같은 사람이다.

소년은 자신의 둘시네아를 묘사하고 있지만, 너는 알돈

자에 가깝다.

너도 알다시피 돈키호테는 기사들에 관한, 기사도 정신과 모험 여행에 관한 책을 너무도 많이 읽은 나머지 뇌가 엉망이 되어 버린 사람이다. 그는 자신이 모험을 찾아다니는 기사라고 확신하게 된다. 자신이 해야 할 선행들을, 바로잡아야 할 악행들을, 구해야 할 여인들을 찾아 힘차게 떠나게 될 기사라고. 그리고 그는 스스로가 이 모든 일을 하는 건 토보소의 둘시네아라는 여인 때문이라고 결론을 내린다. 설령 존재한다 한들 그가 실제로 만나 본 적은 없는 여자다. 하지만 둘시네아가 가상의 인물이라는 사실은 중요하지 않다. 그럼에도 둘시네아는 그의 고결한 모험 여행에 동기를 부여해 주니까.

그 모든 일을 하는 데 이유가 되는 여인이 없다면 기사는 뭐가 되겠는가?

세르반테스의 장편소설을 원작으로 한 1965년작 뮤지컬 「맨 오브 라만차」에는 돈키호테가 자신의 둘시네아라고 결론 내린 여자에게 불러 주는 노래가 한 곡 나온다(사실 그 여자의 이름은 알돈자이며, 지방의 여관에서 바텐더이자 작부로 일하는 사람이다. 돈키호테는 그 여관을 성으로 착각한다). 알돈자는 상스럽고 짜증 난 얼굴을 하고 있는 슬픈 여자다.

돈키호테
(여관에 들어온다.)

268

상냥한 여인……. 어여쁜 아가씨여…….

(돈키호테, 숭배하는 태도로 시선을 피한다.)

아름다움에 눈이 멀 것 같아 감히 그대 얼굴을 똑바로 보지 못하겠군요.

하지만 간청하오니, 그대의 이름을 꼭 한 번만 말씀해 주시지요.

알돈자
알돈자예요.

돈키호테
나의 여인께서 농담을 하시는군요.

알돈자
알돈자래도!

돈키호테
그건 주방에서 설거지하는 여자의 이름 같은데…….
아니면 혹시 나의 여인의 시중을 드는 하녀의 이름일까요?

알돈자
난 내 이름을 말했어요! 이제 저리 비켜요.
(돈키호테를 피해 식탁으로 간다.)

(……)

돈키호테
너무도 오랫동안 그대를 꿈꾸었고
그대를 본 적도, 닿아 본 적도 없소.
하지만 온 마음으로 그대를 알아 왔소.
반쯤은 기도로, 반쯤은 노래로
그대는 언제나 나와 함께 있었소.
우리는 언제나 떨어져 있었지만.

여기, 너의 기운을 꺾어 놓는 한 가지 사실이 있다. 돈키
호테가 알돈자에게 노래를 불러 줄 때조차 알돈자는 절대
로, 절대로 **일손을 놓지 않는다**. 알돈자의 모든 연기는 청소
를 하고, 음식을 가져오고, 킬킬 웃으며 수작을 거는 남자
들을 물리치는 것과 동시에 이뤄진다.

여관 주인들은 광인인 돈키호테가 숙박비로 낼 돈이 있
을지 걱정한다. 그중 한 명은 이렇게 결론을 내린다. 「가난
한 사람한테 미칠 시간이 어딨겠어? 당연히 저자는 돈이
있을 거야.」

여기, 네가 가끔씩 소리쳐 묻고 싶은 한 가지가 있다. 여
자에게 모험 여행을 떠날 시간이 있었던 적이 있기는
한가?

그럼에도 너는 모험 여행이 어떻게 사람의 목숨을 구해
줄 수 있는지 이해하고 있다. 그 조력자가 소년이 평정심

을 찾도록 돕기 위해 사용한 방법이 바로 모험 여행이었다. 그리고 어쩌면 회복이란 어떤 방법을 동원해서라도 이뤄 내야 하는 것인지도 모른다. 하지만 소년이 너에게 전화로 자신의 모험 여행에 관해 말해 준 날, 너는 당황한다. 그를 만나 뭘 할 수 있을지 같이 알아볼 수가 없기 때문이다. 우선 너는 약혼한 상태다. 너에게는 그동안 쌓아 올린 인생 전체가 있다. 게다가 엄청나게 많은 의혹들도 있다.

너는 그의 둘시네아가 되어 줄 수 없다.

하지만 여인을 얻는 건 그가 하는 모험 여행의 최종 단계다. 그리고 그는 지금껏 그 일을 해왔다. 그러니 이제 와서 여인을 얻지 못한다면 그가 쌓은 서사의 토대가 된 것들은 무너져 버릴 것이다. 그는 정말이지 그럴 것처럼 이야기를 한다. 그리고 너는 그런 일은 일으키고 싶지 않다. 정말로, 정말로 그러고 싶지 않다. 그런데 소년의 조력자는 왜 그에게 그토록 허약한 집을 지어 주고 들어가 살라고 한 걸까?

물어볼 사람이 아무도 없다. 탓할 사람도 아무도 없다. 그래서 상황은 더 나빠질 뿐이다.

한 남자가 모험 여행을 하고 있다. 노래를 불러 그 여행을 찬미하면서.

너는 그냥 그에게 줄 수 **있는** 것이 무엇인지만 되풀이해 말한다. 서른세 살이 된 있는 그대로의 너. 친구로서의 너. 하지만 그걸로 충분하지 않다는 건 너도 알고 있다. 소년이 필요로 하는 사람은 허구의 인물이지만, 너무도 많은 현실에서의 결과가 그 인물에게 달려 있고, 그 인물이 모습을 드러내지 않는 건 재앙에 가까운 일이다. 하지만 너는 그 여자를 불러낼 수 없다. 열일곱 살이던 너의 유령을. 그 여자애는 죽었다. 그리고 그날 전화를 끊으면서, 너는 온갖 죄책감과 혼란에 더해 네가 애도를 하고 있다는 걸 느낀다.

그 여자애 때문이다. 너는 어쩌자고 그 애가 떠나게 그 냥 둔 걸까? 너 역시 그 애가 보고 싶다.

수년 동안, 너는 네가 소년의 둘시네아가 되어 줄 수 없다는 사실에 죄책감과 수치심을 느낀다. 그 사실은 너를 따라다니며 괴롭힌다. 고통스럽게. 요란하게. 지금까지도. 너는 스스로에게 말해 주려고 애를 쓴다. 설령 네가 더 많은 것을 주었더라도, 그와 함께 도망치는 일을 해줬더라도, 사랑과 섹스를 제공하고 그와 다시 사귀어 줬더라도, 그걸로도 충분하지 않았을 거라고. 왜냐하면 그의 집 앞 계단에 도착했을 때도 너는 여전히 알돈자였을 테니까.

네가 마지막으로 소년의 목소리를 듣게 되는 건 그로부터 몇 년 뒤 음성 사서함을 통해서다. 소년은 자신이 대서양 연안에 있다고 말한다. 올버니 근처 어딘가에. 그는 네가 세상의 이쪽 지역에 살고 있고, 어쩌면 자기 근처에 있을 수도 있다는 게 기억난 모양이다. 그는 너에게 부탁할 게 있다고 한다. 음성 사서함에는 야외의 바람 소리가, 추운 날 밤에 불어오는 차가운 바람 소리가 배경으로 깔려 있고, 그 소리가 너를 뒤흔든다. 너는 어쩌면 그가 곤란한 상황에 처해 있는지도 모른다고, 그에게 전화해야 할 것 같다고 느낀다. 하지만 그 대신 친구에게 전화를 건다.

친구는 말한다. 「전화하지 마.」

「곤란한 상황에 처해 있는지도 모르잖아.」 네가 말한다.

너 자신의 목소리에 귀를 기울여 봐. 친구는 말한다.

너는 귀를 기울인다. 하지만 죄책감으로 토할 것만 같다.

이것은 결말이 아니다. 단지 네가 여전히 소년을 잊지 못했다는 증거로 남은 여러 번의 기록 가운데 마지막 항목일 뿐이다. 네가 절대로 그를 잊을 수 없는 이유들, 제각기 다른 그 모든 이유들로 이루어진 미완성의 분류 체계.

뮤지컬 「맨 오브 라만차」가 네가 기억하는 대로 풍차들이 서 있는 들판이나 여관방들이 아니라 실제로는 감옥을 배경으로 일어나는 이야기란 걸 잊기는 쉽다.

그 공연은 전체가 피터 오툴이 연기하는 세르반테스, 가짜 수염을 걸친 세르반테스가 상연하는 하나의 쇼다. 그는 자기 자신과 동료 죄수들의 주의를 그들 스스로가 선택한 현실로부터 돌리기 위해 애쓰고 있다.

몇 년 뒤, 집에서 그 뮤지컬을 보고 있던 너는 돈키호테 옆에 있는 키 작고 통통한 남자에게 주목한다.

「산초 판사잖아.」 너는 네가 사귀고 있는 남자에게 말한다. 「우리 집 개 이름을 산초 판사라고 지을 뻔했는데.」

너는 바닥에 누워 있는 오동통한 개를 향해 손짓한다.

개는 배를 보인 채 누워 쓸데없이 송곳니 하나를 드러내고 커다랗게 뜬 한쪽 눈으로 너를 쳐다본다. 마치 네가 인간으로서 끝도 없이 저지르는 어리석은 짓에 지쳐 버렸다고 말하기라도 하는 것처럼.

화면에서는 산초 판사가 헉헉거리고 있다. 그는 돈키호테가 거인으로 착각한 풍차들을 공격하지 못하게 설득하는 중이다.

「저 남자가 인간으로 변신한 우리 집 개가 아니라고 말해 줘.」 너는 고개를 절레절레 저으며 말한다. 「역시 우리 개한테 그 이름을 붙였어야 했는데.」

「안 돼. 그러면 **당신이** 돈키호테가 되는 셈이잖아.」 남자가 그 발상의 결함이라 여겨지는 부분을 지적한다. 그때 고함 소리가 들려와서 너와 남자는 동시에 화면을 바라본다. 풍차에서 떨어진 피터 오툴이 땅바닥을 구르고 있다. 그는 자신이 책에서 읽었던 무언가에 대해 헛소리를 하기 시작한다.

「아.」 네가 사귀고 있는 남자가 말한다.

네 사랑을 돈키호테 식의 판타지로 만들어 버린 건, 너를 네가 아닌 무언가로 취급한 건 그 소년이라고 말한다 한들 거리낄 건 없다. 그렇기는 하지만, 여기 이런 네가 있다. 세 개의 막으로 나누어, 예전의 너와 그였던 사람들이 나오는 연극을 여전히 무대에 올리고 있는 네가.

두 번째 드 윈터 부인

독자를 가장 동요하게 만드는 부분은 아마도 [『리베카』의] 섹시함일 것이다. 화자는 막 자기 남편이 된 사람의 죽은 전처가 남겨 놓은 기억과 수수께끼에 이끌리는 동시에 불쾌해지는데, 그 양가감정 한가운데에 이 책의 섹시함이 놓여 있기 때문이다.

— 에밀리 앨퍼드, 〈제저벨〉 사이트에서

리베카는 멋진 취향을 가진 사람이었다. 아니, 어쩌면 나와 똑같은 취향이어서 괜찮게 느껴진 건지도 모르겠다. 그 여자는 오래된 것처럼 보이는, 민트색이 도는 청록색의 특정한 색조를 아주 좋아했다. 주방의 찬장 전체가 그 색이었다. 그 안에 든 접시들도 마찬가지였다. 찻잔과 사발은 흰색이었고 앙증맞은 검은색 점들이 찍혀 있었다. 물방울무늬가 아니라 더 작고 매력적인 무늬였다.

나는 그것들이 마음에 들었다. 나라도 그것들을 골랐을 것 같았다. 그리고 그 사실 때문에 나는 토할 것 같았다.

이 집으로 이사했을 때 리베카가 그 찻잔들과 접시들을 골랐을 거라는 상상이 떠올랐지만, 내가 살펴보고 있던 찬장과 그 안에 있는 몹시 사랑스러운 접시들은 이제 리베카의 전남편, 내 남자 친구의 것이었다. 리베카는 이 집에서 15분 거리에 살고 있었다.

물론 그 여자의 이름이 정말로 리베카는 아니다. 하지만 내게 테마를 부여해 주길. 내 남자 친구는 맥심이라고 부르도록 하자.

가끔씩 어떤 책이 내가 속한 작가 모임을 거쳐 갈 때가 있다. 그럴 때면 우리는 다들 휩쓸려서 똑같은 장편소설을 읽게 된다. 내가 맥심과 사귀기 시작한 지 얼마 되지 않았을 때, 그렇게 만나게 된 책이 대프니 듀 모리에의 『리베카』였다. 내 친구 에밀리는 〈제저벨〉 사이트에 〈훌륭한 고딕 작품을 읽을 때의 허무주의적인 흥분 — 고딕 장르에서 가장 섹시하고 무서운 비밀들의 순위 매기기〉라는 제목의 에세이를 쓰기 위해 그 작품을 다시 읽고 있었다. 에밀리의 순위에서 1위를 차지한 작품이 『리베카』였다. 그 소설에 대한 에밀리의 애정에 너무도 설득력이 있어서 모임의 나머지 사람들도 곧 그 책을 읽는 일에 동참하게 됐다.

『리베카』의 기본 설정은 우리의 화자인 세상 물정 모르는 젊은 여성이 나이 많고 음울한 홀아비와 결혼해 그의 이상하고 아름다운 저택에 살러 들어간다는 것이다. 그곳에서 엄청난 속도로 분명해지는 사실이 있다면, 소설 제목과 이름이 같은 그의 죽은 전처 리베카가 남긴 영향력이…… 매우 강력하다는 것이다. 화자는 자신도 리베카가 했던 것처럼 그 집을 훌륭하게 관리할 수 있을지를 두고 끊임없이 걱정한다.

하루는 에밀리가 스카치위스키 잔과 그 소설을 들고 욕조에 들어가 있었는데, 그러고도 어찌어찌 손이 남았는지 우리에게 실시간으로 다음과 같은 문자를 보냈다. 〈이 여자의 유일한 문제는 하인들이 자기를 심술궂게 대한다는 거네. 그런 인생 살아 보고 싶다.〉

하인들은 화자를 좋아하지 않는다. 화자가 리베카가 아니라는 아주 그럴싸한 이유로 말이다. 하인들 외에도 화자는 자신이 결코 맥심의 마음속에서 리베카 못지않은 사람이 될 순 없을 거라는 걱정에 시달린다. 그 위대하고 비극적인 사랑 뒤에 온 자신에게는 승산이 없을 거라는 걱정에.

욕조에 들어가 있던 에밀리가 또다시 문자를 보냈다. 〈근데 심지어 개들도 이 여자를 싫어하네.〉

나는 전에는 『리베카』를 읽어 본 적이 없었다. 50페이지쯤 읽었을 때 시들해진 건 화자의 이름이 기억나지 않아서였다. 다시 도입부로 책장을 넘겨 봤지만 여전히 화자의 이름은 찾을 수가 없었다. 맥심은 남편이었고, 리베카는 그의 죽은 전처였고, 댄버스 부인은 가정부였고, 재스퍼는 개였는데.

나는 에밀리에게 문자를 보냈다. 〈대체 뭐야, 개도 이름이 있는데 이 화자한테는 없는 거야?〉

〈그 개는 굉장히 훌륭한 개야.〉 에밀리는 말했다.

410페이지까지 읽는 동안 『리베카』의 화자는 그저 **두 번째 드 윈터 부인**이라고만 나올 뿐이다. 그리고 바로 이 것이 이 이야기 전체의 핵심 아닌가?

〈좀 끔찍한 얘기 해도 돼?〉 나는 에밀리에게 물었다.

〈그럼.〉

〈나 최근에 내가 이 두 번째 드 윈터 부인처럼 느껴질 때가 많았어.〉

〈오, 이런.〉

나의 맥심이 살고 있던 뉴욕의 작은 흰색 집은 맨덜리 저택과는 닮은 데가 전혀 없었지만, 그 저택과 마찬가지로 문제가 있었다. 리베카의 사랑스러운 접시들이 찬장 속에 들어 있는 집. 남자라면 절대 고르지 않았을 그림들이 벽마다 걸려 있는 집. 그 붉은색 캘리코 커튼들. 맥심은 그 커튼들을 결국 치워 버렸는데, 손수 그것들을 달아 놓기는 했지만 리베카가 고른 그 커튼의 무늬가 마음에 들었던 적은 한 번도 없었기 때문이었고(반면 나는 그 무늬가 마음에 들었다), 그 뒤로 그 집에는 커튼이 하나도 남아 있지 않게 됐다. 내가 저녁 식사를 만들면서, 리베카가 좋아했지만 남겨 두고 간 특별한 소금을 요리에 사용하는 실수를 저질렀던 주방. 그 바람에 맥심은 먹고 있던 음식에서 고개를 들고는 이렇게 물었다. 「여기다 뭘 넣은 거야?」

어느 날 오후에 나는 그 집의 작업실 책상에 앉아 일을 하고 있었는데, 서랍을 만지작거리다가 그 안에서 리베카의 출생증명서를 발견했다. 리베카와 내 생일이 한 주 간격이라는 건 이미 알고 있었다. 두 번째 데이트에서 생일을 물어본 맥심이 10월이라는 내 대답에 얼굴이 창백해진 일이 있었기 때문이었다.

맥심이 내 것이 아닌 여자 옷을 내게 돌려준 일도 몇 번이나 있었다.

그 집의 냉장고에는 리베카가 손으로 쓴 메모들이 붙어 있었고, 집 안 곳곳에는 리베카의 사진들이 놓여 있었다. 이건 온당한 일이었고 나쁜 일도 아니었다. 리베카와 맥심에게는 딸이 하나 있었기 때문이다. 여덟 살이던 그 애는 웃기고 귀여운 데다 내가 거의 2년에 이르는 그 시간 동안 알고 지낸 게 대단히 행운이었던 아이였다. 이 이야기에서 그 애는 빼야 할 것 같다. 그 애는 여전히 자라나고 있는 사람이니까. 하지만 당연하게도 그 애는 이 이야기에 실린 무게의 보이지 않는 근원으로 남아 있다. 그들이 디즈니월드에서 찍은 사진들이 있었다. 딸아이가 태어난 날 그 애를 안고 있는 사진들도.

다시 말해, 리베카는 어디에나 있었다. 그 집 안에, 그리고 그 너머에도.

한번은 내가 차에서 가장 좋아하는 앨범 중 하나를 틀었는데, 맥심이 다이얼을 움켜쥐더니 음악을 꺼버렸다. 그와 리베카가 결혼식 날 식장의 통로를 걸어 들어갈 때 틀었던 음악을 내가 실수로 재생한 것이었다. 리베카와 나는 으스스할 정도로 음악 취향이 비슷했다.

이것들 중 어느 것도 맥심의 잘못은 아니었다. 나는 틀림없이 그에게 출몰한 유령처럼 느껴졌을 터였다. 그건 불편한 일이었을 것이다. 나는 내가 실수로 리베카를 연상시키는 자세를 취했을 때 그의 얼굴에 떠오르는 표정과 침묵을 알아보고 두려워하게 됐다. 정확히 무엇에 대해서인지는 몰라도 죄책감이 느껴졌다.

『리베카』에서 가장 고통스러운 장면은 두 번째 드 윈터 부인이 가장무도회를 여는 장면이다. 그 가장무도회는 예전의 리베카 같은 주인이자 매력적인 여성이 되기 위한 노력의 일환이다. 부인은 맥심의 친척 중 한 명인 캐럴라인 드 윈터처럼 옷을 입기로 마음먹는다. 캐럴라인 드 윈터는 그 집에서도 눈에 잘 띄는 곳에 초상화가 걸려 있는 여성으로, 부인이 〈흰옷을 입은 여인〉이라고 언급하는 인물이다. 부인은 자신이 입을 의상이 얼마나 베일에 싸여 있는지, 그리고 그걸 본 모두가 얼마나 어안이 벙벙해질지에 관해 지루할 정도로 장황하게 재잘재잘 떠들어 댄다. 그러면서 정확히 그 여자의 곱슬머리를 그대로 재현해 줄 가발을 주문한다. 흰색 드레스도 주문한다. 부인은 그걸로 맥심을 놀라게 해줄 작정이다.

두 번째 드 윈터 부인은 파티가 조금 진행될 때까지 기다렸다가 계단 꼭대기에 모습을 드러낸다. 완벽하게 그림 속의 그 여자로 변신한 모습으로. 〈그들은 모두 말 못 하는 짐승들처럼 나를 빤히 쳐다봤다.〉 부인은 말한다. 〈비어트리스가 작게 비명 소리를 내더니 손으로 입을 막았다. 나는 계속 미소 지었다. 그러면서 한 손을 난간에 올려놓았다.〉

그리고 그다음 부분. 〈맥심은 움직이지 않았다. 그는 술잔을 손에 든 채 나를 빤히 올려다보았다. 그의 얼굴에는 핏기가 없었다. 창백했다. (……) 「대체 뭘 하고 있는지 알기나 해요?」 그가 말했다. (……) 「왜 그래요?」 내가 말했다. 「내가 뭘 했는데요?」〉

우리는 예전에 리베카도 이것과 정확히 똑같은 의상을 입을 생각을 했었다는 걸 깨닫게 된다. 〈그건 맨덜리 저택에서 열린 마지막 가장무도회에서 리베카가 입었던 바로 그 옷이었어. 똑같아.〉 시누이인 비어트리스는 말한다.

계단 꼭대기에 나타난 부인을 본 맥심은 부인이 리베카의 유령이라고 믿는다. 그는 이 일을 유령이 출몰한 사건이라고 믿었다.

이 모든 것 가운데 나를 가장 구역질 나게 하고 오싹하게 만드는 부분은 두 번째 드 윈터 부인이 계속 미소를 짓는 부분이다. 다른 모든 사람들은 부인이 실수로 리베카를 흉내 내게 됐다는 걸 알게 되지만 부인만은 아무것도 모르는 채 **계속 미소를 짓는다**. 부인은 여전히 자기가 자기 자신이라고 생각한다. 여전히 자기가 유일무이한 사람이라고 믿는다.

하지만 그 믿음은 오래 가지 않는다. 소설이 진행됨에 따라 두 번째 드 윈터 부인은 자기 전임자의 그림자를 능가하려고 필사적으로 노력하면서 점점 무시무시해진다. 하지만 독자들에게는 부인이 성공할 거라고 여길 만한 이유가 별로 없다. 두 번째 드 윈터 부인은 자기가 자기 삶의 이야기를 하고 있다고 믿지만, 부인이 잘 알지 못하는 사실이 있다면, **우리 손에 들려 있는 책 제목이 〈리베카〉라는 것이다.**

우리가 식당에 가거나 하이킹을 가거나 콘서트를 보러 갈 때면 나는 종종 이 이야기가 떠올랐고, 맥심이 지난번에 그 장소들을 찾았을 때 생겨났을 이야기들이 떠오르곤 했다. 맥심은 평생 미국의 그 지역에서 살아왔으니, 그런 이야기들 대다수에 리베카가 포함되어 있거나 리베카가 그의 주변에 있었다는 사실이 암시되어 있는 건 당연한 일이었다. 그럼에도 나는 내가 부르게 될 모든 노래에, 내가 만들게 될 모든 요리에, 우리가 계속하게 될 모든 데이트에 이미 어떤 판단이 내려져 있는 것 같은 기분을 느끼게 됐다. 왜냐하면 리베카가 이미 예전에 그것들을 불렀고 만들었고 그 장소들에 갔기 때문에. 나는 재연되는 다른 누군가의 삶 속에 갇힌 기분이었고, 그 기분을 어떻게 바로잡아야 할지 알 수 없었다.

당연하게도, 맥심이 자신의 삶에 관해 이야기해 줄 수

있는 유일한 방법은 그런 이야기들을 통해서였다. 만약 내가 그의 과거를 검열하게 된다면 내게는 그에 관해 알 방법도, 그를 사랑할 방법도 없었다. 그렇다면 원래 있던 사람이 최근에 떠난 그런 공간들을 거쳐 가는 일은 내게 왜 그렇게 큰 상처로 다가왔던 걸까? 우리가 하는 모든 데이트가, 맥심이 처음으로 그곳에 있었을 때는 다른 누군가와 함께였다고 해서 **낡아 버린** 것처럼 느껴졌던 이유는 뭘까? 그런 과거가 우리의 경험을 어째선지 잉여의 경험으로, 아쉬운 경험으로 만들어 버린다는 느낌을 왜 나는 극복할 수가 없었을까?

내가 그렇게 느꼈다는 사실은 내 깊은 불안과 자기애적 성향을 동시에 드러내 준다. 더 나쁘게는 누군가의 첫사랑이, 혹은 대단한 사랑이 되는 것이 유일한 존재 방식이라는 내 믿음을 은연중에 드러내 준다.

이런 이야기를 남자 친구에게 털어놓자, 그는 영리하고도 아름다운 말을 했다.

「첫 번째가 최고라고 누가 그래?」

그 말을 들은 순간 나는 그에게 엄청난 사랑을 느꼈다. 그러고는 그의 과거가 우리의 현재에 침입하고 있다는 생각을 그만두겠다고 스스로에게 약속했다. 하지만 자신이 어리석다는 걸 안다고 해서 그 어리석음이 줄어드는 일은 좀처럼 없다. 그 앎은 당신을 뒤덮는 수치심을 한 겹 더해 줄 뿐이다.

나는 첫 번째가 되는 일에 왜 그렇게 집착했던 걸까?

여러 시즌에 걸쳐 여러 명이 친구로 출연하다가 몇 시즌쯤 지나 그 친구들이 새로운 인물들을 소개하려고 노력하는 드라마를 본 적이 있는가? 그런 새로운 인물로 가장 유명한 건「해피 데이스」의 차치다. 그리고 나는「뱀파이어 해결사」에 등장했던 돈 서머스의 레트콘[2]도 여전히 극복하지 못하고 있다. 하지만 시리즈 후반부에 소개되는 이런 인물들 가운데 가장 고통스럽게 기억에 남은 것은「베이사이드 얄개들」에 나온 토리 스콧이었다. 인물들이 하나의 패거리로 자리를 잡고 나서 다섯 시즌이 지나자, 켈리와 제시는 아무런 설명도 없이 베이사이드 고등학교에서 사라져 버렸다. 시즌 6은 〈새로 온 여학생〉이라는 에피소드로 시작됐다. 그 에피소드에서 오토바이를 타고 학교에 새로 온 소녀 토리는 잭이 주차하는 자리를 차지하고, 이는 결국 섹스로 이어지는 실랑이를 낳는다. 토리가 가을 무도회 준비를 도와 달라는 리사의 부탁에 그러겠다고 하자, 리사는 고마운 마음을 담뿍 담아 이렇게 소리친다.「넌 이제부터 내 절친이야!」그러고는 그곳을 떠나려고 걸어가기 시작하다가 어느 이상하게 메타적인 한순간에 리사는 마치 제시와 켈리의 존재가 기억난 것처럼 완전히 공포에 사로잡힌 얼굴로 토리를 돌아본다.「나한테 절친이…… **너밖에** 없었던가?」이 시리즈는 우리가 제시와 켈리에 관해,

---

2 어떤 캐릭터의 설정을 변경하거나 재해석하는 과정에서 기존 설정과 충돌할 때 〈사실은 이랬다〉는 식으로 과거를 교묘하게 바꿔 버리는 행위를 말한다.

과거에 관해 잊기를 바라는 것처럼 보였다. 그리고 토리가 절대적으로 잘못한 건 없었지만, 나는 이런 생각이 들었다. **이 시리즈의 진짜 주인공들이 누군지 모르는 척하진 말지? 누가 정말로 중요한 인물인지 모르는 척하지 말자고.** 나는 내가 맥심의 삶에서 불변의 위치를 차지할 만한 위엄을 갖추지 못할까 봐 두려웠다. 내가 너무 늦게 도착해서 중요한 존재가 될 수 없을까 봐 겁이 났다. 내가 첫 번째가 되는 일에 집착했던 건 토리나 두 번째 드 윈터 부인 같은 사람이 되고 싶지 않아서였다. 왜냐하면 내 머릿속에서는 언제나 맨 처음에 나온 출연진이 주인공이고, 다른 모든 사람들은 **소모성** 캐릭터에 불과하니까. 내가 리베카의 존재 자체를 위협적으로 느낀 건, 그 존재가 이 사랑 이야기에서 내가 어떤 인물인지 암시해 주었기 때문이었다. 그리고 거기에 더해 다른 이유들도 있었다.

나는 쉽게 놀라는 사람이다. 솔직히 삶이란 대부분 놀라움으로 채워져 있지만, 여기서 말하는 놀라움은 엄밀히 말하자면 〈이렇게 새롭고 커다란 감정을 내가 오늘 느끼게 될 줄은 몰랐는데〉 하는 종류의 놀라움이다. 〈오늘 당신, 내 전처를 만나게 될 텐데, 그 사람은 한 시간 뒤에 온대. 괜찮아?〉 하는 종류의 놀라움. 〈아, 당신이 지금 댄스 발표회에서 악수를 하고 있는 이 다섯 명은 내 전처의 가족들이야〉 하는 종류의 놀라움. 간단히 말해, 나는 결국 리베카를 만났다. 여러모로 생각해 볼 때 그날 특별한 일은 없었다. 나는 리베카가 아름답다고 느꼈다. 나는 검은 머리였는데 리베카는 금발이었다. 내가 횡설수설하는 성격인 반면 리베카는 조용했다. 우리 사이에는 거의 아무것도 오가지 않았다. 눈에 띌 정도로.

그날 나는 겉으론 아무렇지 않은 양 행동했지만, 마음속으로는 〈내가 이런 일을 잘 못하는구나〉 하고 생각하고 있었다. 바보 같지만, 나는 내가 리베카를 만날 **준비가** 제대로 되지 않았다고 느꼈다.

아마 당신이었다 해도 맥심이 했던 착각을 그대로 할 것이다. 충분히 이해가 가는 착각이었다. 맥심은 내가 그 만남에 대한 걱정으로 속을 태우는 게 어색함 때문일 거라고 생각했다. 누군가의 전 연인을 만나는 일에 일반적으로 한 바탕 따라오게 마련인 어색함. 설령 그 사람이 당신의 남자 친구와 전에 아이를 낳았던 여자라고 해도 말이다(아니면 그런 경우에 유난히 더 어색한 걸까?). 그리고 분명 그런 어색함도 조금은 있었다. 하지만 내가 준비가 되어 있었더라면 좋았겠다고 생각한 부분은 그런 게 아니었다.

나는 내가 리베카를 너무 많이 이해해 버리지 않도록 스스로를 준비시켜야 했다.

나는 언제나 여자 편을 드는 사람이다. 남자보다는 여자와 함께 있는 쪽이 좋다. 나는 극단적인 경우가 아니라면 이성애 이별에서 여자 쪽의 잘못을 보지 못하는 흐린 눈 증상을 앓고 있다.

나는 내가 리베카를 좋아하게 될까 봐 몹시 두려웠다.

당신은 내가 남자들을 싫어하는 사람이라고, 혹은 겸손한 척 자기 자랑을 하고 있다고 생각할 테고, 그 두 가지다 아마 사실일 것이다. 하지만 내가 말하고 싶은 건 이런거다. 내 뒤틀린 마음속에서 〈리베카를 좋아하기〉라고 적혀 있는 동전의 이면은 〈내 남자 친구를 싫어하기〉였다. 어떤 애매한 영역도 상상이 안 됐다.

나는 리베카를 만나고 싶지 않았다. 그를 만났다가는 리베카와 맥심이 했던 결혼 생활 이야기의 이면을 얼핏 보게 될 수도 있었으니까. 그리고 나는 맥심이 전에 여자를 대했던 방식에 관해 의혹을 가져다줄 어떤 것도 알 준비가 되어 있지 않았다.

우리 모두에게는 결점이 있다. 과거에 형편없이 행동했던 적도 있을 것이다. 그리고 30대에 들어선 누군가의 과거가 티 한 점 없이 깨끗하기를 기대한다는 건 말이 안 되는 이야기다. 그건 나도 안다. 하지만 내가 결혼 경력이 있는 누군가와, 고통스러운 이혼 과정을 겪은 누군가와 사랑에 빠진 건 그때가 처음이었다. 그리고 사랑이 격려하는 대로 내 남자 친구를 장밋빛으로 물든 나만의 방식으로 바라보고자 하는 욕망 속에서, 나는 과거의 그를 좋은 사람으로, 그리고 리베카를 나쁜 사람으로 바라보고 싶었다. 나는 그것이 이혼을 겪은 사람에게 좋은 짝이 되어 줄 수 있는 유일한 방법이라고 생각했다. 그것이 내가 그를 신뢰할 수 있는 유일한 방법이라고 생각했다.

독자로서 고백 하나: 두 번째 드 윈터 부인과 맥심이 자신들의 관계와 맨덜리 저택에서의 삶에 관해 계속 이야기하며 끝장을 보는 『리베카』의 모든 장면들에서, 나는 다음과 같은 질문을 떠올리며 참을 수 없이 궁금해하는 나 자신을 발견했다. **근데 리베카에 관해 더 이야기해 주면 안 될까?** 왜냐하면 두 번째 드 윈터 부인은 따분하기 짝이 없는 사람이고, 리베카는 매혹적인 사람이니까. 리베카는 몇 번이고 혼외정사를 벌이기 위해 바다 위에 섹스용 선실을 마련해 뒀다. 리베카는 심지어 폭풍 속에서도 돛단배를 몰고 바다로 나갔다. 리베카는 훌륭한 저녁 식사 모임들과 파티들을 준비했다. 리베카는 시끄럽고, 다루기 어렵고, 야하고, 강력하고, 매력적인 사람이었다. 본질적으로 〈좋은 사람〉은 아니었지만, 뭐 어떤가! 리베카는 두 번째 드 윈터 부인으로서는 절대 흉내 낼 수 없는 여러 가지 방식으로 몹시, 겁나게 흥미로운 사람이었고, 더 중요하게는 그 자리를 첫 번째로 차지한 사람이었다.

밸런타인데이를 맞아, 나는 맥심이 예전에 리베카와 함께 갔던 어딘가에서 그날을 기념하는 일을 피하기 위해, 그리고 연애에 대한 너무 큰 기대를 내려놓으려고 다음과 같은 제안을 했다. 쇼핑몰에서 취할 때까지 술을 마신 다음 〈거울 미로〉에 가보는 거였다. 거울 미로는 매장 앞에 커튼이 쳐져 있고 번쩍이는 앞무대가 있는 공간이었다.

그 쇼핑몰의 이름은 〈데스티니〉였다. 하느님께 맹세하

건대 정말로 그랬다.

그 거울 미로는 다소 엉성하지만 아름다운 공간이었다. 우리는 바스락거리는 소리가 나는 헐렁한 비닐장갑을 받았다. 거울을 출구로 착각해 어쩔 수 없이 만지게 되더라도 유리에 얼룩이 남지 않도록 하기 위한 것이었다. 널찍한 거울들은 틀에 끼워져 있었고, 그 틀의 가장자리 부분은 형광색 조각들로 장식되어 있었다. 미로 안에는 색색의 조명이 켜진 구역들과 비가시광선 구역들이 있었다. 사방에 우리 모습이 비쳤다. 장갑을 끼고 있어선지 우스꽝스러웠고, 병원 관계자들처럼 보였다. 그 미로는 카니발에 가면 만날 수 있는 거울의 방과도 비슷했지만, 쇼핑몰에 있는 비공식 매장이고 검은 천으로 감싸여 있다는 점이 달랐다. 운영진이 틀어 놓은 팝 음악이 통로에 섬뜩하게 메아리치는데도 쇼핑몰의 소음이 새어 들어왔다.

우리는 들어오기 전에 맥주를 한 잔인가 두 잔쯤 마신 상태였고, 그 때문에 미로를 돌아다니며 줄곧 웃고 있었다. 처음에는 서로 손을 잡고 있었지만, 그러고 다니다 보면 다칠 수 있겠다는 게 분명해지자 서로에게서 떨어졌다. 나는 막다른 통로를 걸어 내려갔고, 그다음엔 원래 있던 곳으로 돌아가려고 애를 썼다. 맥심을 발견하고 그를 향해 걸어가다가 나는 거울에 쾅 부딪쳤다.

당연하게도 나는 놀랐다. 우리는 미로의 속임수를 알게 되면 부딪치는 일 같은 건 일어나지 않을 거라고 생각한다. 우리는 다 큰 어른이었고, 미로는 하나의 놀이였지만,

그럼에도 여전히 우리를 바보로 만들 수 있었다. 나는 처음엔 아주 즐거웠다. 그러다가 거울에 비친 맥심의 모습이 사라졌다. 나는 내가 걸어 내려온 통로에서 빠져나가는 길을 찾으려고 애를 썼지만, 몇 번이고 거듭해서 판유리에 꽝꽝 부딪쳤다. 당황하면서도 나는 이성적으로 굴자고 생각했다. 이성적으로 굴자. 맥심은 어디에도 보이지 않았고, 내 모습은 사방에 복제돼 있었다. 나는 거울에 비친 내 모습을 향해 길을 열라고, 문으로 변하라고 명령했다.

4학년 때, 나는 다른 여자애들과 함께 몰래 교실을 빠져나가 선생님의 비품 창고로 가서 거기 걸려 있는 거울을 들여다보며 〈블러디 메리〉[3]를 하곤 했다. 그 공간에서는 색 도화지와 템페라 물감 냄새가 났다. 조명은 어둑했고 거울에는 얼룩이 덕지덕지 묻어 있었다. 우리는 비품 창고의 그 거울에 대고 블러디 메리의 이름을 읊고 또 읊었고, 겁이 났지만 정말이지 무언가를 보고 싶기도 했다. 하지만 거울 속에 보이는 건 그저 욕망이 철철 넘치는, 무언가 범상치 않은 일이 일어나기를 바라는 나 자신의 수척한 얼굴일 뿐이었다. 나는 그런 내 모습에 겁을 집어먹었다.

마침내 맥심이 미로에서 나가는 출구를 찾았다며 나를 소리쳐 불렀다. 나는 거울에 비친 내 모습들이 가득한 터널을 뒤로하고 그의 목소리를 따라갔다.

---

3 거울을 보며 반복적으로 〈블러디 메리〉라고 부르면 유령이 나타나 미래를 보여 준다는 괴담을 바탕으로 한 놀이.

우리는 비어홀로 돌아가 술을 한 잔 더 마셨고, 곧이어 엄청난 싸움의 한복판에 있게 됐다.

그 주 초에 우리는 한 가지 사실을 알게 됐다. 리베카와 새 남자 친구 사이에 아기가 태어날 거라는 사실이었다. 그때 나는 맥심에게 그 일에 대해 이야기하고 싶은지 물었고, 그는 아니라고 했다. 나는 질문을 반복했고, 그는 이의를 제기했고, 그래서 그 이야기는 그쯤 하는 걸로 해둔 터였다. 하지만 이제 맥주를 네 잔이나 마시고 취한 데다, 거울 미로 때문에 여전히 조금은 어지러운 상태에서 맥심이 그 이야기를 꺼냈다. 밸런타인데이였고, 우리는 여전히 그 〈데스티니〉 쇼핑몰 안에 있었는데 말이다. 맥심은 갑자기 우리의 동거 계획을 연기해야 할 것 같다고 말했다. 새 집을 사서 맨덜리 저택을 떠나자는 우리의 계획을, 리베카가 아기를 낳고 그 아기와 함께 어디서 살지 결정할 때까지 무한정 연기해야 한다는 것이었다. 우리는 그 일이 언제, 어떻게 일어날지 몰랐고 알 수도 없었다. 리베카가 자신이 살 곳을 선택할 때까지 우리는 그냥 기다려야 할 것 같다고 맥심은 말했다. 그런 다음 리베카의 결정에 대응해 우리가 살 곳을 선택하면 된다는 것이었다.

그리고 이건 맥심에게는 힘든 일이었다. 물론 그랬겠지. 하지만 그 모든 세부 계획은? 우리의 계획을 이런 식으로 보류한다고? 나는 평정심을 잃고 말았다. 다른 건 아무것도 보이지 않았다.

나는 울음을 터뜨렸다. 내가 기관사도 없이 달려가는

기차에 딸려 덜컹거리는 승무원용 객실이 된 기분이라고, 멍청할 정도로 정교한 비유를 들어 소리쳤다. 지금은 내 감정을 드러낼 때가 아니라고 이해심을 발휘하는 대신, 맨 처음 밀려드는 감정을 쏟아 냈다. 하지만 나는 감정을 제어하는 소근육 운동 기능에 접근할 수 없을 만큼 취해 있었다. 그의 집으로 돌아오는 택시 안에서 손톱으로 양 팔뚝을 긁어 대며 부풀어 오른 흉터들을 남겼다. 마치 내가 느끼는 고통이 죄다 내 상상의 소산이기만 한 건 아니라고 스스로를 설득하려는 것처럼.

나는 리베카의 뒤에 줄을 서라는 요구를 받지 않고서는 단 하룻밤도 보낼 수 없는 사람이 되어 버린 기분이었다. 마치 우리의 삶에 관한 중요한 결정이란 결정은 모두 맥심과 내가 아니라 맥심과 **리베카가** 내리고 있는 것만 같았다. 나는 마치 여자 친구라는 존재가 거울에 비친 모습이 또다시 쇼핑몰 거울에 비친 모습이 되어 버린 것 같았다. 의미 없이 엷어져 버린 존재. 난 대체 뭐 하는 사람일까?

나는 이런 기분을 느끼는 게 싫었다. 이런 식으로 반응하는 것도 싫었다. 하지만 맥심이 내게 어쩔 수 없다는 식으로 이야기하는 것도 마찬가지로 싫었다.

나는 미로에서 나가야 했다. 그 쇼핑몰에서, 맨덜리 저택에서, 다른 여자가 나오는 이 이야기에서 나가야 했다. 나는 다른 사람의 이름을 제목으로 한 책 속에서 살고 싶지 않았다. 나도 그건 알고 있었다. 하지만 그럼에도 아침이 되면 나는 잠에서 깨어나 맥심에게 사과하곤 했다. 그러고는 스스로에게 다시 되뇌곤 했다. 맥심을 탓할 수는 없다고. 이건 다 리베카의 잘못이라고.

듀 모리에의 소설에 숨겨진 비밀은 물론 맥심이 리베카를 살해했다는 것이다. 책의 3분의 2쯤 되는 지점, 난파된 작은 보트 속에서 시신 한 구가 발견되고, 이는 곧 리베카의 시신으로 밝혀진다. 이 일은 맥심을 자극해 새 아내에게 사실을 실토하게 만든다. 나는 그의 고백에 놀랄 독자는 아주 소수일 거라고 확신하는데, 맥심은 책의 전반부 내내 마치 초조해하는 소시오패스 남학생처럼 행동하고, 사람들이 **작은 만**에 관한 이야기를 꺼낼 때마다 수상쩍은 반응을 보이기 때문이다.

그럼에도 서사적으로 흥미로운 부분이 있다면, 그의 고백이 독자에게 잘못된 방향을 바라보게 한다는 점이다.

진정한 놀라움은 그로부터 두 박자쯤 뒤에 나오는데, 이것이 듀 모리에의 천재적인 점이다.

맥심이 두 번째 드 윈터 부인에게 자신이 저지른 살인을 고백한 뒤, 독자는 긴장을 풀고 그의 끔찍하지만 예상 가능한 폭로 속으로 들어가게 되고…… 그러다 결국에는 전혀 예상하지 못한 대목에서 펄쩍 뛸 만큼 놀라게 된다. 그 대목이란 **자기 남편이 살인자라는 소식에 두 번째 드 윈터 부인이 얼마나 기뻐하는지** 나오는 부분이다.

나는 그의 두 손을 내 가슴에 가져다 댔다. 나는 그의 불명예에는 상관하지 않았다. 그가 말한 어떤 것도 전혀 중요하지 않았다. 나는 단 한 가지 사실에만 매달렸고, 그것을 스스로에게 몇 번이고 되뇌었다. 맥심은 리베카를 사랑하지 않았다. 한 번도, 단 한 번도 그 여자를 사랑한 적이 없었다. 그들은 함께 있는 동안 단 한 순간도 행복이라는 걸 맛본 적이 없었다. 맥심은 계속 이야기했고, 나는 계속 들었지만, 그의 말들은 내게는 아무런 의미도 없었다. 나는 별로 개의치 않았다.

두 번째 드 윈터 부인은 맥심이 살인자라는 사실에 **별로 개의치 않는다**. 오히려 그 소식에 황홀해하며 낭만적인 기분에 젖는다. 부인은 맥심이 리베카를 살해했다는 사실에 **안도감을** 느낀다. 그건 맥심이 리베카를 사랑하지 않았다는 뜻이기 때문이다. **한 번도, 단 한 번도**. 다시 말해 (여기서 당신에게 상기시켜 줘야 할 것 같은데, 죽은) 리베카가 아니라 부인이 맥심의 애정을 받을 첫 번째 대상이 된다는 뜻이다.

부인 앞에는 이제 아무도 없다.

얼마나 죽여주는 자리 빼앗기인가.

살인은, 문자 그대로의 그 행위는 두 번째 드 윈터 부인에게는 아무 의미도 없다. 하지만 과거를 지워 버리고, 부인이 여러 형태로 상상했던 그 시간을, 맥심과 리베카가 함께 보냈을 행복한 시간을 삭제해 버리는 은유로서의 살인은 부인에게 모든 것이나 마찬가지다.

너무나도 흥미로운 방식으로 망가진 이야기다.

그리고 나는 이 이야기가 어느 정도 이해가 간다.

왜냐하면 다름 아닌 **내가** 남자 친구에게 리베카인 사람을 지워 버리려고 애쓰고 있었으니까. 나는 그 여자가 두려웠다. 그 여자가 첫 번째라는 사실도, 그 여자가 내 인생에 끼치고 있던 영향력도 당연히 두려웠다. 하지만 그 이상으로 두려웠던 건 내가 그 여자를 알게 되고 좋아하게 되는 것이었다. 그 여자가 좋은 사람이었고, 그 여자와 맥심의 이혼이 문자 그대로 언제나 그렇듯이 어느 한쪽의 문제가 아니라 쌍방의 문제였을 가능성을 고려하는 일이 두려웠다. 나는 그 모든 것을 기록에서 지워 버리고 싶었다. 뒤틀린 모순 속에서, 내 멋지고 복잡한 남자 친구를, **과거가 있었기에 지금의 모습이 된 그를** 계속 사랑하고 싶었지만, 그 과거도 삭제해 버리고 싶었다. 그 과거가 우리에게 아무런 영향력도 행사하지 못하는 척하고 싶었다. 로맨스의 등급에서 최상위를 차지한다고 믿어 의심치 않았던 백지 상태의 연애를 우리가 할 수 있는 척하고 싶었다.

난 언제나 당신뿐이었어.

그런 멍청한 걸 원하다니.

하지만 맙소사, 난 너무나도 절실히 그걸 원했다.

사람들 대부분은 서스펜스를 즐기려고 『리베카』를 읽는다. 아마도 몹시 문제가 많은 사람만이 듀 모리에에게서 인간에 관한, 혹은 도덕적인 성격의 무언가를 배울 것이다. 내가 바로 그런 사람이었다. 듀 모리에는 내게 가르쳐

췄다. 새로 사귀게 된 사람에게 그 사람으로 인해 자신의 과거는 빛을 잃게 될 거라고 약속하는 일은 그 전에 존재했던 여러 번의 의미 있는 사랑에 대한 폭력 행위라는 걸. 그건 끔찍한 유혈 사태고, 우리는 살인자들이지만, 매번 그런 짓을 저지르는 우리 스스로를 용서한다.

우리가 살면서 두 번 이상 사랑을 하게 된다고 할 때, 그런 종류의 살인은 필요하고 심지어는 도덕적인 것으로까지 느껴질 수 있다. 그것이 맥심이 자백을 할 때 두 번째 드 윈터 부인이 기꺼이 받아들이게 되는 생각이다. 부인은 리베카의 살인에 공모하게 된 걸 너무도 기뻐한다. 맥심이 처벌을 면하도록 돕는 일은 그들이 부부로서 하는 가장 유대감 있는 행위가 된다. 그 부분이 책의 마지막 3분의 1 분량에 걸쳐 나온다. 하지만 문제는, 일단 그 부분을 읽어 보니 그들에게 응원을 보내게 되진 않더라는 점이었다. 나는 그들이 처벌을 면하게 되는 걸 바라지 않았다. 더 이상 그런 종류의 살인을 좋게 여기고 싶지 않았다. 나는 두 번째 드 윈터 부인이 안도하는 모습에서 나 자신의 모습을 알아봤고, 그건 끔찍했다. 나는 어떤 면에서도 부인을 닮은 사람이 되고 싶지 않았다. 그리고 그러려면 첫 번째가 되려고, 리베카가 되려고 고집해선 안 된다는 걸 깨달았다. 그러기 위해서는 리베카와 함께 살아가는 법을 찾아내야 했다.

리베카는 나와 마찬가지로 내 남자 친구에게 키스했고, 나와 마찬가지로 아메리카나[4] 장르에 속하는 노래들을 몹시 좋아해서 그를 짜증 나게 했고, 나와 마찬가지로 그를 사랑했다. 그리고 바로 **그것**이 내가 리베카가 취했던 것과 똑같은 자세를 나도 모르게 계속 취하게 될 때 겁에 질렸던 이유였다. 왜냐하면 리베카 역시 내 남자 친구를 사랑했지만, 그 사랑을 그만뒀으니까. 나는 그를 사랑했고, 그 사랑을 결코 그만두고 싶지 않았으니까.

나는 리베카의 유령이 사방에 비쳐 보인다고 생각하곤 했지만, 당연하게도 그건 그저 욕망으로 가득한 내 얼굴일 뿐이었다. 나는 거울 미로에 비친 내 모습들에 겁을 먹었고, 그 모습들에서 보이는 것들로부터 몸을 돌리고 대신 맥심의 목소리를 따라가는 일을 계속해 왔다. 마치 나가는 길을 알려 줄 수 있는 사람이 내가 계속 외면해 온 그 여자가 아니라 맥심이기라도 한 것처럼. 출구는 거울 속 그 여자의 모습 어딘가에 있었는데도.

몇 달이 지나갔고, 리베카는 마침내 집 한 채를 사서 정착했다. 우리는 맥심이 맨덜리 저택을 떠나는 일에 관해 다시 이야기를 시작했다. 우리가 함께 살게 될 새 집에 관해서도. 마침내 그 일이 현실이 되고 있었다.

그 주 주말, 나는 여러 가지 가능성을 잔뜩 떠올리며 맥심의 집으로 차를 몰고 갔다.

열쇠를 끼워 문을 열고 보니, 나는 공사 현장 한복판에 서 있었다.

4 미국의 포크 송과 컨트리 음악에 뿌리를 둔 음악 장르.

아래층 작업실과 거실 사이에 있던 벽이 사라져 있었다. 아니, 사라졌다기보다는 뚫려 있었다. 맥심이 버팀목 사이에 있던 석고 보드를 커다란 해머로 내리쳐 버린 것이었다. 하얗고 미세한 석고 가루가 바닥에 흩뿌려진 거의 텅 빈 공간 여기저기를 걸어다니는 동안, 나는 두 번째 드 윈터 부인이 되어 계단을 내려가고 있다는 느낌을 받았다. 무언가가 잘못됐다는 오싹한 감각이 드는데도 나는 여전히 앞으로 나아가고 있었다.

그때 맥심이 나타났다. 방금 샤워를 했는지 근사한 향기를 풍기면서, 손가락으로 머리칼을 빗어 넘기면서.

그는 아래층을 가장 큰 침실로 만드는 중이었다고 했다. 그게 자신에게 더 잘 맞을 것 같다면서. 전날 밤 늦게 그런 생각이 떠오르기에 커다란 해머를 들고 그냥 그 일에 착수해 버렸다고 했다.

고딕 장르의 계보에 따라붙는 섹시한 비밀들에 순위를 매긴 내 친구 에밀리의 에세이는 기막히게 멋진 글이 되었다. 그 글은 아주 많은 고딕 소설 속에 흐르는 긴장이 〈현재의 공간에 잔존하는 과거〉에서 온다는 사실을 가르쳐 줬다.

그토록 많은 고딕 소설들 속에서 언제나 나를 황홀하게 만드는 게 뭔지 아는가? 여성 인물이 저택에 불을 지르는 순간이다. 가끔씩 한 채의 집에는 **너무** 많은 것이 출몰하고 **너무** 많은 것이 뒤얽혀 있어서, 그곳은 더 이상 살 수 없는 장소처럼 느껴지기도 한다. 그럴 때 모든 걸 불태워 버리는 그 정화 행위가 가져다주는 안도감을 상상해 보라.

당연하게도, 집을 태워 버리는 일은 책 속에서나 효과가 있는 일이다. 현실에서 그런 행위가 해결책이 되는 경우는 거의 없다. 결국 당신은 살아갈 새 집을 찾아내야 하며, 어느 집에나 그 집만의 유령이 있다. 유령들을 겁내는 일도, 여자들을 겁내는 일도 이제는 그만하고 싶다. 나는 과거가 현재 곁에서 맴돌 때 과거의 귀를 손가락으로 튕기며 약을 올리는 대신 그냥 놔두는 일을 조금씩 더 잘하는 사람이 되어 가고 있다.

하지만 여전히 불을 질러 버리고 싶다는 충동은 든다.

누구도 맨덜리 저택 같은 곳에서 살아서는 안 되기 때문이다.

들어 보라. 만약 당신이 유령이 나오는 집을 **돌보는** 방법을 배우고 있다면? 그 집의 유지와 보수를 책임져야 하는 여자가 된다면? 빌어먹을 유령이 나오는 문제의 그 부동산을 **관리하고** 있다면?

거긴 당신이 살 집이 못 된다.

그런 집은 남김없이 태워 버려야 한다.

가끔씩, 문제는 당신의 삶을 가두고 있는 구조들이다.

가끔씩, 당신은 다른 누군가의 정신적 외상 속에서 살게 되기도 한다.

맥심이 관계를 청산하지 못한 대상은 리베카가 아니었다. 자신의 고통이었다. 그가 스스로에게 들려주고 있던 자기 인생의 이야기였다. 그리고 그는 **그 이야기를 리모델링하고** 있었다. 그는 맨덜리 저택을 떠나고 **싶어 하지** 않았다.

나는 맥심의 인생에 잘 어울리는 사람이 되기 위해 너무도 노력했다. 하지만 그는 결코 그곳에 나를 위한 공간을 만들어 줄 생각이 없었다. 그 사실을 깨닫게 된 나는 라이터를 손에 쥐고 빙글빙글 돌리면서 여러 날 밤을 보냈다. 엄지손가락으로 휠을 돌리면서. 푸른 불꽃을 일으키면서.

10월이 되자 맥심은 생일을 맞은 나를 제니 루이스의 공연에 데려갔다. 제니 루이스는 내 인생의 어느 시절에나 그때그때 필요한 노래들을 들려줘 왔던 가수다. 내가 운이 좋다면, 제니 루이스는 내 인생의 끝까지 그렇게 노래를 들려주는 일을 계속할 것이다. 그건 완벽한 선물과도 같았다.

오래지 않아, 그 공연에 리베카도 오게 될 거라는 사실이 분명해졌을 때, 나는 놀라지 말았어야 했다. 어쨌거나 리베카와 내 생일은 한 주 간격이었던 것이다. 리베카 역시 제니 루이스를 아주 좋아했다. 리베카의 어머니가 티켓을 사준 모양이었다.

「아마 서로 보게 될 일도 없을 거야.」 맥심은 말했다.

하지만 우리는 공연장에 도착했을 때 굿즈를 파는 줄에서 서로를 보았다.

여자 화장실에서 다시 서로를 보았다.

맥주를 사려고 서 있던 줄에서 또다시 서로를 보았다.

그리고 솔직히 말해서, 그건 괜찮았다.

어쩌면 그때쯤 내가 『리베카』를 다 읽고, 절대 스스로가 두 번째 드 윈터 부인이 되어 버리게 놔두진 않겠다고 마음먹은 뒤여서 그랬는지도 모른다. 어쩌면 생일에 콘서트홀에서 서로를 피해 다니는 우리 두 사람이 제니 루이스의 노래에 들어가면 딱 어울릴 소재라는 생각이 들어서였는지도 모른다. 어쩌면 우리가 모두 같은 음악을 좋아하는 사람들로 가득한 원형 공연장에 있었기 때문인지도 모른다. 같은 밴드를 좋아하는 다른 사람들의 존재가 그 밴드에 대한 내 사랑을 위협한다는 10대 같은 생각을 내가 그만둔 뒤여서 그랬던 건지도 모른다.

아니면 리베카의 어머니가 내게 와서 인사를 건넸기 때문일 수도 있다. 그분은 내가 쓴 에세이를 읽었고 공감이 됐다고 했다. 그분과 나는 우리 가운데 아주 많은 사람들이 내가 쓴 것과 비슷한 경험을 했을 거라는 데 동의했다.

나는 내 자리로 돌아왔다. 가격이 심하게 비싼 맥주를 사서 남자 친구에게 가져다줬다. 리베카의 어머니와 대화를 나눴는데 몹시 좋았다고 그에게 속삭였다. 그의 몸이 내 쪽으로 밀고 들어왔다.

원형 공연장의 좌석이 워낙 좁은 데다 맥심이 내 좌석 쪽으로 몸을 기울이고 있어서 맥주를 마실 공간이 그리 충분하지 않았다. 그의 잘못은 아니었다. 그는 키가 아주 컸으니까. 그럼에도 내 머릿속에는 그가 반대쪽으로 조금만 몸을 기울여 줄 수도 있었을 거라는 생각이 떠올랐다. 그 모든 시간 내내, 그가 원하기만 했다면 나를 위해 조금 더 공간을 만들어 줄 수도 있었을 거라는 생각이.

무대 위에서는 금빛 드레스를 입고 머리칼을 믿을 수 없을 정도로 높이 올린 제니 루이스가 형광 분홍색 전화기를 집어 들었다. 그러고는 오랫동안 울리고 있던 전화를 받았다.

2천 파운드의 꿀벌

1960년대부터 1980년대까지 내 외조부모님은 마서스 비니어드에 집 한 채를 소유하고 있었다. 그곳이 어딘지가 당신에게 중요하다면, 그 집은 마서스비니어드섬에서 예술적으로 꾸며진 지역이자 유대인 지역이고 어업이 활발한 곳이기도 한 메넴샤에 있었다. 이 사실이 내게 중요한 건 내가 태어나기 전에 외조부모님이 그 집을 팔아 버렸기 때문이다. 그 집은 호숫가에 자리 잡은 회색 소금 통형 가옥[5]이었고 헛간 하나와 노 젓는 배 한 척이 딸려 있었다. 그 집은 지금도 그 자리에 있다. 내가 그걸 아는 건 2019년 마서스비니어드에 존 벨루시의 무덤을 찾으러 갔다가 차를 타고 그 집을 실제로 지나친 적이 있기 때문이다. 그뿐 아니라 나는 시동을 켜놓은 채 차에서 내렸고, 누군가가 나를 보고 경찰을 부르진 않겠다 싶을 만큼 진입로를 걸어 올라가기까지 했다.

---

5 앞쪽은 2층이고 뒤쪽은 1층이며, 이 두 부분이 기울어진 지붕으로 연결돼 있는 형태의 가옥.

그 집이 내게 중요한 데는 이유가 있다. 그곳이 우리 집 안 어른들이 찍어 둔 가장 행복하고 아름다운 사진들의 배경이기 때문이다. 그 사진들 속에서 우리 가족은 젊고 햇볕에 그을려 있고 편안해 보인다. 다들 머리칼은 소금기를 뒤집어쓴 채 헝클어져 있고, 맨발인 데다 두껍고 쓰레기 같은 소설들을 읽고 있고, 블루피시를 잡거나 블루피시를 손질하거나 블루피시를 먹고 있다. 어쨌든 사진 속에서 우리 어머니는 임신한 상태니 나도 거기, 그 집 안에 있었던 셈이라고 할 수 있지만, 나는 엄청난 양의 블루피시를 공급받으며 자궁 속에 있었을 뿐이라, 그 천국 같은 여름의 순간들을 놓치고 있었다. 이 사실은 내게 부러움이라는 황폐한 감정을 불러일으킨다.

나는 우리 가족의 삶을 살짝 변형시킨 것 같은 어떤 형태의 삶이, 그들이 살아온 이야기 같은 이야기가 내게도 가능하다고 늘 상상했었다. 언젠가는 내 외조부모님의 이야기 — 너무도 운명적으로 블랙프라이어스 길드 극장의 무대에서 시작돼 거의 60년 동안이나 지속된 사랑 — 같은 이야기 속에서 나 자신을 발견하게 될 거라고. 혹은 언젠가 내가 들어가 살게 될 이야기 속에서 사진에 찍힌 나는 틀림없이 젊고 아름답고 임신한 모습으로 위풍당당하게 바닷가에 서 있게 될 거라고. 마치 검은색 원피스를 입고 고무로 된 스와치 손목시계를 찬 사진 속 어머니처럼, 나 역시 꼭 그런 모습일 거라고 상상했었다.

하지만 나는 더 이상 젊지 않고, 지금까지 내가 살아온

304

이야기는 어떻게 봐도 그분들이 살아온 삶과는 닮은 데가 없다. 내가 상상했던 것 같은 이야기라면 마서스비니어드에 있는 그 천국 같은 집의 마루에서 펼쳐졌을 것이다. 하지만 이제 나는 습관적으로 말고는 그런 삶을 그다지 원하지조차 않는다. 그 습관은 버리기 힘들었다.

내가 하고 싶은 말은 이거다. 차 시동을 켜놓은 채 더 이상 우리 가족의 소유가 아닌 그 집의 진입로에 서 있었을 때, 나는 그 집을 알아보았다. 그 집은 내가 우리 가족에게 지니고 있던 환상의 배경이었고, 내 삶이 어떤 모습이 될지에 관해 스스로에게 들려주곤 했던 이야기의 배경이기도 했다. 나는 그 이야기에 대한 애도를 아직 완전히 끝내지 못한 것 같았다.

—

이 모든 것의 시발점이 된 개인적인 이야기 한 가지를 들려주려 한다. 그 전에 알아 둘 게 있다면, 우리 어머니는 진실에 관해서라면 인상파 화가처럼 느낌을 중시하는 사람이라는 것이다.

어머니는 어린 시절에 남동생과 부모님과 함께 마서스비니어드에 가곤 했다. 어머니의 대부모님이었던 펜 킴벌과 재닛 킴벌 역시 그 섬에서 여름을 보내곤 했다. 그 어른들은 다들 기자였다.

재닛이 세상을 떠나자 펜은 상실감에 빠졌다. 재닛은 마서스비니어드의 칠마크 묘지에 묻혔다. 재닛이 다른 어떤 장소보다 마서스비니어드를 사랑했기 때문이었다. 어머니의 말에 의하면, 펜은 눈물을 흘리며 꽃을 들고 재닛의 묘지에 정기적으로 찾아왔다.

「그러다가 존 벨루시가 죽었고, 그 뒤로는 모든 게 완전히 망가져 버렸지 뭐니.」 어머니는 말한다.

당신도 알지 모르겠지만 존 벨루시는 코미디언이자 「새터데이 나이트 라이브」 쇼의 스타였고, 영화 「애니멀 하우스의 악동들」과 「블루스 브라더스」의 주연 배우였으며, 1970년대의 요란하고 거친 백인 남자들을 대표하는 아이콘이었다.

어머니는 말한다. 「그래, 그 사람이 재닛 바로 옆에 묻혔는데 말이야. 펜이 자기 아내를 애도하려고 하는데 벨루시 팬들이 계속 나타나서 파티를 하는 거야.」

「〈파티〉라니 무슨 뜻이에요?」

어머니가 그려 내는 2단으로 분할된 화면을 한번 보자. 왼쪽에는 나이 들어 가는 앵글로·색슨계 백인 신교도스러운 기자인 펜이 울고 있다. 오른쪽에는 「애니멀 하우스의 악동들」에 나오는 단역 배우들로 이뤄진 시끄러운 무리가 벨루시를 기념하러 와 있다. 상의를 탈의하고 술에 취해 방탕한 생활 중인, 아마도 단명하게 될 사람들. 무덤에 테킬라를 붓고, 병들을 깨고, 섹스를 하고 〈항상 속옷을 남겨 두고 가는〉 사람들.

이쯤에서 이야기는 이미 개연성이 부족하게 느껴진다. 하지만 어머니는 계속한다.

「그래서 펜이 그 사람 시신을 파내게 만들었단다.」

「뭐라고요?」

「파냈다고! 너무도 화가 난 나머지 펜이 사람들한테 벨루시의 시신을 파내라고 했고, 그래서 그들이 벨루시를 묘지 건너편에 있는 어떤 부지로 옮겨 갔다고. 펜이 평화롭게 애도를 할 수 있도록 말이야.」

「그럼 그쪽으로 옮겨 간 뒤에도 파티가 계속 열렸어요?」 나는 묻는다. 「벨루시네 가족은 화를 안 냈나요?」

「내 생각엔 그 사람들이 벨루시를 아무도 찾을 수 없는 곳에 묻은 것 같아.」 어머니는 말한다.

「그건 좀 아닌 것 같은데요.」

「물론 벨루시의 아내는 어딘지 알고 있었지.」

「물론 그랬겠죠.」

———

어머니가 들려준 벨루시 이야기에 문제가 있다면, 그게 사실이 아니라는 거다. 아니, 어쩌면 어머니의 이야기는 세부 사항은 틀렸지만 전하려고 애쓰는 바에 있어서는 옳았다고 말하는 쪽이 더 정확할지도 모르겠다.

어머니가 들려준 벨루시 이야기에 관해 조사해 보고 싶다고 내가 처음으로 말했을 때, 어머니는 걱정하는 듯 보였다. 그날 밤 어머니에게서 문자 메시지가 왔다. 시리[6]에

6 애플사의 개인 단말 응용 소프트웨어로, 인공 지능 비서 역할을 하는 프로그램이다.

게 불러 준 대로 적힌 그 메시지는 전체가 대문자로 돼 있었다.

〈애야 그게 재닛의 묘지 바로 옆은 아니었던 것 같기도 하거든 하지만 칠마크 묘지였던 건 확실해 에이블스 힐 묘지 A-B-E-L-S 찾아봐라 알았지 사랑 사랑 또 사랑한다〉

나는 이렇게 답장을 보냈다. 〈엄마, 이야기가 사실과 다르더라도 걱정하진 마세요. 그냥 호기심이 생겨서 그러는 거니까.〉

그러자 어머니가 대답했다. 〈나도 쓸모가 있어서 기쁘구나〉

이 말은 우리 가족 내에서 통용되는 일종의 줄임말이다. 〈나도 쓸모가 있어서 기쁘구나〉는 우리 어머니가 쓰는 말이다. 어머니가 너무도 유쾌하게, 그리고 너무도 눈에 띄게 사실과 다른 이야기를 해서 가족들이 웃느라 쓰러지고, 그런 다음 설명을 요구하면 어머니는 이렇게 말하는 것이다. 나도 쓸모가 있어서 기쁘구나. 그건 다시 말해 놀림과 들볶임의 대상이 될 수 있어서 기쁘다는 뜻이다. 그리고 이 집 분위기를 재미있게 유지하는 사람이 될 수 있어서 기쁘다는 뜻이기도 하다. 마지막으로, 그 말은 이런 뜻이기도 하다. 〈너희는 나 없으면 어쩔 거니.〉

어머니의 이야기가 틀렸다는 걸 증명한다 한들 내가 얻을 수 있는 건 없다. 다만 내 머릿속에 떠오른 건 〈공존할 수 없는 슬픔〉이란 개념이었다. 같은 땅덩어리 위에서 너무도 다른 방식으로 애도의 대상이 되는 두 사람.

그들의 애도 방식에 관심을 갖게 된 건 우리 가족 내에는 세상을 떠난 이들을 위한 의식이 마련되어 있지 않기 때문이었다. 의식이 마련되어 있지 않다는 건, 그동안 우리 곁을 떠난 가족 구성원이 아무도 없다거나 세상을 떠난 이들로 인해 힘겨웠던 적이 없다는 뜻은 아니다. 그저 우리 가족이 죽은 구성원들을 어떻게 대해야 할지 잘 모른다는 뜻이다.

—

우리 외할머니의 비공식 부고

모린 조이스는 1928년에 태어났다. 모린 조이스는 매사추세츠주 뉴베드퍼드에서 자라났는데, 그곳에 있는 케이프코드 운하는 남자아이들이 곤봉으로 작은 대구를 때려잡는 곳이었다. 모린 조이스는 프랑스계 캐나다인이었고, 아일랜드인과 아마 영국인의 피도 섞여 있었던 것 같지만 우린 그 이야기는 하지 않는다. 모린 조이스는 매사추세츠주 억양을 결코 잃지 않았고, 하버드 대학 구내에 차를 주차했다.[7] 모린 조이스는 손녀들을 쇼핑몰에 두고 갈 때면 선원들과는 절대 엮이지 말라는 당부를 하곤 했다. 모린 조이스는 선원들과 엮일 능력이 충분한 사람이었던 것이다.

7 pahk the cah at Hahvad Yahd. 아일랜드와 영국계 이민자들의 영향으로 R 발음을 정확히 하지 않는 매사추세츠주 억양을 풍자할 때 쓰는 표현.

—

　조금만 조사를 해봐도 벨루시의 시신이 실제로 파내졌다는 사실은 금세 드러난다. 하지만 묘지를 함께 쓰기는 했어도, 벨루시의 조문객들이 우리 어머니의 대모님이었던 분의 영혼에 모욕을 가했기 때문에 이장이 이뤄졌느냐 하면, 분명 그렇진 않았다.

　이장을 하기로 결정한 사람은 벨루시의 아내였던 주디스 재클린이었다. 나는 우리 가족의 범위 내에 있는 사람 가운데 파묘 작업 같은 것에 책임이 있었던 사람은 없다는 사실에 안도감을 느꼈다.

　실제로 벨루시의 무덤을 둘러싸고 수많은 행위가 벌어졌다. 나는 사람들이 그곳에 〈항상 속옷을 남겨 두고 갔다〉는 증거는 어디에서도 찾을 수 없었다. 하지만 『타임』 지에서 벨루시의 묘비를 〈유명인 묘지 톱 10〉 목록에 포함시킨 걸 생각해 보면 그랬을 수도 있겠다 싶다. 그 목록에는 다음과 같은 설명이 붙어 있다. 〈벨루시의 묘비가 로큰롤의 이름으로 엉망이 된다면 문제가 될 수도 있을 것이다. 매사추세츠주 마서스비니어드에 있는 벨루시의 무덤 주변을 팬들이 몇 번이고 반복해 어지럽히자, 묘지의 장례식장 직원들은 벨루시 아내의 요청에 따라 그의 시신을 묘비에서 어느 정도 떨어진, 눈에 띄지 않는 부지로 옮겼다. 이제 「새터데이 나이트 라이브」의 익살꾼은 평화롭게 쉴 수 있게 됐다.〉

　물론 벨루시의 가족들은 정기적으로 엉망이 되는 장소

에서 애도를 하고 싶진 않았을 것이다. 하지만 그 묘비가 어수선한 고고학 유적지가 된다고 생각하니, 그건 어쩐지 내 마음에 든다. 그런 곳들이 얼마나 분주한지, 얼마나 엉망이고 얼마나 생기가 넘치는지 보라.

내 마음에 들지 않는 부분은 이런 거다. 비극적일 만큼 젊은 나이에 세상을 떠난 누군가가 〈익살꾼〉으로 지칭된다는 것. 물론 벨루시는 웃기는 사람이었다. 하지만 헤로인과 코카인을 과다 복용한 사람이기도 했다. 나는 겉으로는 요란스러울 정도로 즐거워 보이지만 내면은 슬픔에 젖어 있는 사람을 그려 본다. 내가 마음이 약해지는 부류의 인물이다. 내가 그에게 나 자신을 투사하고 있는지도 모르겠다. 익살꾼. 내가 투사를 하고 있는 건 나 역시 조금은 그런 사람이기 때문이다. 그리고 언젠가 누군가가 내 묘비에 〈익살꾼〉이라는 말을 새긴다면, 나는 죽음에서 살아 돌아올 것이다. 단지 그 인간에게 가운뎃손가락을 날리며 이렇게 말해 주기 위해서. 「당신은 나를 완전히 잘못 파악했어.」 내가 죽었다 한들. 아니, 죽었다면 더더욱 그래야지.

그렇게 해서 존 벨루시의 무덤은 한 군데가 아니라 두 군데가 됐다. 한 군데는 공개되어 있는 묘비로, 이를 드러낸 채 웃고 있는 해골과 엑스 자 모양으로 교차된 두 개의 뼈가 그려져 있고, 다음과 같은 말들이 적혀 있다. 〈존 벨루시의 육신, 여기 잠들다. // 나는 가지만 로큰롤은 언제까지나 살아 있으리라.〉 그리고 다른 한 군데는 눈에 띄지 않는 비밀 무덤으로, 오직 그의 가족에게만 알려져 있다.

벨루시는 그 묘지에 두 번 매장됐다. 아니, 그보다는 두 가지 모습의 벨루시가 존재하고 그 각각의 모습이 매장됐다고 하는 게 맞겠다. 그는 죽은 뒤에도 이중으로 존재해야 하는 사람이었다. 어쩌면 살아 있을 때도 그래야 했을지 모른다. 어쩌면 그건 고통스러운 일이었을지도 모르겠다.

—

어쩔 수 없이 묘지를 함께 써야 했던 조문객들, 공존할 수 없었던 그 조문객들에 관한 어머니의 이야기는 진상이 밝혀지기 시작하고 나서도 내 머릿속을 떠나지 않는다. 아니, 진상이 밝혀지기 시작하고 나니 유독 그런 것 같다.

그래서 나는 마서스비니어드에 가서 며칠을 보내려고 페리 티켓을 예매한다. 내 〈국경 없는 여자 친구들〉 회원인 마르타와 모니카에게도 함께 가서 벨루시를 찾아볼 생각이 있는지 물어본다. 그들은 기꺼이 가고 싶고 맛있는 해물 요리도 먹고 싶다고 대답한다. 내가 묘지에서 시간을 보내고 돌아오면 자기들은 보나마나 해변에 있을 거라고도 한다.

—

비공식 부고

모린 조이스는 블랙프라이어스 길드 극장의 소품 담당자였고 패러마운트 영화사의 비서였다. 모린 조이스는 여러 신문사에서 일하기도 했다. 모린 조이스는 라디오시티

극장 무용단이었던 〈로켓츠〉가 의료 보험을 요구하며 파업을 벌이게 된 일에 자신이 중요한 역할을 했다고 주장한다. 모린 조이스는 자신이 개를 위한 심폐 소생술을 발명했으며, 한번은 〈촌시〉라는 턱살이 두툼한 불도그 한 마리가 닭 뼈를 삼키고 질식해 죽을 뻔하자 그 개를 살려 내기도 했다고 주장한다. 모린 조이스는 베이징에서 중국 음식 만드는 법을, 도쿄에서는 꽃꽂이를, 아이티에서는 능숙하게 춤추는 법을, 산타이네즈 밸리에서는 말 타는 법을 배웠는데, 이 장소들은 그가 가장 사랑했던 장소들이었다. 모린 조이스는 한번은 독이 있는 아메리카살무사 한 마리를 갈퀴로 잡아 죽인 다음 그 시체를 냉동실에 보관해 두기도 했다. 모린 조이스는 집 뒤뜰에서 짝짓기 철을 맞아 성적인 매력을 과시하며 춤을 추고 있는 타란툴라들을 손녀들에게 보여 주고는 아름답지 않느냐고 했다. 모린 조이스는 집 뒤뜰을 빙빙 도는 대머리수리들에게 주려고 닭 몸통을 삶았고, 정기적으로 그 새들에게 먹이를 줬으며, 책상 위에는 가족사진 대신 그 대머리수리들의 사진을 액자에 끼워 놓아뒀다. 그리고 그 새들을 〈우리 커다란 녀석들〉이라고 불렀다.

—

내가 마서스비니어드행 페리 티켓을 예매했다고 하자 어머니는 말했다. 「아, 잘됐네. 네가 거기 있는 동안 외조부모님 유골을 뿌리고 오면 되겠구나.」

잠깐만, 누군가의 유골을 뿌리기 위해 떠나는 여행 이야기를 쓴다는 건 빌어먹을 클리셰 아닌가.

나는 한때 학생들을 위해 단편소설에 쓰면 안 되는 줄거리 목록을 만들어 볼까 생각해 본 적이 있다. 〈누군가의 유골을 뿌리기 위해 떠나는, 그리고 유골을 뿌리는 인물은 다시금 살아가는 법을 배우게 되는, 예측할 수 없는 여행 이야기〉는 아마 그 목록에서 5위 안에는 들었을 것이다.

하지만 이 유골은 나를 덮치더니 벨루시에 관한 임무를 가로채 가버렸다. 원래 내 계획대로 했더라면 나는 타인들의 죽은 가족에 관한 글을 쓴 다음 해변으로 갔을 텐데 말이다.

당신이 세상에서 가장 듣고 싶지 않은 이야기가 있다면 유골이 등장하는 또 한 편의 이야기일 거라고 나는 확신한다. 하지만 사실 이 세상에 유골에 관한 이야기가 너무도 많은 건 그동안 너무도 많은 사람들이 죽어 왔기 때문이다. 우리는 사랑하는 사람들과 사별하고 또 사별하기를 계속하고 있고, 그래서 이 비유는 어디로도 가지 않고 계속되는 것이다. 헌터 S. 톰프슨이 그랬듯 우리 모두가 자신의 화장한 유골을 서커스의 대포에서 발사하는 데 동의하지 않는 이상. 그건 내가 마음을 다해 지지를 보내고 싶은 결단이었다.

그리고 솔직히 말해 볼까?

유골을 뿌리기 위한 여행을 떠나는 누군가가 나오는 단편소설을 읽는 것보다 더 나쁜 일이 딱 한 가지 있다면, 그건 실제로 사랑하는 사람들의 화장한 유골을 가지고 다니는 인간이 되는 거다. 망가져 있고 슬퍼하고 있으며 분노도 느끼는 데다 이제 스스로가 빌어먹을 클리셰가 된 것 같다는 기분마저 느끼고 있는 사람이 되는 거다. 그런 사람은 자신의 슬픔에 어딘가 지겹고 과도한 구석이 있는 것 같다고 느끼지만, 흔하다고 해서 그 슬픔의 무게가 덜어지는 건 결코 아니다.

———

나는 젊은 외조부모님을 뒀다. 내가 태어났을 때 그분들은 겨우 쉰 살이셨고, 나를 키우는 데 도움을 주셨다. 내가 존 벨루시의 시신을 찾으러 갔던 그해 여름은 그분들이 돌아가신 지 각각 1년과 6년이 되던 해의 여름이었다.

외조부모님은 두 분 다 화장됐지만, 우리는 그분들과 관련해 아무것도 한 게 없었다. 나는 이 의식을 나 혼자 치르는 게 잘못된 일 같아서 걱정이 됐다.

「말하자면 이건 우리가 가족으로서 해야 하는 일 아니에요?」 나는 어머니에게 묻는다.

「네가 해준다면 다들 감동할걸.」 어머니는 대답한다. 「다들 선물을 받은 기분일 거야.」

「랜들 외삼촌한테 전화해 봐요.」 나는 말한다. 어머니에게는 남동생이 있다. 화장한 유골이 되신 분들의 아들이다. 「레슬리한테도 물어보고요.」 내가 말한다. 내 동생도 있다.

「괜찮다니까.」 어머니는 말한다. 「언짢아할 사람은 아무도 없어.」

「아, 진짜.」 나는 말한다. 「엄마가 모두한테 전화해서 동의를 구하기 전에는 나 이거 안 해요.」

이런 이야기가 이상하게 들릴 수도 있을 것 같다. 하지만 외삼촌은 외국에 산다. 동생은 최근에 아기를 낳았다. 그리고 우리 어머니와 아버지는 외할머니를 돌보느라 최근까지 3년 동안 고통스러운 시간을 보낸 참이었다. 하루에 24시간, 일주일에 7일을 돌봐야 했다. 알츠하이머병이 외할머니를 장악하고 외할머니의 몸이 약해지면서, 부모님은 거의 성인에 가까운 수준의 인내심과 관대함을 발휘해 그 일을 해냈다. 우리 가족 구성원 모두는 자기 가족들을 건사하느라 아주 바빴다. 나만 빼고. 내 또 다른 가족으로는 마르타와 모니카가 **있었지만**, 우리의 조합은 가족으로 여겨지지 않았다.

며칠 뒤에 어머니에게 전화를 건 나는 외삼촌이 이 계획에 이의가 없을 뿐 아니라, 나를 위해 유골을 뿌리기에 가장 바람직한 해변들의 순위 목록까지 만들어 뒀다는 사실을 알게 된다.

「가장 바람직하다는 게 뭔데요?」 내가 묻는다.

외삼촌이 작성한 〈실행 가능한 해변〉 목록에는 두 가지 요소에 따라 가중치가 부여돼 있다. 첫째, 외조부모님이 그 해변을 얼마나 좋아하셨는가. 둘째, 내가 해당 해변에서 인간의 유골을 뿌린 혐의로 체포될 가능성이 얼마나 되

316

는가.

—

우리는 유머 감각이 풍부한 가족이다. 당시 나는 내 역할을 훌륭하게 해냈지만, 나중에는 그 일을 해달라는 부탁을 받았던 것이 조금 슬펐고 조금은 화가 나기도 했다는 걸 인정해야 할 것 같다. 나는 애도하는 방법을 나 혼자 알아낼 필요가 없기를 바랐다. 내 생물학적 가족들이 이 일을 함께해 줬더라면 이토록 힘들진 않았을 거라고, 내가 이토록 준비가 안 돼 있는 것처럼 느껴지진 않았을 거라고 생각했었다.

하지만 어쩔 도리가 없었다. 그래서 나는 내가 그 일을 하는 것도 괜찮을 것 같다고 결론을 내렸다. 심지어는 그 일이 웃기다고 생각하기까지 했다. 우리는 감정이 북받치는 와중에도 농담을 던지고 최선의 결과가 나오기를 바라는 가족이니까.

봐, 괜찮잖아. 우린 이런 일도 웃어넘길 수 있다고.

내 쇼를 방송국으로 보내 주길. 난 준비가 되어 있으니까. 그동안 연습도 많이 했고 말이다.

엉뚱한 전개 끝에 익살꾼은 외조부모님의 유골을 휴가지에 가져가게 됩니다! 익살꾼의 어머니가 유골을 리본 장식이 달린 쇼핑백에 넣자 폭소가 만발하는데요. 익살꾼은 허리에 양손을 얹고는 이렇게 묻습니다. 「이게 정말 적절한 일일까?」 (웃음소리 큐. 다시 감고.) 오늘 밤. 아주 특별한 에피소드에서 익살꾼

은 자신의 지난번 남자 친구가 자신을 속이고 다른 여자를 만났던 일을 기억해 냅니다. 익살꾼의 외할아버지가 돌아가시고 얼마 안 됐을 때인데요, 익살꾼이 너무 슬픈 나머지 일주일 동안 섹스를 못 하는 바람에 그런 일이 일어났던 걸까요? (구슬픈 트롬본 음향 효과 틀고. 다시 감고.) 익살꾼은 페리에서 크랜베리 퍼지를 너무 많이 먹은 나머지 토할 것 같은 상태가 됩니다! (다시 감고.) 지난 시즌 최종화 재방송입니다. 익살꾼이 그다음에 만난 남자 친구는 외할머니 임종이 가까워지는 게 왜 그렇게 큰 일인지 이해하지 못합니다. 익살꾼이 외할머니의 침대맡에 앉아 있는 동안 남자 친구는 결혼식에 혼자 참석해야 하는 것을 두고 근심 가득한 문자 메시지들을 수없이 날려 익살꾼의 휴대 전화를 터뜨려 버리는군요. (녹음된 웃음소리. 다시 감고.) 익살꾼은 돌투성이 해변에 있는, 갈매기들이 가득한 작은 만에서 울음을 터뜨립니다. (녹음된 웃음소리.) 외조부모님이 정말 이런 걸 원하셨을까? 익살꾼은 궁금해합니다. (녹음된 웃음소리.) 익살꾼은 말합니다. 「세상을 떠난 소중한 사람들에게 어떤 일을 해줘야 하는지 우리가 어떻게 알죠?」(웃음소리 큐. 그 장면은 신경 쓰지 말아요. 웃음소리를 틀면 다 괜찮을 테니까.)

이해하기 어려운 어느 가족에나 어릿광대 역할을 하는 사람이 있다. 나는 그들 가운데 가장 뛰어난 사람들과 잘 어울려 지낼 수 있을 것 같다.

익살꾼은 유머로 평화를 유지하는 광대다. 왜냐하면 모두가 웃고 있는 한 익살꾼은 안전하니까. 자기 내면이 얼마나 우스꽝스럽고 쾌활한지 당신에게 보여 주기 위해서라면 익살꾼은 자기 갈비뼈라도 부러뜨릴 것이다. 그냥 농담으로, 함께 웃자고 말이다.

꼭 그래야 할 필요는 없단 말은 하지 마시길.

너무 늦었으니까. 나는 이미 내가 혼자 해내야 하는 이 일에 푹 빠져 버렸으니까.

—

언론이 벨루시의 죽음을 묘사하는 방식은 끔찍했다. 『로스앤젤레스 타임스』는 다음과 같은 기사를 실었다. 〈육중한 체구로 힘겹게 살아가던 「새터데이 나이트 라이브」의 스타가 (……) 금요일에 사망한 채 발견됐다. 그의 벌거벗은 몸은 숙박비가 1박에 2백 달러인 할리우드의 어느 방갈로식 호텔 침대 위에 둥그렇게 말려 있었다.〉

〈둥그렇게 말려 있었다〉는 잘 쓴 표현이다. 주제넘을 정도로 묘사적이다. 이 문장에는 벨루시의 육신이 더 이상 그 자신의 것이 아니라는 느낌이 담겨 있는데, 어쩌면 그의 묘지가 그토록 험하게 사용됐을 때 그의 가족들은 다시한번 그런 느낌을 받았을지도 모른다. 저 문장에는 무덤을 옮기는 것이 벨루시의 물리적인 육체를, 자신들이 그에 대해 어떤 권리를 갖고 있다고 생각하는 타인들로부터 숨기는 일이었다는 느낌도 담겨 있다. 1984년 린 허쉬버그가 『롤링 스톤』에 쓴 기사는 『와이어드』라는 책을 둘러싼 논쟁을 다뤘다. 『와이어드』는 밥 우드워드가 선정주의적으로 쓴 벨루시의 전기다. 벨루시의 아내였던 재클린은 이 책에 대해 이렇게 말한다. 〈사람들은 그게 전부 사실이라고 주장하죠. (……) 하지만 전부 사실인 건 아니에요. 그냥 사람들의 의견과 기억을 한 다발 모아서는 사실이라고 제시해 놓은 거죠. (……) 여기서 우린 제 삶에 관해 이야기하고 있는 거예요. 제가 그 자리에 있었어요. 그 사람은 자기 메모들 속에 그런 식으로 적어 놓았을 수도 있겠지만, 그건 틀린 내용이에요.〉

재클린은 벨루시의 시신을 새로운 터로 옮겼지만 원래의 무덤은 그대로 남겨 뒀다. 그리고 아이러니하게도, 이 공개된 묘지에는 다음과 같이 〈매장〉의 물리적 성격이 강조돼 있다.

존 벨루시의

육신

여기 잠들다

이건 사실과는 다른 잘못된 설명이다. 그 묘석 아래 땅속은 텅 비어 있기 때문이다. 거기에 더해 재클린이 이런 이중 묘비의 형태로 기꺼이 대중에게 내주고 싶어 했던 벨루시의 일부는 그의 육체가 아니었고, 가족들이 알고 있던 그의 진짜 자아조차 아니었기 때문이기도 하다. 그 묘지는 벨루시라는 관념이 묻혀 있는 묘지였다. 우리 같은 타인들이 우리가 아는 벨루시였다고 생각되는 그의 어떤 모습이 덧없이 떠오를 때마다 애도할 수 있는, 어떤 환상을 위한 장소.

———

　내가 며칠 동안 유골을 달라고 부탁한 끝에 결국 어머니
는 그 유골이 자기한테 없다고 시인하기에 이른다.
　「그럼 어디 있는데요?」 내가 묻는다.
　「장례식장에.」 어머니가 대답한다. 그러니까 우리 외할
머니의 유골은 거의 1년 동안 장례식장에 있었다는 뜻
이다.
　「거기서 네 외할머니 유골을 외할아버지 유골하고 혼합
하고 있을 거야.」
　「뭐 하나만 물어봐도 돼요?」 내가 묻는다. 「외할아버지
유골은 산에 뿌린 줄 알았는데요. 목장 친구들이 외할아버
지를 마지막 산길 라이딩에 데리고 나갔던 거 아니었
나요?」
　〈목장 친구들〉은 외할아버지가 캘리포니아주 산타이네
즈 밸리로 와서 살게 되면서 가입한 일종의 카우보이 친목
모임이다. 그 모임 회원들은 칠십이 넘은 나이에도 밤에
서로의 집 헛간에 몰래 들어가 말들의 몸에 원색 페인트를
칠해 놓는 것 같은 장난을 쳤고, 그 카운티에 살던 사람들
은 다들 총을 한 자루씩은 가지고 있었다. 우리 외할머니
는 그들의 여자 가족들로 구성된 모임의 일원이었는데, 그
모임 이름은 하느님께 맹세하건대 〈암망아지들〉이었다.
내가 알고 있던 바로는 그들이 1년에 한 번씩 하는 산길 라

이딩 코스에는 세상을 떠난 목장 친구들의 유골을 뿌릴 수 있는 장소가 한 군데 있었다. 나는 외할아버지의 유골도 그리로 간 걸로 알고 있었다.

어머니가 고개를 저으며 말한다. 「그 사람들은 그냥 네 외할아버지 유골을 한 스푼만 뿌렸을 뿐이야.」

「한 스푼이라면……..」

「네 외할머니가 그 사람들한테 외할아버지 유골을 부쳐 주겠다고 하시기는 했는데, 그 뒤에 외할아버지랑 함께 있고 싶어질지도 모르겠다는 생각이 드신 거야. 그래서 유골을 세제 스푼으로 한 스푼만 떠서 안전 봉투에 넣어 목장 친구들한테 부치신 거란다.」

「안전 봉투요?」

어머니가 엄숙하게 고개를 끄덕인다. 「나머지는 외할머니가 보관하셨어. 당신이 외할아버지랑 섞이고 싶어 하셨거든. 사실 이미 섞였지. 내가 그냥 가서 두 분을 모셔 오기만 하면 되는데, 이상하게 자꾸 깜빡하는구나. 요즘 좀 바빴거든.」

「이상하게 좀 굴지 마세요. 나한테 유골 넘기는 거 일부러 깜빡하고 그러지도 마시고요.」 나는 말한다. 「다음 주에 다시 집에 올게요.」

「내가 깜빡하는 것 같으면 그냥 알려 주기만 해.」 어머니는 말한다.

다음 날 아침 일찍 떠나기 전, 나는 어머니에게 외조부모님의 혼합된 유골을 가져와야 한다고 알려 주기 위해 종잇조각에 대체 뭐라고 써야 할지 생각해 내려 애를 쓴다. 아침에 잠에서 깨자마자 〈엄마, 엄마의 부모님이 두 분 다 돌아가셨다는 걸 잊지 마세요!〉라고 적힌 포스트잇을 보는 것 같은 느낌은 아니었으면 좋겠는데. 나는 세탁실로 가서 세제 스푼을 찾아낸다.

나는 종잇조각에 〈잊지 마세요!〉라고 쓴 다음 스푼 속에 넣는다. 주방 조리대 위에 그것을 놓아둔다.

차를 몰고 두 시간쯤 갔을 때, 내 휴대 전화가 땡 하고 울린다.

아버지가 보낸 문자 메시지다. 〈오 맙소사.〉 내 휴대 전화가 다시 땡 하고 울린다.

어머니의 답장이다. 〈지금 바로 할게!〉

———

외조부모님의 유골을 뿌리는 일에 관해 곰곰이 생각하며 나는 안도감을 느낀다. 결국에는 우리가 이렇게 했을 거라는 안도감을. 그토록 대단한 삶을 사셨던 분들의 유골을 벽장 속에 모셔 두는 건 아마도 안 될 일일 테니까. 하지만 가족들이 내게 슬퍼하는 법을, 애도하는 법을, 이 상실을 겪어 내는 법을 가르쳐 줬으면 좋겠다는 마음도 든다. 우린 누구죠? 난 누구죠? 내가 이걸 어떻게 하면 될까요? 나는 그들에게 물어보고 싶다.

이 일을 하는 법을 혼자서 배워야 한다고 생각하니 겁이 난다.

그래, 어쩌면 부재하는 이들을 위한 것이지만 실제로는 그저 나를 위한 것인 이 의식이라는 개념도 겁나기는 마찬가지인 것 같다. **내가** 사랑하는 이 대단한 사람들에게 **나는** 어떤 종류의 작별 인사를 하게 될까? 무슨 말을 하지? 그건 나를 위한 말일까? 내가 어떻게 알 수 있겠는가?

———

어느 여름날, 마르타와 모니카와 나는 우리 집 테라스에 앉아 있다. 우리 집 개는 빙글빙글 돌며 제 코를 내 친구들의 겨드랑이에 쑤셔 넣으려고 하고 있다. 나는 라임 맛이 나는 독한 진토닉을 만들어 여러 개의 병조림용 푸른색 유리병에 담아 뒀고, 친구들이 술을 다 마시기를 기다렸다가 우리의 〈휴가〉에 추가된 이 최신 정보를 말해 준다. 누군가의 죽은 가족을 해변으로 실어 나르는 일은 유명인의 묘지에 찾아가는 임무에 좋은 동행이 되어 주는 일과는 또 다르다. 친구들이 이유를 대며 못 하겠다고 할 거라는 확신이 든다.

「당연히 도와야지.」 마르타가 말한다.

「우리 가족은 유골을 불법으로 뿌리는 일을 아주 잘하거든.」 모니카도 말한다. 그 뒤로 이어진 이야기에는 번잡한 스태튼 아일랜드 페리가 등장한다.

나는 너무나도 안심이 됐다.

존 벨루시 베스트
「새터데이 나이트 라이브」 시즌 3, 13화
1978년 11월 3일
실러스 릴:[8] 존 벨루시의 성난 얼굴로 돌아보지 마라

(영화가 시작되면 노인이 된 존 벨루시가
열차 객실에 앉아 있다.)

존 벨루시: 여기서 내려야 되는 모양이군.

(화면이 바뀌면 어느 추운 겨울날,
존이 묘지 사이로 걸어가고 있다.)

존 벨루시: 그래요…… 다들 제가 제일 먼저 갈 거라고
생각했죠. 그 왜 〈방탕하게 살다가 단명해서 보기 좋은 시
체를 남기는〉 타입이란 게 있었는데, 아시는지요? 제가 그
중 한 명이었죠. 하지만 아무래도 그 사람들 생각이 틀렸
던 것 같네요. (지팡이로 묘비를 가리킨다.) 저기 제 친구
들이 전부 있군요. 여기가 〈황금 시간대 출연은 아직 무리
야〉 출연진 묘지입니다. 올라오시죠.

8 작가이자 영화감독인 톰 실러가 「새터데이 나이트 라이브」를 위해 만
든 오리지널 단편영화 시리즈의 제목이다.

(존, 눈 덮인 언덕을 힘겹게 올라간다.)

자, 여기 길다 래드너가 있군요. 아…… 길다는 캐나다 텔레비전에서 자신만의 쇼를 아주 오랫동안 했죠. 「길다 래드너 쇼」라고요. (잠시 침묵) 음, 적어도 이제 재방송으로 길다를 볼 수는 있군요. 길다는 아주 귀여웠는데, 신의 가호가 있기를…….

여기 있는 사람은 개릿 모리스인데요. 자, 개릿은…… 쇼를 떠나더니 그다음엔 흑인 극장에서 오랫동안 일을 했습니다. 그러다가 헤로인 과다 복용으로 죽고 말았죠. (녹음된 웃음소리, 커진다.)

여기 빌 머리가 있군요. 빌이 이 친구들 중에서는 제일 오래 살았어요. 38년이나 살았으니까. 아…… 그래도 이 친구는 갈 때 행복하게 가긴 했네요. 막 콧수염을 다시 기른 참에 갔거든요. 그 수염은 아마 지금도 자라고 있을 겁니다.

이쪽에는 체비 체이스가 있습니다. 체비는 골디 혼이랑 같이 첫 영화를 찍은 직후에 죽고 말았죠.

여기 이 친구는 대니 애크로이드입니다. 대니는 자기 할리 데이비드슨을 너무 사랑했던 것 같아요. 조사해 보니 충돌 전에 시속 281킬로미터로 달리고 있었다지 뭐예요. 그게 흠이었지. 제가 불려 가서 이 친구 시신을 확인해야 했는데요. 손발가락 붙음증이 있는 발가락을 보고 이 친구인 걸 알아봤죠.

(애크로이드의 무덤에 꽃을 내려놓는다.)

「새터데이 나이트 라이브」는 제 인생 최고의 경험이었습니다. 그리고 이제는 모두가 떠났군요. 그들 한 명 한 명 모두가 그립습니다. 왜 전가요? 왜 저는 이렇게 오래 산 걸까요? 친구들은 다들 죽어 버렸는데. (생각에 잠기며) 제가 그 이유를 알려 드릴까요. 그 이유는…… 저는 춤을 춘다는 겁니다!

(음악이 흘러나오자, 존은 지팡이를 내던지고
무덤들 사이에서 춤을 춘다.)

(줌 아웃, 어두워지다 암전.)

———

마르타와 모니카와 나는 내 차를 타고 페리에 오른다.

얼굴을 때려 대는 바람과 윙윙거리는 엔진과 튀는 물보라에는 페리에 탄 사람을 유쾌하게 지워 버리는 특유의 방식이 있다. 나는 언제나 선실 밖에 나와 있는다. 언제나 배 가장자리에 너무 가까이 몸을 댄다. 내 머리칼이 하나의 사태로 변해 버리게 놔둔다.

섬이 점점 커지더니 우리를 맞이한다. 섬에 도착한 우리는 차를 몰고 페리에서 내린다. 부두에서 우리가 묵을 민박집으로 가기 위해 차량들 속에 끼어든다. 차들은 행진

대열 비슷한 것을 이룬 채 간신히 기어간다. 범퍼에 범퍼를 맞대고 맞는 휴가다. 내려진 차창으로 음악이 들려온다. 어느 차에서나 음악 소리가 흘러나오고 있다. 우리는 거리를 정복한 퍼레이드 구성원이 되어 여기서 좋은 시간을 보내기 위해 왔노라고 선언한다. 나는 푸른색 잉크로 장식된 하얀 도자기 구슬 목걸이를 걸고 있다. 우리 외할머니 물건이다. 구슬들은 내 가슴께에 낮게 걸려 있다.

———

벨루시가 대니 애크로이드의 가상의 무덤 위에 꽃을 내려놓고 나서 4년 뒤, 애크로이드는 마서스비니어드에 오게 된다. 자신의 할리 데이비드슨 오토바이를 타고 벨루시의 장례 행렬에 끼어 시속 281킬로미터보다는 살짝 느린 속도로 달리게 된다. 차들은 먼지투성이 길을 구불구불 나아가게 된다. 애크로이드는 가죽조끼를 입고 성조기 문양이 들어간 두건을 두르고 있었다. 비통함이라는 걸 느껴보고 싶다면, 고개를 들어 자신의 할리 데이비드슨을 타고 이 장례 행렬에 끼어 달리는 애크로이드의 사진들을 보라. 고개를 들어 관을 운반하고 있는 애크로이드의 사진들을 보라.

———

〈살인자 꿀벌들〉은 「새터데이 나이트 라이브」 역사상 처음으로 반복 출연한 캐릭터였다. 당시 쇼의 프로듀서였던 론 마이클스에 따르면, 이 꿀벌들이 등장하는 첫 방영분이 나간 뒤 방송국에서 그를 불러 그 토막극을 중단하라고 지시했다고 한다. 기본적으로 그 극이 너무 멍청해서 다시 방영할 수 없다는 것이 이유였다. 하지만 오기를 부리고 싶어서였는지, 혹은 통제력을 과시하고 싶어서였는지 마이클스는 이 꿀벌들 이야기를 중단하는 대신 여러 번 반복되는 촌극으로 만들기에 이르렀다. 벨루시와 출연진은 매 에피소드에 줄무늬가 들어간 꿀벌 점프 슈트를 입고 등장한다. 마치 애정은 있지만 손재주는 없는 부모가 만들어 준 것 같은 슈트다. 꿀벌들은 스프링으로 된 더듬이를 달고 있는데, 그 끝에는 작은 공이 부착돼 있다. 그 더듬이들은 촌극이 진행되는 내내 마치 시청자들에게 최면이라도 걸듯이 흔들린다. 그 촌극이라는 건 〈꿀벌들이 당신의 꽃가루를 갖고 싶어 한다〉는 것 이상으로 복잡한 줄거리는 좀처럼 등장하지 않는 작품들이다. 몇몇 에피소드는 대단히 인종 차별적이다(꿀벌들이 멕시코 무법자들을 연상시키는 모습으로 나온다). 정말이지 놀랄 만큼 많은 꿀벌 관련 말장난이 만들어진다.

한 에피소드에서 벨루시는 세트장 창문으로 기어 들어와 길다 래드너가 책을 읽고 있는 거실 소파 위로 떨어진다. 벨루시가 길다 래드너의 목에 칼을 들이대자, 길다는 극적인 효과를 위해 과장된 표정을 지어 보인다. 가까이 있는 테이블에 놓인 라디오가 치직거린다. 아나운서가 살인자 벌들을 조심하라고 사람들에게 경고한다. 「그 벌들은 과체중입니다!」 아나운서는 말한다. 벨루시의 작고 볼록한 배가 줄무늬 슈트 때문에 두드러져 보인다.

이런 꿀벌 촌극이 아주 오랫동안 질질 끌며 계속된다. 매번 이 촌극은 절대로 끝나지 않을 것 같다는 느낌이 든다.

「난 그 빌어먹을 벌들이 싫어.」 한번은 벨루시가 이렇게 말했다고 한다. 전하는 말에 따르면 단체 개그에서는 자신이 무대의 중심이 될 여지가 없었기 때문이었다고 한다.

하지만 만약 내가 벨루시였다면? 내게는 더 많은 이유가 있었을 것 같다.

어떤 날은 이번 삶에서 주어진 역할이 억울하게 느껴진다.

또 어떤 날은 꿀벌로 사는 게 힘겹거나 민망하게 느껴진다.

그리고 가끔씩은 배역 선정이 마음에 들지 않는다.

자, 레오타드를 잡아당겨 입고 있는 익살꾼으로 시작해 볼까요. 「너무 꽉 끼는군요!」 익살꾼이 말합니다. 「근데 이 레오타드는 누구 입으라고 이렇게 만들어 놓은 거야?」 (웃음소리 큐) 익살꾼은 마서스비니어드에 있는 외조부모님의 옛집 바깥에 서있는 자신을 깨닫고는 창문으로 기어 들어가기 시작합니다. 손에는 외조부모님의 유골이 들어 있는 쇼핑백을 들고 있군요. 익살꾼이 거실로 굴러떨어집니다. 쇼핑백을 놓칠 뻔하지만 우스꽝스러운 저글링으로 간신히 모면하는군요. (웃음소리 큐) 소파에 앉아 있던 길다 래드너가 깜짝 놀랍니다. 익살꾼과 길다는 아주 하아안참 동안 서로를 노려봅니다. 익살꾼의 꿀벌 더듬이가 까닥까닥 위아래로 움직이고 있네요. 「여긴 내 집이야!」 익살꾼이 소리칩니다. 「여긴 내 집이야?」 길다 래드너가 의혹에 가득 찬 표정을 짓습니다. 그때 라디오 방송에서 한 남자가 말합니다. 「현재 탈주 중인 마흔 살이 다 된 여자가 있는데, 그 여자가 곧 저희 집에서 가족을 꾸리기 시작할 생각인가 봐요.」 길다가 비명을 지릅니다. (웃음소리 큐) 무대 왼쪽에서 댄 애크로이드가 들어옵니다. 못마땅한 듯 고개를 젓고 있네요. (웃음소리 큐) 「난 이 집에서 살 거야!」 익살꾼이 말합니다. 「우리 아가들하고 마루에서 블루피시를 먹을 거라고!」 길다 래드너가 또다시 비명을 지릅니다. 익살꾼은 유골이 든 쇼핑백을 바짝 끌어안습니다. 너무 빠르게 숨을 쉬는 바람에 레오타드가 리드미컬하게 들썩이네요. 댄 애크로이드가 쇼핑백을 가리키는군요. 「제발 그걸 내려놔. 여긴 네 집이 아니야.」 익살꾼은 말합니다. 「내 집이 될 수도 있지. 언젠가는.」 (웃음소리 큐) 「아니야.」 애크로이드는 그렇게 말하고 익살꾼에게서 유골이 든 쇼핑백을 빼앗습니다. 「이 집이 이분들 거였다는 이유만으로 네 집이 되는 건 아니야.」 그는 그렇게 말하고는 무대 밖으로 걸어 나갑니다. (혼란스러운 웃음) (암전)

데이트를 하고, 〈노력하고〉, 〈부딪쳐 보고〉, 내가 결혼을 하고 아이들을 갖게 될 가상의 〈언젠가〉에 관해 이야기를 하고…… 이런 일련의 행동들을 거치는 사람이 된다는 건 뭘까? 그 모든 걸 믿는 척 연기한다는 건? **심지어 내가 그걸 원하기는 하는지조차** 실은 점점 불확실해지지만 확실한 척 연기를 한다는 건?

그런 게 내가 꿀벌이 되어 공연하는 촌극이다.

꿀벌 슈트를 입고 처음으로 무대에 터덜터덜 걸어나왔을 때, 나는 이 각본은 내가 원하는 것이라고 그냥 받아들여 버렸다. 왜냐하면 그건 우리 가족들이 했던 일이었으니까. 내가 아는 사람들이 했던 일이었으니까.

애초에 나보고 그 촌극을 공연하라고 한 사람은 아무도 없었다. 그냥 그게 내가 연기할 역할이겠거니 하고 생각한 것이다.

하지만 오랜 세월이 지나고 나서도 나는 여전히 여기서 꿀벌 촌극을 하고 있다. 그건 익살꾼이 가장 오랫동안 계속해 온 개그다. 그리고 나는 다음 질문들을 떠올리는 나 자신을 깨닫는다. 그런데 **나한테도** 우리 외조부모님처럼 60주년 결혼기념일을 축하할 일이 **있기는 할까**? 젊고 아름답고 임신한 모습으로 바닷가에 서 있게 될 일이 나한테 있기는 할까?

그럴 일은 없다, 없다, 없을 것이다.

수많은 미래가 가능하지만 이 특수한 미래는 이미 시간의 흐름에 의해 불가능해져 버렸다.

그건 나도 안다. 그럼에도 나는 절대 내 것이 되지 않을 이런 인생 이야기의 유골을 내 안에 모셔 두고 있다. 그 일을 그만두는 것이 불가능하게 느껴진다. 어쩌면 내가 남들을 위해 꿀벌 촌극을 계속 공연하고 있기 때문에 더더욱 그런지도 모르겠다. 언젠가는 그게 현실이 될 수도 있다는 듯 연기를 계속하기 때문인지도.

게다가 이 촌극은 오래 지속될수록 점점 더 불편해진다. 여기, 30대에도 데이트를 하고 있는 내가 있다! 여기, 그 모든 데이트를 웃기는 썰로 바꿔 버리는 내가 있다! 내가 얼마나 사랑에 형편없는지, 내가 살게 될 거라 생각했던 그런 삶에 얼마나 재주가 없는 인간인지 알겠는가? 이 레오타드가 내게 얼마나 안 맞는지 알겠는가?

이걸 그냥 벗어 버릴 수는 없을까?

이 촌극은 누구를 위한 걸까?

———

어느 날 벨루시와 애크로이드는 벨루시의 지프를 타고 해변으로 가면서 〈더 벤처스〉라는 밴드의 테이프를 들었고, 그러다 「2천 파운드의 꿀벌」이라는 제목의 곡이 흘러나왔다. 그들은 큰 소리로 웃었다. 웃음을 터뜨린 이유 가운데 하나는 아마도 그 꿀벌 촌극들이었을 것이다. 그 곡은 기분 좋게 몽롱하고 비틀린, 초기 펑크 록의 분위기가 묻어나는 서프 록[9] 연주곡이다. 약간 우스꽝스럽긴 하지만 죽여주게 멋있는 곡이기도 하다. 우드워드가 쓴 벨루시의 전기에 따르면, 그들이 내내 웃으며 그 곡을 듣고 난 뒤에 애크로이드는 이렇게 말했다고 한다. 「자네가 나한테

---

9 미국 캘리포니아주를 중심으로 1960년대에 인기를 끈 음악 장르로, 기타의 스타카토 기법을 이용해 서핑을 할 때의 즐거움과 흥분을 표현하는 것이 특징이다.

약속해 줘야 하는 게 있어. 만약에 내가 자네보다 먼저 죽으면 내 장례식에서 이 테이프를 틀어 줘야 해. 왜냐하면 이건…….」 그런 다음 그는 걷잡을 수 없이 웃기 시작했고, 그러다가 다시 말을 이었다. 「이렇게 시끄럽고 센 테이프를 사람들로 꽉 찬 교회에서 틀면 멋지지 않겠어!」「당연하지.」 벨루시가 말했다. 「그리고 자네도 나한테 똑같은 일을 해줘야 해.」 그는 진지했다. 완벽한 메시지였다. 「〈2천 파운드의 꿀벌〉이야.」「무슨 일이 있어도 틀게.」 애크로이드는 약속했다. 「무슨 일이 있어도.」

———

모니카와 마르타와 나는 메넴샤에 있는 우리의 민박집에 도착해 짐을 푼다.

차는 쇼핑백만 빼면 텅 비어 있다. 쇼핑백 안에는 상자가 들어 있고, 그 상자 안에는 우리 외조부모님의 유골이 들어 있다. 쇼핑백을 안으로 들고 들어가는 게 이상한 일이 될지도 모르겠다는 생각에 나는 그냥 거기, 잘게 부서진 조개껍데기들이 깔린 주차장에 서 있다.

「너희 외조부모님을 안으로 모시고 들어가야 할까?」 마르타가 묻는다. 「그냥 두는 것도 좀 예의가 아닌 것 같은데.」

우리 외조부모님은 미니 냉장고 옆에서 지내시는 걸로 결정이 난다.

그날 저녁 우리는 해변으로 향한다. 담요를 펼친다.

메넴샤의 해변은 자그맣고 돌투성이다. 모래사장 저쪽 끝에는 파도가 부서지는 커다랗고 검은 바위들이 있다. 조수 웅덩이들이 생겨나고 새들이 먹이를 먹는다. 바닷속에도 바위들이 있다. 파도에 반들반들해진 수천 개의 돌들이다. 콩알만 한 크기도 있고 귤만 한 크기도 있다. 붉은 벽돌색과 눈알 같은 흰색과 이끼 같은 녹색의 돌들이 물속에서 다 같이 흔들린다.

나는 내가 과학적인 사고방식을 지닌 사람이라고 생각하지만, 몹시 감상적이고 더럽게 변덕스러운 면도 있다는 걸 인정해야 할 것 같다. 사람이 죽고 난 뒤에도 그 몸에 있던 모든 원자들은 계속 흘러가 다른 존재들의 일부가 된다는 이야기에 끌리는 건 그래서인지도 모르겠다. 만약 칼 세이건이 **물질은 생성될 수도, 파괴될 수도 없다**는 이야기를 하고 있고, 「코스모스」의 배경 음악으로 어울릴 만한 1970년대풍의 위풍당당한 음악이 그 위로 흐른다면 내가 하는 이 말이 더 근사하게 들리겠지만 말이다.

나는 파도 속을 굴러다니는 그 색색깔의 돌들을 지켜보며 친구들에게 말했다. 「여기인 것 같아.」 여긴 외삼촌이 최고 순위를 매긴 해변은 아니지만, 나는 여기가 맞다는 걸 안다. 하지만 잠시 후에는 확신이 없어진다. 내가 가족들에게 단체 문자 메시지를 보내 이 해변이 괜찮은지 아닌지 상의하는 동안, 점점 더 많은 사람들이 오더니 우리 근처에 담요를 펼친다.

〈너한테 거기라고 느껴지는 곳이면 어디든 괜찮다, 애

야.〉 가족의 대변인인 아버지는 꽤 장히 긴 침묵 끝에 그렇게 문자를 보낸다.

나는 휴대 전화에서 고개를 든다. 해변은 사람들로 붐비고 있다.

내 생각에는 여기가 거기인 것 같다. 여기가 거기라는 걸 나는 알겠다. 적어도 나에게는 그렇다.

「혹시 사람들이 일몰 때 해를 보면서 박수를 치는 그런 해변에 가본 적 있어?」 마르타가 묻는다.

「여기야말로 그런 종류의 해변인데.」 모니카가 말한다. 우리는 웃는다. 우리가 일몰을 향해 박수를 치는 〈그런 부류의 사람들〉은 아니라고 생각하기 때문이다. 우리는 태양의 고도가 점점 낮아지는 걸 지켜본다. 해변에 있는 모두가 조용히 이야기를 나누고 있고, 아주 기분 좋은 공동체에 속한 것 같은 분위기가 흐른다. 어머니가 여기 있었다면 이렇게 말했을 것이다. 〈지금이 바로 그 순간이구나.〉 어머니가 여기 있었으면 좋겠다. 하지만 없어도 괜찮다.

태양은 마지막으로 한 차례 반짝하는 오렌지빛을 남기고는 조수 선 아래로 잠기고, 우리는 그런 태양을 향해 박수를 보낸다. 그 죽여주는 태양을 향해. 우리도 그런 사람들이다. 그리고 사실 누가 그렇지 않겠는가. 어쨌든 우린 한 바퀴를 더 돌아온 것이다. 너무도 운이 좋지 않은가.

해변에서 돌아오는 길에 나는 어머니가 떠올라서 돌들을 모은다. 어머니가 좋아하는 돌들을 고른다. 어머니가 행운의 돌이라고 부르는 종류를. 가끔씩 완벽한 흰색 고리가 있는 독특한 종류의 짙은 회색 돌이 발견되기도 한다. 그 고리가 돌에 힘을 부여하고 행운의 돌이 되게 해준다고 어머니는 말한다. 나는 해변에서 행운의 돌 세 개를 발견한다. 하나를 주우려고 몸을 굽힐 때마다 목에 걸린 할머니의 구슬 목걸이가 딸깍거린다.

해가 지고 나서 금방 해변을 떠났는데도 예상보다 빨리 어두워진다. 우리는 어둠 속에서 갈대숲을 헤치고 모래 언덕들을 걸어 올라간다. 그러고는 민박집에 딸린, 관목이 무성한 잔디밭 끝자락에 도착한다. 모래 먼지와 끈끈한 소금기와 오리새[10] 냄새가 사방에 가득하다.

그러다가, 어디선가 스컹크 냄새가 난다.

우리는 휴대 전화 플래시를 비추며 한꺼번에 움직인다. 어둠 속에서 우리의 몸에 스컹크 비슷한 무언가가 스치자 우리는 비명을 지르고는 플래시 빛에 의지하면서 꼴사납게 도망친다. 마치 아주 빨리 달리면 피할 수 없는 것들을 따돌릴 수 있기라도 한 것처럼.

—

댄 애크로이드가 자신의 할리 데이비드슨을 타고 달렸던 날로부터 사흘 뒤, 벨루시가 마서스비니어드에 매장되고 나서 사흘 뒤에 뉴욕에서는 추모 예배가 열렸다.

피터 캐플런이 1982년 『워싱턴 포스트』에 그 추모 예배

10 볏과의 여러해살이풀로 잎과 줄기는 보리와 비슷하다.

에 관해 쓴 기사가 있다. 기사 제목은 〈벨루시, 웃으며 퇴장하다〉다. 캐플런은 다음과 같이 기사의 서두를 연다. 〈연회색 인디애나 석회암으로 만들어지고 높이가 34미터에 달하는 세인트존 더 디바인 대성당의 아치형 구조물 밑에는 존 벨루시의 친구들과 가족들 약 1천 명이 모였다. 그들은 오늘 그가 멀리 떠나는 대신 여기 있었더라면 다이룬 기분이었을 거라고 생각하며 애도를 표했다.〉

처음으로 이 문장을 읽었을 때 나는 울음을 터뜨렸다. 이건 우리 가족 같은 사람들이 종종 타는 일종의 부드러운 삐딱선 같은 문장이다. 〈그가 멀리 떠나는 대신 여기 있었더라면〉이라는 말은 거짓 없는 진심에 가깝다. 주방 조리대 위에 놓인 세제 스푼만큼이나.

애크로이드는 장례식에서 추모사를 했고, 자신이 한 약속을 지켰다. 캐플런은 다음과 같이 적고 있다.

자신의 작은 푸른색 배낭을 열고 테이프 리코더 하나를 꺼낸 애크로이드는 깡통 찌그러지는 소리가 나는 그것을 마이크 가까이에 가져다 댔다. 「자, 그러면 여기더 벤처스의 연주곡을 조금 들어 보시죠. 〈2천 파운드의 꿀벌〉입니다.」 꿀벌이 날아다니는 것 같은 패턴으로 연주되는 더 벤처스의 기타 리프가 세인트존 더 디바인 대성당을 가득 채우며 아마 전에는 아무도 눈여겨본 적이 없었을 구석구석까지, 신도석까지 퍼져 나갔다.

수백 명의 사람들은 처음에는 어안이 벙벙한 채 앉아

있다가 이내 몸을 흔들며 웃기 시작했다. 그들의 웃음이 실내를 장악했다. 진짜배기 웃음이었다. 매복한 채 숨어 있다가 관객들을 습격하는 새로운 코미디가 주는 진짜 웃음. 애크로이드와 벨루시는 그 코미디를 다듬어지지 않은, 다소 짓궂은 형태로 만들어 냈지만, 거기서는 어째서인지 애정이 담뿍 묻어났다. 대성당 안에 그 농담을 이해하지 못하는 사람은 없었고, 그건 미국에 사는 35세 이하의 사람이라면 누구나 다 이해할 만한 농담이자 존 벨루시에게 바치는 헌사였다.

마침내 그 멋지고도 형편없는 음악과 웃음이 멈추자, 애크로이드는 바깥을 보며 말했다. 「조니, 그러니까 내가 초자연적이고 영적인 신호에 대비해서 틀림없이 더듬이를 잘 펴고 있을게. 그리고 여러분도 믿어 주시길 바랍니다.」 그는 관객들을 쳐다봤다. 「만약 그 친구한테 연락이 오면, 제가 바로 알려 드릴 테니까요.」

—

우리가 내 외조부모님의 옛집에 찾아가는 날, 그 집의 진입로에는 튼튼해 보이는 잔디 깎기 작업반 차량이 주차돼 있다. 나는 주위를 둘러보며 그 집이 내게 주었던 환상에 관해 곰곰이 생각해 보지만, 그때 잔디 깎는 기계의 회전 속도가 빨라지고, 깜짝 놀란 나는 다시금 차로 달려간다. 차 안에는 마르타와 모니카가 기다리고 있다. 우리는 잠깐 동안 그곳에 앉아 있는다. 친구들은 이 집이 우리 세 명의 집이 아니라는 건 정말이지 유감스러운 일이라고 입을 모은다. 아마도 우리 중 누군가가 우연히 엄청난 부자가 되면 이 집을 다시 살 수도 있을 것이다.

나는 우리 가족이 여기 있었으면 좋겠다고 생각했었다. 그래서 외조부모님을 어떻게 애도해야 하는지 내게 가르쳐 주었으면 좋겠다고 말이다. 내 외조부모님이 사셨던 것 같은 삶을, 전에는 나 역시 살게 될 거라 생각했던 삶을 어떻게 애도해야 하는지를 그들이 가르쳐 주었으면 했다. 그 삶을 놓아주어도 된다고 내게 말해 주었으면 했다.

하지만 이건 **그들에게** 필요한 일은 아니었다. **나에게** 필요한 일이었다.

그리고 여기, 모니카와 마르타가 있다.

가끔씩, 당신이 하루하루를 버틸 수 있게 해주는 건 당신에게 대니 애크로이드 같은, 빌 머리 같은 역할을 해주는 사람들이다. 가끔씩, 당신의 〈황금 시간대 출연은 아직 무리야〉 패밀리는 당신을 위해 그 힘든 일을 해낸다.

이제는 지독하게 비싸져 버린 이 집을 언젠가 우리가 수백만 달러를 벌어 되사게 되면 연못에 띄울 노 젓는 배를 따로 사야 할까, 아니면 노 젓는 배가 집 가격에 포함돼 있을까. 내가 그 문제를 곰곰이 생각해 보는 걸 도와주고 있는 이 여자들. 우리는 백만장자가 된 상상 속에서조차 절약하는 태도를 발휘해, 1백만 달러짜리 집이면 배도 포함돼 있을 거라고 결론을 내린다. 1백만 달러면 형편없는 배 한 척이라도 덤으로 줘야 할 거라고. 그런데 배를 젓는 건 카누를 젓는 거랑 비슷할까, 다를까? 우린 카누는 저을 줄 알잖아. 이 집, 위치가 좋지 않아? 그 괜찮았던 샌드위치 가게에서 아주 가깝잖아. 어느 샌드위치 가게? 우리가 슬리퍼를 신은 토니 샬호브를 봤던, 그러고는 유명인을 봤지만 〈태연한 척하는〉 우리 스스로를 자랑스러워했던 그 가게 말이야? 우리가 이 집을 되사서 1년 내내 마서스비니어드에서 살게 되면 토니 샬호브랑 친구가 될 수 있을까? 우리는 궁금했다. 그럴지도 몰랐다. 우리가 함께할 상상 속의 새로운 삶에 불가능한 게 뭐가 있겠는가?

이런 일들 중 어떤 것도 실제로 일어날 것 같지는 않았다. 하지만 이런 이야기들이 내가 그동안 공연해 온 꿀벌 촌극에 걸려 있던 전제들보다 개연성이 **덜하진** 않았다. 그리고 내키는 대로 웃으면서 세상에 대해, 우리가 그 안에서 살아가는 일에 대해 상상하고 있자니 아주 강해진 기분이 들었다.

그 옛집의 진입로에서, 나는 내 생물학적 가족들을 내비이성적인 기대로부터 해방시켜 주었다. 우리가 서로에게 얼마만큼 큰 존재가 되어 줄 수 있는지에 대한 기대로부터. 그들이 나를 가르쳐 줄 거라는, 내게 도움이 되어 줄 거라는 기대로부터. 그리고 그건 그들을 자유롭게 해줌과 동시에 그들이 지금 내게 실제로 갖는 의미를 내가 그들을 있는 그대로 받아들이게 해주는 일이었다. 지금의 그들도 내게는 아주 큰 의미다.

비공식 부고

모린 조이스는 인터넷 테트리스에 중독돼 있었다. 그는 일본에 사는 어느 관상용 잉어 전문가와 온라인에서 아슬아슬하게 에로틱한 관계를 이어 갔다. 그들은 비단잉어의 희귀한 천연색에 관한 메시지를 한밤중에 시도 때도 없이 주고받았다. 모린 조이스는 핫 핑크색 립스틱과 웨지 샌들을 좋아했고, 자신이 30년 동안 고수해 온 머리 모양을 〈완벽한 웨이브〉라고 불렀다. 모린 조이스는 자신이 더 이상 아이라인을 완벽하게 그릴 수 없게 되면 그날 우리가 와서 질식시키는 데 쓸 베개로 〈상황을 처리해야〉 한다고 말했고, 우리는 이 점에 있어서는 그의 기대를 충족시켜 주지 못했다. 모린 조이스는 한번은 식당에서 매릴린 먼로를 만난 적이 있었는데, 그 배우의 발이 생각보다 크더라고 했다. 모린 조이스는 꺾꽂이용으로 자른 희귀한 식물의 가지들을 모자에 두른 띠 속에 넣어 국경 너머로 몰래 가지고 들어왔다. 모린 조이스는 입이 험했고 아주 절묘하게 욕을 할 줄 알았다. 마지막 날이 다가오자 그는 이것저것 잊어버렸지만, 언제나 손녀들의 손을 꼭 쥐고 이렇게 말했다. 〈너희가 뭘 하든 죽여주게 재미있는 삶을 살아야 한다.〉

우리가 모린 조이스에게 마지막으로 했던 말은 사랑한다는 말이었다.

그 뒤에 우리는 덤으로, 선원들과는 절대 엮이지 마시라는 말을 덧붙였다.

———

한편으로 나는 꿀벌 촌극을 끝내고 싶었다. 내 인생이 아무래도 닮게 될 것 같지 않은 — 그리고 내가 원하는지 조차 더 이상 분명치 않은 — 환상 속의 미래에 대한 가짜 믿음을 연기하는 일을 집어치우고 싶었다.

하지만 다른 한편으로는, 여기 이런 내가 있다. 우리 외할머니의 부고를 써서 당신에게 보여 주고 있는 내가.

그리고 그 부고는 전적으로 하나의 연기나 마찬가지다. 그 글은 아름다운 거짓말로 가득 차 있다.

연기는 언제 거짓말이 되고 언제 찬사가 되는 걸까? 연기가 연기하는 사람에게 대범하고 관대해진 기분이 들게 해주는 건 언제고, 거짓말을 하는 기분이 들게 하는 건 또 언제일까?

———

마르타와 모니카와 나는 아주 이른 아침에 해변으로 간다. 수영하는 사람들 근처에 인간의 유골을 뿌리게 되는 일을 피하기 위해서다. 하지만 우리는 아이들 역시 사람이라는, 그것도 일찍 일어나는 사람이라는 사실을 잊고 있었다. 물놀이 기구를 타고 해안 가까이에 떠 있는 두 명의 작은 사람들을 본 우리는 깜짝 놀란다. 우리는 해변을 최대한 걸어 내려간 다음 내가 유골을 뿌리려고 계획해 둔 바위로부터 3미터쯤 떨어진 곳에서 발을 멈춘다.

「우리가 같이 가줄까?」 마르타와 모니카가 말한다.

친구들이 같이 있어 주겠다니 정말 고맙다. 나는 그래 달라고 할 작정이었다. 하지만 오늘 아침 메넴샤 해변에서는, 한 사람이 누군가의 도움을 받아 함께 걸어 내려갈 수 있는 건 여기까지라는 사실이 분명해 보인다. 오직 혼자 힘으로만 운반할 수 있는 슬픔과 사랑의 조합들이 있다. 그것들을 놓아줘야 할 때가 언제인지는 아무도 말해 줄 수가 없다. 그것들 없이 살아가는 게 어떤 기분일지 또한 그렇다.

오직 당신만이, 일인칭으로 세상을 보는 사람만이, 피곤한 작은 꿀벌만이 그 일을 해낼 수 있다.

마르타와 모니카는 뒤에 남아 망보는 임무를 맡고, 나는 외조부모님의 유골이 든 상자를 가지고 해변의 마지막 구간을 걸어 내려간다.

방파제 근처, 해초가 자라 있는 바위투성이의 얕은 물가에 도착한다. 아무도 수영하고 싶어 하지 않을 것 같은 장소다. 물론 이 모든 것은 잘못된 생각이다. 유골이 일단 물속에 들어가면 외조부모님은 단지 이 장소에만 머물러 계시는 게 아니라 어디로든 퍼져 나갈 테니까. 하지만 그건 지금의 내가 걱정할 문제는 아니다.

나는 운동화를 신은 채 물 위로 뻗은 커다란 바위 위에 쭈그리고 앉는다. 바위 밑에서는 파도가 철썩철썩 부딪치며 튀어 오르고 있다. 맑고 얕은 물 아래로 색색깔의 조약돌 하나하나가 눈에 들어온다. 나는 스스로에게 되뇐다. 참 좋네. 여기가 맞아.

나는 해변을 따라 걸으며 모아 두었던 돌들을 바위 위 내 곁에 작은 무더기로 쌓아 올린다. 돌 하나가 내가 대표하는 가족 구성원 한 명을 뜻한다.

나는 상자를 연다.

안에는 단단히 밀봉된 비닐봉지 하나가 들어 있다.

「이런 젠장.」 나는 말한다.

나는 반바지에 달린 고리에서 열쇠들을 풀어낸 다음 내 집 열쇠의 톱니 모양 가장자리로 봉지를 찢어 연다.

—

외조부모님의 유골을 마서스비니어드에 뿌리는 게 원래부터 정해져 있던 일은 아니었다.

외할머니는 어머니가 자신을 돌보는 동안 그다지 호의적으로 굴지 않았다. 알츠하이머병이 외할머니를 순식간에 장악해 버린 뒤였다. 당연히 겁이 나고 좌절스러웠을 외할머니는 그 감정을 가장 가까운 사람에게 퍼부었다. 자기가 어떤 끔찍한 말이든 해도 되는 사람. 그래도 떠나지 않으리라는 걸 아는 사람. **나도 쓸모가 있어서 기쁘구나.** 이 무렵 우리에게는 외할머니에게 확인을 해봐야 한다는 생각이 떠올랐다. 당신의 유골이 남편의 남은 유골과 섞였으면 하는지, 그래서 목장 친구들의 손으로 뿌려졌으면 하는게 맞는지 확인해 봐야 했다. 외할머니는 그 말에 이렇게 답했다. 「아니! 그런 건 절대로 싫다! 대체 어쩌다가 그런 생각을 떠올린 거냐?」

곤란한 문제였다 왜냐하면 그 생각을 떠올린 사람은 다름 아닌 외할머니였고, 우리는 외할머니에게 들어서 알고 있었으니까. 기억을 놓쳐 버리는 일에 문제가 있다면, 그건 자기가 어떤 결심을 했다는 사실 자체를 잊어버린다는 것이다. 그렇게 되면 한 사람이 소망하는 바를 그대로 들어주기가 아주 어려워진다. 외할머니도, 외할머니의 소망들도 이렇게 여러 가지 모습을 하고 있었는데, 그중에서 어떤 것이 외할머니가 마지막까지 가장 강렬하게 원했던 것일까?

우리가 유골을 뿌릴 장소로 마서스비니어드를 고른 건 마지막 날이 아주 가까워졌을 때 외할머니가 어머니와 나눈 대화 때문이었다.

「자, 다시 말씀해 보세요.」어머니가 물었다.「유골을 어디에 뿌려 줬으면 하신다고요?」

외할머니는 생각에 잠겼다. 그러다가 잠시 멈췄다. 그러고는 짜증이 난 것 같은 목소리로 말했다.「글쎄, **너** 같으면 어디로 할 거냐?」

어머니는 깜짝 놀랐다. 그러고는 생각에 잠겼다.

사실을 말하자면, 자기 유골이 마서스비니어드에 뿌려졌으면 좋겠다고 말한 사람은 우리 어머니였다.

「그럼 나도 거기 있고 싶구나.」외할머니가 말했다.

그건 너무도 **외할머니다운** 행동이었다. 외할머니는 우리 어머니에게 속한 어떤 좋은 것을 자기 것이라고 주장하고 있었다. 그것을 찜하면서 말이다.

하지만 동시에, 외할머니는 자기 딸을 잃어버리고 싶지 않다고 말하고 있었다. 질병의 냄새가 나고 어느 방에서나 죽음, 죽음, 죽음을 노래하는 소리만 커다랗게 들려오는 반쯤 병원 같은 공간에서 하루의 대부분을 같이 보내 주는 딸을. 당신이 하루에 여섯 번쯤 의도적으로 전화를 걸고 실수로 세 번쯤 더 걸었던 딸을. 당신을 먹여 주고 씻겨 준 딸을. 외할머니는 두 사람의 몸이 잠시라도 분리된 장소에 존재하게 되는 건 견딜 수 없는 일이라고 말하고 있었다. 외할머니는 이렇게 말하고 있었던 것이다. **내가 있고 싶은 곳은 너랑 함께일 수 있는 곳이야.**

———

나는 외조부모님의 유골을 천천히 물속에 붓는다. 물이 그분들을 멀리로 데려갈 줄 알았는데, 유골은 색색깔의 돌들 위에서 구름처럼 자욱한 덩어리가 되어 내 예상보다 오래 머무른다. 나는 바위 위에 쭈그리고 앉은 채 그 구름 같은 덩어리를 지켜보고 있다. 무엇을 해야 할지 모르겠다.

그래서 나는 그분들에게 말을 건다.

세상을 떠난, 우리에게 소중했던 이들에게 말을 거는 건 좋은 일이다.

외조부모님의 구름 같은 유골 덩어리를 보며 내가 하는 말은 다음과 같다.

저희는 항상 두 분 이야기를 해요. 항상 두 분을 기억하고 있어요.

만약 외조부모님이 내 말을 들을 수 있다면, 그분들이 알게 되어 가장 기쁠 것 같은 사실이 그것이었다.

나는 그분들에게 이렇게 말한다. **마서스비니어드의 집은 물 건너갔고, 제가 두 분이 살아오신 것 같은 삶을 살게 될 일은 절대 없겠지만, 두 분께 약속할게요. 저는 〈죽여주게 재미있는 삶〉을 살려고 노력하고 있어요. 제가 앞으로 유일하게 연기를 하게 될 때가 있다면, 그건 두 분의 삶에서 가장 좋았던 이야기들을 누군가에게 들려줄 때일 거라고 약속해요. 두 분이 가장 사랑하셨던 이야기들을, 특히 나이가 들어 가시면서 두 분이 당신들이 누구인지, 혹은 어떤 사람이기를 바라는지에 관해 하고 또 하셨던 이야기들을, 제가 누군가에게 하게 될 때일 거라고요. 저희가 언제나 두 분을 위해, 두 분에 관한 공연을 무대에 올려 드릴 거라고 약속해요. 저희가 하는 말은 온전히 거짓말일 테지만, 그건 아주 기분 좋은 일이 될 거라고 약속해요.**

나는 외조부모님의 유골이 그곳에 오랫동안 머무르고 또 머물러 있는 걸 지켜본다. 그 시간은 너무 오랫동안 지속된다. 그리고 어쩌면 이 모든 과정에서 웃긴 부분이 있다면 〈너무 오랫동안〉이라는 그 부분인지도 모른다. 우리가 삶의 핵심에 도달하기 위해서는 얼마나 고통스러울 만큼 오랜 시간이 걸리는지. 그리고 일단 그 핵심에 도달하면, 우리는 그동안 쌓아 올린 기대와 지연된 시간이 모두 한낱 개그에 불과했다는 걸 알게 된다. 그러고 나면 남는 거라곤 결정적인 구절 하나뿐이고, 그 결정적인 구절은 알고 보니 〈곧바로 암전〉인 것이다.

내가 마침내 자전거를 타고 에이블스 힐 묘지로 가는 날은 그해 여름 들어 가장 더운 날이다. 나는 내 파란색 자전거를 울타리에 기대 놓는다. 널빤지로 만들어진 그 가로장 울타리는 묘지의 작은 구역을 따로 떼어 놓고 있다.

그 구역에는 열린 입구가 하나 있고, 나는 여기가 거기라는 걸, 벨루시의 공개된 무덤이라는 걸 깨닫는다. 처음으로 눈에 들어오는 것이 그 무덤이다.

무덤의 한쪽 끝에는 커다란 자연석이 있고, 거기에는 〈벨루시〉라는 이름이 커다랗고 전통적인 세리프체로 새겨져 있다. 중앙에는 앉아서 시간을 보낼 수 있는 벤치가 하나 있다. 맞은편에는 묘지 표석이 있다. 해골과 두 개의 뼈가 그려진 짙은 회색 묘비로, 여기에 시신이 매장돼 있으며(그건 사실이 아니다) 로큰롤은 언제까지나 계속될 거라고 장담하는 문구가 새겨져 있다.

날짜도 적혀 있다. 1949년 1월 24일 출생, 1982년 3월 5일 사망.

누군가가 묘비 곁에 작은 성조기를 세워 놓았다. 누군가는 행운이 오도록 사람 얼굴이 그려진 면을 위로 해서 1페니 동전을 놓아뒀다. 또 누군가는 묘석의 오른쪽 위 모서리에 키스를 하고 커다란 립스틱 자국을 남겨 뒀다. 무덤 앞에는 돌무더기가 하나 있고, 그 돌들 사이사이에는 클로버가 자라서 올라와 있다. 어느 편평한 돌에는 누군가가 〈독일이 진주만을 폭격했을 때〉라는 글귀를 새겨 놓았다. 영화「애니멀 하우스의 악동들」에서 인용한 대사다.

나는 벤치에 앉아 그 공간에서 잠시 시간을 보낸다. 배낭 속에는 어머니를 위해 모아 둔 행운의 돌들이 들어 있다. 자리에서 일어난 나는 그 돌들 가운데 두 개를 무덤에 바치는 돌로 남겨 놓는다. 하나는 무덤 아래쪽에, 다른 하나는 〈벨루시〉라고 새겨진 커다란 바위 위에. 그 커다란 바위가 진짜 두 번째 묘지는 아니란 걸 알지만, 그렇게 둘로 나눠 놓는 게 옳다는 생각이 든다.

묘지는 크고, 여러 무덤들로 구성된 각 구역 사이에는 먼지투성이 길이 널찍하게 나 있다. 나는 천천히, 그리고 예의를 갖춰 타기만 한다면 그 길을 따라 자전거를 타고 가도 괜찮을 것 같다고 결론을 내린다.

하지만 15분 뒤에도 나는 여전히 내가 찾는 사람을 전혀 찾아내지 못한다.

그 대신 내가 발견하는 건 땅속에 박혀 있는 두 개의 편평하고 네모난 돌이다. 남편과 아내의 무덤. 날짜를 보니 아내는 2014년에 여기 묻혔지만, 77세인 남편은 여전히 살아 있는 모양이다.

아내의 이름 밑에는 이렇게 적혀 있다. 〈식물들한테 물 좀 주시길 부탁드려요.〉

남편의 이름 밑에는 이렇게 적혀 있다. 〈알았어요, 자기.〉

내가 이 돌들을 빤히 쳐다보며 쉬고 있는데, 저쪽에서 말을 탄 세 명의 여자들이 다가온다. 말들이 경중거리며 느릿느릿 걷고 있다. 말 한 마리는 하얀 바탕에 갈색 얼룩무늬가 불규칙하게 튄 것처럼 나 있는데, 우리 외할머니가 타곤 했던 JR이라는 이름의 말과 아주 비슷하게 생겼다. 나는 말 타는 친구들이 산맥에 뿌려 주었다는 외할아버지의 유골 한 스푼에 관해 생각한다. 외조부모님이 썼던 마구들에 관해, 그분들이 좋아했던 굴레 하나하나에 관해, 내 집 벽에 걸려 있지만 비누로 닦지 않은 지 너무 오래된 그것들에 관해 생각한다. 외할아버지와 내가 말을 타고 산타이네즈산맥으로 들어갈 때면 가지고 갔던 워키토키에 관해 생각한다. 우리는 그 워키토키로 집에 있는 외할머니에게 무선으로 연락해 저녁 메뉴를 확인할 수 있었다. 저녁 메뉴는 언제나 외할머니가 오븐 속에 넣어 둔, 옥수수와 풋고추를 넣어 만든 캐서롤이었다. 우리의 워키토키에는 〈루이스〉와 〈클라크〉라는 이름이 붙어 있었다. **제리 리하고 페툴라[11]를 말하는 거야, 그건.** 외할아버지는 그렇게 말하곤 했다. 나는 종종 두 분에게서 어떤 장거리 워키토키 신호 같은 거라도 들려왔으면 좋겠다고 생각한다. 그분들이 있는 먼 곳으로부터, 산맥 위쪽으로부터 탁탁거리는 소리가 들려왔으면 좋겠다. 그분들이 죽도록 보고 싶기 때문이다. 하지만 어쩌면 말 위에 편안히 앉아 있는 이 여자들, 그들의 모자 아래로 보이는 햇볕에 타고 주름진 얼굴로도

---

11 미국의 피아니스트이자 가수로 로큰롤과 로커빌리 음악의 선구자였던 제리 리 루이스와 영국의 배우 겸 가수이며 「다운타운」이라는 곡으로 유명했던 페툴라 클라크를 가리킨다.

충분할지 모른다. 이 사람들을 보게 되어 기쁘다.

「이렇게 나와 있기에는 너무 더워요.」 한 여자가 말한다.

「물을 좀 마시는 게 좋겠어요.」 다른 여자가 말한다.

「혹시 이 묘지에 대해 좀 아시나요?」 내가 묻지만 그들은 알지 못한다.

「미안해요, 아가씨.」 그들이 말한다.

—

나는 숨을 헉헉거리며 입구 옆에 다시 자전거를 걸쳐 놓는다. 이제 포기하고 에이블스 힐을 떠나기 직전이다. 그때 여자 두 명이 작은 목소리로 뭔가 이야기를 나누며 벨루시의 무덤에 도착한다. 헐렁한 모자와 샌들 차림의 관광객들이다.

그들은 잠시 그곳에 말없이 서 있는다. 그러다가 한 여자가 말한다. 「미친 것 같아, 그치?」 여자는 사진을 한 장 찍는다.

「그 사진, 네 앨범에 잘 넣어둬.」 다른 여자가 말한다.

「술 끊을 목적으로 여기다가 물건들을 남겨 두고 가는 사람들이 많나 봐.」

「나도 우리 아빠 무덤에다 내 1년짜리 AA칩[12]을 놔뒀어. 내 친구들도 전부 같이 갔었고.」

12 알코올 의존증에서 회복 중인 사람들에게 지급되는 작은 동전 모양의 칩으로 술을 끊은 기간을 나타낸다.

「멋지다.」

그들은 다시 차에 타더니 멀리로 사라진다.

이 무덤이 술을 끊은 사람들의 성지 순례 장소가 되리라고는 생각해 보지 못했다. 내가 생각하고 있던 건 우리 어머니가 들려줬던, 무덤에서 파티를 하는 사람들의 이야기였으니까. 나는 이 텅 빈 무덤을 내내 일종의 거짓말이라고 생각해 왔다. 하지만 그 순간, 이 무덤을 사람들에게 내주는 것이 얼마나 관대한 일인지 깨닫게 된 나는 어안이 벙벙해진다. 이것을 위해, 혹은 그게 뭐든 사람들이 필요로 하는 것을 주기 위해 이 무덤은 여기 있는 것이다. 이건 거짓말이 아니라 그저 또 다른 종류의 진실일 뿐이다.

그리고 나 역시 여기 있지 않은가? 무더위 속에서 눈물을 흘리며, 벨루시를 온통 나를 위해 존재하는 사람으로 만들어 버리면서 말이다.

고백할 게 하나 있다. 외할머니의 임종이 가까워지고 있을 때, 그 완벽하던 웨이브 머리는 다 펴지고, 딸이 양 갈래로 땋아 준 머리를 하고 눈 화장은 하나도 하지 않은 채로 죽어 가고 있는 외할머니에게, 나는 거짓말을 했다.

외할머니가 돌아가시기 전날 밤, 우리는 병원에 모여 앉아 있었다. 외할머니 가까이에서 함께 울었다.

어느 순간 그걸로는 충분치 않은 것처럼 느껴져서, 나는 이야기를 하기 시작했다.

353

2천 파운드의 꿀벌

그게 우리 가족의 방식이니까.

나는 외할머니, 모린 조이스에 관한 이야기들을 했다. 외할머니가 우리에게 들려줬고 우리가 몇 번이고 반복했던 외할머니 자신에 관한 이야기를. 그리고 빌어먹을, 그 이야기들은 틀림없이 오직 반쯤만 사실일 것이다. 하지만 나는 우리가 외할머니에 관해 얼마나 많이 알고 있는지 당신이 아실 수 있도록 그 이야기들을 했다. 우리가 그것들을 계속 알고 있을 것이고, 기억할 것이고, 몇 번이고 거듭해서 큰 소리로 이야기할 거라는 사실을 외할머니가 아실 수 있도록.

「외할머니.」 나는 말했다. 「로켓츠가 파업할 때 외할머니가 도와주셨던 거 기억나세요?」

「외할머니.」 나는 말했다. 「외할머니가 개한테 심폐 소생술을 시행한 최초의 여성이라는 거 기억나세요?」

하느님께 맹세하건대, 그 말을 들은 외할머니는 웃었다.

그러자 가족들도 웃었다. 외할머니에게 우리 말이 들리는지 완전히 확신할 수 없어서 우리 모두 눈알이 빠지도록 울던 와중이었지만 말이다. 하지만 그 순간 외할머니는 분명 우리에게 귀를 기울이고 있었다. 당신이 어떤 사람이었는지에 관해 우리가 들려주는 이야기를 듣고 있었다.

이 모든 걸 다시 말하자면, 이 지구상에서 모린 조이스와 함께 보낸 마지막 날 밤에, 우리는 모린 조이스를 위해 모린 조이스의 인생을 연기했다. 그리고 우리의 연기는 세부 사항은 틀렸더라도 전하려고 애쓰는 바에 있어서는 옳았다.

———

익살꾼은 원합니다. 우리가 벨루시의 무덤에서 파티를 하기를요.

익살꾼은 원합니다. 술에 취해 로큰롤을 소리쳐 부르기를요.

익살꾼은 원합니다. 우리의 동전들을 무덤에 바치며 금주 상태를 유지하게 해달라고 우리가 빌기를요.

익살꾼은 바랍니다. 우리에게 필요한 게 뭐든 그 장소가 그걸 제공해 주기를요.

익살꾼은 약속합니다. 묘지들 사이로 자전거를 타고 돌아다니는 일은 그만하겠다고요.

익살꾼은 시인합니다. 자기가 장례식장에서 집으로 가져온 마분지 상자 안에는 사실과 허구가 뒤섞여 있었다는 것을요.

익살꾼은 인정합니다. 복수형으로 존재했던 자신의 외조부모님이 이제는 단수형으로, 유골 무더기 하나로 존재하게 됐지만, 그 사실이 어쩌면 그렇게 웃기진 않을지도 모른다는 것을요.

상상해 보세요. 메넴샤 해변의 한쪽 끝 바위 위에서 익살꾼이 장갑도 끼지 않은 맨손으로 상자 속을 이 잡듯 뒤지고 파헤쳐 유골을 두 무더기로 나눠 놓는 모습을요. **당신은 진실인가요? 당신은 거짓이고요?** 익살꾼이 묻습니다. **당**

신은 우리 외할머니고 당신은 우리 외할아버지신가요? 하지만 익살꾼은 그 뒤섞인 유골을 그냥 놔둘 생각입니다. 익살꾼은 상자 안에 든 것 모두를 바다에 비워 버릴 준비가 되어 있어요.

부탁이니 이 장면에는 녹음된 웃음소리를 틀지 말아 줄래요?

익살꾼은 약속합니다. 유골을 모셔 두는 일은 그만하겠다고요.

익살꾼은 인정합니다. 외조부모님이 살았던 것 같은 삶은 결코 자신의 삶이 될 수 없을 거라고요.

익살꾼은 선언합니다. 유통 기한이 지난 지 오래인 자신의 환상은 〈도착 시 이미 만료〉 상태였다고요.

익살꾼은 알고 있습니다. 꿀벌 슈트를 입고 스스로를 농담으로 만들어 바치는 일의 효과에는 한계가 있다는 것을요.

익살꾼은 아무런 유감 없이 여러분께 알려 드립니다. 꿀벌 촌극은 영구히 중단됐습니다.

익살꾼은 고개를 뒤로 젖힙니다. 그러고는 웃습니다. 녹음된 웃음소리가 아니라 **진짜 웃음**입니다. 그러면서 생각합니다. **그런데 이렇게 시끄럽고 센 테이프를 외조부모님께 틀어 드리면 멋지지 않겠어?**

———

내가 이렇게나 오래 걸려 깨닫게 된 바보 같지만 분명한

진실 하나가 있다. 산다는 건 환상과 현실 가운데 하나를
고르는 게 아니다……. 그건 둘 다를 살아가는 것이다. 한
꺼번에 둘 다를, 동시에 둘 다를. 무덤 하나는 대중을 대상
으로 하는 공연과 촌극과 쇼를 위한 장소이자, 자기 자신
을 너그럽게 타인들에게 내주는 장소로 사용하는 것이다.
그리고 다른 하나는 타협하지 않는 장소로, 일인칭 시점
같은 무덤으로 사용하는 것이다. 그곳은 오직 당신과 당신
을 진실하게 사랑해 주는 사람들만을 위한 장소가 된다.
　중요한 건 하나가 다른 하나를 어떻게 용납해 주는지다.
　얄궂게도, 묘석은 항상 두 개니까 말이다.

IV

도시에 겹쳐 놓을 수 있는 논리란 없다. 도시는 사람
들이 만드는 것이고, 우리는 건물이 아니라 사람들에게
맞춰 계획을 세워야 한다.
— 제인 제이콥스, 「도심은 사람들을 위한 곳이다」

잭슨의 성벽 허물기

내 동생은 그동안 내게 한 가지 일을 그만둬 달라는 뜻을 아주 분명히 밝혀 왔다. 그 한 가지 일이란 그 애의 아기가 셜리 잭슨의 환생이라고 넌지시 암시하는 일이었다. 하지만 그럼에도,

내 조카가 아마도
셜리 잭슨의 환생인 것 같은 몇 가지 이유들

내 조카가 태어난 지 8개월이 지났다. 그 애는 코네티컷 주 웨스트포트에 있는, 셜리 잭슨이 옛날에 살았던 집에서 태어났다. 내 동생과 제부는 가족을 꾸리고 싶다는 생각이 들었을 때 그 집을 샀다. 셜리 잭슨이 누군지 아는가? 물론 알 거라 생각하지만, 혹시 모른다면 알아 두자. 셜리 잭슨은 다음과 같은 두 가지에 관해 쓰는 것으로 가장 유명했던 작가다. 1) 아이들 2) 유령이 출몰하는 저택들.

내 동생과 제부는 〈시어도라〉라는 조카의 이름이 그냥 〈머릿속에 떠올랐다〉고 주장한다. 하지만 나는 그 이름을

떠올리며 셜리 잭슨의 가장 유명한 장편소설 『힐 하우스의 유령』에서 아마도 가장 인상적인 인물일 시어도라 크레인이 떠오른다. 잭슨은 시어도라에게 최고의 대사들과(〈내가 잡고 있던 손은 누구 손이지?〉) 가장 대담한 행동들 전부를 선사한다. 그러니 만약 당신이 셜리 잭슨의 영혼이고 환생을 하려 한다고 가정해 보자. 옛날에 당신이 살던 집에서 어떤 여자가 임신을 했다면, 한때 자신의 가장 멋진 인물에게 주었던 이름을 당신 자신에게 주게 되지 않을까?

만약 당신이 나라면, 내 조카의 한없이 깊고 까만 두 눈과 통통하고 뭔가 아는 듯한 얼굴을 들여다보며 궁금해하지 않을까?

혹시 가능하다면 상상해 보라. 내가 병실에 도착해 이 가설을 큰 소리로 발표했을 때, 한 시간 전에 아기를 낳은 내 동생의 아름답고 탈진한 얼굴에 떠올랐을 표정을.

그렇지 않아. 동생은 말했다.

안녕, 꼬마 셜리. 나는 플렉시글라스로 만들어진 아기 침대 속에 바꿔치기되어 누워 있던 그 완벽한 아이[1]에게 속삭였다.

엘리너는 놀라서 고개를 들었다. 꼬마 여자아이는 다시 자기 의자에 깊숙이 들어앉아 시무룩한 얼굴로 우유를 안 먹겠다고 거부하고 있었다. (……) 「얘가 쓰는 조

---

1 요정이 원래의 갓난아이를 데려가면서 그 자리에 작고 못생긴 아이를 대신 놓고 간다는 서양 민담에서 온 표현이다.

그만 컵이 있는데요.」여자아이의 어머니가 설명했다. 「바닥에 별들이 그려진 컵인데, 집에서는 항상 그 컵에 우유를 마시거든요. (……) 집에 가면 별들이 그려진 네 컵에다 우유를 마실 수 있게 해줄게. 하지만 지금은 우선 이 유리잔에 우유를 조금만 마셔 볼래? 아주 착한 꼬마 아가씨가 돼야지?」

엘리너는 꼬마 여자아이에게 말했다. 그러지 마, 끝까지 별들이 그려진 네 컵에다 마시겠다고 해. 다른 사람들하고 똑같아져 버리는 일에 갇히고 나면 넌 별들이 그려진 네 컵은 두 번 다시 볼 수 없게 될 거야. 꼬마 여자아이는 완전히 이해한다는 듯이 조금 미묘한 미소를 보조개가 들어가도록 살짝 지어 보였다. 그러더니 유리잔을 향해 완강하게 고개를 저었다.

용감한 아이구나. 엘리너는 생각했다. 아주 현명하고 용감한 아이야.

— 셜리 잭슨, 『힐 하우스의 유령』

『힐 하우스의 유령』 속 저택에 유령이 출몰하는 건 엘리너와 세상을 떠난 그의 어머니 사이에서 어긋나 버린 일들 때문이다. 소설은 딸과 어머니 사이에 오가는 여성의 돌봄을 일종의 우로보로스적인 악령의 형상으로 그려 낸다. 아이를 돌보는 어머니도, 어머니를 돌보는 아이도, 양쪽 모두 결국에는 혼자가 되어 더 이상 줄 거라곤 아무것도 남지 않게 된다.

잭슨의 저택에는 그렇게 해서 유령이 출몰하게 된다. 저택은 가정이라는 영역에 대한 물리적인 형상화가 된다. 그 내부에 여자들의 실망과 분노와 공포와 폭력이라는 힘을 품게 되는 것이다.

잭슨은 일생 동안 여러 작품들로 칭송을 받았지만 주로 장르 작가, 그중에서도 공포 소설을 쓰는 작가로 간주됐다. 셜리 잭슨이 유령이 출몰하는 저택에 관한 이야기를 쓴 이유 중에는 저택이 가정생활을 유지하고 체현하는 구조물이라는 점도 있었다. 유령이 출몰하는 잭슨의 저택들은 실은 여성의 돌봄과 모성에 관한 **감정적 진실**을 전달할 수 있는 **가공의 비유**였다. 독자들과 비평가들은 이 사실을 뒤늦게, 1959년이 돼서야 알아차리게 됐다. 자기 삶의 구조가 위협적으로 느껴진다는 건 어떤 걸까? 그 속에 갇힌다는 건? 그 구조가 당신을 죽일 것 같다고 느낀다는 건?

잭슨은 우리에게 묻는다. 〈어머니와 딸이 함께 사는 집에서 유령이 나오는 일을 대체 어떻게 막을 수 있겠는가?〉

오직 현실로만 이루어진 상황에서는 어떤 생명체도 오랫동안 건강한 정신을 유지할 수 없다. 심지어 종달새와 여치도 꿈을 꾼다고 생각하는 사람들이 있다.
— 셜리 잭슨, 『힐 하우스의 유령』

내 동생과 제부는 가족을 꾸리기 위해 태평양 연안에서 돌아왔다. 그들은 현대식 주택을 원했다. 그들이 소유한 건 뭐든 멋들어지고 세련된 것이거나, 빳빳하고 잘 맞게 만들어진 것이거나, 그 두 가지 다다. 그래서 그들이 제대로 된 작은 탑이 달리고 집을 빙 둘러싼 현관도 있는 유서 깊고 별스러운 빅토리아 시대풍 저택을 살 거라고 했을 때 나는 좀 놀랐다. 하지만 그들은 이미 그곳에 푹 빠져 있었다.

그 집에서 잭슨이 보낸 시간은 짧았지만 다사다난했다. 잭슨과 그의 남편이자 『뉴요커』의 비평가였던 스탠리 에드거 하이먼, 그리고 네 아이들은 1949년 잭슨의 『제비뽑기』 출간 직후부터 1950년 당시 여덟 살이던 아들 로런스가 자전거를 타다가 집 진입로 바로 바깥에서 차에 치여 부상을 입은 직후까지 웨스트포트에서 살았다. 그 사고 이후 잭슨과 하이먼 부부는 웨스트포트시를 고소했다. 잭슨의 전기 작가 중 한 명인 주디 오펜하이머에 따르면 그 사고는 〈셜리가 영원히 웨스트포트에 등을 돌리게 만들었고〉 그들 가족은 오래지 않아 버몬트주로 돌아갔다.

하지만 그 집에서 보낸 시간이 온통 나쁘기만 했던 건 아니었다. 후대에 등장한 전기 작가 루스 프랭클린에 따르면 잭슨은 어머니로 사는 일을 사랑했다. 사방으로 넓게 뻗어 있던 그 집에는 그들 여섯 식구와, 번갈아 가며 그 집에 와서 지냈던 손님들까지 들어갈 공간이 충분했다. 그들 가족을 찾아온 손님 가운데는 그 저택의 3층에 있는 탑 ― 현재 시어도라의 독서 공간으로 쓰이고 있는 곳 ― 에서 『보이지 않는 인간』을 완성했다고 알려진 랠프 엘리슨이 있었다. J. D. 샐린저(이 시기에 코네티컷주를 방문해 본 적이 없는 사람들에게만 은둔자라고 불렸던 것으로 보인다)도 있었는데, 그는 그 저택의 입구 근처 — 현재 시어도라가 쓰는 아기 방 창문으로 내다보이는, 산울타리 사이로 단정하게 깎인 고른 녹색의 잔디밭 — 에서 잭슨의 아들들과 함께 캐치볼을 했다고 한다.

잭슨과 하이먼 부부는 문학계에서 알아주는 한 쌍이었다. 그들은 저택을 빙 둘러싼 거대한 현관에서 종종 파티를 열었는데, 파티의 참석자 중에는 시인 딜런 토머스도 있었다. 전기 작가 오펜하이머는 〈술과 담배와 끝없이 오가던 아름다운 말들 끝에〉 잭슨과 토머스가 〈밖으로 나가 그 저택을 둘러싸고 있던 거대한 현관에서 둘만의 시간을 보냈다. (……) (잭슨은) 자신이 뒤쪽 현관에서 딜런 토머스와 섹스를 했던 여자들 중 한 명이 맞다고 내게 털어놓았다〉고 적고 있다. 현재 이 저택의 현관에는 잘못된 역사적 사실이 적힌 표지판이 걸려 있다. 그건 짓궂은 우리 외삼촌이 앞쪽 현관에 놓여 있는, 웨스트포트 역사학회에서 만든 진짜 표지판과 똑같은 스타일로 만들어 놓은 것이다. 외삼촌이 만든 가짜 표지판에는 이렇게 적혀 있다. 〈1949년 이 현관에서 셜리 잭슨과 딜런 토머스의 문학적 조우가 이루어졌다.〉 내 동생은 그 현관에 흔들의자를 두고 가끔씩 거기 앉아 아기에게 젖을 먹인다.

잭슨이 살았던 저택에서 지금은 내 동생이 가족을 꾸리고 살아간다. 그리고 그곳에 찾아갈 때면 나는 궁금해하지 않을 수가 없다. 만약 셜리 잭슨의 영혼이 내 조카의 모습으로 그 집에 돌아온 거라면, 그건 잭슨의 유령이 그 집에 붙어 버렸기 때문일까? 아니면 잭슨이 거기서 지내는 동안 행복했기 때문일까?

인정해야 할 것 같다. 처음에는 동생네 집 때문에 겁이 났었다는 사실을 말이다.

우리는 아주 천천히 그 집을 향해 갔다. 그 집의 추악함과 황폐함과 치욕스러움을 받아들이려고 노력하면서.
— 셜리 잭슨, 『우리는 언제나 성에 살았다』

나는 그 집에 유령이 나온다고 생각했기 때문에 겁이 났던 게 아니었다. 내 동생이 그 집에서 불행해질까 봐 겁이 났던 것도 아니었다. 동생과 제부는 아주 아름답고 명랑한 사람들이고, 아주 아름답고 명랑한 아기를 낳은 사람들이다.

내가 겁이 났던 건, 너무도 많은 작가들이 그렇듯 나 역시 나르시시스트이기 때문이었다. 나는 그래서 이 모든 것이 내게 어떤 의미가 있을지 걱정이 됐다.

『힐 하우스의 유령』이 잭슨의 작품 가운데 내가 가장 좋아하는 작품이었던 적은 한 번도 없다. 내가 가장 사랑하는 잭슨의 책은 『우리는 언제나 성에 살았다』인데, 그 작품은 또 다른 각도에서 본 유령이 나오는 저택 이야기, 자매들과 관련된 이야기다. 블랙우드 자매의 가족은 저녁을 먹는 동안 살해됐다. 독이 든 설탕 그릇을 피할 수 있었던 두 자매와 나이 지긋한 삼촌만 빼놓고 말이다. 살인 사건의 후유증 속에서 메리캣과 콘스턴스는 그들 가족이 살던 집, 제목에서 말하는 〈성〉인 그 집 안에서 자기들끼리만 살아간다. 그들이 같이 사는 건 서로를 사랑하기 때문이다. 특히 메리캣은 탐욕스러울 만큼 콘스턴스를 사랑하고, 콘스턴스는 콘스턴스대로 메리캣이 이상하고 사납게 구는데도 불구하고 동생을 좋아한다. 그들이 같이 사는 건 가족 안에서 일어난, 오직 두 사람만 이해할 수 있는 끔찍한 일들을 보아 왔기 때문이다(살인 사건도 그랬지만, 메리캣과 아버지의 관계가 그려지는 부분의 행간에서는 학대의 그림자도 엿보인다). 외부 사람 가운데 누가, 성벽 너머에서 온 사람 가운데 누가 이런 일들을 이해할 수 있겠는가? 하지만 그렇게 고립된 여자들끼리의 행복은 한 남자가 (가족의 돈을 훔치기 위해) 콘스턴스에게 구애를 하면서 위협받게 된다. 이때 사랑이란 자매가 서로에게 품은 애정을 갈라놓는 것이 된다. 남자란 그들의 집 안에만 존재하는 기이한 낙원을 망쳐 놓는 존재가 된다. 그 남자가 저택에 들어와 살게 되고, 메리캣이 그를 언니의 애정이 닿지 않는 곳으로, 그들의 집 밖으로 몰아낼 방법을 찾으려고 필사적으로 애를 쓰면서 상황은 엉망이 된다.

결국 남자는 쫓겨나고, 자매는 문자 그대로 방벽을 쌓아 저택을 그 남자로부터, 그리고 이웃들로부터 보호한다.

그들은 문을 잠가 버린다. 그러고는 다시 벽으로 둘러싸인 자신들의 성안에서 둘이서만 살아간다.

나는 궁금하다. 그 마지막 장면에서 환호를 보내는 독자는 나 혼자뿐인 걸까? 셜리 잭슨의 이야기가 대체로 그렇듯 이건 일종의 해피 엔딩에 해당된다고 생각하는 독자는 나밖에 없는 걸까?

내가 읽은 바에 따르면 블랙우드 가문의 저택이 보여 주는 사실은 다음과 같다. 성이라는 건물은 당신을 고립시키고 감금하는 구조물일 수도 있다. 하지만 성은 한편으로는 당신을 이해하지 못하는 사람들을 상대하지 않도록 해주는 일종의 보호물이 되기도 한다.

내 동생이 결혼해 셜리 잭슨이 살았던 집으로 이사를 한 다음 거기서 아기를 낳았을 때, 나는 한편으로 이렇게 생각했다. 〈하지만 성에서 살아온 건 **우리**잖아.〉 이제 동생이 자기가 새로 만든 사랑스러운 가족과 함께 벽 안에서 지내게 되고, 나는 이상한 소녀 메리캣이 되어 소외될까 봐 두려웠던 것이다.

「두려움이란 논리를 포기하는 겁니다. 이치에 맞는 패턴들을 기꺼이 포기하는 거예요. 우린 두려움에 굴복하거나 그에 맞서 싸울 수 있지만, 두려움과 타협할 수는 없어요.」 의사는 말했다.
— 셜리 잭슨, 『힐 하우스의 유령』

내 동생이 아기를 집으로 데리고 온 날, 나는 그런 생각이 얼마나 잘못된 것이었는지 깨달았다. 「정말이지 젖이 빠질 것만 같아.」 동생은 그렇게 말하고는 쿠션을 댄 흔들의자에 자리를 잡았다. 일련의 불경스러운 말들과 쉿 하는 소리와 날 선 견해를 입 밖으로 낼 때조차 동생은 모성을 소재로 그려낸 르네상스 시대의 빛나는 회화 작품처럼 보였다. 「이것 좀 씻어 주고 새로 하나 가져다줄래?」 동생이 내게 유두 보호기를 건네며 말했다. 「여기, 나한테 있어.」 제부가 말했다.

나는 너무 행복하다고 소리를 칠 수도 있을 것 같았다. 나는 여전히 성안에 있었다.

동생이 직장으로 돌아가고 제부가 낮 동안 육아를 맡게 되었을 때, 나는 일주일 동안 그 집에 들어가 지내며 동생 부부를 도왔다. 언제나 생각해 온 거지만 나는 제부 복 하나는 있는 사람이다. 제부는 내가 가장 좋아하는 사람들 중 한 명이다. 우리는 기저귀를 갈았고, 시어도라를 무릎 위에 올려놓고 위아래로 흔들어 줬고, CNN에서 그때그때 보도되고 있던 아무 사태에 관해서나 이야기를 나눴고, 좋아하는 성인 만화에 대해서도 논했다. 사랑스럽고 조용한 한 주가 지나갔다. 내가 떠난 뒤 제부는 동생에게 나는 가족처럼 아무 때나 집에 들락날락해도 된다고 말했다고 한다. 손님처럼 초대를 받아서 올 필요는 없다고 말이다.

그렇게 해서 이제 나는 시간이 날 때마다 동생네 집에 가서 머무르곤 한다. 나는 그 집 주방에서 음식을 만든다.

개를 놀린다. 아기를 꼭 끌어안는다. 동생의 유두가 어떤 상태인지 물어본다. 심지어 지금도 나는 내가 운 좋게 그 집 문지방 안으로 초대받은 이상하고 작은 흡혈귀가 된 것 같다. 초대받지 못할까 봐 왜 그렇게 겁이 났던 건지 잘 모르겠다.

아니, 사실은 알고 있는지도 모른다. 내가 그동안 읽어 온 이야기들 때문이다. 가족은 벽과 비밀로 둘러싸인 채 외부인들로부터 보호받아야 하는 집단이라고 말해 주는 이야기들. 특히 모성을 벽으로 둘러싸인 어떤 장소로 묘사하는 이야기들 때문이다.

내 조카가 셜리 잭슨이기를 이토록 절실히 바라게 되는 건 이런 이유 때문인 것 같다. 나는 여자들에게, 특히 어머니들에게 유령이 나오는 저택에 관한 이야기 같은 건 더 이상 필요 없다고 믿고 싶은 것이다. 우리가 가정이라는 감옥 안에 갇히는 일도, 우리가 사는 집의 벽 안에서 일어나는 일들에 대해 침묵을 지키는 일도 예전보다는 적어졌다고. 우리는 새롭고 힘 있는 은유를 찾아낼 수 있다고 믿고 싶은 것이다. 이런 이야기가 그렇게까지 사실은 아니라는 건, 혹은 아직은 사실이 아니라는 건 알고 있다. 하지만 어쩌면 우리는 그런 것을 소망할 수 있을 만큼 그런 시대와 아주 가까이, 손 닿는 거리에 있을지도 모른다. 어쨌거나 내 동생은 여기 셜리 잭슨이 살던 저택에, 일종의 벽이 허물어진 모성의 공간에 살고 있으니 말이다.

나는 내 조카가 셜리 잭슨이어서 그런 광경을 볼 수 있었으면 좋겠다.

　나는 엘리슨이 『보이지 않는 인간』의 집필을 끝마쳤던 작은 탑에서 시어도라에게 이야기들을 읽어 준다. 샐린저가 언젠가 캐치볼을 했던 잔디밭 위에서 그 애에게 플라스틱 공을 굴려 준다. 잭슨이 딜런 토머스의 마음을 얻으려 애썼던 현관에서 시어도라와 함께 흔들의자에 앉는다. 그 현관에서 뒤를 돌아보면 잭슨의 집이 보이지만, 앞을 내다보면 잔디밭 위로, 잠기지 않은 정원 문 위로 떠오른 수많은 컵들이 보이기도 한다. 별들이 그려진 수많은 컵들이.

여우 농장

나는 결혼식을 꿈꾸는 여자아이였던 적이 한 번도 없다. 내가 꿈꾼 건 집이었다.

나는 이런 집들을 그렸다. 회전식 책장 뒤에 있는 비밀 통로들을 그렸다. 집 안에 항상 무지개가 뜨도록 프리즘 유리로 만들어진 창문들을 그렸다. 전체가 트램펄린으로 되어 있는 방을 그렸다. 오래된 초목이 우거진, 발견되지 않은 복도들을 그렸다. 그런 복도에는 이끼로 만들어진 카펫이 깔려 있었고, 해 질 녘에 맞춰 켜지는 램프들이 달려 있었다. 층과 층 사이에는 반드시 소방관 봉이 적어도 하나는 있었는데, 그 봉은 보통 지하에 있는 방에서 끝났다. 그 방은 베개들로 채워져 있었고, 마시멜로나 앙고라토끼들로 채워져 있기도 했다. 나는 내가 한 번이라도 사랑했던 적이 있는 모든 사람에게 침실을 하나씩 그려 줬다. 말들을 위한 방, 개들을 위한 방, 기린들을 위한 방, 코끼리들을 위한 방도 그렸고, 이 모든 방에는 (다양한 크기의) 동물 전용 문이 달려 있어서 동물들이 바깥으로 나다닐 수 있었다. 내 집은 이동이 자유로운 집이 될 것이고, 계속 머무르고 싶지 않은 사람이나 동물은 떠나도 될 테니까. 함정이 있다면 내 집은 너무도 기막히게 멋져서, 문이 항상 열려 있어도 절대 떠나고 싶지 않은 집이 될 거라는 점이었다.

나는 남편도, 아내도, 아이들도 그려 넣지 않았다. 그저 친구들과 동물들로 이뤄진 하나의 무한한 공동체만 그려 넣었다.

어른이 된 내가 그런 집에 살고 있지 않다는 걸 깨닫는 건 얼마나 실망스러운 일인지.

내 친구들이 나라 곳곳에, 세계 곳곳에 흩어져 있어서 같이 살지 못할 뿐 아니라 심지어 날씨도, 시간대도 공유하지 못한다는 건 얼마나 가슴 아픈 일인지.

성인기에 들어서서 내가 가진 돈이란 건 무척이나 적고 어떤 집도 살 형편이 안 된다는 사실을 깨달았을 때 얼마나 슬펐던지.

나는 평생 여러 장소에서 살아 봤지만, 내가 어린 시절에 꿈꾸던 집의 **느낌**에 조금이라도 가까이 갔던 집은 딱 두 군데뿐이다. 첫 번째 집은 플로리다주 탤러해시에서 3년간 세들어 살았던 방갈로식 주택이었다. 두 번째 집은 조니케이크 힐이라는 길 꼭대기에 있던 내 소유의 집이었다. 조니케이크 힐은 뉴욕주 중부의 풍부한 농지로 둘러싸인 아주 작은 소도시에 있었다. 조니케이크는 옥수숫가루로 만든, 나로서는 참기 힘든 종류의 팬케이크지만, 그 주소

374

를 불러 주면 사람들은 웃었다. 그건 그 장소만 지니고 있는 재능 같은 것이었다. 〈여자가 소설을 쓰려면 돈과 자기만의 방이 있어야 한다.〉 버지니아 울프는 『자기만의 방』에서 이렇게 말했다. 그리고 나는 그 집에서 책 한 권을 썼다. 나만의 돈을 조금 벌기도 했다. 나는 그 집을 조금 더 아름답게 바꿔 놓았다. 장식을 많이 하진 않았다. 소방관 봉이나 실내에 꾸며 놓은 숲 같은 건 없었다. 하지만 그 집은 내 집이었다. 그저 방 하나가 아니라 내 이름으로 된 **온전한 집**이었고, 나는 그 안에서 내 책들을 썼다. 하지만 — 버지니아, 날 용서해 주길 — 이 에세이는 내가 그 모든 걸 어떻게 망쳐 놓았는지에 관한 글이다.

비엔나, 12세

내가 상상하는 내 집은 나무로 만들어지고, 아주 아늑하고, 커다란 뒤뜰이 있고, 꽃이 핀 정원도 있고, 근처에 숲도 있는 집이에요. 나는 거기서 제일 친한 친구인 오텀이랑 같이 살고 싶어요. 오텀은 어른이 되면 엔지니어면서 말 타는 사람이 되고 싶대요. 오텀은 말 세 마리를 키울 거고 나는 오리 서른 마리를 키울 거예요. 나는 글을 쓸 수 있는 집필실을 갖게 될 거고 그 애는 공학 작업실을 갖게 될 거예요. 우리는 침실은 같이 쓸 거지만 침대는 따로 쓸 거예요.

「남자들이랑 공간을 공유해야 한다는 게 싫어.」 나는 친구 브린에게 말했다.

그렇게 말한 건 내가 서른여섯 살이라는 나이에 또다시 사랑에 빠지는 끔찍한 실수를 저질렀기 때문이었다. 게다가 정신을 차려 보니 나는 푹 빠져 버린 남자와 함께 들어가 살 집을 사버린 다음이었다.

남자와 집을 공유해야 한다는 건 박복한 운명이 아닐 수 없다. 남자들이 사는 집은 대부분 호감이 안 갈뿐더러 알 수 없는 물건들이 흩어져 있다. 그런 물건들은 절대 자리를 옮기지도 않는 것처럼 보인다. 방구석에 처박힌 길 잃은 양말 한 짝, 커피 테이블 위에 놓인 손톱깎이, 뜯어보지 않은 우편물 무더기들. 이런 물건들은 몇 달이 지나도록 터무니없는 장소에 그대로 남아 있으면서 나로서는 짐작도 할 수 없는 방식으로 자기들이 공간 속에 존재할 수 있음을 증명해 보인다.

「내가 왜 이러고 있지! 날 좀 말려 줘!」 우리 개들이 브린네 집 정원을 이리저리 뛰어다니는 동안 나는 브린에게 비명을 질렀다. 우리는 브린의 통나무집 현관에 앉아 있었다. 그 집은 모든 것이 매우 깨끗하고 아늑했고, 벽에는 훌륭한 미술 작품들이 걸려 있었다. 나는 차갑고 맛있는 와인 한 병을 가져왔고, 브린은 우리가 와인을 따라 마실 아름다운 유리잔들을 꺼내 왔다.

브린은 고개를 저으며 말했다. 「여자들은 어떻게 살아야 하는지 스스로 아는 법이야.」

376

엘리, 3세

나는 사과 위에서 잠을 잘 거예요.

나는 새로 산 집에서 엄청나게 크고 순한 우리 집 개, 내가 곤란하게도 사랑에 빠져 버린 남자, 그의 무척이나 사랑스러운 여덟 살짜리 딸이자 내가 마찬가지로 사랑에 빠져 버린 소녀인 리디아, 그리고 내가 이번에는 분명하게도 사랑에 빠지지 않은 그들의 치와와 〈디바 공주〉와 함께 살게 됐다. 새 집의 서류에 사인한 그 주에 나는 결혼해 가족을 꾸린 친구들 모두에게 미친 듯이 문자 메시지를 보냈다.

〈이거, 끔찍한 생각일까?〉 나는 친구들에게 물었다. 〈가족이 돼서 한집에 산다는 건 좋은 일일까?〉

〈뭐라고?〉 친구들은 말했다. 〈좀 차근차근 말해 봐.〉

〈내 말은, 난 그냥 개를 세 마리쯤 더 키우면서 나만의 멋진 집을 언제까지나 지금 그대로의 모습으로 유지해야 하는 게 아닐까? 내가 통제할 수 있는 범위 내에서? 난 개를 키우는 수녀가 돼야 하는 게 아닐까?〉 나는 말했다. 〈그게 더 나은 계획 아닐까?〉

「내 생각엔 개 키우는 수녀가 되는 것도 멋진 일인 것 같아.」 내 가장 친한 친구인 코라가 말했다. 우리는 영상 채팅을 하고 있었다. 그러다가 코라가 자기 아기를, 머리에 솜털이 보송보송한 완벽한 아기를 화면으로 들어 올렸다.

「아, 이런.」 내가 말했다.

코라의 아들이 호기심 어린 표정을 하고 프레임에 들어왔다. 그 애는 세 살이다.

「엘리.」내가 말했다. 「엘리, 네가 어른이 되면 어떤 집에서 살게 될까?」

엘리는 그 주제에 대해서는 자기가 사과 위에서 잠을 잘 거라는 사실 말고는 할 말이 별로 없었다.

그 무렵 나는 아이들에게 집에 관한 질문을 던지는 데 몰두해 있었다. 그 애들도 나와 마찬가지로 자유와 창조와 동물들과 놀이에 대한 유토피아적인 상상을 하고 있는지 궁금해하면서 말이다.

「네가 꿈꾸는 집에 대해 말해 줄래?」나는 아이들에게 계속 이렇게 물었다.

마치 어떤 게 가장 잘 살아가는 방법인지 그 애들이 가르쳐 줄 수 있기라도 한 것처럼.

나는 어른들에게도 어린 시절에 어떤 집을 상상했는지에 관해 물었다. 그 질문에 대한 대답이 얼마나 많은 사람들의 입에서 마치 준비된 듯 술술 나오는지 알게 되면 당신은 놀랄 것이다. 우리가 처음으로 우리 집이라고 부르고 싶어 했던 공간에 관한 그런 꿈은 잊히지 않는 법이다.

노라, 7세

노라는 갈색 매직펜으로 집 한 채를 그려 놓았다. 집 바로 옆에는 커다란 야자나무가 마치 집을 보호해 주려는 듯 허리를 굽히고 서 있고, 그 나무에는 오렌지빛 과

일들이 단정하게 열 맞춰 가득가득 열려 있다. 노라는 해를 믿을 수 없을 만큼 커다랗게 그려 놓았다. 그것은 그림 속의 다른 어떤 것보다도 훨씬 커서, 그림을 보는 사람은 노라의 집에 언제나 햇빛이, 빛과 온기가 가득 할 거라고 생각하게 된다.

내가 처음으로 남자와 동거라는 걸 해봤던 때에 관해 말해 보려 한다. 그 동거는 좋게 끝나지 않았다. 솔직히 말하자면, 좋게 시작된 것도 아니었다.

스물네 살 때 나는 왜 밥과 한집에서 살았던 걸까. 거기에 대해서는 이렇게밖에 설명할 수가 없다. 그때 내 생물학적 가족이란 울타리는 조금 불안정하게 느껴졌고, 나는 나만의 가족을 새로 만들어 내고 싶은 마음이 굴뚝같았다고. 그러면 내 생물학적 가족이 붕괴하더라도 조금은 덜 불행하게 느껴질 테니까.

그러려면 결혼까지 이어지는 일종의 중간 단계로서 사람을 사귀는 수밖에 없다고 당시에는 생각했다. 창의적이지 못한 까닭에 그밖의 방식들은 생각해 보지 못했다.

우리가 찾아낸 브루클린의 아파트는 너무 비쌌지만, 밥은 우리가 집세를 낼 수 있을 거라고 설득했다. 그 집으로 이사한 첫날 밤, 내게는 말도 안 될 만큼 어른스러운 장소처럼 보였던 〈파크 슬로프 7번 대로〉 2층에 자리 잡고 있던 그 집은 너무도 훤히 드러나 있고 텅 빈 것처럼 느껴졌다.

그날 밤 밥은 내 나체 사진을 찍고 싶다고 했다. 나는 그전에도, 그 후에도 그런 일은 해본 적이 없었다. 하지만 그날 밤 아파트 안은 어두웠고, 집에는 아직 램프가 없었고, 이전 세입자들이 남겨 두고 간 푸른색 커튼이 우리를 충분히 가려 주고 있어서 괜찮을 것 같았다. 그렇게 해서 나는 창문 앞에 벌거벗고 서 있게 됐다. 집 아래 분주한 대로에서 〈키 푸드〉 슈퍼마켓과 교회의 불빛이 올라왔다. 그 불빛을 역광으로 받으면서 나는 밥이 카메라로 내 사진을 몇 장 찍게 됐다. 달아오른 커튼들 앞에 서서, 그냥 실루엣만 나오도록 말이다. 그리고 나서 우리는 침대에 들어갔다. 바닥에 놓인 매트리스에 누워 있자니 다시는 잠들 수 없을 것 같은 기분이 들었다.

새집에서 보내는 첫날 밤, 내가 어떤 영적 고양감이나 축하 의식을 기대했는지는 몰라도 그런 건 없었다. 대신 내 마음속에서는 〈이건 잘못됐어, 잘못됐어, 잘못됐다고〉 하고 울려 대는 무시무시한 종소리가 들려왔다.

과연 그 계획은 잘못돼 있었다. 아닌 게 아니라, 나는 대학원에 다니면서 네 가지 일을 병행해야 했다. 단지 우리에게는 정말로 너무 비쌌던 그 집의 집세 가운데 절반을 내기 위해서 말이다. 아닌 게 아니라, 밥의 몫이었던 절반은 그의 부모님이 내주고 있었고, 그걸 알게 된 나는 충격을 받았다. 어쩌면 내가 받아야 했던 충격만큼은 아니었는지도 모르겠지만.

네 가지 일을 해야 했던 관계로 나는 거의 집에 없었다.

오래지 않아, 나는 음식을 먹지 않게 됐다. 그 증상은 거식증이라고 할 만한 것이었지만 내 몸이나 통제력과는 별로 관계가 없었다. 그보다는 하나의 일을 끝내자마자 다음 일로 계속 옮겨 가야 했던 까닭에 식사를 할 시간이라고는 없었고, 그런 다음 집에 돌아오면 거기 있는 게 너무도 불행해서 〈음식은 먹어서 뭐 해?〉 같은 기분이 들어 버렸다는 사실과 관계가 있었다. 어쩌면 나는 내가 만들어 낸, 그리고 그 안에 영영 갇혀 버린 것 같던 그 아파트에서의 삶으로부터 스스로 사라져 버리려 하고 있었던 것인지도 모른다.

내가 그 아파트를 떠나야 한다고 마음먹게 된 데는 여러 가지 이유가 있었다. 밥도 문제였지만, 대체로는 그가 내게 불어넣는 나 자신에 대한 느낌이 문제였다. 나는 내가 언제나 일을 그르치는 사람으로 느껴졌다. 어리고 멍청하고 세상을 전혀 이해하지 못하는 사람 같았다. 내가 밥을, 그리고 스스로를 민망하게 만드는 존재로 여겨졌다. 결국 나는 그런 사실을 알아차릴 사람이 아무도 없는 곳에서 혼자 부끄러워하는 게 낫겠다는 결론을 내렸고, 내가 키우던 친칠라를 이동장에 넣고 책 세 권을 포함해 가장 필요한 물건들을 배낭에 챙겨 넣었다.

집을 나섰을 때는 자정이 다 되어 있었다. 지하철에 탄 나는 이동장에 든 친칠라를 무릎 위에 올려놓은 채 흐느껴 울었다. 2호선 열차에는 승객이 몇 명 없었고, 그들은 훌륭한 뉴요커답게도 울고 있는 나를 못 본 척했다.

딱 한 남자만이 지나가면서 나를 다시 한번 쳐다봤다.

이제 자정이 넘어 있었고, 나는 그 남자가 내가 울고 있다는 사실에 대해 뭔가 말할 거라 생각했다. 하지만 그는 이렇게 말했다. 「아, 그건 친칠라인가요? 그것참 신선하네!」

나는 잠깐 울음을 멈추고는 고개를 끄덕였다. 그러다가 웃어 버렸다. 최근에 별로 웃을 일이 없었다는 걸 깨달았다. 나는 스스로를 행복하게 하는 일들 가운데 어떤 것도 하지 않고 있었다. 내가 어리고 멍청하고 민망하게 보일 것 같아서였다. 하지만 한밤의 지하철에 친칠라를 데리고 타서 울고 있는 사람을 봐도 민망하다는 생각조차 하지 않는 사람들도 있었다. 그런 모습이 엄청나게 신선하다고 생각하는 사람들도 있었다. 나는 내 친칠라와 함께 한밤의 그 객차 안에서 영원히 살고 싶었다. 나에게 다른 모습이 되라고 강요하는 그 어떤 공간에도 다시는 갇히고 싶지 않았다. 나를 교정하려 드는 어떤 남자도, 어떤 집도 원하지 않았다.

2호선 열차의 그 남자는 미소를 지어 보이고는 통로 끝까지 걸어 내려갔다. 그는 칸 끝에 있는 육중해 보이는 문을 열더니 움직이는 차량들 사이에 있는 바람 부는 공간으로 걸어 들어갔고, 한 칸에서 다음 칸으로 휙 건너갔다. 누군가가 그렇게 하는 모습을 본 건 그때가 처음이었다. 나는 그동안 그 문을 열어도 된다는 생각도, 지하철이 쏜살같이 달리는 동안 차량 사이를 이동해도 된다는 생각도 해

보지 못했던 것이다.

베아타, 11세
집에 필요한 것(요약본)
- 발레 연습실로 개조한 방
- 피아노
- 제대로 닫히는 문
- 허리케인, 지진, 태풍, 사이클론, 홍수, 진흙이나 눈 사태 등 자연재해가 자주 일어나는 지역에선 살고 싶지 않다.
- 주제를 〈사람〉으로 바꿔 보면, 언급하고 싶은 게 몇 가지 있다.
- 나는 결혼하고 싶지 않다. 내 생활 방식을 바꾸려 하는 사람들은 필요 없다. 결혼을 하면 그들은 너무 많은 것을 〈정상적〉인 것으로 바꿔 놓으려 할 것 같다. 그건 내가 바라는 바가 아니다.
- 나는 아이들은 괜찮다. 그래도 규칙은 적용하게 될 것이다. 아이들을 낳기보다는 입양하고 싶다. 나를 부모로 두게 될 아이들이 즐거울진 잘 모르겠다. 내 아이들에게는 여러 가지 규칙을 적용하게 될 테니까.
- 나는 멋진 사람들이 사는 동네에서 살고 싶다. 이웃들과 어울리고, 그들 모두와 알고 지내고 싶다.

내가 진심으로 내 집이라고 불렀던 첫 번째 집은 플로리다주 탤러해시에 있는 작은 흰색 방갈로식 주택이었다. 서른 살이 되던 해, 나는 실물을 확인해 보지도 않고 그 집으로 이사해 들어갔다. 내 친구 킬비가 그 집이 아주 멋지다고 하기에 가격을 물어보고, 휴대 전화로 찍은 사진 몇 장을 받아 보기는 했다. 현 세입자가 집 앞 잔디밭에서 곧 전남편이 될 사람의 옷을 바비큐 그릴에 넣고 불태우는 동안 찍은 사진이었다. 그 여성은 킬비 이후로는 처음으로 탤러해시에서 내 진정한 친구가 되어 줄 사람이었다.

나는 계약을 하겠다고 했다.

8월에 그곳에 도착했다. 1년 중에서도 플로리다를 사랑하기가 유독 힘든 시기였다. 그럼에도 불구하고.

오전 늦게 도착했을 때 그 집의 창문들은 살짝 흐려져 있었고, 창유리에는 결로가 생겨 물방울이 굵은 눈물처럼 흘러내리고 있었다. 나는 곧장 집필실로 쓸 방으로 갔다. 방 하나가 통째로 오직 글 쓰는 데만 쓰이게 될 그 공간에는 제대로 닫히는 문이 달려 있었다. 벽에 새로 칠한 페인트는 전 세입자가 거기서 피웠던 1천 개비쯤 되는 담배 냄새를 완전히 가려 주진 못했다. 나는 일단 이사하면 담배를 끊을 거라고 다시 한번 스스로에게 다짐해 온 터라, 이건 도움이 안 될 것 같았다.

침실 하나와 욕실 하나가 있었다. 세탁실로 쓰이는 부속 건물도 하나 있었는데, 온실로 쓰였더라면 더 좋았겠다 싶은 공간이었다. 온통 유리에 눌린 고사리와 거기 사는 도마뱀들을 보면 그랬다. 화려한 오렌지색 볏이 달린 캐롤

라이나 카멜레온들이었는데, 문을 열 때마다 화다닥 건물 안으로 뛰어 들어갔다. 벽난로도 하나 있었는데, 기온이 내려가는 정도로 보면 1년에 딱 한 달가량 쓰게 될 것 같았다. 거의 모든 방에 몹시 흉한 꽃무늬 벽지가 붙어 있었다.

집 마당에는 불개미가 가득했고, 거대한 참나무에서 무는 벌레로 가득한 스페인 이끼가 바람에 날려 와 마당 위로 떨어졌다. 그 나무는 너무 기울어 있어서 베려고 올라갔다간 혼잡한 도로로 떨어질 것 같았다. 집 맞은편에는 높다랗게 자란 풀과 쓰레기가 가득한 공터가 있었는데, 마약을 매매하려는 사람들이 만나는 장소였다. 길모퉁이를 돌면 오래된 묘석들이 삐딱하게 서 있는 묘지가 있었다. 길 건너편에는 어떤 가족이 살고 있었는데, 적어도 한 달에 한 번은 경찰이 그 집의 진입로에 들어서며 소리를 질러 대곤 했고, 나는 그 이유를 끝내 알 수 없었다. 거기 살던 남자는 항상 상의를 탈의한 채 배에 기다랗게 난 흉터를 드러내고 다녔고, 가장 더운 날에도 자전거를 타고 그 블록을 끝없이 빙글빙글 돌곤 했다. 그는 언제나 〈안녕하세요〉, 〈좋은 아침이에요〉, 〈좋은 저녁이네요〉, 〈폭풍이 오려나 보네요〉 같은 말들을 했다.

탤러해시에 있던 그 집은 모든 게 완벽했다.

집주인들은 뭐랄까, 좀 알 수 없는 사람들이었다. 내가 전화 통화를 했던 사람은 메러디스였고, 직접 찾아온 사람은 빌이었다. 그 집의 소유주는 메러디스였지만 말이다.

내가 딱 1년의 계약 기간이 적힌 임대차 계약서에 사인

하던 날, 빌은 말했다. 「아시겠지만 내년에는 저희가 이 집을 팔 거라서요.」

「아, 그렇군요.」 나는 말했다. 아직 들어가 살아 보지도 못한 그 집을 잃게 된다고 생각하니 벌써부터 괴로웠다.

그 방갈로식 주택은 메러디스가 빌과 결혼하고 주 경계를 넘어 조지아주로 가서 두 아이를 낳기 전까지 살았던 집이었다. 이 사실을 아는 건 내가 전화로 도배를 새로 해도 되겠느냐고 물어보자 메러디스가 이렇게 대답했기 때문이었다. 「아, 근데 그 꽃들은요. 내가 그 꽃무늬 벽지를 골랐던 게 기억나는데…….」 그는 한동안 추억에 잠겨 즐겁게 이야기를 했다. 그 집에 살던 시절에는 자기가 너무 젊었다고 메러디스는 말했다. 싱글이었고, 처음으로 자기만의 공간에서 자기만의 삶을 꾸리고 있었다고.

그 흉한 꽃들은 그 시절로 통하는 입구였다. 나는 이해할 수 있었다.

「알겠어요.」 나는 말했다. 「걱정 마세요. 그 벽지는 그냥 놔둘게요.」

나는 그 방갈로식 주택에서 3년 동안 살았다. 빌은 해마다 그 집을 팔 거라고 말하곤 했고, 그 계획은 번번이 지켜지지 않았다.

나는 메러디스에게 계약을 갱신해야 하는지 물어보려고 전화하곤 했고, 그러면 메러디스는 이렇게 말하곤 했다. 「자기야, 그건 걱정 말아요. 자기가 쓴 책을 샀지 뭐예요! 그 집에 작가님이 살고 있다고 생각하니까 너무 설레네요.」

「전 이 집이 너무 마음에 들어요.」 내가 말했다.

「나도 그랬어요.」 메러디스는 말했다. 「그 집은 싱글이었던 시절의 내 집이라고 생각해요. 거기 있을 때 정말 행복했죠.」

나는 메러디스가 여전히 행복하다는 걸 믿어 의심치 않았다. 아들들 이야기를 할 때면 그의 목소리에는 애정이 가득 담겨 있었다. 그는 빌에게 짜증이 난 척하려고 했지만, 그 목소리에는 전혀 날이 서 있지 않았다. 그건 기분을 전환시켜 주는 건강한 불평이었다. 그때까지도 메러디스를 실제로 만난 적이 한 번도 없었기에 나는 그가 어떤 모습일지 상상해 보려고 했다. 그 방갈로식 주택에 살던 시절에 그가 어떤 모습이었을지도. 내가 두 번째로 계약을 갱신하던 날, 빌은 이렇게 말했다. 「메러디스가 이 집을 팔려고 하지를 않네요.」 그는 한숨을 쉬었다. 「큰돈을 벌 수도 있는데.」

빌의 말이 옳았다. 그 집은 대학가에 있었고, 당시 학생들이 거주할 만한 집은 부족했다. 부동산업자들이 냄새를 맡으며 돌아다니고 있었다.

「왜 안 파신대요?」 내가 물었다.

「저하고 일이 잘 안 풀릴 경우에 갈 곳이 필요하다나요.」 그는 그렇게 말하더니 웃었다.

그들의 아이들이 차 안에 있었다. 각각 여섯 살과 여덟 살이었다.

사이먼, 6세(동영상 내용을 글로 옮김)

(사이먼은 판지로 된 상자와 미술용품을 가지고 아파트 발코니에 자기만의 집을 지었다.)

사이먼: 이건 이 집으로 들어가는 문이고 이건 문손잡이예요.

아빠: 그 손잡이는 무슨 동물 모양인 거니?

사이먼: 사슴이요. (애정이 넘치는 몸짓으로 손잡이를 꽉 잡더니 문을 활짝 연다.) 그리고 안으로 들어가면 (문으로 기어 들어간다) 그림들이 있어요. (사이먼이 그려 둔 무지개와 꽃 그림이 빨래집게로 벽에 걸려 있다.) 그리고 벽이 있고 여기는 작은 구멍도 하나 있는데 이걸로 지나가는 사람들을 볼 수 있어요. (판지로 된 통으로 만든 작은 망원경으로 바깥세상을 내다본다.) 그리고 이건 운전대예요. (벽에 테이프로 붙여 둔 작은 고무바퀴를 움직인다.) 그리고 이건 수족관인데 여기다가는 가오리 한 마리를 넣어 뒀어요. (그 수족관에 대해서는 아주 화려하다고만 말해 두기로 하자.) 그리고 이건 베개인데 베고 누워서 책을 읽을 수 있어요. (사이먼이 베개를 베고 누워서 편안한지 곰곰이 생각해 본다.) 여기는 물을 넣는 곳인데 이 안으로 물이 들어가면 밑으로 흘러가게 돼 있어요. (테이프와 판지로 만든 장치가 설치돼 있다. 빗물을 모아 실내 폭포를 만들기 위한 장

치다.)

내가 뉴욕주 북부에 강의 일자리를 얻었을 때는 방갈로
식 주택을 남겨 두고 떠나야 할 시간이 다가와 있었다. 남
자 친구 닉이 내게 청혼을 했고, 우리는 함께 살 집을 사기
위해 뉴욕으로 여행을 떠났다. 그건 말도 안 되게 스트레
스가 쏟아지는 동시에 말도 안 되게 짜릿한 일이었다. 집
을 보러 다니면서 우리는 각각의 집에 침실이 몇 개나 있
는지 헤아렸다. 우리가 갖게 될 아이들까지 고려해서 개수
가 충분한지 확인했다.

나는 다시 동거를 하려 하고 있었다.

집주인 부부에게 알렸다.

「집을 팔기에 완벽한 시기군요.」 빌이 말했다.

메러디스는 혹시 그 집에 세입자로 들어오고 싶어 하는
대학원생이 있는지 내게 물었다.

이사를 나가기 일주일인가 2주일쯤 전의 어느 날, 내 집
진입로로 들어서는데 빌의 트럭이 보였다. 하지만 거기 있
는 사람은 빌이 아니었다. 어떤 아름다운 여자가 집에 사
다리를 걸쳐 두고 있었다. 여자는 고압 세척기로 비닐 외
장재를 세척하고 있었다. 세월이 흐르면서 외장재는 약간
녹색으로 변해 있었다. 플로리다주 북서쪽에 좁고 길게 뻗
어 있는 그 지역에서는 어디서든 식물이 자라난다. 그곳은
내가 살아 본 곳들 가운데 가장 **살아 있는** 장소다. 사실 그
집은 내가 어린 시절에 꿈꾸던 집에, **실내에** 야외가 갖춰져

389
여우 농장

있는 환상 속 공간에 매우 가까웠다.

방갈로식 주택을 고압 세척하고 있는 여자는 튼튼해 보였다. 푸른색 원피스 수영복에 검은색 운동복 반바지를 받쳐 입고 있었다. 숱 많은 갈색 머리칼은 뒤로 넘겨 포니테일로 묶고 있었고, 몸은 햇볕에 잔뜩 그을려 있었다. 한순간 바람의 방향이 바뀌면서 물보라 막이 허공에 걸리는가 싶더니 다시 여자에게로 날아갔다. 여자가 머리를 흔들자 은빛 고리 모양의 귀걸이가 햇빛 속에서 반짝였다.

「젠장.」 세척기가 막히자 여자가 말했다. 그러더니 세척기의 봉 부분을 흔들었다.

「메러디스?」 내가 말했다.

「아!」 여자가 말했다. 「미안해요. 그냥…….」 그는 다시 봉을 흔들었다. 「마침내 이렇게 만나게 돼서 정말 기쁘네요!」 그가 말했다. 「그런데 이제 우린 작별 인사를 해야 하는 것 같네요. 참 이상하죠?」

「그러게요.」 내가 말했다.

메러디스는 아마도 나보다 열 살쯤은, 아니 그만큼은 아니어도 조금은 나이가 많아 보였다. 인생에서 나보다 딱 한 단계쯤 앞서 있다고 느끼기에 충분했다. 그는 마치 내 미래에서 이곳으로 와 있거나, 그도 아니면 자신의 과거를 깔끔하게 정리하려고 돌아와 있는 것 같았다. 메러디스는 세척이 끝나 하얘지고 깨끗해진 외장재를 가리켰다.

「그냥 다음에 오게 될 여자분한테 좋아 보였으면 해서요.」 그가 말했다.

다음에 어떤 세입자가 들어와 살게 될지는 우리 둘 다 알 수 없었다. 하지만 나는 메러디스가 그 사람이 여자일 거라는 사실을 이미 알고 있다는 게 마음에 들었다. 그 집은 너무도 여러 가지 면에서 여자가 혼자 살기에 맞춤한 집이었다.

「집을 파시지 않을까 생각했는데요.」 내가 말했다. 「빌이 항상 팔 거라고 얘기해서요.」

「네.」 메러디스가 말했다. 「그래야겠죠. 그러면 돈이 좀 생길 테니까.」

메러디스가 사다리에서 내려왔다. 물보라를 뒤집어쓴 그의 몸이 스팽글처럼 반짝였다.

「난 여기 살 때 너무도 행복했어요. 지금도 행복하고요. 하지만 내가 지금 **행복할 수 있는** 이유 가운데 하나는 이 집이 존재한다는 걸 알고 있어서인 것 같아요. 여기 이 집이 있고, 내 명의로 되어 있고, 내 소유라는 걸 알고 있으니까요. 그리고 어떤 이유로든 집에 있다가 갑자기 애들이 날 미치게 만들거나 빌 때문에 몹시 화가 나더라도 나한테는 이 집이, 오직 나만의 집이 있어서 여기 올 수 있는 거죠. 그러면 **그럴 수 있다는** 걸 아는 것만으로도 기분이 나아져요. 애들도 그렇게 못돼 보이지 않게 되고, 빌도 조금은 다른 시선으로 바라보게 되죠.」 메러디스는 고개를 흔들어 물기를 날려 보냈다. 「이런 거, 이상한가요?」 메러디스는 그렇게 묻더니 자신이 누구와 이야기하고 있었는지 깜빡한 것처럼 나를 쳐다봤다.

나는 웃음을 터뜨렸다. 「아뇨, 무슨 말씀이신지 알겠어요.」 나는 말했다.

우리는 집 안으로 들어갔고, 메러디스는 찬장에서 유리잔을 두 개 꺼내 수도꼭지에 대고 물을 받았다. 우리는 물을 마셨다.

「이 집을 떠나게 돼서 슬프네요.」 나는 말했다. 「제 말은, 약혼자랑 같이 살게 돼서 들떠 있기는 하지만 여기서 보낸 시간은 제게 정말로 특별한 시간이었거든요.」

메러디스는 고개를 끄덕였다. 「새로 이사 가는 집에는 침실이 몇 개예요?」

「세 개요.」 내가 말했다. 「북부는 집들이 싸거든요.」

「좋네요.」 그가 말했다. 「그중 하나는 자기 방으로 만드세요.」

앤디, 6세

앤디가 자기 집으로 그리고 있는 건 우주 정거장이고, 거기에는 오직 골든 리트리버들로만 채워진 방이 하나 있다. 골든 리트리버가 1백 마리나 있는 방이다. (앤디는 아직 1백 마리를 다 그리진 않았지만, 의도가 드러날 만큼은 그렸다고 말한다.) 그리고 물론 그곳은 무중력 공간이다. 그래서 그 개들은 공중에 떠 있다. 녀석들의 금빛 털이 무중력 상태로 떠 있고, 당신은 그 완벽한 공간에서 그 사이로 떠다니는 것이다.

내가 두 번째 동거에 들어간 첫날 밤, 나는 뉴욕주 북부 조니케이크 힐에 있던 그 집에서, 이번에도 곧바로 알아차렸다. 무언가가 잘못돼 있었다.

닉과 나는 바닥에 매트리스를 깔고 누워 있었다. 그날 밤 거기 누웠을 때, 나는 엄청난 행복감에 압도됐다. **이 집 전체가 이제 우리가 산 우리 집**이 됐다는 사실 때문이었다.

「너무 여유롭다.」 새롭게 우리 방이 된 공간의 어둠 속에서 내가 말했다. 「언제까지나 이렇게 여유로웠으면 좋겠어. 그게 얼마나 놀라운 일인지 언제까지나 익숙해지지 않았으면 좋겠어.」

닉은 아무 말도 하지 않았다. 그저 차고에 있는 배수관을 조사해 봐야 한다고 일깨워 줄 뿐이었다. 그러더니 잠에 빠져 버렸다.

그로부터 1년이 채 못 되어 우리가 헤어지게 되자 닉은 오하이오주로 다시 이사를 갔고, 나는 우리가 대출받아 샀던 이 집에 대한 그의 지분을 매입했다.

감정적인 동요가 가라앉아 가장 기본적인 생각을 할 수 있게 됐을 때, 내게 떠오른 생각은 〈이 집을 팔아야 해〉였다.

나는 침실이 세 개나 있는 집에서 여자 한 명과 아주 커다란 개 한 마리가 둘이서만 사는 건 이치에 맞지 않는 일이라고 스스로에게 되뇌었다. 애초에 두 사람이 가족을 꾸리기에도 **상당히 과하게** 느껴졌던 집은 나 혼자 쓰기에는 확실히 너무 과했다. 그 집은 형태 자체가 가족을 만들라고 주장하고 있었다. 한 사람이 이치에 맞게 자기 것으로 삼기에 거기 있는 것들은 너무 과했다.

하지만 그 조그만 소도시에는 임대로 나와 있는 집이 얼마 없었고, 그나마 대부분은 내가 대출받아 산 집보다 그다지 싸지도 않았다. 전 남자 친구의 지분까지 매입하고 나니 이제 내게는 빚이 생겨나 있었다.

그리고 나는 피곤했다. 바로 얼마 전에 집 한 채를 샀고, 대서양 연안의 끝에서 끝까지 이사를 왔고, 닉과의 결혼식도 반쯤은 계획해 뒀다. 또다시 집을 팔고 새 집을 사고 이사를 할 생각을 하니 견딜 수가 없었다. 올해 말까진 그냥 여기 있자. 나는 스스로에게 되뇌었다. 그런 다음에 팔면 돼.

내가 그런 집에는 어울리지 않는 삶을 살고 있다는 그 느낌은 계속 남아 있었다. 그리고 그렇게 느낀 게 나 혼자만은 아니었다.

내 집에 놀러 온 사람들은 종종 이렇게 말했다. **아, 이 집에 혼자 사시는 거예요?**

이 집, 빌린 거예요, 아니면 산 거예요?

그리고 내가 그 집의 소유주이고 혼자 살고 있다는 사실이 분명해지면 그들은 놀라고 심지어는 당황하기까지 했다.

그런데 이 공간을 다 뭐 하는 데 쓰실 건데요? 사람들은 그렇게 물었다.

그 공간을 다 뭐 하는 데 썼느냐면, 처음에는 들어가 우는 데 썼다. 나는 그 집의 빌어먹을 방 하나하나에 전부 들어가 울었다.

가구 절반이 빠져나가자 집은 무척이나 텅 빈 공간처럼 느껴졌다. 나는 중고로 산 방갈로 가구들을 여러 개의 방에 나눠 놓았다. 마치 그 방들의 존재를 정당화라도 하듯이. 하지만 어떤 공간에 있어도 내가 살기로 되어 있었던 삶이, 내가 그 집에서 꾸릴 작정이었던 가족이 떠올랐고, 내가 얼마나 그 기대에 미치지 못하는 사람인지도 떠올랐다.

가끔씩은 나를 잘 알지 못하는 사람들이 〈여기서 혼자 사시는 건 아니죠?〉 하고 물으면 내 사정을 전부 말해 버렸다. 마치 내가 그런 공간을 소유하고 있다는 것에 대해 변명이나 해명이라도 하려는 것처럼. 사과라도 하려는 것처럼. 그리고 나중에 알게 됐지만, 그들 대부분은 타인에 가까운 누군가로부터 그의 결혼식이 취소됐다는 이야기를 듣는 걸 그나마 덜 거슬려 했다. 그가 그 집에 혼자, 그것도 **의도적으로** 혼자 살고 있다는 이야기에 비하면 말이다.

조, 38세

(여섯 살 앤디의 아버지인 조는 가족이 보관하고 있던 그림들 가운데서 자신이 꿈꾸던 집을 그려 놓은 그림을 발견했다.)

앤디와 굉장히 비슷하게도 전 몹시 정교한 우주선을 그리곤 했어요. 3단으로 된 이 우주 왕복선 같은 걸요.

이 부분은 마치 사람의 결장 일부처럼 보이지만 워프 구동 장치예요. 왕복선 내부에 있는 주거 공간에는 층마다 여분의 제어 장치가 있어요. 제가 왕복선을 조종할 수도 있겠지만, 제 두 형들이 할 수도 있겠다는 생각이 들어서요. 제어 장치가 세 개는 있어야지, 안 그러면 형들이 저한테는 번갈아 가며 조종할 기회를 주지 않을 것 같았거든요.

내 기분이 괜찮아지기 위해서는 집에 방이 딱 하나만 있어야 했다. 가장 큰 침실을 견딜 수가 없어서 2층에 있는 토끼장같이 생긴 작은 방으로 옮겨 갔다. 방갈로식 주택에서 싱글로 지내던 시절에 썼던 낡은 연철 침대를 그 방에 설치했다. 개 침대를 위층으로 끌고 왔고, 벽에는 낡은 달력을 낱장으로 붙여 놓았다. 그 달력에는 연필로 그린 토끼 그림과 노래 가사가 하나씩 짝지어져 들어가 있었다. 호기심 가득한 눈망울의 땅딸막한 드워프롭 토끼 그림에는 스모그의 가사가 적혀 있었다. 〈너는 파이터, 너는 파이터.〉 한 쌍의 우아한 야생 토끼 그림에는 밥 시거의 가사가 들어가 있었다. 〈내가 아는 거라곤 나는 젊고 당신들의 규칙은 낡았다는 것뿐.〉

전 남자 친구가 자기 물건을 가져가고 나서 몇 주가 지나자 내 친구인 에밀리와 올리비아가 나와 함께 지내려고 서둘러 달려왔다. **우리가 가고 있어.** 그들은 마치 무슨 성명이라도 발표하듯 말했다. 누군가가 내게 해줄 수 있는 일로 그보다 더 좋은 건 없었다. 우리는 농부들이 여는 겨울 장터에서 사 온 천연 탈취제를 써봤다. 냄새는 믿을 수 없을 만큼 좋았지만 탈취 효과는 없었다. 우리는 거실에 있는 자그만 2인용 소파에 앉아 우리가 제일 좋아하는 드래그 퀸에 관한 프로그램을 봤다. 그 소파는 세 명이 앉기에는 너무 좁아서 우리 중 한 명은 나머지 두 사람의 다리에 몸을 기대고 바닥에 앉아야 했지만 말이다. 나는 불을 피웠고, 우리는 벽난로 앞에서 술을 진탕 마시면서 수다를 떨었다.

사랑하는 사람들이 집 안에 있으니 기분이 좀 나아지는 것 같았다.

그래서 나는 파티를, 실은 좀 많이 열었다.

우리는 저녁 식사 모임을 열면서 그걸 〈마에스트란차 축제〉라고 부르기로 했다. 트럼프 당선 이후 슬픔에 젖어 있던 사람들을 위한 파티였다. 우리는 〈마에스트란차〉[2]라는 말을 빌려다가 〈좋은 일을 하기 위해 함께 애쓰는 사람들〉이라는 뜻으로 썼다. 우리가 얼마나 자연에 가까운 사람들인지, 그리고 초대한 친구들을 얼마나 사랑하는지 알아줬으면 하는 마음에서 집 안으로 끌고 들어온 나뭇가지며 나무 밑동, 나뭇잎으로 실내를 장식했다. 저녁 식사 테이블은 아주 길어서 세 개의 방에 걸쳐 쭉 뻗어 있었다. 핼러윈 파티도 열었는데, 모범적인 어른들이 술에 취한 채 주방에서 춤을 추면서 변장한 낯선 이들과 키스할 수 있게

2 이탈리아어로 〈노동자〉라는 뜻이다.

하기 위해서였다. 한번은 과학자 친구들을 위한 베이비 샤워[3]도 열었는데, 그때도 최소한 두 개 분량의 술통을 준비했다. 내가 매년 한 번씩 여는 〈흰 코끼리 파티〉를 위해서는 서른다섯 명이 먹기에 충분한 석류 케이크와 술을 넣은 사이다를 만들었다. 결국 손님들 대부분은 그날 밤 어느 순간엔가 위아래가 하나로 된 유니콘 의상을 번갈아 가며 입고 있게 됐다.

사랑하는 사람들이 집 안에 있어서 기분이 나아지자, 나는 누군가를 사랑하려고 다시 시도해 봐도 되겠다고 결론을 내렸다. 그래서 어느 유머 감각 있고 잘생긴 남자에게 푹 빠지도록 스스로를 내버려뒀다. 그는 내가 처음 본 순간부터 수년 동안 반해 있던 사람이었다. 그 남자가 외국에 살고 있다는 걸 아는데도 그랬다. 나는 파리에 가서 그를 찾아냈다. 우리는 몽마르트르 언덕의 계단을 끝까지 올라가 모로코 술집들에서 시간을 보냈고, 라펭 아질[4]에 들어가 서로의 노래를 엿들었고, 지하철역 바깥에 앉아 맥주를 홀짝거렸고, 사람들의 물결이 밀려왔다 밀려가는 걸 지켜봤다. 그가 나와 함께 지내려고 내 집에 왔을 때는 한 겨울이었고, 눈이 너무 많이 와서 마땅히 할 일이 없었고, 나는 내 집이 파리만큼 좋은 곳은 아니라는 생각에 걱정이 됐다. 그렇지만 폭설이 쏟아지는 동안 우리는 하루 종일

3 출산을 앞둔 임신부와 태어날 아기를 축복하기 위해 친구들이 열어 주는 파티.
4 파리에 있는 유명한 카바레식 식당으로, 연주와 노래와 시가 결합된 공연이 열린다.

기타를 치고 섹스를 했고, 그건 완벽한 시간이었다. 그러고 나자 내 집은 다시 내가 감정을 느낄 수도 있고 섹스를 하기도 하는 공간이 됐다. 그가 떠나고 난 뒤에 나는 울음을 터뜨렸지만, 내 집에서 그런 식으로 가슴 아파하며 여러 번 눈물을 흘렸던 일이 그렇게 나쁜 건 아니었다. 결정적인 딱 한 가지 나쁜 문제 때문에 눈물을 흘렸던 것에 비하면 정말이지 훨씬 나았다.

한번은 내가 한동안 집을 비운 사이 친구 한 명이 수술을 받고 나서 내 집을 회복실로 쓴 일이 있었다. 집에 돌아와 보니 친구는 냉장고를 롤빵으로 가득 채워 놓고 간 뒤였다. 재료 준비부터 손수 해서 만든 롤빵이었고, 속에는 페스토와 햇볕에 말린 토마토가 들어 있었다. 한번은 집에 돌아와 보니 나중에 만나기로 했던 친구들이 벌써 도착해 주방에서 간식을 먹고 있었다. 「술집이 문을 닫았더라고.」 친구들은 말했다. 「넌 절대 문을 잠그는 법이 없잖아.」 또 다른 친구가 말했다. 또 한번은 종종 내 개를 돌봐 주던 여학생이 중간고사 때문에 끔찍한 시간을 보내다가 밤 9시에 내게 울면서 문자 메시지를 보낸 일이 있었다. 그냥 내 거대한 개를 좀 끌어안고 있으면 기분이 나아질 것 같다고 그 학생은 말했다. 나는 한 시간은 더 있어야 집에 갈 텐데, 문은 안 잠겨 있거든? 나는 그렇게 대답했다. 집에 돌아와 보니 그 학생과 내 개는 바닥에 앉아 있었다. 개는 통통한 앞발 두 개를 학생의 무릎에 올려놓고 있었고, 학생은 행복한 얼굴로 심호흡을 하고 있었다. 「기분이 좀 나아졌니?」나는 물었다. 「네.」학생은 대답했다.

나는 다시 데이트를 시작했다. 새로 사귄 남자 친구 맥심에게는 아주 매력적인 딸이 있었고, 우리는 내 집에서 〈너프〉사의 장난감 총을 들고 대규모 전투를 벌였다. 복도가 많고 까꿍 하고 고개를 내밀기에 적합한 모퉁이도 많은 내 집은 그런 놀이를 하기에는 이상적인 공간이었다. 그 꼬마 소녀는 계단에서 불쑥 튀어나와 너프 총알을 빗발치듯 쏟아부으며 자기 아버지와 나를 공격할 때면 너무도 완벽한 웃음소리를 냈다. 그들이 더 이상 내 삶에 함께하지 않게 된 뒤에도, 나는 가끔 가다 한 번씩 소파 쿠션 사이나 책장 뒤에서 길 잃은 너프 총알을 발견하곤 했다. 나는 그 총알들을 한데 모아 보관해 뒀고, 가끔씩은 그 총알 무더기를 봉투에 밀어 넣은 다음 그들에게 되돌려 보내는 상상을 했다. 마지막으로 일제히 하는 대응 사격처럼 말이다.

이들은 모두 나와 **함께** 살진 않았지만 내 집에서 사는 삶의 일부가 되어 주었다. 그리고 바로 그것이 그 집을 내가 살아갈 만한 공간이 되게 해주었다. 커트 보니것은 언젠가 이렇게 썼다. 한 쌍의 커플이 소리를 지르며 싸우고 있을 때, 그들이 서로를 향해 정말로 외치고 있는 건 언제나 〈당신이란 사람만으로는 충분치가 않아〉라는 말이라고. 왜냐하면 우리는 그동안 이 세상에서 사람은 한두 명의 타인하고만 같이 살아도 행복할 수 있다고 스스로를 속여 왔기 때문이다.

하지만 사실 우리에게는 그보다 훨씬 많은 사람들이 필

요하다.

앤디, 43세

앤디는 중학교 때 친구들과 함께 수많은 미로를 그렸던 일을 기억한다. 한번은 그들이 미로 한가운데에 집을 한 채 그려 넣은 적이 있었다. 아이들이 집을 그리기 시작하자, 앤디는 그 집을 둘로 나눴다.

「넌 이쪽에서 살아, 난 저쪽에서 살게.」 앤디는 말했다.

「너도 아는구나, 우리가 어른이 되면 같이 살지 않을 거라는 거 말이야, 그치?」 친구가 말했다.

「그래.」 앤디가 말했다. 「나도 알아.」

앤디는 이 앎을 받아들였던 일을 기억한다. 어른이 되면 자신의 가장 친한 친구와 같이 살지 않게 될 거라는 사실을. 그 순간 그런 제안을 하지 말았어야 했다는, 절대로 상상조차 하지 말았어야 했다는 생각이 마음속에 깊이 새겨졌다고 앤디는 말한다. 이 이야기는 내 가슴을 아프게 한다.

결혼식을 취소하고 난 뒤, 나는 내가 〈우리〉라는 말을 입버릇처럼 쓴다는 걸 알아차리게 됐다. 〈우리〉라고 부를 만한 건 더 이상은 없었는데도 말이다. (**우린 제설 비용을 너무 많이 쓰고 있어……. 우린 천체 투영관에는 한 번도 가본 적이 없어…….**) 나는 그런 순간이 창피하고 고통스럽게 느껴졌다. 마치 다른 사람들이 알아차리지 않기를 바랐던 어떤 결점에 주의가 확 쏠려 버린 것만 같았다. 「난 제설 비용을 너무 많이 쓰고 있어.」 나는 했던 말을 정정했다.

나는 오직 나 자신으로서만 말하는 법을 부단히 연습했다.

하지만 시간이 흐르고 삶이, 그리고 생활이 내 집이라는 통로를 통해 사람들을 내게 데려다주면서, 나는 내게도 친구든 가족이든 동료든 학생이든 간에 나와 관련된 몇몇 사람들의 조합이 보통은 **있다**는 사실을 알게 됐다. 〈우리〉라고 부를 만한 몇몇 사람들이 있었다. 나를 전혀 모르는 사람이라면 내가 어떤 집단에 관해 말하고 있는 건지 짐작하기가 몹시 어렵겠지만 말이다.

나를 전혀 모르는 사람이라면 내가 쓰는 〈우리〉라는 말을 낭만적인 의미로 오해할 수도 있을 것이다. 하지만 그 말은 그보다 더 멋진 것을 뜻했다.

어쩌면 내가 내 집을 그토록 사랑했던 건 그 집이 내가 어린 시절에 그렸던 집들과 다르지 않아서였는지도 모른다. 내가 그렸던 그 집들에는 수없이 많은 방과 생명체들과 노크도 하지 않고 걸어 들어오는 친구들과 모두들 언제나 밤을 보내고 가는 그런 분위기가 있었다. 그런 집들이 단지 두 사람만을 위한 것이었던 적은 한 번도 없었다.

나는 한 사람을 사랑하는 삶이 다른 사람들을 배제하는 삶으로 이어진다고는 단 한 번도 상상해 보지 못했다. 내 몸은 한 번에 한 사람하고만 연결되는 일에 잘 맞지만, 내

402

집은 그렇지 않다.

어렸을 때 나는 **사랑에 빠지는** 일을 꿈꿨던 걸까? 그래, 항상 그랬다. 열두 살 무렵에는 오글거리게도 나 스스로를 〈가망 없이 로맨틱한〉 사람이라고 칭하기도 했다. 나는 언제나 사랑을 사랑해 왔다.

하지만 꼬마 소녀였던 내가 꿈꿨던 게 결혼식이 아니라 내가 사랑하는 모든 사람들로 가득 채워진 집이었다는 사실을 기억하는 건 나쁘지 않은 일이다.

물론 당신은 내가 이 에세이를 쓰고 있는 이유를 기억할 것이다. 내가 이 모든 걸 망쳐 버리기 직전이었다는 사실을.

니나, 2세(어머니가 인터뷰한 내용)
자, 니나야, 만약에 네가 어떤 집에서든 살 수 있다면, 넌 어떤 집에서 살 거니?
엄마, 나 천 위에 서 있어.
그래, 그렇구나. 네가 살게 될 집에서는 어떤 냄새가 날까?
엄마 냄새 날 거야.
엄마 냄새가 어떤 냄샌데?
개미.
아가, 너 그 천 가지고 뭐 하는 거니?

나는 피터라는 남자와 사귀기 시작했다. 첫 데이트를

하고 나자 그는 나와 함께 사는 일에 관해 이야기하기 시작했다. 나는 떨렸고, 동시에 겁에 질렸다. 그건 비상식적인 일처럼 느껴졌다. 동시에 옳은 일처럼 느껴지기도 했다.

하지만 나는 피터가 같이 사는 일에 관한 이야기를 꺼낼 때마다 그 화제를 피했고, 브레이크를 좀 밟아 주면 좋겠다고 그에게 말하기도 했다. 나는 분별 있는 사람이 되려 애쓰고 있었다. 최소한 1년 정도는 좀 기다려 보죠? 이렇게 말하기를 계속하면서.

나는 스스로를 보호하려 애쓰고 있기도 했다. 맥심과 헤어지고 나서 그의 딸을 더 이상 못 보게 되자 거의 죽을 것처럼 고통스러웠기 때문이었다. 그리고 피터에게도 딸이 있었다. 리디아라는 여덟 살짜리 아이였는데, 나는 이 멋진 꼬마 소녀 때문에 또다시 가슴 아픈 일이 생길까 봐 겁이 났다. 그래서 피터와의 동거를 미루려고 애를 썼다. 그런데 그때 피터가 자기가 리디아와 나눴다는 집에 관한 대화를 내게 들려줬다.

리디아는 피터에게 자기는 결혼하고 싶다는 생각이 든 적은 한 번도 없는 것 같다고 말했다고 한다.

「그래도 괜찮아.」 피터는 말했다. 「결혼하지 않는 사람들은 아주 많단다.」

리디아는 말했다. 자기는 어른이 되면 결혼하는 대신 농장에서 수많은 말들과 사막여우들과 함께 살고 싶다고.

〈여자애들은 다 똑같네요.〉 나는 피터에게 문자 메시지

404

를 보냈다. 〈나도 그런 삶을 살고 싶어요.〉

피터는 말했다. 〈**우린** 아마 농장에서 사는 것도 가능할 거예요. 그러면 당신하고 리디아는 말들이랑 사막여우들을 키우게 될 텐데, 혹시 나도 거기 있어도 될까요?〉

〈아뇨.〉 나는 문자판을 두드렸다.

왜냐하면 리디아가 이해하고 내가 이해하기로 그 판타지의 핵심은 동물들과 친구들하고만 함께 살 거라는, 기쁨과 편안함과 안전함에 둘러싸인 채 살게 될 거라는 이야기였으니까. 그건 조니케이크 힐에서 다시 찾은 그런 종류의 삶의 방식이었다.

하지만 다음번에 리디아를 만났을 때, 그 애는 자기가 마인크래프트 게임 속에 짓고 있던 집을 내게 보여 줬다. 그건 우리의 집이었다. 언젠가 우리 모두 함께 살게 될 거라고 우리가 말했던 집. 거대한 컴퓨터 화면 뒤에서 분홍색 고양이 헤드폰을 낀 모습으로 불쑥 튀어나온 리디아는 이렇게 말했다. 「우리 집에다가 여우들을 번식시키고 있어요. 보실래요?」

나는 리디아가 하는 게임이 어떤 모습일 거라고 생각했던 걸까. 모르겠다. 어쨌든 그 애의 어깨너머로 그 집을 슬쩍 본 나는 웃음을 터뜨렸다.

우리의 집은 완전히 여우들로 꽉 차 있었다.

리디아는 수백 마리의 토실토실한 사각형 여우들이 모여들고 있는데도 불구하고 여러 개의 복도들을 점점 빠르게 달려갔다.

「제가 너무 괴롭히면 애네는 절 죽일 거예요.」리디아는 말했다. 「하지만 그래도 전 훨씬 더 많이 번식시키고 싶거든요.」

오래지 않아 나는 조니케이크 힐에 있던 내 집을 팔고 우리가 함께 살 새 집을 샀다.

서빈, $2\frac{3}{4}$세

네가 살게 될 집은 무슨 색이니?

갈색!

나무들은 무슨 색이야?

갈색!

너는 어디서 잘 거야?

그네에서!

정말 그네를 좋아하는구나. 하루 종일 그네를 타겠네.

네!

응가하는 데는 있니? 응가하는 데 있어요. 높아요. 사다리를 올라간 다음에 그 안으로 내려가요. 그런 다음에 발로 차요. 그런 다음에 〈바하하하하하하!〉라고 말해요.

네가 발로 뭔가를 차도 되는 곳이 거기뿐이니?

네.

서빈, 네가 살게 될 집에 관해 우리한테 말해 줘서 너무 고마워. 정말 근사하게 들리는구나.

나…… 이제 새집 또 하나 있다고 할래요. 오렌지색 집!

내가 피터를 만난 건 코로나바이러스 팬데믹 상황에서
였다. 당시 나는 작가 친구인 은딘다와 함께 살고 있었다.
은딘다는 우리 대학에서 학생들을 가르치고 있다가 팬데
믹을 맞았는데, 그가 비행기를 타고 나이로비로 돌아가려
했을 때는 이미 모든 비행기의 운항이 중지된 뒤였다. 「안
전하게 떠날 수 있을 때까지 내 집에 와서 같이 지내요.」
나는 그렇게 말했다. 팬데믹이 조니케이크 힐에 있던 그
집의 운영 방침, 즉 문을 항상 열어 놓는다는 방침을 중단
시킨 뒤라, 나는 몹시 흠모하는 여성과 함께 지내게 되어
감사한 마음이었다.

우리 둘은 서로만 빼고, 그리고 피터와 리디아만 빼고
거의 모든 사람들로부터 격리되어 팬데믹의 긴 여름을 보
냈다. 우리 넷은 홀치기염색을 하고 스프링롤 만드는 법을
배웠다. 조각 그림 퍼즐에 몰두하게 된 은딘다는 리디아에
게 퍼즐 맞추는 방법을 가르쳐 줬다. 리디아는 은딘다에게
유능한 미국인 자본가처럼 모노폴리 게임을 하는 법을 가
르쳐 줬고, 은딘다는 규칙을 새로 만들어 리디아를 자신의
중개업자로 임명했는데, 그렇게 하니 피터와 부동산 거래
를 할 때 더 유리하다는 게 드러났다. 은딘다와 나는 타이
라 뱅크스의 「도전! 슈퍼 모델」 재방송을 보면서 영감을
받아 온전히 우리만의 언어 체계를 하나 개발하기도 했다.

피터와 리디아와 내가 우리의 새집으로 이사하기 몇 주

전, 케냐는 미국에서 오는 항공기를 다시 받아들이기 시작했고, 은딘다는 집으로 가는 비행기표를 예매했다. 우리는 우리 네 사람을 위한 송별회 겸 저녁 식사 모임을 계획했다. 하지만 우리가 그 이야기를 하자 리디아는 너무도 슬퍼하고 혼란스러워했다.

우리가 함께 사는 일에 관해 이야기를 나누는 동안 리디아는 은딘다도 와서 같이 살게 될 거라고 생각했던 것이다.

그리고 은딘다가 오면 왜 안 되겠는가? 우린 그동안 가족이 되어 있었는데.

「있지, 은딘다가 와서 우리랑 같이 살고 싶다면 나는 전적으로 **찬성**이야.」 피터는 그렇게 말했다.

물론 은딘다에게는 자기만의 삶이 있었지만, 나는 피터가 그렇게 말해 줬다는 사실이 몹시 마음에 들었다.

왜냐하면, 상자에 짐을 싸고, 새 주인들을 위해 남겨 두고 갈 다년생 식물들의 배치도를 정성 들여 그리는 동안, 나는 마치 애정을 가지고 자신의 방갈로식 주택을 고압 세척하고 있던, 다음에는 어떤 여학생이 오게 될지 궁금해하고 있던 메러디스가 된 기분이었으니까. 다음에 무엇이 오든 전에 왔던 것만큼이나 좋을 수 있다는 상상을 하려고 애를 쓰고 있었으니까. 하지만 피터가 원한다면 은딘다도 와서 우리와 함께 살아도 된다고 말하는 순간, 나는 두려움이 덜어지는 느낌이었다. 어쩌면 그 모든 방들과 동물들과 친구들로 채워진 완벽한 집을 그린 다음 더 이상 자리

가 없을 때는 두 번째 종이를 꺼내는 일도 가능할지 모른
다는 생각이 들었다. 이전의 삶과 새로운 삶을 연결해 주
는 터널을 그리는 일도. 어쩌면 내 친구들과 또 다른 가족
들과 함께하게 될 이 새로운 삶은 내가 그동안 만들어 온
삶을 더 넓혀 줄지도 몰랐다. 하지만 그 삶이 이전의 삶을
대체하는 일은 없을 것이다. 아마도 훌륭한 사랑 이야기는
방 안의 다른 서사를 전부 밀어내 버리지 않는 이야기일
테니 말이다.

얽힌 가닥 풀어내기

처음으로 가슴이 나오기 시작하던 5학년 때, 나는 황홀한 몽상에 빠지곤 했다. 그 몽상 속에서 가슴이 없어진 나는 우리 집의 푸른 뒤뜰에 높다랗게 자라난 왕포아풀 숲을 헤치며 달려가고 있었다. 숨어 있던 야생 칠면조들이 요란한 소리를 내며 무더기로 튀어나왔다. 나는 제일 좋아하는 셔츠를 입고 있었는데, 표백제를 떨어뜨려 진홍색 태양들을 표현해 낸 셔츠였다. 그 셔츠는 내 가슴팍에 완전히 납작하게 착 붙어 있었고, 나는 노브라에 맨발이었는데 너무나도 빨리 움직일 수 있었다. 나는 그때가 어른의 모습으로 변해 가는 일이 시작되는 나이라는 걸 알고 있었다. 그리고 바로 이 모습이 내가 되고 싶은 모습이었다. 하지만 내 미래는 이미 도래해 있었다. 내 미래는 더블 D 사이즈의 가슴 한 쌍이었고, 나는 그것들이 찾아온 날 이후로 내내 그것들을 싫어해 왔다.

〈유방〉이 내게 어울리는 단어라고 생각해 본 적은 한 번도 없다. 그러다가 나는 어느 순간 깨닫게 됐다. 내가 싫어하는 단어를 내 몸의 일부분에 사용하는 일은 모욕적이지만, 그건 내가 고치고 통제할 수 있는 문제라는 것을. 〈크리스티〉라는 이름으로 불리기 싫다는 걸 깨달은 내가 어머니가 붙여 준 애칭인 〈CJ〉로 스스로를 칭하기 시작한 것과 상당히 비슷하게도 말이다. 그렇게 해서 나는 그때부터 내 가슴을 **가슴**이라고 여기게 됐다. 그건 내가 좋아하는 단어니까. 내 생각에 그건 생명력이 가득한 단어다.

다음에 소개하는 건 다른 사람들이 나를, 혹은 내 가슴을 지칭하는 데 사용한 적이 있지만 내 마음에는 들지 않았던 단어들이다. 그중 일부는 내가 사랑하는 사람들이, 일부는 사랑하지 않는 사람들이 사용했지만 악감정은 없다. 〈바주카슴〉, 〈야한 가슴〉, 〈스웨터 속 새끼 고양이들〉, 〈쭈쭈〉, 〈할매 젖〉, 〈슴가〉, 〈멜론〉, 〈웃음주머니〉, 〈항아리〉, 〈거유 머시기〉 또는 〈거유머〉, 〈중력을 거스르는 유방의 여사제〉 또는 〈중거유녀〉.

앞으로 이 에세이에 나오는 사람들은 모두 **가슴**이라는 단어를 쓸 것이다. 현실에서는 모두가 다른 단어를 쓰겠지만 말이다. 왜냐하면 이건 빌어먹을 내 에세이니까. 그리고 지금 이야기해 둬야겠는데, 만약 내가 가슴이라고 하는 게 불편하다면? 그렇다면 이 에세이에서 살아 나갈 수 없을 것이다.

———

내가 컴퓨터 앞에 붙어 앉아 가슴 축소 수술에 관해 검색해 본 시간이 얼마나 되는지를 말해 주긴 어렵다. 헤아리기에는 너무 많은 숫자니까. 나는 수술 전후 사진들을 보며 감탄했고, 한편으로는 마음이 어수선해졌다. 그동안 나는 어떻게 하면 수술 후 회복에 필요한 시간을 낼 수 있을지 고민해 왔다. 수술을 받은 뒤에는 아이에게 모유 수유를 할 수 없을 것 같다는 사실에 집착해 왔다. 수술 뒤에 생기는 그 조그만 흉터들에 대해서도 곰곰이 생각해 왔다. 사람들이 자기 흉터를 보여 준 적도 있다. 유두 주위로 자라난 작은 나무나 막대 사탕처럼 생긴 흉터들을. 수술을 해서 이제는 놀랄 만큼 작아진 내 친구들의 유방에 난 자국을, 유방의 창백한 아랫부분을 가로질러 솔기처럼 나 있는 그 자국을 감탄하며 본 적도 있다. 나보다 자기 몸을 불편해하는 정도가 더 심한 트랜스젠더 친구들이 탑 수술을 받는 것을 본 적도, 그들이 인스타그램에 올린 사진들에 축하를 보내 준 적도 있다. 함께 바닷가로 놀러 간 그 친구들이 반바지만 걸친 채 나와는 다른 종류의 가시성과 가능성을 허용해 주는 몸으로 나타났을 때는 기쁘기도 부럽기도 했다. 내 친구 은딘다하고는 이런 농담을 한 적도 있다. 우리 둘 다 수술을 받아 가슴 없는 여자들로 구성된 여성 전용 교단을 조직하자고. 그 여자들은 오직 멜빵바지만 입을 거고, 어떤 방해도 받지 않는 새로운 몸을 걸친 우리가 뭐든 우리 마음대로 할 때면 그 멜빵 끈은 가슴팍에 단정히 놓여 있을 거라고. 나는 그동안 의사들을 추천받고 소개받기도 했다. 하지만 아직 전화 상담을 하는 단계까지도 가보지 못했다. 마음이 그쪽으로 향할 때면 언제나 망설이다가 내 가슴을 조금만 더 그대로 놔둬 보자고 마음먹는다.

그 이유는 알고 보니 이런 거였다. 내게는 상상 속의 사람들이 많은 모양이다. 내 가슴을 필요로 할 것 같은 사람들이.

—

나는 열두 살이고, 우리는 — 나와 네 명의 다른 여자아이들은 — 초등학교 운동장 맞은편에 있는 주차장 연석에 앉아 있다. 우리는 조금 더 나이가 많은 남자아이들이 스케이트보드 타는 걸 지켜보는 중이다. 그런 이유로 와 있는 건 아닌 척하고 있지만 말이다. 남자아이들이 이쪽으로 건너오고, 나는 마커스라는 아이에게 특정한 묘기 한 가지를 부릴 줄 아느냐고 묻는다. 마커스는 아직은 할 줄 모르지만 곧 배울 거라고 대답한다.

우리는 여자애들 중 한 명의 집으로 걸어 돌아온다. 거기서 외박 파티를 할 예정이다. 그날 오후 어느 시점엔가 나는 초경이 시작된다. 나는 친구의 어머니가 쓰는 세면대 밑에서 생리대를 찾아내 조치를 취한다. 그로부터 채 1년도 안 돼 가슴이 더블 D 사이즈로 커지고 그걸 싫어하게 되겠지만, 지금 당장은 그 일이 새롭고도 자극적으로 느껴진다.

얼마 뒤, 우리는 한가롭게 〈진실 혹은 대담〉 게임을 하

얽힌 가닥 풀어내기

고 있다. 스펀지를 써서 연한 자줏빛으로 칠한 소녀 취향의 방에서, 라즈베리 향 로션 냄새가 나고 전에 우리 중 누군가가 옥수수 칩인 줄 알고 먹어 버린 적이 있는 작은 접시에 든 시나몬 포푸리 향도 나는 그 방에서, 베개가 여러 개 놓인 소녀 취향의 침대에 팔다리를 쭉 뻗고 드러누운 채 말이다. 나는 아이들에게 생리가 시작된 일에 관해 이야기하고 싶어진다. 하지만 우리는 대형 카세트 플레이어로 휘트니 휴스턴을 반복해 듣고 있다. 노랫소리가 아주 큰 데다 우리도 계속 따라 부르고 있어서, 나는 결국 휘트니의 목소리를 줄이고 〈진실〉 질문을 교묘하게 이용해 아이들에게 그 이야기를 할 방법을 찾아낸다.

와, 세상에! 우리는 모두 내 생리 때문에 소리를 질러 댄다. **너 여자가 됐구나.** 우리 중 한 명이 말한다. **세상에, 너 그럼 마커스랑 같이 있었을 때도 여자였던 거네.** 또 한 명이 말한다. **넌 마커스랑 이야기하는 내내 여자였는데, 걔는 자기가 여자가 된 너랑 처음으로 같이 있게 된 사람이라는 것조차 몰랐던 거잖아.**

그리고 우리는 웃음을 터뜨린다. 나는 이 아이들이 너무 좋다.

여자가 된 내가 **마커스와** 함께 있기 전에 **그 애들과 함께** 있었다는 사실은 왜 내 머릿속에 떠오르지 않는 걸까. 모르겠다. 왜 그건 중요하지 않은 걸까. 육체적으로 〈여자〉가 된다는 건 왜 언제나, 이미, 심지어 이 순간에도 **다른 누군가를 위한 것**이고, 그 다른 누군가는 왜 나나 우리가 아닌

414

걸까. 우리 다섯 명은 열두 살의 나이에 이런 것들을 직관적으로 이해한다. 다시 볼륨을 높여 휘트니를 더 크게 노래하게 만들고는 아까 하던 게임과 노래로 돌아가는 바로 그 순간에.

—

자라나는 내내 나는 인형을 싫어했다. 대신 내가 했던 건 〈제인 구달 되기〉 놀이였다. 내 상상 속 자연에서 야생동물들을 돌보는 놀이. 그렇기는 하지만 나는 언제나 내가 아이들을 원한다는 걸 알고 있었다. 나는 언제나 어머니가 되고 싶었고, 동시에 내 몸으로 아이를 낳고 싶었다. 그 두 가지는 서로 다른 것이라고 이해해 왔다. 나는 부모가 되는 일에 관심이 있다. 하지만 임신하는 일에도 아주 관심이 많다. 그건 내 몸이 항상 관심을 보이며 해보고 싶어 해 온 경험이다.

20대 때 나는 야생 늑대 무리 같은 남자아이들을 낳아 키우고 싶다고 이야기하곤 했다. 낮의 햇빛이 사라져 가기 시작할 때쯤이면 집 안에서 종을 울려 저녁을 먹으라고 그 애들을 부르고 싶다고 말이다. 30대 초반에는 아이 둘을 정말 갖고 싶다고, 그리고 제발 딸들이었으면 좋겠다고 말하곤 했다. 그리고 마흔이 가까워진 지금은 이렇게 생각한다. 아이는 한 명이면 되고, 그 애가 운이 좋아 자기 마음에 드는 몸을 가지고 태어났으면 좋겠다고.

어떤 날은 내가 내 몸으로 아이를 가질 수 있을지 궁금해진다. 만약 그럴 수 있다면 그 일이 어떻게 일어날지도 궁금해진다. 지금 이 시점에 내가 낭만적인 반려자를 만나 그 사람과 아이를 가질 수 있을 거라고 상상하기는 어렵다. 그런 다음에는, 나와 마찬가지로 그 아이를 자기 아이로 여기는 또 한 명의 인간이 없는 상태에서 혼자서 아이를 키우는 일에 관해서도 당연히 생각해 보지만, 그런 일역시 상상하기 어렵다. 선택에 의해서든, 어쩔 수 없어서든 바로 그 일을 훌륭하게 해내는 한 부모를 지금껏 살아오면서 별로 만나 보지 못해서는 아니다. 다만 언젠가 부모가 된다는 것에는 내가 전에 스스로에게 들려준 이야기처럼 〈누군가와 한 쌍을 이루는 일〉도 포함돼 있어서 그렇다.

어떤 날은 이런 생각을 한다. 만약 내가 내 몸으로 아이를 갖지 않거나 가질 수 없게 된다면 다른 방식으로 아이를 키우고 싶다고.

하지만 **또 어떤 날은?** 여름이면 나는 카약을 저으며 집 근처의 커다란 호수를 돌아본다. 수면 아래 갈조류 가지들 사이로 얼룩덜룩한 물고기들이 나아가는 걸 오랫동안 조용히 지켜본다. 가끔씩은 맥주와 시집 한 권을 가지고 카약에 오른 다음 그냥 떠다니기도 한다. 가끔씩은 개를 데리고 무지갯빛 스프링클을 뿌린 아이스크림을 사러 나간다. 또 가끔씩은 내 친구 마리헬렌과 함께 코스타리카에서 열리는 서핑 캠프에 가기 위해 마지막 순간에 비행기표를 예매한다. 그런 다음 우리는 몇 주 동안 달콤한 기대에 젖어 서로에게 서프 록 음악들을 보내 준다. 어떤 날은 친구들과 학생들에게 나 자신을 마음껏 내줄 만한 여유가 있고, 그렇게 하는 게 즐겁다. 또 어떤 날은 이런 종류의 자유와 기동성을 어머니로서의 삶을 이루는 것들과 맞바꾼다는 것이 어떤 것일지 궁금해진다.

———

여자들은 알고 있겠지만 임신 가능 시계라는 게 있다. 내 임신 가능 시계는 일종의 슈뢰딩거의 시계라고 해야 할 것 같다. 이를테면 내 시계는 실은 이미 멈춰버린 뒤고, 내가 내 몸으로 아이를 낳기에는 너무 늦은 것일 수도 있다. 아니면 그 시계는 여전히 째깍거리며 가고 있을 수도 있다. 나는 그걸 내가 알 수 없다는 사실 때문에 불안과 다급함과 절망에 빠지곤 했다. 지금도 어떤 날은 여전히 그렇다. 하지만 내 슈뢰딩거의 시계는 대체로 내게 행복한 허무주의자가 된 것 같은 기분을 안겨 주고, 그 문제에 대해 다소 될 대로 되라는 태도를 취하게 만든다. 나는 지금껏 살아오면서 성급한 선택이라면 충분히 해봤다. 그래서 안다. 여기서 유일하게 나쁜 결말이 있다면 이런 것이다. 내가 이 시계에 지나치게 몰두하는 것. 나를 불행하게 만드는 사람을 내 삶에 끌어들이는 일을 감수하면서까지 몰두하는 것.

다시 말하자면…… 내가 언제나 원한다고 생각했던 게 아이를 갖는 일 가운데 어떤 부분인지 곰곰이 생각해 볼

얽힌 가닥 풀어내기

필요가 있다는 것이다.

알고 보니 **아이를 갖는 일** 속에는 하나 이상의 선택이, 하나 이상의 개념이 한데 뒤섞여 있었다.

내가 이해하기로 사람들 대부분은 그것들을 따로따로 분리해서 고려할 필요가 전혀 없다. 하지만 싱글이면서 슈뢰딩거의 시계와, 혹은 그밖의 수많은 상황들과 싸우고 있는 우리에게는, 그 일에 여러 가지 문제가 온통 얽혀 있다는 걸 이해하는 일이 다소 새로운 깨달음처럼 느껴질 수도 있다. 나는 〈아이를 갖는 일〉 중에서 누군가와 짝을 이루는 일, 혹은 어떤 특정하고 소중한 사람과 유전자를 뒤섞고 싶은 욕망을 다른 개념들로부터 분리해 낸다. 그 다른 개념들이란 부모가 된다는 것, 그리고 자신의 몸으로 새로운 생명을 만들어 내는 사람이 된다는 것이다. 그러다 보면 이 모든 과정에는 내가 믿어 온 것보다 더 많고 다양한 요소들이 있는 것처럼 느껴진다.

나는 언제까지나 이 모든 게 신기하게도 하나로 통합돼 있는 일이라고 여기면서 지냈을지도 모른다. 상담을 받다가 완전히 무너져 내리지만 않았더라면 말이다.

그리고 그렇게 나를 무너지게 만들고, 그 결과 이 각각의 개념들을 따로따로 풀어내게 만든 계기는, 당연하게도 내 가슴이었다.

———

나는 상담을 받으면서 자주 우는 편이다. 사실 좋은 의

418

미로 울게 되는 일은 아주 좋아한다. 하지만 대개는 이런 식이다. 나는 눈물이 나지만 티슈는 필요 없는 척한다. 그러면 상담사는 티슈를 가리킨다. 티슈는 여러 가지 측면에서 도움이 되어 준다.

하지만 내가 내 가슴에 관해 이야기하다 자제력을 잃어버렸던 그날은 티슈 상자로는 도저히 해결할 수 없는 상태였다.

피터와의 관계가 끝나 있었다. 나는 피터와 내가 아이를 갖게 될 거라고 생각했었다. 하지만 결국 그 관계를 끝냈다. 괜찮지 않다는 걸 알게 돼서, 그와 함께인 게 좋지만 충분히 좋진 않다는 걸 알게 돼서였다. 이건 특이한 종류의 비극이었다. 여기 아주 사랑스러운 남자가 있었고, 거기에 더해 그는 나와 아기를 갖고 싶어 했다. 하지만 나는 그것만으론 충분치 않았다. 아이가 있는 남자와 사귀고, 그 남자와 두 번째 아이를 갖는 일을 계획한 다음, 그 가능성을 놓쳐 버리는 것. 지난 5년 동안 이번이 두 번째였다.

그리고 이제 나는 그 일에 관해 긴 이야기를 늘어놓으며 울고 있었다. **어떤 기사에서 서른다섯 살은 아이를 갖고 싶어 하는 여자들이 완전히 미쳐 버리기 시작하는 시점이란 이야기를 읽은 적이 있어요. 전 무력하게 그 숫자를 머릿속에 새겼죠. 그리고 이제 전 서른일곱 살이고, 이런 기분이에요. 젠장, 아이를 갖는 걸 깜빡했잖아!**

스스로를 기운 나게 하기 위한 노력의 일환으로 이렇게도 말했다. **음, 적어도 이제 제 가슴을 없애 버릴 수는 있겠**

네요.

그런 다음 상담사가 그게 대체 무슨 뜻이냐고 묻기도 전에 한 발 더 나아갔다. **그러니까, 제 가슴은 뭘 위해 있는 거죠? 이것들의 효용이 뭐냐고요. 왜 저는 수십 년 동안 이것들을 힘들게 여기저기 달고 다닌 거죠? 이것들이 싫고, 심지어 이젠 이것들을 사용할 일도 없을 텐데요.**

그게 무슨 뜻이죠? 상담사가 물었다. 〈사용〉하다니.

그건 좋은 질문이었다.

실은 나 스스로도 그 말에 놀란 참이었다. 나는 머리로는 왜 그런 말을 했는지조차 모르면서 입으로는 털어놔 버린 사실에 대해 해명해 보려고 애를 썼다.

그리고 곧 드러났지만, 나는 무의식적으로 이렇게 생각하고 있었다. 이렇게 내가 싫어하는 가슴이 여전히 내 몸에 붙어 있는 건 그저 내가 **누군가에게 그것들을 제공하게 될** 것이기 때문이라고.

내 가슴의 진가를 이해하고 아마도 흉터는 싫어할, 내게 생길지도 모르는 연인들에게.

내게 생길지도 모르는 아이에게.

그 연인과 그 아이와 함께 보내게 될, 내게 생길지도 모르는 삶에.

나는 모든 사람이 자기 가슴에 대해 이런 식으로 느끼는 건 아니라는 걸 알게 됐다.

하지만 나는 이런 식으로 느낀다. 지금까지 내내 그래 왔다. 그저 내가 가슴을 그냥 둔 이유였던, 내게 생길지도 모르는 그 삶이 잠깐 동안 흔들리고 나서야 그 사실을 깨닫게 됐을 뿐이다. 실연과 내 나이 때문에…… 나는 그 삶이 흔들리는 걸 보았다. 그리고 그 흔들림 속에서 내 몸으로 아이를 낳는 일은, 임신하기 전의 몸을 연인과 공유하게 되는 일은, 임신과 육아의 경험을 공유할 낭만적인 반려자를 갖게 되는 일은…… 그 모든 일은 더 이상 **가능성이** 있어 보이지 않았다. 분명 더 이상 **확실해** 보이진 않았다. 그리고 그런 상상 속의 존재가 위협받게 됐을 때, 상담을 받다가 잠깐 동안 흐느껴 울었을 때, 그 사람들은 눈 깜짝할 사이에 사라져 버리고 오직 내 자아만 남아 있게 됐을 때는 어땠느냐고?

그때 내게 처음으로 든 생각은 이런 거였다. 〈이 빌어먹을 가슴은 누굴 위해 존재하는 거지?〉

나는 그 오랜 세월 동안 속아서(누구한테냐고? 나 자신한테지 누구겠는가!) 내 가슴을 견뎌 오고 있었던 것이다. 그런데 그 일이 실은 아무 소용도 없는 일이었다고 느껴졌다.

「지금도 수술은 받을 수 있어요. 마음만 먹는다면요.」 상담사는 내게 말했다. 「그러고도 여전히 당신 몸으로 아이를 가질 수 있고요. 모유 수유만 안 하면 되는 거니까요.」

「하지만 흉터는 어쩌죠. 누군가가 그걸 좋아하지 않으면 어떻게 해요?」

「누군가라뇨?」

「반려자나 뭐 그런 사람이요.」

「자기 몸에 흉터가 생긴다고 생각하면 기분이 언짢은가요?」

「아뇨, 그런 상처들은 그냥 작은 나무들처럼 보이는걸요.」

「당신이 사랑하는 누군가의 몸에 흉터가 있다면 속상할 것 같아요?」

「당연히 아니죠.」 나는 말했다.

「그게 그 사람을 행복하게 만들어 준 수술 때문에 생긴 흉터라면요?」

「더더욱 아니죠.」 나는 말했다.

「그럼 그 누군가도 당신의 몸에 대해 똑같이 느끼게 되지 않을까요? 당신이 다른 누군가를 받아들여 줄 거라고는 상상하면서, 다른 누군가도 마찬가지로 당신의 온전한 모습을 받아들여 줄 거라고는 왜 상상하지 못하죠?」

왜냐하면 나는 내 몸을 가능성이 가득한 상태로 계속 유지하고 싶었으니까.

나는 내 몸이 무엇인지, 혹은 무엇이 아닌지 너무 구체적으로 규정하는 위험을 무릅쓰고 싶진 않았다. 내가 내 몸으로 만들어 내는 모습이 언젠 누군가가 내게서 원하거나 필요로 하는 것이 아닐 수도 있지 않은가.

그 상상 속의 연인들이. 그 상상 속의 아이들이.

내 몸은 나를 위한 것이고, 내 것이며, 내 몸으로 다른 사람을 기쁘게 해줄 필요는 없다는 사실은 내게는 이해하기 어려운 것이었다. 내가 이해하려고 오랫동안 노력해 온 것이기도 했다. 피어싱과 문신이 도움이 되어 주었다. 그것들은 내가 내 몸이라는 영토에 정착하기 위해 사용하는 작은 깃발들이다. 내 몸이 나 자신의 것이라고 주장하기 위해서. 내 거야. 나는 말한다. 난 너를 내 마음대로 할 거야. 넌 **내 거**야. 그리고 다른 누군가가 어떻게 생각하든 신경 안 써. 그게 내일 나를 만나게 될 누군가든, 언젠가 만나게 될 상상 속의 누군가든 말이야. 이건 그 사람들하고는 상관없는 일이야. 나는 깃발 하나를 꽂는다. 그리고 또 하나를. 이 몸은 내 것이다.

그날 내가 풀어낸 세 가닥은 다음과 같다.

나 자신을 위해 존재하는, 있는 그대로의 내 몸.

이 몸으로 누군가의 연인이 되고, 섹스를 하고, 심지어는 사랑에도 빠지고 싶은 나의 욕망.

아이를 갖고 싶다는, 아마도 이 몸으로 그렇게 하고 싶다는 나의 욕망.

내가 이것들을 모두 별개의 것으로 취급하면 무슨 일이 일어나게 될까?

내 유방에서 그 덩어리를 발견한 건 전 약혼자인 닉이었다. 그 덩어리는 암은 아니다. 나는 괜찮다. 우선 그것부터 말해 두겠다. 나는 굉장히 운이 좋은 사람이고, 이 이야기는 그런 종류의 이야기가 아니며, 나는 당신이 자리에 앉

아 그게 암인지 궁금해하고 있게 만들진 않을 것이다.

　간단히 이야기하자면 이렇다. 막 서른 살이 됐을 때, 나는 닉과 함께 서로를 어루만지며 시간을 보내고 있었다. 닉은 내 가슴을 불쾌하지 않게 움켜쥐고 있었는데, 그러다가 벌떡 일어나더니 이렇게 말했다. **「당신 이쪽 가슴에 덩어리가 하나 있는데 알고 있었어?」** 나는 몰랐다. 그가 그렇게 솔직하게 말해 줘서 고마웠다. 닉은 내가 그 덩어리를 검사하러 갈 때 같이 가줬고, 그건 무척 사려 깊고 친절한 일이었다. 이 세상에는 가슴에 덩어리가 만져지는 일이 존재론적으로 두려운 일이라는 걸 이해하는 사람과 이해하지 못하는 사람이 있다. 닉은 전자였고, 그건 내게는 다행한 일이었다.

　죽을 것 같던 유방 엑스선 촬영이 끝나자(뭔지 모른다면, 그건 당신의 가슴을 유리판 두 장 사이에 끼워 놓고 고통스럽게 짓이기는 일이다. 그러면 전에는 풍만한 자몽 같던 가슴이 식품점 진열장 속에 있는 넓빤지같이 납작한 고기를 세로로 세워 놓은 것처럼 된다) 간호사들은 내게 말했다. 안쪽이 어떤 상태인지 저희로선 알 수가 없네요.

　나는 말했다. 그러니까 이게 뭔지 모르시겠다는 건가요?

　네. 간호사들은 말했다. **환자분 가슴은 아주 치밀한 유방이고 알 수 없는 물질이 가득 차 있는데, 안에 뭐가 있는지 전혀 보이지가 않으니 초음파 검사를 받아 보셔야 할 것 같아요.**

　아기를 볼 때처럼요? 내가 물었다.

　네, 대신 가슴을 보는 거죠. 그들은 말했다.

알겠어요.

그 뒤로 나는 6개월마다 한 번씩 병원들과 보험 회사들과 싸움을 벌여야 하는 사람이 됐다. 그 암흑의 핵심을 자세히 들여다봐 주고 신탁을 전해 줄 누군가가 어디 있는지도 알아내야 했다. 나는 싸움에 이겨서 초음파 검사를 받거나, 싸움에 져서 유방 엑스선 촬영을 해야 하거나 둘 중 하나다. 유방 엑스선 촬영을 하면 그들은 내 가슴 속이 전혀 보이지 않는다는 사실을 또다시 깨닫는다. 그런 다음 나는 어쨌든 초음파 검사는 필요하니 받아 보라는 말을 듣는다. 다시 말해 나는 6개월마다 한 번씩 똑같은 의료 절차를 밟는데, 매번 다음과 같은 말을 듣는 것이다. 내 가슴 속에는 알 수 없는 물질이 가득한데, 그건 아마 아무것도 아니고 해롭지도 않은 것이겠지만, 어쩌면 그것 때문에 죽게 될 수도 있다. 그러니, 혹시 모르니까, 이렇게 1년에 두 번씩 주기적으로 궁금해하고 살펴보는 일을 계속하도록 하자.

슈뢰딩거의 가슴 같으니.

상담에서 가슴 이야기를 하다가 무너져 내리고 나서, 소리를 지르며 상담사에게 내 가슴은 대체 뭘 위해 있는 거냐고 묻고 나서 몇 주 뒤에, 나는 덩어리 하나를 더 발견했다. 그 직전에 이사를 했기 때문에 이번에는 유방 건강 센터가 있는 다른 병원으로 가라는 말을 들었다. 그 유방 건강 센터의 대기실에 있는 모든 것은 분홍색 리본과 분홍색 꽃, 분홍색 글씨로 적힌 힘을 주는 확언으로 뒤덮여 있었다. 나는 그 분홍빛 소용돌이 속에 앉아 다음과 같은 뒤틀린 생각을 했다. **적어도 이번에 결과가 암이라면, 내 가슴 제거 비용은 보험사에서 내줄 지도 모르겠네.** 그런 다음 나는 그게 얼마나 형편없고 무례한 생각인지 깨달았다. 유방암과 그밖의 여러 가지 암에 걸린 내 친구들을 떠올렸고, 그런 생각을 한 것만으로도 **미안하고 또 미안하다**고 그들 각자에게 마음속으로 속삭였다.

마침내 나는 대기실에서 구조되어 초음파실로 들어갔다. 셔츠를 벗고, 더블 D보다도 더 큰 사이즈로 특별 주문한 1백 달러짜리 브래지어를 벗었다. 그해에 나는 달리기를 엄청나게 하고 있었는데, 상점에서 파는 보통 브래지어들은 맞지 않을 것 같아 특별 주문을 해두었던 것이다. 나는 종이로 만들어진 작은 파란색 가운을 입은 채 신탁을 전해 줄 사람을 알현하게 되기를 기다렸다.

초음파 검사를 하러 들어온 여자는 아주 차분하고 굉장히 시원시원한 사람이었고, 나는 그 점이 너무도 고마웠다. 여자는 내 가슴의 곡선 위로 부드럽게 젤을 발랐고, 균일한 압력을 가하며 초음파 봉을 움직였다. 내 몸속에서 나온 보고가 작은 초음파 검사 화면에 흑백으로, 입자가 거칠고 깜박거리는 형태로 떠올랐고, 나는 울기 시작했다.

분명 그 전문가는 내가 겁이 나서 우는 거라고 생각했을 것이다. 하지만 사실 내가 울기 시작한 건 그 모든 것이 너무도 잘 아는 영화 장면처럼 느껴져서였다. 우리 모두가

426

잘 아는 장면. 여자가 반려자와 함께 초음파 검사를 받으러 들어가면 끈적끈적한 물질이 있고, 초음파 봉이 있고, 화면이 있고, 그 화면으로 **아기**가 보인다. 나는 그 장면 속에 있는 나를 상상했던 적이 있다. 그게 어떤 기분일지도.

하지만 이건 **그런 게** 아니었다.

친절한 태도로 내 가슴에 끈끈한 물질을 발라 준 이 성스러운 전문가는 내가 울고 있는 걸 알아차리고는 거의 다 끝났다고 말했고, 내 팔에 있는 문신을 칭찬해 줬다. 작업을 끝낸 그는 자기로선 아무 말도 해서는 안 되지만, 개인적으로 말하자면 내 가슴에서 나쁜 건 전혀 보이지 않는다고 말해 줬다. 촬영 결과를 받으면 담당 의사가 내게 연락하겠지만, 자기라면 아마 모든 게 괜찮을 거라는 사실을 알고 싶을 거라고, 가슴의 신탁을 전하는 이 아름다운 여자는 말했다.

나는 감사하다고 했다. 살짝 직업 윤리에 어긋날지는 몰라도 너무나 고맙고 자비로운 이 행동에 대해. 여자가 초음파실을 나가자 나는 아주 제대로 펑펑 울었다. 안심이 돼서 울었다. 그 여자가 나를 한 명의 사람으로 대해 줬기 때문에 울었다. 언제나 기대해 왔던 인생의 한 장면을 그렇게 기이하게 뒤틀어 놓은 풍경 속에 내가 있다는 사실 때문에 울었다. 그 풍경 속에는 초음파 봉을 이리저리 움직여 나와 내가 사랑하는 사람에게 아기를 보여 주는 간호사 대신, 내 몸 안에 알 수 없는 것들이 있지만 아마 해롭진 않을 거라고 말해 주는 이 간호사가 있었다. 그는 그것

얽힌 가닥 풀어내기

들이 뭔지는 알 수 없지만, 그것들의 정체가 해명되지 않는다고 해서 내가 죽진 않을 거라고 말해 주었다.

———

얼마 전부터 내 친구 브린과 함께 인공 수정 클리닉에 다니고 있다. 브린은 어머니가 되고 싶어 한다. 정확히 말하자면 싱글 맘이 되고 싶어 한다. 브린은 남자들을 만난다. 맺고 있는 관계들도 있다. 하지만 브린은 부모가 되고 싶다는 자신의 욕망만 남기고 거기 묶여 있던 그 모든 것을 풀어 버렸다. 가능성 때문이고, 삶의 경험 때문이고, 깨달음 때문이었다. 내가 브린과 함께 클리닉에 가는 건 그 일로 나 또한 설레기 때문이고, 브린이 임신하게 되기를 나도 바라고 있기 때문이다. 지금 브린이 데려와 존재하게 하려고 하는 이 사람과 내가 언젠가 함께 시간을 보내게 된다면 어떨까. 나는 그 사람을 바라보고, 브린과 내가 클리닉에 함께 갔던 시간들을 떠올리고, 이 모든 게 얼마나 과학적이면서도 죽여주게 마법 같은 일인지 생각하게 될 것이다.

하지만 대체로 내가 클리닉에 동행하는 건 브린이 베풀어 주는 관용이나 마찬가지다. 브린은 내게 이 과정이 어떤 것인지 보여 주는 중이다. 그런 일이 가능한지 알고 싶어 하는 나를 이해하기 때문이다. 나는 그 과정을 보고 싶고, 이해하고 싶고, 그것에 관해 궁금해하고 싶다.

나는 언제나 반려자와 함께 아이를 갖는 일을 상상했었

428

다. 그 일을 같이해 줄 사람 없이 어머니가 되는 걸 상상할 때면, 나는 아이를 갖는 일 자체보다 아이라는 기쁨을 나 혼자 누려야 한다는 게 더 두렵다. 아이가 아주 평범한 어떤 일을 할 때 누가 나만큼 설레어 하겠는가? 몸을 돌려 그런 순간을 공유할 수 있는 누군가가 바로 그 자리에 존재하지 않는다는 건 어떤 걸까?

그런 다음 나는 마음속으로 생각한다. 이 바보야! 그럼 너를 클리닉에 데려가 주고 있는 이 아름다운 친구는 뭔데? 이런 내밀한 일을 이미 너와 공유해 주고 있는 사람은 뭐가 되는데? 너에게 주어진 가족과 네가 선택한 가족, 그리고 네 삶 속에 존재하는, 아이의 삶 속에도 존재하게 될 다른 사람들로 이뤄진 공동체는 포함되지 않는 거야?

그러면 내 뇌에서 도마뱀처럼 위험을 감지하는 어떤 부분은 이렇게 말하는 것이다. 〈하지만 그 사람들은 떠날 수도 있잖아. 그 사람들이 영원히 그 자리에 있어 주진 않을 걸. 네 곁에 머무를 필요가 없는 사람들이잖아.〉

하지만 결혼은 그런 것보다 훨씬 더 확실한 무언가처럼 느껴진다. 무엇이 내게 그런 생각을 불어넣는 걸까?

왜 결혼이라는 그 의식은 내 인생의 다른 관계들보다, 다른 사랑 이야기들보다 훨씬 더 안정적인 무언가로 느껴지는 걸까? 이런 다른 관계들은 너무도 견실하게 유지돼 왔고, 나타났다 사라졌다 다시 나타나고 있기도 하고, 진화하고 있기도 한데. 나는 이 관계들을 보살피면서 그동안 너무도 많은 사랑과 위안을 얻었는데……. 나는 **왜 현실의**

사람들로 구성된 이 공동체를 내가 언젠가 만나게 될지 모르는 상상 속의 공동 양육자 한 명만큼 신뢰하지 않으려 하는 걸까?

클리닉에 가는 날에는 일이 이런 식으로 진행된다. 우선 브린이 거의 한 시간이나 운전을 해서 내 집으로 온다. 클리닉은 집 근처에 있다. 우리는 여름 아침의 소리들이 들어오도록 창문을 열어 놓은 채 커피를 마시고, 말 같지 않은 소리를 떠들어 대고, 캔털루프멜론을 먹는다. 내 개는 혹시 자기도 차를 타고 같이 갈 수 있을지 눈치를 살핀다. 우리는 개에게 인공 수정 클리닉에는 개가 들어갈 수 없다고 말해 준 다음 집을 나서고, 브린이 우리가 탄 차를 운전한다.

이 클리닉은 아주아주 훌륭하고 높은 평가를 받는 곳이라고 해야 할 것 같다. 이곳 사람들은 일을 잘하고 매우 친절하다. 하지만 나는 브린이 문을 밀어 열면서 내게 작은 목소리로 〈넌 아마 적응이 좀 안 될 거야〉라고 말했다는 것 또한 당신이 알아줬으면 좋겠다.

「뭐 때문에?」 내가 말한다.

「이 안에 흐르는 분위기 때문에.」

클리닉 입구에는 보드지에 인쇄해 오려 낸 원장의 사진이 서 있다. 미소를 지으며 우리를 반기고 있는 원장은 은발이고, 검은색 브이넥 셔츠를 입고 체인 목걸이를 하고 있다.

대기실의 커피 테이블 위에는 원장의 확언들을 담은 책

이 놓여 있다. 꼭 1980년대 상류층의 삶을 다룬 영화에서 등장인물이 코카인을 올려놓고 흡입할 것같이 생긴 그런 테이블이다. 검은 가죽으로 된 아주 커다란 소파와 안락의 자도 있다. 천장에는 대단히 값비싸 보이는 샹들리에가 매 달려 있다. 가스 벽난로 위에는 선반이 있지만 너무 높이 달려서, 거기 설치된 거울로는 내 얼굴을 볼 수가 없다. 뿌 연 유리로 만들어진 싸구려 장식품과 막 피어난 작약 여러 송이가 담긴 우묵한 그릇, 그리고 검은 배경에 분홍색 작 약들을 놓고 찍은 거대한 사진 작품도 눈에 띈다. 다산성 을 시각화해 사방에 꽃을 피워 놓은 느낌이다.

나는 조용히 말한다. 「라스베이거스 생각나네.」

그러자 브린은 말한다. 여기가 **실제로** 일종의 숫자 놀음 을 하는 곳이긴 하지 않느냐고. 그런데 자기는 그보다는 부자들을 위한 스테이크 하우스 체인점 같은 느낌이 항상 더 많이 들었다고.

우리는 간호사를 따라 안쪽 방으로 들어간다. 간호사는 다른 간호사들과 마찬가지로 〈믿어요〉라는 글자가 적힌 셔츠를 입고 있다.

나는 브린을 쳐다본다. 브린도 나를 쳐다본다. 간호사 가 나가자마자 나는 말한다. 「취지는 좋네. 티셔츠에 적혀 있지 않았더라면 더 좋았겠지만.」

간호사가 돌아오더니 초음파 검사 화면을 켠다.

나는 간호사가 질 초음파로 브린의 난소를 검사하는 걸 지켜본다. 화면에서는 거친 입자로 이뤄진 영역이 올라갔

431
얽힌 가닥 풀어내기

다 내려갔다, 멀어졌다 사라졌다 하고, 간호사는 딸각 소리를 내며 형광 연두색 선들을 클릭하면서 화면에 작은 지도를 만들기 시작한다. 지켜보고 있으면 최면에 걸릴 듯 아름다운 광경이다.

「꼭 달 표면 같아, 브린.」 나는 말한다.

브린은 웃고, 간호사는 계속 클릭해 점을 찍는다. 간호사는 브린의 몸속에서 자라나고 있는 여러 난포들의 지도를 만드는 중이다. 이번 달에 브린의 아기가 될 수도, 안될 수도 있는 난포들이다. 우리는 그중 하나가 선두에 서 주기를 기다리고 있다. 그러다가 하나 이상의 난포가 선두에 서면, 그때부터는 〈상황이 야만스러워진다〉고 브린은 내게 말해 준다. 집에 가면 브린은 아주 진짜 같아 보이는 약물들을 작은 약병에 담아 혼합하는 법을 설명하는 유튜브 동영상을 볼 것이고, 그런 다음에는 자기 엉덩이에 배란 촉진 주사를 놓을 것이다.

간호사가 측정한 난포들의 크기를 적어 넣는다. 그는 화면을, 가능성들로 그려진 지도를 끈다. 그러고는 브린에게 이번 주말에 다시 오라고 말해 준다. 브린은 나를 집에 데려다준다.

「네 난포들한테 응원을 보낼게.」 나는 그렇게 말하고는 진입로를 달려 올라간다.

———

만약 언젠가 이 사람이 내 아이의 부모가 될지도 모른다

432

는 상상을 하지 않는다면, 나는 누구와 사랑에 빠지고 **누구와 섹스를 하게** 될까? 그 부분을 고려 대상에서 빼버린다면? 만약 내가 지금껏 사귀어 온 사람들과 언젠가 함께 부모가 될 수도 있을 거라고 상상하지 않았다면, 나는 그래도 그 사람들을 사귀었을까?

그 대답은 〈아니요〉일 거라고 나는 생각한다.

이런 사고방식이 세상에서 가장 당연한 건지, 아니면 정말로 아주 심란한 사고방식인 건지 나는 결론을 내릴 수가 없다.

내가 사귀고 있던 남자들을 내 아이의 아버지가 될 수도 있는 사람들로 여겼다는 게 당신에게는 이상하게 들릴 수도 있겠다. 만약 그렇다면, 내가 지난 5년 동안 사귀었던 두 명의 남자, 맥심과 피터는 실제로 아이가 있는 남자들이었다는 걸 기억해 주길 바란다. 아이가 있다는 건 이 남자들이 지닌 정체성의 일부였고, 그들이 부모라는 사실은 우리가 함께하는 삶의 커다란 부분이었다. 이 남자들은 좋은 아버지들이었다. 그리고 그건 내가 그들에게서 아주 좋아했던 부분이다. 이 남자들이 딸들과 함께 있는 걸 볼 때면 나는 생각했다. **오, 이 남자 정말 괜찮은 사람이네.**

나는 지금껏 임신을 해본 적도, 어떤 아이의 주 양육자가 되어 본 적도 없다. 지금도 아이가 없다. 하지만 살아오는 동안 두 번, 약 4년이라는 기간에 걸쳐, 나는 어떤 꼬마 소녀와 사랑에 빠졌고 그런 다음 그 아이가 사라져 버리는 일을 겪었다. 이것은 내가 그 아이들 아버지의 여자 친구였기 때문에 일어난 일이었다. 그리고 내가 그 아이들 아버지의 여자 친구였던 데는 **부모로서** 그 남자들과 사랑에 빠졌다는 이유가 한몫했다.

내가 이런 이야기를 하는 데는 이유가 있다. 나는 정말로 〈아이를 갖는 일〉에 얽혀 있는 이 서로 다른 의미의 가닥들에 관해 무언가 중요한 점을 이해하기 시작한 것 같다. 부모가 된다는 것을 섹스와 사랑이라는 문제로부터 분리하는 일이 내게는 정말로 중요한 일인 듯하다. 하지만 그럼에도…… 내가 거짓말을 하고 있을 가능성도 분명히 있다. 나는 그저 나 자신을 보호하려 애쓰고 있는 것일 수도 있다. 나는 또다시 어떤 아이와 사랑에 빠졌는데 그 아이가 내 인생에서 사라져 버리는 경험을 하는 건 정말로 참을 수 없기 때문이다.

사랑에 빠졌다는 건 진심이다. 그 이야기들 역시 사랑 이야기였다.

나는 이제 실연에 관해서는 일종의 전문가가 됐다. 실연의 고통은 매번 새롭지만 이미 겪어 본 것이기도 하다. 나는 그 고통의 기승전결을 안다. 그걸 가지고 뭘 해야 하는지도 알고 있다. 정작 알지 못했던 건 내가 아주 많이 사랑했던 재미있고 상상력 풍부한 꼬마 소녀들이 내 인생에서, 그리고 내 집에서 사라져 버렸다는 사실을 받아들이는 방법이었다. 한 번, 그리고 또 한 번. 이런 종류의 실연은 영화에서도 다뤄지지 않는다. 이런 실연에 관한 책을 읽어 본 적도 없다. 나는 한 아이의 삶에서 작지만 실재하는 어떤 역할을 하게 됐는데, 그 아이와 헤어지고 나니 나의 그 부분에는 더 이상 아무 목적도 없어졌다. 나는 그 고통을 어떻게 다뤄야 할지 알아내기 위해 힘겨운 시간을 보내는 중이다.

이런 사랑은 누구를 위한 것일까? 결코 의붓어머니의 사랑은 되지 못했던 이런 사랑은? 내게는 여전히 그 사랑이 남아 있다. 그리고 이 두 번의 실연에는 내 책임도 있다. 이 꼬마 소녀들이 더 이상 내 삶에 없는 건 내 잘못이다. 그럼에도 이 소녀들 때문에 가슴이 부서진 나는 지금껏 느껴본 것 가운데 가장 혼란스러운 고통을 느낀다. 내게는 가장 이해하기 어려운 고통이다.

나는 나 자신을 〈덤으로 생긴 어른〉이라고 부르곤 했다. 그 말이 내가 걸치는 일종의 갑옷이긴 했지만 말이다. 그 말은 내가 맡은 역할이 자유롭고 쉬우며 선택할 수 있는 역할인 것처럼 느껴지게 해주었다. 사실은 전혀 그렇지 않았다. 하지만 내가 그 관계에서 어떤 역할이었든 간에 나는 적합한 이름이 없는 그 존재가 더 이상 아니다.

이름이 없는 무언가의 상실에 관해서는 어떻게 이야기해야 할까? 그것을 가리키는 말이 없다는 사실은 그것이 그야말로 아무것도 아니었음을 암시한다. 그건 한 번도 실재했던 적이 없었다. 하지만 여기, 문틀에 어떤 아이의 키가 표시된 주방에 내가 서 있다. 여기, 거실 소파 뒤에서 여전히 너프 총알들을 발견하는 내가 있다. 여기 그것이 있다. 내 사랑의 증거가. 내 고통의 증거가. 그게 눈에 띈

다. 그게 보인다. 한때 무언가가 여기 있었다. 그리고 그게
이제는 없다.

———

　다음번에 브린이 왔을 때, 나는 브린에게 계단을 올라
가 2층에 새로 만든 손님방까지 매트리스를 옮기는 걸 도
와줄 수 있겠느냐고 묻는다.
　「혼자 해보려고 했거든.」 내가 말한다. 「침대는 혼자 가
지고 올라갔는데, 매트리스는 옮기다가 그 밑에 깔려 버렸
어. 그걸 혼자 옮길 수 있다고 생각했다니 바보 같다는 생
각이 들더라고.」
　그 퀸 사이즈 필로톱 매트리스[5]를 혼자 옮기는 데 실패
했을 때, 지하실 계단 맨 밑에서 그것에 깔려 버렸을 때,
나는 한동안 거기 그냥 누워 있었다. 매트리스에 깔린 채
로 너무도 지긋지긋하다고 생각했다. 함께해 줄 사람이 한
명은 필요한 일이, 어쩔 수 없이 그 사실을 받아들여야 하
는 그런 일이 이 세상에 존재한다는 게 너무 싫다고.
　「클리닉에 가기 전에 매트리스를 옮기면 네 난포에 안
좋을까?」 내가 물었다.
　「얘는…… 그렇지 않아.」 브린이 말했다.
　내 집의 계단 꼭대기에는 피터가 이사를 나간 뒤에 내가
캔털루프 오렌지색으로 칠해 놓은 방이 있다. 그 페인트칠
이 그 이별 뒤에 내가 처음으로 한 일이었다. 그 방은 멋진

_____
5 매트리스 위에 또 하나의 얇은 매트리스가 부착된 형태의 매트리스.

꼬마 소녀인 J가 쓰던 방이었는데, 우리가 헤어진 뒤에는 나를 폐허로 만들어 놓고 있었다. 내 가슴을 찢어 놓고 있었다. 그래서 나는 그 방을 손님방으로 바꿨다. 내가 사랑하는 사람들이 그 공간에 다시 존재하게 될 거라고 스스로에게 되뇌면서.

내 손님방에 묵으려는 사람은 그 방을 진짜 이름으로 불러야만 한다. 그 방의 진짜 이름은 〈조지아 오키프의 자궁의 방〉인데, 해 질 녘 같은 오렌지색으로 빛이 나고, 플로리다산 라탄 가구들과 사막 식물들이 가득하기 때문이다. 이건 규칙이다.

그 무겁고 다루기 힘든 매트리스를 침대 프레임 위에 내려놓은 다음, 브린과 나는 살짝 숨을 몰아쉬며 땀을 흘리고 있다. 나는 브린에게 도와줘서 고맙다고 말하고는 이렇게 덧붙인다. 「어떤 일은 두 명이서 하면 훨씬 쉽잖아. 난 그게 마음에 안 들어.」 그러고는 그 말이 클리닉에 가는 길에 하기에는 얼마나 적합하지 않은 말인지 깨닫고는 입을 다문다.

하지만 브린은 내게 이런 이야기를 들려준다. 요전 날 브린은 어떤 친구와 통화를 하고 있었는데, 이 일을 혼자 해야 한다고 생각하니 뭐랄까, 감정이 북받쳐서 목이 메었다고 했다. 그러다가 창문을 내다봤는데, 정원에서 일을 도와주고 있던 우리 친구 E가 보였다. 거기서 땅을 갈고 퇴비를 삽으로 떠내고 있던 아름다운 E의 모습이 브린의 눈에 들어왔다. 그리고 그때 브린의 휴대 전화가 울리며 불이 켜졌는데, 그건 다음번에 인공 수정 클리닉에 갈 때 같이 가도 되겠느냐고 묻는 나였다. 그러자 웃음이 나오더라고 브린은 말했다. 왜냐하면 브린은 아무도 도와줄 사람이 없다고 했지만, 여기 이 여자들이 있었으니까.

왜 우리는 우리 여자들 사이에서조차 우리 스스로를 중요하지 않게 여기게 되는 걸까?

왜 나는 휘트니 휴스턴의 노래를 부르고 있던 그 여자애들이 아니라 마커스와 함께 있을 때 처음으로 〈여자〉였던 걸까? 우리는 수없이 다양한 젠더를 가진 친구들에게 둘러싸여 있는데, 그런데도 사람들은 우리를 보고 짝이 없으니 외로울 거라고 생각한다. 어떻게 그럴 수 있는 걸까?

가끔씩은 우리 스스로도 잊어버린다.

조지아 오키프의 자궁의 방에서, 나는 네임펜을 하나를 들고 공공 기물에 낙서를 남기는 꼬마 파괴자처럼 내 집 벽에 이렇게 쓴다. 〈우리가 여기 있었다.〉 이제 그 문구 아래에는 몇몇 이름들이 적혀 있다. 사람들이 내 집에서 묵을 때면 이 벽에 사인을 하기 때문이다. 그리고 아마도 이런 식으로, 나 역시 기억할 수 있을 것이다. 아마도 이런 식으로, 우리는 잊지 않고 우리 스스로를 중요하게 여기게 될 것이다.

그날 클리닉에 간 브린은 푸른색 아디다스 빈티지 스웨터를 입고 있고, 간호사는 그 옷을 칭찬한다. 그 스웨터를 보니 1970년대의 우리 아빠를 찍은 오래된 사진들이 떠오른다고 내가 말하자, 브린은 자기가 **실은** 1970년대에서 온 모두의 아빠라고 대답한다. 그리고 그 클리닉 검사실은 그런 초능력을 주장하기에는 너무도 완벽한 장소로 보인다.

간호사가 다시금 브린의 난포들을 측정한다. 난포들은 그동안 커졌지만 아직 충분히 커지진 않았다. 그 난포들은 브린이 이렇게 두 시간 동안 운전하는 일을 한 번 더 하고 나서야 배란 촉진 주사를 맞을 준비가 될 것이다. 그러고 나서 하루쯤 지나면, 브린은 병원에 다시 와서 인공 수정 시술을 받을 것이다. 〈믿어요〉라고 적힌 셔츠와 터번같이 생긴 머리띠 차림의 간호사는 끝에만 분홍색이 칠해진 손톱들로 계산기를 두드린다. 그러면서 발걸이에 발을 걸친 브린에게서 내게로 시선을 옮긴다. 잠시 무언가를 고민하듯 생각에 잠겨 있던 간호사는 몸을 돌리더니 내게 묻는다. 「혹시 정자를 받을 계획, 세우셨던가요?」

두 눈이 휘둥그레진 내가 브린에게 몸을 돌리자, 브린은 웃지 않으려고 무진 애를 쓰고 있다는 게 느껴질 만큼 차분하게 말한다. 「냉동 은행에서 가져온 정자 보관을 부탁드린 사람은 전데요.」 간호사가 고개를 끄덕이더니 걸어 나간다.

「계획이라니.」 나는 그렇게 말하며 조용한 소리로 웃으려고 애를 쓴다. 「정자를 받을 계획이 없어서 죄송하네요?」 브린이 청바지를 끌어당겨 입으며 웃음을 터뜨린다.

「계획이라니.」 브린이 고개를 절레절레 저으며 말한다.

얽힌 가닥 풀어내기

내가 자기 방어를 위해 거짓말을 하고 있든 아니든, 일단 〈부모가 된다는 것〉이라는 개념을 섹스와 사랑이라는 개념들로부터 분리하자 여러 가지가 변했다. 나와 키스하는 사람들을 함께 부모가 되는 일까지 이어지는 어떤 경로의 일부로 생각하는 일을 그만두자, 나는 좀 더 다양한 사람들에게 흥미를 느끼게 됐다. 다자간 연애를 하는 사람들을 만나는 데도 열린 태도를 갖게 됐다. 여자들도 더 자주 만나게 됐다. 그리고 내가 관심을 갖고 있는, 한 번에 한 사람과만 사귀는 시스젠더 남성들과의 관계 또한 조금은 달라지게 됐다.

나는 인터넷으로 만난 모르는 사람에 가까운 누군가와 고급 호텔방에서 섹스를 하고는 다시는 그와 만나지 않는 일을 시도해 봤다. 그건 내게 자유로워진 기분을 느끼게 해줄 것 같지만 사실은 별로 그렇지가 못한(왜냐하면 나는 그 사람을 떠나는 대신 결국에는 늘 그 사람과 사귀게 되기 때문이다) 바로 그런 종류의 성적인 자유분방함을 수행하는 행위였다.

애덤과 나는 그 일의 전반부에는 성공했다. 우리는 내가 묵고 있던 고급 호텔의 로비에 있는 근사한 바에서 만났다. 애덤은 믿을 수 없을 만큼 잘생긴 남자였다. 우리는 칵테일을 마시며 책과 각자의 가족과 바다에 관해 이야기를 나눴다. 호텔 로비에 있던 벨벳 소파에서 그는 내 목덜미를 손으로 감쌌고, 내 얼굴이 달아오르자 나를 자기 쪽으로 끌어당기고는 격렬하게 키스했다. 이윽고 정신을 차리고 보니, 나는 이미 그를 내 방으로 초대한 상태였다.

우리는 내가 선호하는 방식의 섹스를 했다. 이리저리 구르면서 동적인 방식으로 하는 섹스, 〈좋아〉라는 말을 아주 많이 하면서 하는 섹스였다. 애덤은 내 양쪽 어깨를 깨물었고, 나는 그의 가슴을 꽉 끌어안았고, 우리는 서로의 몸을 이리저리 뒤집었다. 이전에도 이런 섹스를 해본 적이 있기는 했다. 하지만 언젠가 이 사람과 사귀거나 결혼하거나 아이를 갖고 싶어질 수도 있는 사람으로서가 아니라, 오직 나 자신으로서, 바로 그 순간의 **나 자신으로서만** 침대에 들어가 있는 일에는 유난히 자유롭고 근사한 무언가가 있었다.

내가 언젠가는 되어야 한다고 생각했던 그 모든 자아들, 다른 모습들은? 그런 것들은 그 침대 안에 들여놓지 않았다. 얼마나 많은 자아들이 내 인생에 같이 올라탄 채 질문과 판단을 하고, 상상 속의 미래에 대해 시뮬레이션을 돌리고 있었던 건지…… 나는 정말로 모르겠다. 그것들이 갑자기 그 방 안에 더 이상 존재하지 않게 된 뒤에야 나는 그걸 깨닫게 됐다.

애덤은 내 가슴을 꽉 쥐었고, 그런 다음 괜찮으냐고 물었고, 내가 좋다고 대답하자 다시 한번 조금 더 세게 꽉 쥐었고, 그런 다음 괜찮으냐고 물었고, 내가 다시 한번 좋다고 대답하자 또다시 꽉 쥐었고…… 그건 무척 즐거운 일이었다.

아침이 되자 연보랏빛과 이끼빛의 작은 꽃들이 내 가슴 윗부분에 얼룩덜룩하게 피어 있었다. 애덤은 호텔 거울에 비친 내 모습을 자세히 들여다봤다. 「그거, 내가 그런 건가요?」 애덤은 물었다.

나는 대답했다. 「네.」

「그때 괜찮았어요? 좀 더 부드럽게 할까요?」 그는 물었다.

「아뇨.」 나는 대답했다. 「부드럽게 하지 말아 주세요.」

그다음 날 집에서, 나는 거울에 비친 그 사랑스러운 얼룩들을 자세히 살펴봤다. 그러면서 사실은 이런 생각을 했다. **만약 내가 나 자신일 뿐이라면, 그리고 어떤 사람과 함께 아이를 낳는 일은 할 수도 안 할 수도 있는 거라면, 그렇다면 내게 쾌락을 가져다준 이 행위가 어쩌면 우리 관계의 원동력 중 하나가 될 수 있을지도 모르겠네. 어쩌면 나는 이걸 좋아해도 되는 건지도 모르겠어.**

내 몸이 되고 싶어 하는, 혹은 하고 싶어 하는 것들. 언젠가 내 몸이 수행해야 할 것 같은 어떤 역할과 공존할 수 없다는 생각 때문에 그것들을 제한할 이유는 없었다. 전혀 없었다.

나는 한 번으로 끝나는 성적으로 자유분방한 행위에는 소질이 없었고, 그래서 오래지 않아 애덤을 다시 찾아가게 됐다. 애덤이 함께 지내자고 뉴욕으로 나를 초대했고, 우리는 스쿠터를 타고 메트로폴리탄 미술관으로 갔다. 우스꽝스러운 헬멧을 쓰고 공원을 통과해 달렸다. 봄이었고,

최대한 빠르게 달리고 있었는데도 라일락 향기가 났다.

미술관 밖에서 기다리는 동안 우리는 거기 있는 분수가 복잡한 패턴을 그리며 솟아오르는 걸 지켜봤다. 기억하기에는 너무 복잡한 패턴이었다.

안으로 들어간 우리는 고대 이집트 미술관에서 유리장 안에 전시돼 있는, 한 쌍의 남녀를 표현한 작은 조각상을 발견했다. 여자는 한쪽 팔을 키가 훨씬 큰 남자의 허리에 두르고 있었다. 남자는 긴 팔을 여자의 어깨에 걸치고, 손은 완벽한 자세로 여자의 가슴 위에 올려놓고 있었다. 둘 다 자부심과 편안함을 느끼는 것처럼 보였다.

「이거 마음에 드네요.」 애덤이 말했다.

「저도요.」 내가 말했다.

그는 내 가까이로 몸을 기울였고, 나는 한쪽 팔을 그의 허리에 둘렀다. 마치 조각상이 된 그 고대 사람들처럼. 애덤은 자기 팔을 내 어깨에 걸치고 한 손을 내 가슴 위에 부드럽게 올려놓으면서 나를 바짝 끌어당겼다.

그러고는 작은 안내판을 읽었다.

「제목이 〈서로 끌어안기〉래요.」 그가 말했다.

「그렇군요.」 내가 말했다.

—

우리가 브린의 인공 수정 시술을 위해 클리닉에 간 날, 간호사들은 평소보다 몇 배로 친절하다. 어떤 간호사는 브린에게 행운을 빌어 준다. 또 어떤 간호사는 문밖으로 나가면서 손가락을 교차해 행운을 빌어 준다. 인공 수정 시술을 해 줄 간호사는 남의 눈치를 보지 않는 여자라는 점에서 이미 우리가 가장 좋아하는 간호사가 되어 있다. 그의 신분증에서 고무로 만들어진 검은색 정자들이 빛을 낸다. 그는 질경[6]을 사용해야 해서 미안하다고 말한다. 자기 아들이 엔지니어 같은 사고방식을 가지고 있는데 아마 질경을 사용하는 것보다 더 나은 해결책을 생각해 낼 수도 있을 거라면서, 그 애가 일곱 살만 아니면 그 일을 맡겼을 거라는 말도 한다. 그는 브린에게 자신이 곧 시술을 하는 데 사용할 작은 병 속에는 1천3백만 마리의 정자가 들어 있다고 말해 준다. 브린은 그 병이 자신이 시술을 받는 데 사용할 그 정자들이 든 병이 맞다고 확인해 준다.

시술이 끝나자 간호사는 브린에게 10분쯤 가만히 누워 있으라고 한다. 그런 다음 브린에게 그 작은 병을 가져가고 싶은지 묻는다.

「네?」 브린이 되묻는다.

「저는 우리 애들과 관련된 물건을 전부 보관해 두는 걸 깜빡했거든요.」 간호사는 말한다. 「그랬더니 애들이 이제 와서 그게 어디 있느냐고 묻지 뭐예요.」 그 말을 한 간호사는 시술실을 나간다.

「지금까지 그런 걸 물어본 사람은 아무도 없었는데.」 여전히 시술대 위에 누운 채 브린이 말한다. 「병을 가져갈 거냐고 묻다니.」

6 질 속에 집어넣어 내부를 확인하는 데 사용하는 의료 기구.

「가져가서 크리스마스 장식으로 써도 되겠다.」내가 말한다.「해마다 크리스마스트리에 달아서 기념해.」

브린이 웃는다.「아니면 어딘가 서랍 속에 넣어 놨다가 애들이 뭔가 하고 싶어 할 때 꺼내서 이렇게 말하는 거야. 여기 계신 너희 아버지한테 물어보지 그러니?」

나는 너무도 심하게 웃느라 숨을 헐떡인다.

———

당신은 어쩌면 내가 인공 수정 클리닉에 간 이야기가 라일락이 피는 계절에 나를 스쿠터에 태우고 공원을 통과해 달려갔던 남자의 이야기, 그리고 내가 가슴을 그대로 두고 싶은지 아닌지에 관한 이야기와 어떻게 이어지는지 들으려고 기다리고 있는지도 모르겠다. 만약 그렇다면, 당신은 중요한 걸 놓치고 있는 것이다.

나는 당신을 위해 이 이야기 가닥들을 하나로 합쳐 주지 않을 것이다.

나는 나 자신을 위해서도 이것들을 합치지 않을 것이다.

이 가닥들을 서로 분리하는 데 **너무도 많은 노력**이 필요했다. 그리고 나는 서사적으로 만족스러운 글을 쓰기 위해 그것들을 다시 합치진 않을 생각이다. 사랑과 연인들, 살아가는 일, 부모가 된다는 것, 그리고 나 자신에 관한 이야기 가닥들을, 얽혀 있는 이 가닥들을 풀어내야만 그것들 각각에 필요한 것이 들어갈 공간을 만들어 줄 수 있기 때문이다.

만약 내가 당신을 위해 이 가닥들을 한데 모아 묶어 주지 않는 것에, 이것들 각각을 따로따로 다루기를 고집하고 있는 것에, 이것들을 해결하지 않는 것에 불만을 느낀다면, 당신 스스로에게 물어보기 바란다. 누가 당신에게 이것들이 함께 움직이는 거라고 했나? 사랑의 형태에 관해, 당신 자신의 모습에 관해, 그리고 행복한 삶의 형태에 관해 당신은 어떤 이야기들을 들었고, 또 듣지 못했는가?

자, 들어 보라. 나는 심지어 당신에게 우리가 클리닉에 갔던 그날 브린이 임신이 됐는지 안 됐는지조차 말해 주지 않을 생각이다.

이야기가 완성됐다는 느낌을 주려면 그 이야기 속에서는 어떤 일이 일어나야 할까? 당신은 뭐라고 들었는가?

내가 당신에게 이런 것들을 말해 주지 않기로 한 건 당신의 주의가 그런 곳에 쏠리지 않았으면 해서다. 당신이 주의를 기울여 주었으면 하는 건 이런 것이다. 그날 시술이 끝나고 나서, 나는 주차장에서 이렇게 말했다. 「네 사진을 한 장 찍어 둬야 하지 않을까?」 브린은 웃음을 터뜨렸다. 그러더니 내 핸드백에서 정자가 들어 있었던 그 빈 병을 꺼냈다. 나는 꽃이 핀 관목 앞에 서서 햇빛 때문에 눈을 가늘게 뜬 채 그 병을 내밀며 웃음을 터뜨리려는 것처럼 미소를 짓고 있는 브린의 사진을 찍었다.

나중에 그 사진을 브린에게 메시지로 보내면서 나는 이렇게 적었다. 〈네가 거쳐 온 길에 정류장들이 있었다는 증거야!〉

그리고 브린은 이렇게 답장을 보냈다. 〈이런 일이 있었구나!〉

이렇게 시도하고, 궁금해하고, 선택하는 일이야말로 **정말로 중요한 일** 아닐까.

나는 내가 묘사하고 있는 이 사진을, 브린을 찍은 이 사진을 봐달라고 당신에게 말하는 중이다. 이 사진이 나중에 무엇을 의미하게 될지는 생각하지 말아 주길. 오직 이 사진이 그 자체로 의미하는 바에 관해서만 생각해 주길.

—

나는 내 가슴과 화해하는 중이다. 가슴이 여전히 여기 있다는 게 내게 기쁘게 느껴지도록 연인들이 내 가슴을 만지고 꽉 쥘 수 있는 여러 가지 방법을 찾아내고 있다. 또 한편으로는 문신을 하고 코에 작은 금색 고리들을 끼우고 귀에 금색 구슬들을 박아 넣으면서 내 몸에 흔적을 남기고 있다. 그렇게 하는 게 내 마음에 들어서다. 나는 상상 속의 누군가가 그것들을 어떻게 생각할지에 대해서는 신경 쓰지 않는다. 아마도 언젠가 나는 이 몸으로 임산부가 되거나, 어머니가 되거나, 혹은 둘 다 되지 않을 것이다. 언젠가 나는 수술을 받을지도 모른다. 그러면 내 몸에는 흉터들이 생겨나 새로운 모습이 될 것이고, 그 흉터들은 나의 것인 이 몸에서 나만의 행복을 빚어내기 위한, 나의 것인 이 삶을 빚어내기 위한 노력의 증거가 될 것이다. 그리고 만약 내가 내 몸의 모습을, 내 삶의 형태를 받아들여 줄 수

얽힌 가닥 풀어내기

있는 새롭고도 좋은 사람들을 더 많이 만나게 된다면, 내가 그들로 인해 즐거움을 느끼고 그들 또한 나로 인해 행복해한다는 걸 알아차리게 된다면, 그때 그들은 내가 기쁘고 기쁘고 또 기쁜 마음으로 안고 싶은 사람들이 될 것이다. 일종의 〈서로 끌어안기〉를 하고 싶은 그런 사람들이.

시베리아수박

다음은 우리 아버지가 내게 들려준 한 조각의 기억이다.
1960년대 언젠가의 이야기다. 아버지는 고등학교에서
기하학 수업을 듣고 있다. 선생님이 칠판으로 다가가더니
원 하나를 그린다. 그는 평생 동안 수백 개의 원을 그려 온
터라 아무렇지 않게 원을 그린다. 그리기를 마친 그가 칠
판에서 물러나 바라본다. 반 아이들도, 우리 아버지도 그
것을 바라본다.

「완벽한 원이다.」 누군가가 말한다.

반 아이들이 박수갈채를 보낸다.

그리고 수업이 끝난 뒤에도 아이들은 그 원을 지우지 않
는다. 그 학년도가 끝날 때까지 칠판에 그대로 남겨 둔다.
가루투성이가 되고 지저분해진 석판이 원을 둘러싸고
있다.

그게 다다. 그게 아버지가 들려준 기억의 전부다.

나 같은 소설가는 이 이야기를 다음과 같이 망쳐 버릴지
도 모른다. 어느 날 우리의 주인공에게 끔찍한 일이 일어

난다. 예를 들면, 그가 속해 있는 어린이 야구 리그 팀이 중요한 경기에서 지는 바람에 이어지던 연승 행진이 끊겨 버리는 것 같은 일이. 그러자 주인공은 교실로 몰래 들어가 그 원을 지워 버린다.

아니면 이런 건 어떤가. 그 원을 그린 선생님이, 글쎄, 차 사고를 당한다거나 해서 비극적으로 죽는다. 아니면 자살을 할 수도 있다. 그러자 그를 대신해 그 반을 가르칠 다른 선생님이 온다. 새로 온 선생님은 그 완벽한 원을 지우려 한다. 학생들은 그것을, 그 유산을 보호하기 위해 달려든다. 아니면 그러지 않을지도 모른다. 어쩌면 학생들은 새로 온 선생님이 그걸 지워 버리는 걸 그냥 지켜볼 수도 있다. 그 원이 흔적도 없이 사라지는 것을.

우리 아버지는 이런 이야기들을 싫어할 것이다. 사실 이런 일들 가운데 하나라도 실제로 일어났더라면, 장담컨대 아버지는 내게 절대 그 이야기를 하지 않았을 것이다.

그 원에 관한 실제 이야기는 심지어 이야기조차 아니고 그저 하나의 구체적인 사실, 하나의 순간일 뿐이다. 그게 아버지가 그 이야기를 들려준 이유다. **나는** 언제나 극적인 상황을, 보기 좋은 서사를 찾아 돌아다니고 있지만, 아버지는 그렇게 완벽하고 작고 독립된 원 하나를, 이야기조차 아닌 원 하나를 선호하기 때문이다. 그리고 그건 너무도, 너무도 **아버지다운** 일이다.

내가 푹 빠져 있는 찰스 백스터의 「행복에 관하여」라는 에세이가 있다. 나와 마찬가지로 문예 창작을 가르치는 백스터는 그 에세이에서 이렇게 말한다. 〈수업을 듣는 학생들은 그동안 과제로 읽어 와야 했던 텍스트들이 《우울하다》고 불평한다. 그 단편소설들은 《음울하고》 그 소설들의 결말은 《슬프다》고 말이다. 가끔씩 학생들은 기분 좋은 것을 좀 더 적극적으로 추구하기도 한다. 그러면서 이렇게 묻는다. 《왜 우린 행복에 관한 단편이나 장편소설을 읽으면 안 되는 거죠?》〉

나는 이 일화에 공감이 간다. 나 역시 학부생들을 위한 워크숍에서 다양한 저자들의 텍스트와 글쓰기를 가르친다. 나는 내가 읽어 오라고 내주는 텍스트들이 대부분 중요한 기준에 따라 다양하게 선정됐다고 생각했다. 그러던 어느 날, 한 학생이 단편소설 발표를 위해 만들어 온 프린트를 보게 됐다. 프린트 맨 윗부분에는 울고 있는 설라나 고메즈의 밈이 변형된 형태로 들어가 있었고, 다음과 같은 말이 적혀 있었다.

하우저 교수님이 죽음에 관한 단편소설을 또 한 편 과제로 내줄 때면 이런 기분임.

그 학생 말이 틀린 건 아니었다.

그렇게 해서 백스터는 학생들에게 그들이 원하는 걸 준다. 헤밍웨이의 「심장이 두 개인 큰 강」을 읽기 과제로 내준다. 백스터의 말에 따르면 그 소설에서는 다음과 같은 일이 일어난다. 〈닉 애덤스는 강으로 터벅터벅 걸어간 다음 11페이지에 걸쳐 송어 낚시를 하고, 조심스럽게 행복해

451

하다가, 결국에는 몹시 행복해한다.〉 그 작품은 백스터의 학생들에게 별로 깊은 인상을 남기지 못한다. 학생들은 말한다. 〈이 작품엔 이야기가 없는데요〉, 〈플롯은 어디 있죠?〉, 〈아무 일도 안 일어나네요.〉

백스터의 대답은 이렇다. 〈「행복에 관한 이야기를 달라고 하지 않았나요? 자, 이게 그거예요.」〉

나는 우리 아버지가 들려준 원에 관한 이야기가 행복에 관한 이야기라고 상당히 확신하고 있다.

그리고 나는 백스터의 학생들과 마찬가지로 그 이야기가 지루하고 활기가 없다고 느끼면서 인생의 대부분을 살아왔다. 하지만 이제 나는 이렇게 생각하기 시작했다. 만약 내가 원에 관한 그 이야기를, 닉 애덤스가 하는 낚시를 사랑하는 사람이 될 수 있다면, 그리고 내 삶을 조금만 더 그 이야기들과 비슷하게 만들기까지 할 수 있다면, 나는 조금 더 행복해질지도 모른다고. 그리고 이렇게도 생각하기 시작했다. 최악의 경우에 극적이고 이야깃거리가 될 만한 삶과 행복은 서로 공존이 불가능하고, 최선의 경우라고 해봐야 서로 치열하게 경쟁하게 될 뿐이라고.

랠프 에머슨의 책을 처음 읽었을 때 나는 10대였고, 에머슨이 사용한 많은 단어들을 사전에서 찾아봐야 했다. 하지만 나를 거의 죽고 싶어지게 만든 건 〈naturlangsamkeit〉라는 단어였다.

1백만 년에 걸쳐 루비를 단단하게 만들고, 알프스산맥과 안데스산맥도 무지개처럼 왔다 갈 만큼 오랜 기간에 걸쳐 작용하는 〈naturlangsamkeit〉를 존중하라. 우리 삶의 선한 정신에는 성급함으로 얻을 수 있는 천국 같은 건 없다. 하느님의 본질인 사랑은 경솔함을 위한 것이 아니라 인간의 총체적인 가치를 위한 것이다. 이런 유치한 사치를 누리지 말고 가장 엄격한 가치를 누리도록 하자. 친구가 마음에 지닌 진실성과 바탕에 지닌 꺾을 수 없는 관용을 대담하게 신뢰하면서 그에게 다가가자.

〈자연적인 성장의 느림.〉 그것이 내가 사전에서 찾아 알아낸 〈naturlangsamkeit〉의 의미였다. 좀 더 문자 그대로 말하자면 〈자연의 느림〉이라고도 할 수 있겠다. 이런 뜻을 알게 된 나는 곧바로 떠올렸다. **아빠.**

우리 아버지는 정원사다. 직업이 그렇다는 게 아니라, 영혼이 그렇다. 아버지가 정원을 돌본다는, 혹은 식물들과 먹을거리를 길러 낸다는 뜻이 아니라 — 이것이 정체성의 문제라는 뜻이다. 아버지는 **정원사**다. 내가 가장 좋아하는 아버지의 사진은 더러워진 청바지 차림으로 정원에서 돌아오는 모습을 찍은 사진이다. 아버지의 두 주먹에는 수확한 당근이 커다랗게 두 무더기 들려 있다. 그 우아한 뿌리들은 사치스럽게 프릴이 달린 깃털로 장식돼 있다.

수년 동안 아버지의 정원을 몇 번이나 구경하러 갔는지

모른다. 우리 아버지는 아마 당신에게도 한 해의 어느 시기든 그곳을 구경시켜 줄 것이다. 이를테면 검은흙만 있는 빈 모판은 볼만한 것이 아니라는 생각 같은 건 아버지에게는 떠오르지도 않을 것이다. 거기에도 씨앗들이 심겨 있기 때문이다. 그곳이 앞으로 그린빈스가, 토마티요가, 비트가, 그리고 특히 〈미스터 스트라이피〉, 〈블랙 크림〉, 〈모기지 리프터〉 같은 기상천외한 품종명이 붙은 토마토들이 자라나게 될 장소다.

아버지는 그 정원들을 세심히 계획을 세워 가꾼다. 어떤 작업도 즉흥적으로 하지 않는다. 아버지는 모눈종이에 샤프펜슬로 정원을 그린다. **오로지** 모눈종이에, 오로지 샤프펜슬로만 그린다(말이 나온 김에 말인데, 내가 기억하는 한 동생과 내가 이를테면 아버지의 생신이나 크리스마스에 뭐든 특별히 받고 싶은 선물이 있느냐고 물으면 아버지는 언제나 어김없이, 진지하면서도 넉살 좋은 태도로 대답하곤 했다. 〈샤프펜슬이 몇 자루 더 있어도 괜찮겠다〉고).

나 역시 정원을 가꾼다. 세대를 건너오며 희석되기는 했어도 정원 가꾸기에 대한 재능과 인내심이 내게도 있다. 내게 정원 가꾸기는 정원 가꾸기 그 자체기도 하지만, 그만큼 아버지와 가까워지는 느낌을 즐기는 일이고, 멀리 계신 아버지에 관해 생각하는 일이고, 좀 더 아버지와 **비슷한** 방식으로 생각하려고 노력하는 일이기도 하다.

30대 후반에 접어든 나는 이제 아버지가 가진 〈자연의 느림〉에 가까운 태도를 배우고 싶다. 이건 하나의 변화다.

예전의 나에게 안심이 될 만큼 살아 있다는 느낌을 주곤 했던 여러 가지 극적인 상황들과는 반대되는 것이다. 하지만 나는 마침내 이해하기 시작한 것 같다. 이런 종류의 생활에 이야기나 삶이 부재하는 건 아니다. 그저 너무도 천천히 일어나기 때문에 실제로는 일어나는 걸 볼 수 없는 이야기가 있을 뿐이다. 그건 사람들 대부분이 흥미를 잃을 만한 속도로 느릿느릿 나아가고 변화하고 자라나는 무언가다. 하지만 나는 그런 것이 존재하며 가능하다고 생각한다. 그리고 만약 그런 행복이 존재한다면, 그런 행복은 천천히 자라나는 것이리라고 믿는다. 한결같은 행복, 오랫동안 길이 든 행복은 육안으로는 정지해 있는 것과 몹시 비슷해 보일 수도 있다.

원에 관한 그 이야기를 처음으로 들었을 때, 나는 그 이야기를 이런 식으로 받아들였다.

〈어느 날 어떤 사람이 우연히 정말로 훌륭한 원을 그리게 됐다.〉

하지만 이제 나는 다음과 같이 생각하는 쪽에 가깝다.

당신은 칠판에 원을 그리면서 평생을 보내다가, 그 모든 시간을 들인 뒤에 찾아온 어느 날, 당신이 내내 천천히 만들어 오고 있었던 완벽한 한순간을 맞을 수도 있다. 그리고 모두가 그 사실을 알아차린다. 모두가 그 원이 〈훌륭하다〉고 말해 준다. 그것이 단지 한순간에 불과해도 상관없다. 그 하나의 원 안에는 과거에 당신이 그렸던 모든 원들 또한 담겨 있는 셈이니까. 당시에는 그렇게 느껴지지 않았다 하더라도, 그 순간은 언제나 이미 일어나고 있는 것이었다.

작가인 우리를 우울하다고 여기는 사람들이 단지 학생들만은 아니다.

우리의 부모님들 역시 우리를 설명할 수 없을 정도로 음울하다고 여긴다.

우리 아버지는 내가 사랑스럽고 웃긴 무언가를 썼으면 좋겠다고 여러 번 말한 적이 있다. 「넌 현실에서는 아주 사랑스럽고 웃긴 애잖니.」 아버지는 말한다. 「그런데 네가 쓰는 이야기들은 그렇지가 않단 말이야!」

「행복에 관하여」에서 행복과 스토리텔링에 관한 질문을 꺼내는 사람은 백스터의 어머니다.

〈「딱 하나만 물어보자.」 어머니는 거의 텅 빈 담뱃갑 속으로 손을 넣어 담배를 찾으며 말했다. 「뭐냐면, 넌 언제쯤 행복한 시를 쓸 생각이니?」

그로부터 37년이나 지난 지금, 그때 내가 뭐라고 대답했는지는 기억나지 않는다. 다만 아마도 내게 떠올랐을 다음과 같은 말을 하지 않았기만 바랄 뿐이다. 「음, 그러게요. 제가 행복해지면 행복한 시를 쓰게 되겠죠.」〉

내가 아버지에게 하지 않았기를 바라는 대답은 이런 것이다. **우리가 살고 있는 이 세상을 보고 웃을 수 있을 만큼 충분히 거리를 확보하게 되면, 그때 사랑스럽고 웃긴 무언가를 써**

볼게요. 그리고 내가 하지 않았기를 바라는 대답은 이런 것이기도 하다. **하지만 전 사랑 이야기를 쓰고 있는걸요. 그리고 사랑 이야기는 그런 게 아니에요.**

그랬더라면 아버지는 벌써 펜을 들고 『선데이 타임스』 십자말풀이 퍼즐을 푸는 일로 돌아가면서 이렇게 대답했을지도 모르겠다. **모르겠구나, 그건 그냥 네가 노력하면 되는 문제로 보이는데.**

부모님의 이런 소망을 어떻게 생각해야 할까? 그건 예술과는 별로 관계가 없고, 그보다는 우리가 쓰는 이야기가 진짜 우리 이야기일지 모른다는 부모님의 두려움과 관계가 있다는 생각이 든다. 〈이야기는, 삶은 이러저러해야 한다〉는 우리의 기대는 우리를 이상한 사람으로, 슬픈 사람으로, 우리의 과거였던 아이들로부터 아득히 멀어진 존재로 보이게 만들고, 어쩌면 우리를 키워 준 세대로부터 아득히 멀어진 존재로 보이게 만드는지도 모르니 말이다.

이번 여름, 나는 시베리아수박이라는 것을 심어 봤다. 내가 사는 지역은 너무도 까마득히 북쪽이라 식물을 기를 수 있는 기간이 너무 짧아서 온실 없이 일반적인 수박은 길러 낼 수가 없다. 그래서 산호색 과육을 지닌 둥그렇고 작은 수박으로 자라날 이 씨앗들을 조금 주문해 봤다. 이건 여름이 짧은 지역을 위한 과일이고, 실제로든 비유적으로든 아마도 시베리아에서 수박을 기르기 위해 개발된 과일로 보인다. 솔직히 말하자면 이 씨앗들을 주문한 건 이름 때문이기도 했다. 그 이름에는 어딘가 아주 **사랑스러운** 구석이 있다. 믿기 어렵고 경망스럽고 귀여운 분위기, 그리고 그와 동시에 악천후와 이 세상의 힘겨운 현실도 담겨 있는 이름이다.

이것은 내가 수박을 심었던 2020년의 여름, 우리가 코로나바이러스로 팬데믹 상황을 맞았던 여름의 이야기다. 나는 몇 달 동안이나 아버지를 만나지 못하고 있었다. 집에서 보내는 시간이 너무도 많아진 나는 올 한 해는 정원을 제대로 가꾸는 해로 삼아 보자고 마음먹은 터였다. 그래서 아버지가 그랬던 것처럼 모눈종이를 가지고 작업을 시작했다. 정원부터 그리자. 나는 지난해 정원의 잔해들 한가운데에 들어가 섰다. 토마토 지지대는 여전히 세워진 채였고, 죽은 식물들은 뒤틀린 채 내 관심이 부족했음을 증언하고 있었다. 우리 아버지였다면 절대 저지르지 않았을 일이었다. 하지만 상관없다. 신경 끄자. 나는 지금 있는 모판들을 그렸다. 그런 다음 새로 만들고 싶은 모판들을 그려 넣었다. 그러다가 지난해에 모판 하나를 집에 너무 가까이 붙이는 바람에 실패했다는 게 기억났고, 그래서 그걸 옮겨 놓을 계획을 세웠다. 그런 다음에는 지난해에 심었던 토마토들이 높이를 두 배로 만든 모판에서 더 잘 자랐다는 게 기억났다. 나는 모판들을 새롭게 배열해 스케치했다. 새 모판을 만들려면 목재가 얼마나 필요할지 계산했다. 원래 있던 모판들을 가득 채우고 새 모판들까지 채우려면 흙이 얼마나 필요할지도. 나는 내가 이미 저질러 본 수년 동안의 실수들로부터 교훈을 얻으려고 애를 썼다. 그 순간에도 새로운 실수들을 저지르고 있다는 건 확실했지만 말이다.

내가 모눈종이에 연필로 그린 그림은 아버지가 다년생 식물 모판들과 채소를 심을 긴 화분들을 넣어 그렸던 질서정연한 스케치들과 제법 비슷해 보였다. 하지만 그러다가 내 안에서 우리 어머니의 유전자가 확 타오르는 바람에, 나는 조그만 형광색 스티커 붙이기에 빠져들었다. 색깔별로, 마치 무지개처럼, 어떤 식물이 어느 모판에 들어갈지 나타내 주는 스티커들이었다. 나는 내가 만든 지도와 계획을 사진으로 찍어 아버지에게 문자 메시지로 보냈다.

아버지는 이렇게 답장을 보냈다. 〈그래도 내가 전해 준 게 한 가지는 있구나!〉

아버지가 했던 것 같은 요청, 사랑스럽고 웃긴 무언가를 써달라는 요청은 내가 하고 있는 종류의 글쓰기에서 왜 그토록 미움을 받는 걸까? 왜 행복은 극적으로 주의를 끌지는 못해도 시간을 들여 읽을 가치는 있는 무언가가 될 수 없는 걸까? 가끔씩 나는 그냥 그런 게 스토리텔링이 작동하는 방식이고, 사랑이라는 게 작동하는 방식이라고 스스로에게 되뇐다. 그런데 그러고 나면 〈서덜랜드와 던손의 행운 지수〉가 기억난다.

로스 서덜랜드는 시인이자 극작가고, 전방위적으로 매력적인 광인 같은 사람이다. 그는 「가상의 조언」이라는 팟

캐스트를 운영하는데, 그 팟캐스트에서 내가 제일 좋아하는 에피소드가 있다면 〈서덜랜드와 던슨의 행운 지수〉 편이다. 로스의 친구들 사이에 통하는 농담이 하나 있는데, 로스의 친구이자 동료 작가인 조 던슨에게 무언가 좋은 일이 생기면 로스에게는 반드시 무언가 나쁜 일이 일어난다는 것이다. 그래서 그들은 이 농담이 사실인지 아닌지 결론을 내리기 위한 실험을 고안해 낸다. 함께 카지노에 가는 것이다. 아니나 다를까, 조가 돈을 약간 따자 로스는 가진 돈을 몽땅 잃는다. 가설이 증명된 것이다! 하지만 그런 다음 그들은 카지노에서 무슨 일이 일어났는지 들려준다. 로스는 조가 칩을 현금화한 이야기를 하며 그때 왜 현금화를 했느냐고 물어본다. 조는 돈을 좀 땄으니까 했다고 대답한다. 조가 현금화를 한 건 돈을 신중히 다뤄서가 아니었다. 그가 다음과 같은 일종의 서사적 완결을 이뤄 냈기 때문이었다. 〈카지노에 간다, 카드 게임을 한다, 돈을 딴다, 끝.〉 반면 로스는 그날 밤 내내 상황이 좋았다 나빴다 하는데도 게임을 그만두지 않았다. 그가 도박을 너무 좋아해서는 아니었다. 그는 이 이야기를 하면서 스스로 깨닫는다. 그에게 그날 밤의 이야기는 돈을 다 잃기 전에는 그다지 **끝난** 것처럼 느껴지지 않았다는 걸.

이건 행운과는 관계없는 이야기였다. 그들 각자가 어떤 종류의 서사적 기대를 내면에 품고 있는지와 관계가 있는 이야기였다. 조에게 자신이 주인공인 이야기는 무언가 좋은 일이 생긴 뒤에야 끝난 것처럼 느껴졌다. 로스에게는 오직 모든 걸 잃는 상황만이 결말처럼 느껴졌다.

　이야기의 규칙은 이야기의 주인이 만드는 것이다.

　그리고 그것은 언제나 이야기의 주인에게 유리하게 되어 있다.

　내가 생각하기에 사랑 이야기에는 엄청난 감정과 극적인 상황이 있어야 한다. 행운과 불운을 다루며 서사를 하나로 관통하는 일종의 역동적인 주제가 없다면 사랑 이야기가 아니다. 극적이지 않은 사랑은 웅장한 로맨스나, 비극적이고 이뤄질 수 없는 어쩌고 하는 것들만큼 현란하지 않다. 나는 평생 동안 극적이고 이야기로 만들기 좋은 사랑만을 선택해 왔다. 그런 사랑을 얻으려 애써 왔고, 그런 사랑 안에 지나치게 오래 머물러 왔다. 그 사랑이 나를 불행하게 만들 때조차 그랬다. 내게는 이것이 〈서덜랜드와 던손의 행운 지수〉와 비슷한 무언가인 것 같다. 이건 사랑과는 별로 관계가 없고, 그보다는 내가 생각하는 사랑이 어떤 방식으로 작용하는지와 관계가 있다.

　그리고 사실 이건 말도 안 될 정도로, 끔찍할 정도로 멍청한 일이다. 왜냐하면 우리 아버지의 사랑은 내내, 문자 그대로 내 평생 동안 그 자리에 있었기 때문이다. 아버지의 사랑은 사랑에 필요하다고 내가 스스로를 설득해 온 극적인 형태들과는 전혀 닮은 데가 없다. 내가 보통 글로 쓰는 종류의 일들과도 전혀 닮은 데가 없다.

　나는 우리 아버지의 사랑이라는 그 훌륭하고 꾸밈없는 진실로부터 이 깨달음을 얻었어야 했다. 지금보다 한참 전에 그랬어야 했다. 하지만 그러지 못했다. 그건 아마도 우리가 이런 종류의 사랑에 관한 이야기는 쓰지 않기 때문인지도 모르겠다. 우리는 심지어 좋은 아버지에 관한 이야기를 쓰는 일도 거의 없다. 거기에는 극적인 요소가 없잖아. 그러니 쓸 필요가 없어. 할 말이 뭐가 있다고?

뭐가 있냐면, 이런 게 있다. 우리 아버지는 내가 느끼고 인식하고 의지할 수 있는 여러 가지 방식으로 나를 언제나 사랑해 주셨다. 그리고 만약 당신 귀에 이게 **급진적으로** 들리지 않고 글로 쓸 만한 가치가 없어 보인다면, 그렇다면 당신이 틀린 거다.

이 세상을 살아가는 동안 그런 종류의 사랑을 당신에게 주는 사람이 누구든 한 사람이라도 있다면, 그건 겁나게 기적인 거다. 우리 대부분은 그런 걸 누리지 못한다.

나는 이런 것 또한 사랑 이야기의 한 종류라고 결론을 내렸다. 어쩌면 한 사람이 바랄 수 있는 최고의 사랑 이야기일지도 모른다.

최근에 내 건조기가 고장 났다. 아니, 그보다는 내 건조기가 그동안 요양과 때 이른 사망을 향해 피할 수 없는 행진을 해왔고, 나는 그 행진을 멈추기 위해 아무것도 한 게 없었노라고 해야 할 것 같다. 내부의 핀들이 죄다 덜컹거리다가 저절로 떨어져 나가 버리자, 건조기는 옷을 말리는 기계라기보다는 축축한 옷들이 잠깐 동안 미끄러져 들어가 있는 뜨거운 자궁 같은 것에 가까워졌다. 중요한 건 내 건조기가 핀들이 없어져 버리는 와중에 어느 순간엔가 **완벽한 보풀 덩어리**들을 만들어 내는 능력을 갖게 됐다는 거다. 그러니까 내가 건조기 문을 열면 완벽하게 동그란 형태를 한 균일한 회색의 공이 튀어나왔다는 뜻이다. 펠트로 만들어졌지만 매끈하고, 크기는 탁구공만 한 공이었다.

나는 이 보풀 덩어리에 완전히 빠져들어 버렸다.

너무나도 빠져들어서 누군가에게 이 이야기를 들려주고 싶을 정도였다. 하지만 이런 생각이 떠올랐다. 아마 내 완벽한 보풀 덩어리에 관한 이야기를 듣고 싶어 할 사람은 아무도 없을 거라고. **누군가에게 자신의 보풀 덩어리들에 관해 이야기한다**는 건 누군가에게 자기 인생에서 가장 견딜 수 없이 따분한 세부 사항들을 이야기한다는 말의 완곡한 표현처럼 들린다. 하지만 그 보풀 덩어리는 **너무도 완벽했다. 너무도 내 마음에 들었다.** 그러다가 나는 깨달았다. 내가 아는 사람 중에 그 찬란함의 진가를 이해해 줄 누군가가 있다는 걸. 나는 사진 한 장을 찍어 아버지에게 보냈다.

〈이런 완벽한 보풀 덩어리가 있네!〉 아버지는 그렇게 답장을 보냈다.

〈그렇죠???〉

〈이걸로 뭘 할 거니?〉

〈영원히 보관해 두려고요.〉 내가 말했다.

5월 마지막 주, 나는 시베리아수박 씨앗들을 뿌렸다. 내가 살고 있는 지역의 거의 나니아처럼 가혹한 기후를 생각해 보면 낙관적이라 할 만큼 이른 시기였다.

나는 아버지에게 아무것도 없는 흙을 찍어 보냈다.

〈이건 수박들이 될 거예요.〉 나는 말했다.

구불구불한 덩굴손이 처음으로 땅속에서 나왔을 때, 나는 환호성을 지르며 사진을 찍어 아버지에게 보냈다. 첫 번째 싹이 보이기 시작하자 또 한 장의 사진을 보냈다. 꽃이 피었을 때도. 언젠가는 수박이 될 조그만 혹 하나가 싹한가운데에 나타났을 때도. 마침내 작은 구슬만 한 크기의 수박이 잎이 무성한 덩굴을 내리눌렀다.

우리가 팬데믹 상황에서 보낸 여름 동안, 나는 그 조그만 수박 사진을 아버지에게 수십 장은 보냈을 것이다. 그것들은 아마 전부 똑같아 보였을 테지만, 실은 그렇지 않았다. 언제나 무슨 일인가가 일어나고 있었다. 서사의 렌즈로 보면 〈자연의 느림〉이 너무도 가득했지만, 그럼에도 주의를 기울이고 기념할 만한 가치가 있는 어떤 변화가 일어나고 있었다. 그리고 우리 아버지는 그걸 이해해 주셨다. 내가 수박 사진을 보낼 때마다 아버지는 〈아이고, 수고했구나, 싹아〉 같은 사랑스러운 말들을 답장으로 보내 주시곤 했다.

내가 당신에게 보내는 이 글을 쓰는 지금은 다시 겨울이다. 아마도 우리가 바라는 것보다는 느린 속도로 우리 주위를 기어가고 있는 서사들을 알아차리기에는 무척이나 좋은 시간일 것이다. 느리고 꾸준한 것들에 대한, 항상 그자리에 있는 사소하고 좋은 것들에 대한, 비바람에도 쉽게 쓰러지지 않는 사랑에 대한, 심지어는 **지루한** 것들에 대한 내 공감 능력도 그동안 조금은 자라났다. 이런 것이 지금 나를 버티게 해주고 있는 이야기들이고 존재 방식들이다. 내가 아버지와 나누는 이런 대화들이. 이 시베리아수박들이. 거의 보이지 않는 속도로 자라나 한층 더 완벽한 원에 가까워지고 있는, 우리 모두가 먹을 수 있는 과일이라는 가능성 속으로 들어서고 있는 이 조그맣고 달콤한 존재를 기록하는 작업이.

감사의 말

이 책은 저로서는 가장 쓰게 될 것 같지 않았던 책입니다. 사람들과 섬들과 오리 떼를 소설이라는 영원한 공간에 만들어 넣는 일을 계속하고 싶었을 뿐, 저 자신에 관해 쓸 의도는 전혀 없었습니다. 제법 많은 사람들이 저를 설득하지 않았더라면, 그리고 몇 편의 이야기를 쓰고 난 뒤 그보다 더 많은 사람들이 이런 걸 더 써달라고 아주 근사하게 환호성을 질러 대지 않았더라면 제 이야기를 쓸 일은 절대 없었을 겁니다.

어쩌면 그런 사람들 중에는 소중한 독자인 당신도 있었을지 모릅니다. 그러니 **당신에게** 먼저 감사드립니다. 제가 이런 책을 쓰고 싶다고 결론 내리게 된 건 결국 너무도 많은 사람들이 에세이 「두루미 아내」를 읽은 뒤 현실에서 일어나는 힘겹고 지저분하고 그럴싸하면서 괴로운 일들에 관해 이야기하고 싶은 듯 보였기 때문이었습니다. 그들은 심지어 제가 아니라 서로와 이야기를 나누고 싶어 하는 것 같았습니다. 그리고 그건 제게는 말하자면 살아가는 이유

467

와도 같은 일입니다. 이 책이 독자들과 저를 연결해 주는 실 전화기가 될 수도 있겠다는 생각이 들었습니다. 여기 제 집에서 제가 수프 깡통에 대고 몇 가지 진실들을 말하면, 실로 된 떨리는 전화선 저편에 정말로 누군가가 있어 자신의 빈 복숭아 통조림 깡통 속에 저의 이야기가 메아리치기를 기다리고 있을 것 같았습니다.

초기 에세이들이 발표되었을 때 제게 편지를 써주고 근사한 환호를 보내 준 모든 분에게 감사드립니다. 여러분한 분한 분모두에게 답장을 쓸 수 있었더라면 좋았을 거예요. 대신 저는 분주히 이 책을 썼습니다. 안녕하세요! 마음 써주시는 거 알고 있어요! 그리고 보내 주시는 편지도 읽고 있습니다. 편지 감사해요. 정말 감사드립니다.

이 책을 만드는 과정에는 제가 상상할 수 있는 것 이상으로 많은 협력이 있었습니다. 저와 함께 이 책을 만들어주신 막강하고 공감 능력 뛰어나며 재미있는 여성들의 집단 지성에 감사드립니다.

리 부드로에게. 당신의 전화를 받는 건 너무나 즐거운 일이에요. 우리가 언제나 웃고 소리치며 하는 통화는 그야말로 최고고, 내가 보내는 대문자로 된 요란한 메시지를 이해하고 열광적으로 반응해 주는 사람은 정말이지 당신말고는 없어요. 뛰어난 편집 실력과 그 순수하고 원초적인 에너지에 너무도 감사드려요. 언제나 호기심을 품고 이 책에 다가와 주신 것에, 이 책이 살아 있고 성장하는 생명체인 것처럼, 그리고 지금까지는 상상할 수 없었던 근사한

울타리를 감아 올라가도록 함께 키울 수 있는 식물인 것처럼 대해 주셔서 감사합니다.

이저벨 월에게. 이 책이 바다를 헤엄쳐 건너 영국에 닿게 된 걸 믿기가 힘드네요. 우리가 원고에 관해 처음으로 이야기를 나눴던 순간부터 당신이 지성과 감수성을 동원해 이 프로젝트에 함께하는 게 행운이라는 걸 알았어요. 이 작업에(그리고 가끔씩은 제 삶에!) 베풀어 주신 통찰력과 배려, 깊은 생각 덕분에 한없이 더 나은 책을 만들 수 있었습니다. 당신을 알게 되어 너무나 기뻐요. 거듭 감사드립니다.

메러디스 캐플 시모노프에게. 여기 당신의 이름을 언급하니 우리가 오랫동안 함께 작업하며 쌓은 우정에 대한 기쁨과 감사로 가슴이 벅차오르는군요. 오즈에 간 도러시가 풍선에 오르기 직전 허수아비를 돌아보는, 제가 볼 때마다 울게 되는 그 장면과도 약간 비슷한 느낌이에요. 왜냐하면 친구, **당신이 가장** 생각나니까요. 제 삶의 중요한 구성원. 열정적인 마음으로 모든 사람에게 빛을 비추며 대변해 주는 사람. 당신과 한배를 타게 되어 행운이고, 당신을 너무나도 존경해요. 제가 저 자신으로 말할 목소리와 공간을 찾아내 주신 것에 감사드려요.

이럴 수가, 언급해야 할 소중한 사람들이 너무나 많군요! 여기가 아카데미 시상식이었다면 누군가가 절 무대에서 끌어내리고도 남겠어요. 하지만 감사의 말을 길게 한다는 건 아주 운 좋은 사람이라는 뜻이고, 저는 그런 사람이니 길게 해야겠어요.

빌 토머스에게, 더블데이 출판사에서 제 책이 나온 걸 자랑스러워할 수 있게 해주셔서 감사합니다.

카라 라일리, 너무나도 멋진 분. 이 책은 당신 없이 존재할 수 없었어요. 우리, 캐서린 헵번의 유령과 코트니 바넷을 모시는 교단을 만들어야 하지 않을까요.

토드 도티, 당신은 정말 에너지가 넘치는 사람이에요. 그 일솜씨와 능력에 너무나도 감사드려요(그리고 에마 조스와 함께 책이 더 나아질 수 있도록 지적해 주신 것에도 감사드려요).

엘레나 허시, 린지 맨델, 로지 새퍼티, 포피 노스, 알렉시아 토메이디스에게, 이 세상에 밝은 빛을 비춰 이 책이 길을 찾아 나갈 수 있게 해주신 것에 깊이 감사드립니다.

이 프로젝트에 참여해 주신 더블데이, 바이킹 UK, 드 피오레, 거너트 컴퍼니의 모든 분에게 감사드립니다.

나자 스피걸먼과 에밀리 네먼스, 그리고 『파리 리뷰』. 여러분 덕분에 이 책은 날아오를 수 있었습니다.

이 책에 실린 에세이 다수는 처음 발표된 매체에서 다음과 같은 뛰어난 편집자들의 손길을 거쳤습니다. 나자 스피걸먼, 셀리아 블루 존슨, 멀리사 딘스, 그리고 제스 지머먼에게 감사드립니다. 에마 콤로스흐롭스키와 롭 스필먼에게, 「핏줄」을 편집하고 실어 주신 것에, 그리고 DARPA 로봇 공학 경진 대회의 취재진 출입증을 마련해 주신 것에 감사드려요. 그 에세이를 쓰는 데 8년이나 걸려서 죄송해요……. 제가 마감을 너무 심하게 어겼죠.

작가이자 가르치는 사람인 저에게 너무도 멋진 보금자리가 되어준 콜게이트 대학교에 무한한 감사를 보냅니다. 특히 동료 작가이자 제가 너무도 존경하는 작품들의 창조자인 피터 발라키언, 제니퍼 브라이스, 그렉 에임스에게 감사합니다. 지난 몇 년 동안 저를 배려하며 이끌어 주신 콘스턴스 하시 교수님과 책에 애정을 갖고 계신 브라이언 케이시 총장님에게도 특별히 감사드립니다.

제니퍼 브라이스에게는 남다른 감사를 표해야 할 것 같습니다. 당신 곁에서 우수한 학생들을 가르치는 동안 저도 모르게 논픽션에서 최고 수준의 가르침을 얻었다고 확신합니다. 당신의 우정이라는 변치 않는 선물에, 제가 되고 싶은 모든 것의 너무도 훌륭한 모범이 되어 주신 것에, 그리고 이 책을 쓰는 동안 제게 가르침을 주신 것에 감사드립니다.

브루크 에를리히, 퀸 B! 다정한 전사이자 마법을 만들어 내는 사람, 최고의 동지. 당신에게 너무나 감사해요. 해리엇이 키스를 보내요.

모니카 가우드와 에밀리 머혼 그리고 샬럿 대니얼스에게, 책 표지에 들어간 스웨터를 입은 소년 그림에, 그리고 여러 아름다운 표지를 통해 이 책을 상상을 뛰어넘는 멋진 모습으로 세상에 내보내 주신 것에 감사드립니다.

니키 키팅에게. 눈 오던 날 그날 밤, 칼하트 점퍼 지퍼를 턱까지 채우고 당신의 상담실에 처음으로 비틀비틀 걸어

들어갔을 때 전 분명 이렇게 중얼거리고 있었죠. **심리 치료를 받으면 제 작품 세계에 변화가 생길까요? 데이비드 린치는 예술가의 작품 세계를 바꿔 놓는다는 이유로 심리 치료를 지지하지 않았다는데, 알고 계셨어요?** 맙소사. 당신과 함께 보낸 시간은 실제로 제 작품 세계에 변화를 가져왔어요. 그것도 좋은 방향으로요. 그 치료가 이 책으로 통하는 문을 열어 주었어요. 감사합니다, 감사합니다.

예술가를 위한 휴양지인 코퍼레이션오브야도에, 그리고 제가 그곳에서 몇 주를 보내는 동안 사랑과 영감과 작은 당근을 제공해 주신 그곳의 예술가들과 모든 분들에게 감사드립니다. 저는 이 책을 그곳의 브레스트 룸에서 썼습니다.

서와니 작가 컨퍼런스에, 지지를 보내 주시고 언제나 작가로서 가장 저 자신다워질 수 있는 장소를 마련해 주신 것에 감사드립니다. 신뢰할 수 있고 의미 있는 방식으로 예술가들을 한자리에 모아 주신 것에도 감사드립니다.

포코아포코 레지던시와 멕시코 왁사카시(市)에, 그리고 2020년 3월 그곳에서 한데 뭉쳤던 모든 분에게 감사드립니다. 우리 모두가 힘들었던 그 시간에 제가 느긋한 마음을 가질 수 있도록 해주시고 애정을 표현해 주셔서 감사해요. 그리고 맛있는 메뚜기 요리와 저에게 필요했던 증류주 메스칼에도 감사드립니다.

제프와 린지와 잰과 워런과 어스워치에, 그리고 어랜서스 국립 야생 동물 보호 구역의 모든 분에게, 미국흰두루미들과 최소한 스무 마리는 됐던 멧돼지들에게 고맙습니다. 우리가 함께 보낸 시간이 저의 미래에 그토록 커다란 효과를 발휘할 거라고는 미처 상상하지 못했어요. 하지만 정확히 그때 그런 시간을 가졌던 게 너무나도 선물 같은 일이었음은 언제나 분명하게 알고 있었답니다.

이 삶을 견뎌 내는 데 도움이 되는 작품을 써주신 모든 저자와 작가들에게, 특히 제가 이 책에서 작품을 언급한 모든 생존 작가들에게 감사드립니다. 그중에서도 브라이언 크리스천, 로스 서덜랜드, 찰스 백스터에게 감사합니다. 「얽힌 가닥 풀어내기」는 마리 하우의 시 「연습하기」에서 도움을 받았습니다. 「2천 파운드의 꿀벌」은 멀리사 페보스의 책 『나를 버려요』에서 도움을 받았습니다. 이 책에 시를 수록하는 걸 허락해 주신 페이지 루이스에게도 감사드립니다.

브루클린 대학 순수 예술 석사 과정과 〈트라우트〉에 언제나처럼 감사드립니다. 플로리다 주립 대학교 박사 과정에, 특히 마크 와인가드너에게 언제나처럼 감사드립니다. 재니스 가비, 언제나 고맙습니다. **우리는 소수지만 즐거운 소수**이기에. 마리헬렌 베르티노, 멋진 서퍼가 되어 주어서 고마워요. 은딘다 키오코, 우리가 작가로서 가식 없이 함께 지낸 시간에 감사드려요. 로라 무차, 연구와 유머를 함께하며 보낸 여름에 감사드려요. 비숍, 〈익스체인지〉에 감사드려요. 마리아 다스칼루, 제게 자이가르니크 효과에 관해 이야기해 주셔서 감사해요. 다시와 헤더와 캣과 비와

473

브리아나와 모건, 퀴어 입문기에 관한 지혜를 나눠 줘서 고마워. 제시, 재즈를 들려줘서 감사드려요. 토니아 데이비스와 앨릭스 피츠, 두루미를 믿어 주셔서 감사해요. 에릭 시모노프와 켈리 파버에게, 가장 소중한 사람들이 되어 줘서 고마워요. 코라, 내 마음의 친구, 언제나 모든 것에 고마워요. 브린, 내가 〈조지아 오키프의 자궁의 방〉과 또 다른 것들을 만들어 내는 일을 도와줘서 고마워. 매튜, 라일락 와인에 감사드려요. 앤디와 조에게, 제게 어린 시절에 꿈꾸던 집 이야기를 들려준 것에 감사드려요. 존 히키와 에드거 팔레오에게, 제게 디스토션 페달과 퍼즈 페달에 관해 이야기해 주셔서 감사해요. 세 장에 걸친 퍼즈 페달의 역사는 결국 이 책과는 관련 없어 보였지만 말이에요. 제임스, 너무나 근사해서 이 책에 조금도 쓸 필요가 없었던 4년의 시간에 감사해요. 에릭과 실라, 굴과 노스탤지어를 선물해 준 것에 감사드려요. 주디 재클린, 당신의 회고록에 감사드려요. DARPA의 로봇 공학자들에게도 감사드립니다. 특수 요원 데이나 스컬리에게도 감사드려요. 설리번 스트리트 플레이하우스의 「판타스틱스」에 감사드립니다. 존 벨루시의 유령에게도요. 셜리 잭슨의 유령에게도요. 캐서린 헵번의 유령에게도요. 대프니 듀 모리에의 유령에게도 감사를 전합니다.

지난번에 책을 썼을 때 누군가가 제 개 모리어티에게 감사의 말을 하지 않는 건 몹시 무례한 일이라고 지적하기에 모리어티는 글을 못 읽는다고 **맞받아** 지적했습니다. 그렇기는 하지만. 녀석이 가진 동물다운 보송보송한 영혼에 고마움을 전합니다. 함께 숲으로 하이킹을 가는 대신 제가 책상 앞에 앉아 또 하루를 보낼 때면 녀석이 깊은 권태가 담긴 한숨을 쉬는 일이 아주 잦지만요. 그리고 저 대신 SNS에 등장해 준 것에도 고마움을 전해야 할 것 같아요.

제 병아리들 모두에게, 소중한 학생들에게 감사합니다. 여러분의 열정, 세상을 재발명하고 세상에 질문을 던지는 힘은 제게도 같은 일을 계속할 에너지를 준답니다.

특히 제가 이 책을 쓰는 동안 함께 작업해 준 글쓰기 추가반의 병아리들에게 감사해요. 팬데믹 기간 동안 몹시 어두운 밤들에 한 줄기 작은 빛을 가져다준 온라인 글쓰기 추가반의 여러분에게 특별한 감사를 전합니다.

리브와 메그에게, 이 책에 너희들의 결혼식 이야기를 쓰게 해주고, 기꺼이 믿을 수 있는 사랑 이야기를 보여 줘서 고마워.

자신이 꿈꾸는 집에 관해 이야기를 들려준 모든 어린이들에게 고마워요! 여러분 모두가 이 책을 쓰는 일에 도움을 줬어요. 고마워요, 사이먼, 노라, 클레어, 베아타, 엘리, 니나, 앤디, 서빈, 주니퍼.

그리고 제 가족들 모두에게 감사드립니다.

내 **국경 없는 여자친구들**인 마르타 페레스카르보넬, 모니카 메르카도, 로라 무어 체키니에게, 사랑과 화초들과 분노를 보내 줘서 고마워.

12b의 SUV들에게, 유머와 연대와 간식과 한없이 많은

화로들에 감사드려요.

에밀리 앨퍼드, 찰리 베커먼, 올리비아 볼프강스미스, 〈더 파이어피트〉에게. 영감을 주는 작가 친구/상담사/점성술사가 되어 주신 것에, 그리고 일주일에 한 번씩 오직 저의 휴대 전화에서만 읽을 수 있는 가장 재미있고 현명한 글을 써주신 것에 감사드립니다.

테디와 로에게. 너희들은 이 책을 읽기에는 너무 어리단다. 당장 내려놓으렴. 많이많이 사랑한다.

톰 하우저, 부 하우저, 레슬리 카푸토, 패트 카푸토, 그리고 랜들 조이스. 우리 가족 모두는 독자들이 우리를 아주 특이한 사람들로 여길 거라고 믿고 있습니다. 음, 우린 정말 그렇잖아요. 그리고 여러분 모두를 아주 많이 사랑해요. 죽여주게 재미있는 삶을 살아 주셔서 고마워요. 제게 우리 가족 이야기를 쓰도록 허락해 주셔서 고마워요. 그 모든 배려와 경청에, 들려주신 이야기들에, 그리고 용기에 감사드려요.

이리저리 떠돌아다니는 에드와 모린 조이스의 영혼에, 지지직거리는 워키토키를 통해 산맥 너머로 제 사랑을 보내 드립니다.

작가의 말

이 책은 개인적인 논픽션입니다. 이 에세이들은 제가 기억하는 대로의 제 삶을, 그리고 제가 계속 살아가는 법을 알아내기 위해 그 삶을 재료로 만들어 낸 이야기들을 담고 있습니다. 저는 스토리텔링을 위해 에세이 형식에 허용되는 몇 가지 자유를 이용했습니다. 덜 중요한 사건들의 흐름을 축약하고, 여러 대화를 하나로 녹이고, 인물의 대사에 특색을 부여했습니다. 심지어는 직접 인용된 인물의 대사를 지어내기도 했는데, 제가 아직 태어나기 전이라 그 불운을 직접 볼 수 없었던 제 외증조할아버지 같은 경우가 이에 해당합니다.

이 책에 등장하는 몇몇 인물, 특히 이제는 저와 함께하고 있지 않은 사람들의 이름은 변형했습니다. 이 책에서 다룬 모든 관계는 제가 하고 싶었던 더 큰 이야기들의 일부로서 들어가 있습니다. 제가 사귀었던 특정한 사람들보다는 저 자신이 이 세상을 헤쳐 나가며 일으키는 문제들에 관련된 이야기들입니다. 이 이야기들에는 그 관계들의 전

477

부가 담겨 있지 않으며, 그런 의도로 쓴 것도 아닙니다. 많은 좋은 기억들과 그보다 더 많은 좋지 않은 기억들이 편집실 바닥에 떨어져 있지만, 없었던 일을 지어내서 넣은 부분은 하나도 없습니다.

무엇보다 이 책은 우리 각자가 삶을 만들어 나가는 여러 방식에 관한, 그리고 이야기를 통해 그 방식들을 이해해 나가는 일에 관한 책입니다. 제가 쓴 이야기들과 양자적으로 얽혀 있는 대신할 만하거나 보완이 되거나 다른 방향으로 나아가는 다른 형태의 이야기들이 있을 수 있다는 사실을 존중합니다. 아마 이 책에 등장하는 사람들만큼이나 다양한 형태의 이야기가 존재할 것입니다. 그리고 그 이야기들은 이 이야기들만큼이나 진짜일 겁니다. 아마 새와 로봇은 이 이야기들에서보다 덜 등장할 테지만요.

옮긴이의 말
익살꾼의 사랑

    2019년, 소설가이자 문예창작학 교수인 CJ 하우저는 『파리 리뷰』에 한 편의 짧은 에세이를 실었다. 예정되어 있던 약혼식을 취소하고 열흘 만에 미국흰두루미들을 관찰하러 떠났던 자신의 이야기를 솔직하게 담은 이 에세이는 엄청난 입소문을 만들어 내며 폭발적인 인기를 끌었다. 이 에세이집은 그 한 편의 글에 뜨겁게 반응했던 수많은 사람들의 요청으로 탄생한 책이다.

    「두루미 아내」에 대한 열광을 이해하기는 어렵지 않다. 세월이 흘러도 쉽게 달라지지 않으면서 사람을 미치게 만드는 현실이 있고, 이 에세이는 그 현실의 한 원형에 가깝다. 지금 이 순간에도 수많은 똑똑하고 재능 있고 열정적인 여성들이 자신을 함부로 대하는 연인과 함께하기 위해 많은 것을 포기하고 있을 것이다. 훌륭한 무대 뒤 스태프처럼 자신을 서서히 지워 나가고 있을 것이다. 그러나 그런 식으로 계속 살아갈 수는 없다. 자신에게 욕구가 있다는 사실에 수치심을 느끼고, 사랑과 존중을 받고 싶다는 마음을 하나하나 깃털처럼 뽑아내는 사람들에게 작가는 일종의 〈재활〉이 필요하다고 말한다. 그런 재활은 에세이 집 『두루미 아내』 전체를 설명하는 핵심 단어 가운데 하나다. 우선 내 안에 그런 욕구가 있다는 사실을 긍정하는 것. 그리고 그것이 죄가 아니라는 사실을 배우는 것. 놀랍게도 어떤 사람들에게 그 과정은 사랑의 대상이 되고자 하는 욕망을 끊어 내고 〈주체적인 여성〉이 되는 것보다 훨씬 어려울 것이다.

여성주의 흐름에 영향을 받은 많은 자기 고백적 에세이가 그렇듯 『두루미 아내』 역시 어떤 면에서는 〈해로웠던 지난 관계〉에 대한 고찰이다. 하지만 작가는 단순히 미숙했던 전 연인들을 성토하는 것보다 훨씬 많은 시간과 노력과 페이지를 들여 그런 관계에 자꾸만 이끌리는 자신의 욕망과 결핍과 성향을 해부한다. 「엑스파일」의 주인공들에게서 빌려온 이름으로 〈스컬리멀더주의〉라는 명칭을 만들고, 『리베카』 같은 고전적인 텍스트에 자신의 내밀한 연애 경험을 섞어 넣고, 틴더와 로봇과 인공 지능의 세계를 종횡무진 넘나들면서. 무엇보다 놀라운 건 그 과정에서 자신의 취약함을 고스란히 드러내는 걸 마다하지 않는 용기다. 이 책은 관계와 친밀함에 관한 박사 논문급 분석이자 진지한 자기 치유의 기록이다. 이렇게까지 솔직할 일인가, 정말 웃기는 사람이네, 생각하며 읽다 보면 웃어넘기기엔 여운이 짙은 문장들도 턱턱 마주치게 된다. 이를테면 이런 문장들. 〈어쩌면 하늘에서 급강하해 누군가를 구해 주는 영웅이 되는 걸 즐긴다는 건 자멸을 향한 깊은 욕망을 지니고 있다는 뜻인지도 모른다.〉(198면) 〈이해하기 어려운 어느 가족에나 어릿광대 역할을 하는 사람이 있다. 나는 그들 가운데 가장 뛰어난 사람들과 잘 어울려 지낼 수 있을 것 같다.〉(318면)

CJ 하우저는 사랑스러운 사람이다. 작가와 독자 사이에 가능한 격의 없음이란 게 뭔지 정말이지 확실하게 보여 주는 사람. 소탈한 와인 바나 포장마차에 마주 앉아 밤새도록 이야기를 들으며 눈물 콧물을 닦아 주고, 가끔씩은 등짝도 퍽 때려 주고 싶은 사람. 넓은 의미에서의 오타쿠. 애매한 시작과 실패한 관계도 소중하다는 걸 아는 퀴어. 칠전팔기의 정신으로 현실의 풍차를 향해 달려가다 또다시 고꾸라지는 낭만주의자. 하지만 마침내는 자신이 유일한 사랑이라 여겼던 극적이고 낭만적인 사랑에 대한 환상을 놓아 주고 성숙해지고 싶어 하는 사람.

그는 기발하고 특이한 작가이기도 하다. 그의 문장들은 종종 점프하듯 훌쩍 뛰어 저만치에 내려앉으며 독자를 어리둥절하게 만든다. 〈이제는 집이라는 공간이 여성들을 예전처럼 옭아매는 공간이 아닐 수도 있다〉는 이야기를 하기 위해 〈내 조카가 셜리 잭슨의 환생이었으면 좋겠다〉는

481

말을 턱 던지는 사람. 사랑, 섹스, 부모 되기, 임신과 출산과 육아에 대한 욕망들을 서로 분리하는 것이 자신에게 어떤 영향을 끼치는지에 관한 기발한 실험을 이어가다가 그것을 담고 있는 서사의 형태까지 실험해 버리는 사람.

하지만 무엇보다 그는 쉽게 잊기 힘들고 미워하기 힘든 익살꾼이다. 이 책을 옮기는 동안 자신을 있는 그대로 인정하는 일에 관해, 글쓰기에 관해 많은 것을 배웠고, 확장되는 가족의 개념에 관해 즐거운 상상들을 할 수 있었다. 작가가 준 웃음에, 대담함과 사랑에 감사드린다.

2024년 12월
서제인

각 장의 주의할 내용

I

핏줄: 스물일곱 가지 사랑 이야기
* 폭력, 음주, 이혼, 암

1막: 직공들
* 의존증과 회복

헵번 자신으로서의 헵번
* 가정 폭력. 이 글에는 비하하는 말이 담겨 있지 않지만,
글에서 다루는 영화 「필라델피아 스토리」에는 당시의 시대적
한계로 인종과 젠더에 관한 모욕적인 대사들이 등장한다.

커튼 뒤의 남자
* 도박, 인종 차별, 식민화와 식민화된 폭력

두루미 아내
*연인에 대한 배신

II

말하자면 디프 블루
*성폭력

2막: 판타스틱스
*9·11

램프를 든 여인
*군사 분야 주제

멀더, 나예요

III

우리가 하지 않았던 밤
*커밍아웃 과정에서의 어려움

3막: 둘시네아 떠나다
*의존증과 회복

두 번째 드 윈터 부인
* 이혼

2천 파운드의 꿀벌
* 사별의 슬픔, 의존증

IV

잭슨의 성벽 허물기

여우 농장

얽힌 가닥 풀어내기
* 난임, 암, 신체 이형증

시베리아수박

옮긴이 **서제인** 번역을 하면서 세상이 거기 있다는 걸 확인한다. 옮긴 책으로 『블랙케이크』, 『형식과 영향력』, 『고통을 말하지 않는 법』, 『목구멍 속의 유령』, 『300개의 단상』, 토베 디틀레우센 〈코펜하겐 3부작〉, 『아무도 지켜보지 않지만 모두가 공연을 한다』, 『노마드랜드』, 『잃어버린 단어들의 사전』 등이 있다.

두루미 아내

발행일 **2024년 12월 20일 초판 1쇄**

지은이 **CJ 하우저**
옮긴이 **서제인**
발행인 **홍예빈**
발행처 **주식회사 열린책들**

경기도 파주시 문발로 253 파주출판도시
전화 **031-955-4000** 팩스 **031-955-4004**
홈페이지 **www.openbooks.co.kr** 이메일 **literature@openbooks.co.kr**